ARNALDUR INDRIÐASON
Das dunkle Versteck

AF238717

Weitere Titel des Autors:

Die Kommissar-Erlendur-Reihe:

1. Menschensöhne
2. Todesrosen
3. Nordermoor
4. Todeshauch
5. Engelsstimme
6. Kältezone
7. Frostnacht
8. Kälteschlaf
9. Frevelopfer
10. Abgründe
11. Eiseskälte

Duell
Nacht über Reykjavík
Schattenwege
Tage der Schuld

Die Flóvent-Thorsson-Reihe:

Der Reisende
Graue Nächte

Thriller:

Gletschergrab
Tödliche Intrige
Codex Regius

Die Konráð-Reihe:

Verborgen im Gletscher
Das Mädchen an der Brücke
Tiefe Schluchten
Wand des Schweigens

Titel in der Regel auch als Hörbuch erhältlich

ARNALDUR INDRIÐASON

DAS DUNKLE VERSTECK

ISLAND KRIMI

Übersetzung aus dem Isländischen
von Freyja Melsted

Lübbe

Die Bastei Lübbe AG verfolgt eine nachhaltige Buchproduktion. Wir verwenden Papiere aus nachhaltiger Forstwirtschaft und verzichten darauf, Bücher einzeln in Folie zu verpacken. Wir stellen unsere Bücher in Deutschland und Europa (EU) her und arbeiten mit den Druckereien kontinuierlich an einer positiven Ökobilanz.

NACHHALTIG PRODUZIERT

MIX
Papier | Fördert
gute Waldnutzung
FSC® C014496

Vollständige Taschenbuchausgabe
der bei Bastei Lübbe erschienenen Hardcoverausgabe

Titel der isländischen Originalausgabe:
»Kyrrþey«

Für die Originalausgabe:
Copyright © 2022 by Arnaldur Indriðason
Published by arrangement with Forlagið, Reykjavík, www.forlagid.is

Für die deutschsprachige Ausgabe:
Copyright © 2024 by
Bastei Lübbe AG, Schanzenstraße 6–20, 51063 Köln

Vervielfältigungen dieses Werkes für das Text- und Data-Mining bleiben vorbehalten.

Umschlaggestaltung: Jeannine Schmelzer
Textredaktion: Anja Lademacher, Bonn
Umschlagmotiv: © Only background/Shutterstock,
Tsuguliev/Shutterstock,
Rivaldi Souza/Shutterstock, Grunge Creator/Shutterstock
Satz: hanseatenSatz-bremen, Bremen
Gesetzt aus der DTL Documenta ST
Druck und Verarbeitung: GGP Media GmbH, Pößneck

Printed in Germany
ISBN 978-3-404-19395-0

2 4 5 3 1

Sie finden uns im Internet unter luebbe.de
Bitte beachten Sie auch: lesejury.de

Eins

An Konráðs neuntem Geburtstag lernte er einmal mehr auf die harte Tour, besser keine dummen Fragen zu stellen. In seinem kurzen Leben hatte er schon viele Lektionen erteilt bekommen. Manches verstand er sofort. Anderes lernte er nach und nach mit der Erfahrung.

Der Geburtstag war kein freudiges Ereignis. Er hatte nichts Feierliches. Es war ein Tag wie jeder andere auch. Seppi hatte den Geburtstag seines Sohnes vergessen, so wie eigentlich immer. Diesmal fiel er auf einen Samstag, und Seppi war völlig verwirrt, als seine ehemalige Schwägerin, Konráðs Tante, an die Tür der Kellerwohnung klopfte und einen Schokokuchen überreichte, den sie zur Feier des Tages gebacken hatte, sowie ein Päckchen mit Grüßen von ihrer Schwester aus Ostisland. Sie schaffe es leider nicht, zum Geburtstag ihres Sohnes nach Reykjavík zu kommen. Die Tante hieß Addý und sah Seppi verächtlich an.

»Zur Feier des Tages«, sagte sie und zog an einer Camel. Addý war so dünn, dass man ihre Rippen zählen konnte.

»Welcher Tag?«, fragte Seppi.

»Na, Konráðs Tag!«, sagte sie. »Welcher Tag?! Heute ist sein Geburtstag! Weißt du das etwa nicht?!«

Seppi hatte die ganze Nacht mit seinen Kumpanen gesoffen und sah sie begriffsstutzig an.

»Was zur Hölle kümmert dich das?«, sagte er, völlig übernächtigt und etwas heiser.

»Wo ist der Junge?«

Seppi sah das Päckchen.

»Ist das von ihr?«

In dem Moment tauchte Konráð hinter seinem Vater auf.

»Hallo, mein Schatz«, sagte Addý, »alles Gute zum Geburtstag! Schon neun Jahre alt! Was bist du nur für ein großer und gut aussehender Junge geworden.«

»Ach bitte, schleim dich doch nicht so bei ihm ein«, sagte Seppi.

Konráð schwieg. Er sah abwechselnd Seppi und Addý an und nahm dann das Paket entgegen, Addý sagte, es sei von seiner Mutter, sie lasse ihn herzlich grüßen, und es tue ihr sehr leid, dass sie es für seinen Geburtstag nicht nach Reykjavík geschafft habe, aber sie würden sich hoffentlich bald wiedersehen.

Konráð wollte etwas sagen, wusste aber nicht was, also schwieg er, bis Seppi genug von dem unerwünschten Besuch hatte und Konráðs Tante die Tür vor der Nase zuschlug. Dann stieß er seinen Sohn mit einem kräftigen Schubs zurück in die Wohnung, sodass dieser stolperte, und ließ sich aufs Sofa fallen, wo er sich leise über diese ständige Aufdringlichkeit beschwerte und kurz darauf einschlief.

Konráð stellte das Paket von seiner Mutter auf den Küchentisch und holte ein Messer, um die Bänder aufzuschneiden. Obenauf lag ein Brief, »Für Konráð zum neunten Geburtstag« stand darauf, adressiert mit großen, gut lesbaren Buchstaben. Glückwünsche von seiner Mutter aus dem Osten Islands, sie vermisse ihn, bestelle liebe

Grüße von seiner Schwester Beta, sie würden sich beide darauf freuen, ihn bald wiederzusehen, auch wenn es vielleicht noch ein wenig dauere, und hoffentlich habe er es gut, der liebe Junge.

In der Schachtel lag ein schöner blauer Pullover, den seine Mutter gestrickt hatte und der ein wenig süßlich roch, was sich erklärte, als er den übrigen Inhalt des Pakets entdeckte. Unter dem Pulli lagen zwei Tafeln Schokolade, Anisbonbons und eine kleine Tüte mit Karamellen. Außerdem ein Taschenmesser mit Holzgriff und ein Buch mit dem Titel *Die Abenteuerinsel*.

Konráð war zu jung, um zu verstehen, dass das Paket auch von einem schlechten Gewissen begleitet wurde. Seine Mutter hatte Seppi damals bei ihrem Umzug angefleht, den Jungen mitnehmen zu dürfen. Sie fehlte ihm, und er hoffte auf ihre Rückkehr, aber darüber stand in dem Brief nichts. Er war wütend auf sie, versuchte aber auch, sie zu verstehen. Manchmal hatte er beobachtet, wie Seppi die Hand gegen sie erhoben hatte. Und immer wieder betonte sein Vater, dass sie den Jungen nicht bekommen würde. Niemals. Niemals!

»Will sie dich zu sich locken?«, fragte Seppi, als er wieder aufwachte und sich den Inhalt der Schachtel besah, während er mit einem Schnaps die Müdigkeit aus seinem Körper spülte. Er nahm ein Karamellbonbon und steckte es in den Mund. Dann aß er eine der Schokoladentafeln, wie ein Zollbeamter, der sich seinen Anteil nahm. Betrachtete den Pulli und nickte anerkennend. Nahm dann fünf Kronen aus seiner Tasche und reichte sie Konráð. Das war sein Geburtstagsgeschenk.

»Mit wem hast du heute Nacht gezockt?«, fragte Konráð und blickte von der *Abenteuerinsel* auf.

»Warst du wach?«

»War das jemand Wichtiges?«

Sein Vater antwortete nicht.

»Warum sagen alle Seppi zu dir?«, fragte Konráð, der seinen Vater nie so nannte.

So unschuldig die Frage, so heftig die Reaktion. Seppi schlug ihm die Nase blutig, und Konráð rutschte vom Küchenstuhl und knallte mit dem Hinterkopf gegen die Wand.

»Frag nicht so dumm!«, sagte sein Vater.

Mit der Zeit lernte Konráð, keine dummen Fragen zu stellen, auch wenn die Neugier in ihm brodelte. In der Nacht hatte er durch die dünne Wand gehört, dass einer der Kumpel seines Vaters ihm befahl: »Hol das für mich, Seppi, schenk mir noch mal ein, Seppi« Er redete mit ihm wie mit einem Hund und bellte ihn einmal sogar an. Ein anderer fand das witzig und lachte. Seppi sagte nichts, sondern ließ es über sich ergehen, sehr zur Verwunderung seines Sohnes.

Daher die Frage. Aber es war nicht immer leicht mit Seppi in der Kellerwohnung, und seine heftige Reaktion war auch nichts Neues. Er hatte Konráð schon öfter einmal befohlen, keine dummen Fragen zu stellen, und wenn er es doch tat, wurden sie manchmal mit Ohrfeigen oder Schlimmerem geahndet. Seine Hand saß locker. Er reagierte unberechenbar, und Konráð musste jeden Tag aufs Neue herausfinden, was gerade dumm war. Alles schien von der Laune und momentanen Verfassung seines Vaters abzuhängen.

Irgendwann entschloss sich Konráð, besser zu schweigen, und zuckte nur noch mit den Schultern, wenn Seppi ihn fragte, warum er so still sei und nie rede.

Zwei

Er machte es sich auf dem Gartenstuhl bequem, trank einen Schluck Eistee und spürte, dass es bald Zeit für seine Medikamente war. Sein Blick schweifte über die Landschaft, den leeren Pool, das dürre Gras. Die Trockenzeit war noch nicht vorbei, und die Menschen waren angehalten, Wasser zu sparen.

Hier hatte er sich schon immer wohlgefühlt und wusste keinen besseren Ort für sich. Die Sonne brannte vom Himmel, und die Tagestemperatur hatte ihren Höhepunkt erreicht, aber es war eine trockene Hitze und angenehmer als an Orten mit höherer Luftfeuchtigkeit. Er mochte seine Mitmenschen, die Nachbarn waren wundervoll, manchmal fragten sie ihn etwas über Island und erzählten, wie gerne sie einmal hinfahren würden, nachdem sie so viel über das Land, die frische Luft und die schöne Natur gehört hätten. Aber sie hätten natürlich auch gehört, wie teuer alles sei, sagten sie und lachten.

Manchmal kamen auch Isländer vorbei, in den letzten Jahren immer öfter. Wenn es in Island besonders kalt und dunkel war, wussten sie das Klima und die Golfplätze hier zu schätzen, und bewohnten Häuser, die sie entweder gekauft oder für ein paar Monate angemietet hatten. Ältere Menschen, die ins Warme fliehen wollten. Er hatte nicht viel mit ihnen zu tun. Suchte nicht ihre Nähe und nahm nie von sich aus Kontakt auf. Manche hörten von ihm und erfuhren, dass er schon lange dort lebte, sie fragten, ob er ihnen bei der Häusersuche helfen oder Restaurants empfehlen könne oder etwas in der Art.

Manchmal vermisste er Island und träumte von einer Reise dorthin, selbst wenn es nur für ein paar Tage wäre. Er vermisste den isländischen Frühling. Die langen, hellen Sommertage. Aber er wusste, dass es nicht dazu kommen würde. Die Ärzte gaben ihm nur noch wenige Monate, und die wollte er in aller Ruhe genießen, zusammen mit Ray.

Dem wundervollen Ray.

Er stammte aus Arizona, und sie hatten in jungen Jahren bei derselben Airline gearbeitet und waren zusammengezogen, als die Schwulenbewegung noch in ihren Kinderschuhen steckte und man noch die misstrauischen Blicke der anderen erdulden musste. Doch dann änderten sich die Zeiten, der Gegenwind ließ nach, und sie hatten kaum noch mit Vorurteilen zu kämpfen. Es war den Leuten egal. Kein Grund, sich aufzuregen.

Er griff nach dem Eistee und dachte darüber nach, was er sich vorgenommen hatte, was er seiner Meinung nach schon lange hätte tun müssen. Es belastete ihn, dass er Ray nie die ganze Wahrheit gesagt hatte. Er fürchtete sich vor der Reaktion seines Liebsten, doch je näher die Prophezeiung der Ärzte rückte, desto stärker verspürte er den Drang, seinem Mann die ganze Geschichte von Anfang bis Ende zu erzählen. Der Vorfall hatte ihn jahrelang verfolgt wie ein Geist, und es verging kein Tag, an dem er nicht in der einen oder anderen Form darüber nachdachte. Über den Schmerz, den er verursacht hatte. Die Fehler, die er begangen hatte. Das Schweigen, für das er sich entschieden hatte.

All die Jahre, die er bereits mit Ray zusammenlebte, hatte er sich nicht getraut, auch nur ein Wort darüber zu verlieren. Ihm fehlte einfach der Mut. Aber jetzt wollte er endlich alles loswerden. Bevor es zu spät war. Ray musste davon erfahren. Er würde ihm versprechen müssen, niemandem davon zu erzählen, solange die Krankheit ihren Lauf nahm. Danach könnte Ray selbst entscheiden, wie er damit umgehen wollte.

Diese Hitze!

Er hielt sich den Eistee an die Stirn und genoss die Abkühlung.

Er konnte sich wirklich nicht mehr vorstellen, noch länger zu schweigen.

Drei

Die Frau wartete auf dem Flur des Polizeipräsidiums in der Hverfisgata geduldig darauf, an die Reihe zu kommen. Am Nachmittag war sie allein mit dem Taxi hierhergefahren. Sie trug einen beigen Wintermantel und hielt eine große Handtasche auf dem Schoß, ein dicker Schal war um ihren Hals gewickelt, und auf ihrem Kopf saß eine Wollmütze, die sie irgendwann abnahm. Auch den Schal lockerte sie. Die Frau war Mitte siebzig, klein gewachsen, und beobachtete mit durchdringendem Blick das Geschehen um sie herum. Die unterschiedlichsten Anliegen führten Menschen ins Präsidium, und manche warteten wie sie darauf, aufgerufen zu werden. Die Frau sagte kein Wort, und niemand trat an sie heran. Sie hatte darum gebeten, mit einem Polizisten sprechen zu können. Egal mit wem. Sie musste warten, aber das schien ihr nichts auszumachen. Offenbar hatte sie nichts Besseres zu tun.

Ihre Kleidung entsprach dem Wetter. Kräftige Tiefdruckgebiete waren in den letzten Tagen über das Land gezogen und brachten jede Menge Kälte, Stürme und Niederschlag. Der Schnee türmte sich auf und versperrte die Straßen, und laut Wetterbericht sollte es vorerst auch so weitergehen.

Nach ihrer langen Mittagspause bemerkte Marta die Frau, und als sie sich knapp zwei Stunden später einen

Kaffee holte, saß sie immer noch am selben Platz, wie ein Gegenstand, den jemand verloren hatte.

»Wer ist diese Frau?«, fragte sie am Empfang. »Sitzt sie schon den ganzen Tag da?«

Niemand wusste es. Anscheinend hatte man sie vergessen oder übersehen, und sie hatte auch nicht nachgehakt, sondern nur geduldig dagesessen und darauf gewartet, aufgerufen zu werden. Marta schimpfte auf dem Flur vor sich hin und ging zu der Frau, fragte, ob sie etwas für sie tun könne.

»Nein, nein«, sagte die Frau, »es ist nicht so wichtig. Bist du denn von der Polizei?« Offensichtlich wirkte Marta nicht wie eine Polizistin auf sie, in ihren abgetragenen weiten Sachen, mit dem ungeschminkten Gesicht und den zerzausten Haaren.

»Komm«, sagte Marta und brachte die Frau in ihr Büro, wo sie ihr einen Kaffee anbot, den sie dankend ablehnte. Am liebsten wollte sie es schnell hinter sich bringen.

»Was kann ich für dich tun?«, fragte Marta und beobachtete, wie ein weiteres Sturmtief schwere, nasse Flocken auf dem Fenster ablud. Sie konnte kaum noch die Autoscheinwerfer auf der Snorrabraut sehen.

»Es ist wegen der Pistole.«

»Welche Pistole?«

»Die hier«, sagte die Frau und zog ein schmutziges Tuch aus ihrer Handtasche, wickelte es auf, und zum Vorschein kam eine alte Waffe, die sie Marta zeigte.

»Wo kommt die denn her?«, fragte Marta verwundert.

»Womöglich hat sie meinem Mann gehört«, sagte die Frau und reichte Marta die Pistole. »Er ist vor einem halben Jahr gestorben, Gott hab ihn selig, und ich wusste nicht, wohin ich damit sollte. Und dann hat meine Freundin Kamilla mir erzählt, dass man Waffen abgeben oder sie zumindest nach dem Tod des Eigentümers neu registrieren lassen muss, das hat ihr Mann irgendwo gelesen, und ich wusste nicht, wohin damit, also bin ich hergekommen.«

Die Frau seufzte. Es war viel Arbeit gewesen, den gemeinsamen Besitz durchzugehen, all das, was sich über die Jahre angesammelt hatte, vieles davon hatte sie weggeworfen. Vor dem Haus stand ein Container der Mülldeponie, und die meisten Sachen aus der Garage wanderten direkt dort hinein. Was mit all den Büchern passieren sollte, stand noch offen, genau wie mit den Stapeln von Schallplatten, die sie zusammen angeschafft hatten, vor allem Jazz und amerikanische Schlager, aber auch laute russische Symphonien, die ihr Mann gerne gehört hatte. In diesem Haus hatten sie ihr ganzes gemeinsames Leben verbracht, und jetzt war für sie die Zeit gekommen, in eine kleine Wohnung für Senioren zu ziehen, in ein Gebäude mit Aufzug und Hausmeister. Der Container füllte sich schnell mit Möbeln und Kleinkram, den sie entbehren konnte und für den sie keinen Platz mehr hatte. Sie wollte nur mitnehmen, was ihr kostbar und wirklich wichtig war.

Beim Anblick der Pistole war sie ganz schön erschrocken. Wusste nicht einmal, wo bei so einem Ding vorne und hinten war, und fragte sich, woher sie überhaupt stammte. Sie hatte die Pistole in der Garage ganz oben in einem Regal gefunden, wo außer ihrem Mann niemand etwas verloren hatte. Da lag sie, in dieses Tuch gewickelt, hinter einer Werkzeugkiste versteckt.

»Du wusstest also nicht, dass er eine Waffe besessen hat?«, fragte Marta, als die Frau fertig erzählt hatte.

»Ich hatte keine Ahnung«, antwortete sie. »Ich wusste es nicht. Er hat ja auch nie etwas darüber gesagt. Wahrscheinlich hat sie ihm gehört, aber ich weiß nicht, woher sie stammt. Keine Ahnung.«

»Und jetzt willst du sie auf dich registrieren lassen?«, fragte Marta.

»Auf mich? Nein, ich kann mit so was nichts anfangen. Ich will, dass ihr sie nehmt«, sagte die Frau und reichte Marta die Pistole.

Auf den ersten Blick konnte Marta das Modell nicht identifizieren, aber es kam ihr doch irgendwie bekannt vor. Die Waffe war alt, mit schmalem Lauf und großem Schaft, der gut in der Hand lag. Die schwarze Pistole sah ausgebleicht und abgegriffen aus, sie war offenbar lange nicht benutzt worden. Ob sie geladen war, konnte sie nicht erkennen. Trotz jahrelanger Erfahrung bei der Kriminalpolizei kannte sich Marta nicht sonderlich gut mit Pistolen aus. Diese schien ihr einen eher schmalen Lauf zu haben. Sie wog sie in einer Hand. Das Ding erinnerte an die Waffen in alten Filmen.

»War er der registrierte Besitzer?«, fragte sie. »Hast du auch den dazugehörigen Waffenschein gefunden?«

»Nein, nichts dergleichen. Und er war kein Jäger, das ist mal sicher.«

»Das ist auch keine Jagdwaffe«, sagte Marta und besah sich die Pistole. Ihr Blick fiel auf die abgenutzte Herstellerbezeichnung. Luger. Sie wusste, dass es eine alte deutsche Marke war.

»Ich habe ihn im Wohnzimmer aufgefunden«, sagte die Frau. »War morgens nur kurz mit einer Freundin unterwegs, und als ich wiedergekommen bin, lag er auf dem Wohnzimmerboden, er hatte einen Herzinfarkt.«

Die Frau lächelte teilnahmslos.

»Alles war wie immer, außer dass er tot war. Er hatte einfach nur Kaffee getrunken und die Zeitung gelesen. Vor allem die Traueranzeigen hat er sich immer ganz genau angesehen«, sagte sie.

Für einige Wochen lag die Waffe unberührt in Martas Schublade. Es gab genug zu tun, die Abteilung war chronisch unterbesetzt. Marta war erst seit Kurzem zurück von einem Alkoholentzug in der Klinik Vogur. Konráð hatte sie mehr als alle anderen dazu ermutigt, und irgendwann hatte sie nachgegeben. Jetzt war sie wieder im Dienst und gewöhnte sich nur langsam an die frühere Routine.

Marta spielte mit dem Gedanken, die Pistole heimlich selbst einzustecken, als eine Art Sammlerstück. So sah sie nämlich aus. Wie eine Requisite aus einem alten Film. Eines Tages, als die ständigen Unwetter nachgelassen hatten, steckte sie die Waffe, ohne lange zu überlegen, auf dem Weg zur Spurensicherung in Grafarholt in die Tasche und zeigte sie dort einem Mitarbeiter namens Óliver, der viel Erfahrung mit Schusswaffen hatte. Marta fragte sich, ob sie vielleicht wertvoll sein könnte, auch wenn sie das nicht offen zugegeben hätte. Óliver war beschäftigt und mit den Gedanken woanders, er versprach aber, sich die Pistole bei Gelegenheit genauer anzusehen. Marta solle sie einfach dalassen. Etwas widerwillig tat sie das schließlich.

Vier

Sie saßen im Auto, und Leó nickte ein. Gestern Abend sei er ausgegangen, meinte er, und habe danach noch in Þingholt bei jemandem zu Hause weitergefeiert. Beinahe wäre er gar nicht zur Arbeit gekommen. Wollte sich schon krankmelden, schleppte sich dann aber doch hin, kam spät, hing den ganzen Tag nur am Schreibtisch und trank einen Kaffee nach dem anderen. Konráð mochte solche Abende nicht. Saß nicht gerne nur im Auto rum. Und Leós Saufgeschichten war er auch leid.

Sie hatten sich bei der Polizei auf Anhieb gut verstanden, und die Zusammenarbeit war angenehm. Ihre Frauen freundeten sich ebenfalls an, und bald darauf trafen sie sich regelmäßig, auch an den Wochenenden, und machten Ausflüge und Campingtrips nach Húsafell oder Þórsmörk. Bei guter Laune war Leó witzig und einfallsreich, und seine Frau Dóra wusste mehr über das Land als die anderen drei zusammen, also organisierte sie die Ausflüge.

»Wo steckt er denn, der Mistkerl?«, fragte Leó, als er nach dem kurzen Schläfchen aufwachte und sich über den Mund wischte. »Er ist nirgendwo zu sehen. Lass uns fahren. Das war sicher nur dummes Geschwätz.«

Konráð warf einen Blick auf seine Uhr.

»Geben wir ihm noch fünf Minuten«, sagte er. »Dann fahren wir.«

»Kennst du das schon?«, fragte Leó und drehte das Radio lauter, während er versuchte, in der Dunkelheit etwas zu erkennen.

»Nein«, sagte Konráð und hörte genauer hin. »Das ist doch diese Discomusik?«

»Boney M.«, sagte Leó und nickte.

Konráð schüttelte den Kopf. Von der Band hatte er noch nie zuvor gehört.

»Wie Abba, nur besser«, sagte Leó.

Dazu hatte Konráð keine Meinung. Ihm waren die heimischen Schlager lieber, auch wenn das meist einfach ausländische Lieder mit isländischen Texten waren.

»Dich interessiert doch sicher, was passiert ist«, sagte Leó nach kurzem Schweigen. »Das willst du doch bestimmt wissen.«

Bevor Leó eingenickt war, hatte er eines seiner Lieblingsthemen aufgebracht, nämlich das Schicksal von Konráðs Vater, das zu seiner Zeit vor dem Schlachthaus auf der Skúlagata besiegelt worden war.

»Wahrscheinlich hat er es provoziert«, sagte Konráð.

»Willst du damit sagen, er hatte es nicht anders verdient?«

»Nein. So etwas hat niemand verdient.«

»Wie lange ist das jetzt her, fünfzehn Jahre?«

»Um den Dreh.«

»Wenn das mein Vater wäre, könnte ich die Sache nicht so einfach vergessen«, sagte Leó. »Der Mann wurde erstochen. Ermordet. Das ließe mir keine Ruhe. Vor allem, wenn ich danach sogar selbst bei der Polizei lande.«

»Ja«, sagte Konráð. »Ich rede nicht gerne darüber.«

»Er war natürlich eine zwielichtige Erscheinung«,

sagte Leó und ignorierte Konráðs Worte. »Gewalttätig. Ein Kleinkrimineller. Aber trotzdem...«

»Ja, ich...«

»Es sei denn, er war ein schrecklicher Vater«, fuhr Leó fort. »Ich weiß auch nicht... dann sieht man das vielleicht anders.«

»Warst du gestern Abend weg?«, fragte Konráð.

»Uff, viel zu lange«, stöhnte Leó. »Ich habe höchstens drei Stunden geschlafen.«

»Die anderen reden schon darüber«, sagte Konráð. Er wollte das Thema wechseln und das Gespräch auf Leó selbst lenken. Es nervte ihn immer, wenn er anfing, über Seppi zu reden.

»Ist das so?«, fragte Leó.

»Ja, schon. Aber du solltest Bescheid wissen. Heute zum Beispiel. Es ist Montag, und als du irgendwann endlich aufgekreuzt bist, warst du eigentlich immer noch betrunken.«

»Sie reden darüber...«, schnaubte Leó. »Bei mir ist alles in Ordnung. Das kannst du ihnen sagen. Wer redet denn über mich?«

Sie zuckten beide zusammen, als jemand auf Konráðs Seite gegen die Scheibe hämmerte. Ein Mann mittleren Alters in dicker Jacke stand vor ihnen und bückte sich, um ins Auto sehen zu können.

»Bist du Konráð?«, fragte der Mann, als Konráð das Fenster hinuntergekurbelt hatte. »Du warst es doch, mit dem ich telefoniert habe?«

»Setz dich rein«, sagte Konráð, und der Mann warf einen Blick auf Leó, misstrauisch und wachsam.

»Ist das dein Kollege?«, fragte er.

»Ja, das ist Leó, steig ein«, wiederholte Konráð, und

nach kurzem Zögern nahm der Mann hinter Konráð auf der Rückbank Platz. Er stank nach Rauch, als hätte er eben erst eine billige Zigarre ausgedrückt. Vielleicht hatte er sie bereits aus der Ferne beobachtet, unsicher, ob er den Schritt wagen sollte. Leó drehte sich im Sitz, um ihn im Blick zu haben. Konráð konnte ihn im Rückspiegel sehen.

Die Polizei hatte einen Hinweis auf illegalen Handel mit Alkohol und Tabak in einem beliebten Tanzlokal der Stadt bekommen. Es schien keine große Sache zu sein, aber Konráð wollte dem Fall dennoch nachgehen. Ein Angestellter des Ladens, der nicht namentlich genannt werden wollte, hatte ihnen den Tipp gegeben, und daraufhin hatte man den Kontakt zu Konráð hergestellt, der den Mann nach anfänglichem Zögern zu einem Treffen überreden konnte. Zeitpunkt, Ort und Vorgehen bestimmte der Mann. Daher diese Wartezeit im Auto abseits der Hauptverkehrswege, nicht weit von Blesugróf. Konráð hatte ihm Verschwiegenheit zugesagt, worauf der Mann viel Wert legte. Schon am Telefon war zu spüren, dass er es damit wirklich ernst meinte. Er wirkte sogar etwas verängstigt.

»Ich will mich nicht aufspielen«, sagte der Mann, als er eingestiegen war und über den Rückspiegel Augenkontakt mit Konráð aufgenommen hatte. »Das will ich klarstellen. Ihr solltet nur Bescheid wissen und euch darum kümmern. Aber ich will nirgendwo genannt werden.«

»Wovor hast du Angst?«, fragte Leó.

»In Ordnung«, sagte Konráð und richtete den Rückspiegel aus, um den Mann besser sehen zu können. »Erklär uns, worum es bei der Sache geht, damit wir es besser verstehen. Und es wäre gut, wenn du uns deinen Namen sagen würdest.«

Der Mann sah Leó misstrauisch an und behauptete, er habe vor niemandem Angst, aber da würden höchst gesetzeswidrige Dinge vor sich gehen. Das Lokal sei beliebt und an den Wochenenden immer proppenvoll, da wandere jede Menge Alkohol und Tabak über die Theke, der aber nirgendwo in der Buchhaltung auftauche. Die Schmuggelware von der Militärbasis und von Hochseeschiffen werde anders erfasst, und der Gewinn wandere direkt in die Tasche des Besitzers. Regelmäßig würden Alkohollieferungen von der US-Militärbasis in Keflavík kommen, auch von Seemännern, manchmal einzelne Pullen, manchmal ganze Kanister, die dann in die offiziellen Flaschen des staatlichen Alkoholladens umgefüllt wurden. Der Mann meinte, er habe schon in vielen Bars und Tanzlokalen im ganzen Land gearbeitet, und da sei ihm immer wieder mal Schmuggelware und Spiritus untergekommen, aber nie in dem Ausmaß und so organisiert wie hier.

»Hast du das irgendwo schriftlich?«, fragte Konráð, als der Mann ausgeredet hatte.

»Nein, das habe ich nicht«, antwortete er. »Ich weiß das halt. Ich habe die Ware selbst entgegengenommen, umgefüllt und verkauft. Und für ausgewählte Kunden gab es auch Zigarettenschachteln. Aber jetzt habe ich die Schnauze voll und wollte euch informieren.«

»Arbeitest du nicht mehr dort?«, fragte Konráð.

Der Mann zögerte.

»Nein, nicht mehr.«

»Warum? Ist das der Grund?«

»Das kann man so sagen, ja«, sagte der Mann, der anonym bleiben wollte, und warf Konráð im Rückspiegel einen eindringlichen Blick zu.

Dann wirkte er plötzlich wie aufgeschreckt und öffnete die Tür. Leó sagte, sie müssten noch ausführlicher mit ihm sprechen, aber keine Chance. Der Mann meinte nur, er habe nicht mehr zu sagen, und stieg aus. »Wo willst du hin, komm gefälligst zurück!«, rief Leó, aber der Mann hörte nicht auf ihn, knallte die Tür zu, und ehe sie sichs versahen, war er in der Dunkelheit verschwunden.

»Komischer Kerl«, sagte Leó, der immer noch in halber Drehung auf dem Beifahrersitz saß.

»Müssen wir dem nicht nachgehen?«, fragte Konráð.

»Doch, vermutlich schon«, antwortete Leó gleichgültig.

Fünf

Leó war allein unterwegs, als er zwei Tage später das Tanzlokal aufsuchte. Erna, Konráðs Frau, lag auf der Entbindungsstation und erwartete jeden Augenblick ihr Kind, Konráð hatte sich freigenommen, um die Geburt nicht zu verpassen. Das war ungewöhnlich, denn meist nahmen sich werdende Väter dafür nicht extra Urlaub. Es galt sogar als etwas jämmerlich, sich deshalb zu stressen. Konráð und Erna hatten sich bereits für einen Namen entschieden. Ein Junge sollte Húgó heißen, einfach so. Und ein Mädchen würden sie Sigurrós nennen, nach Ernas verstorbener Mutter.

Also fuhr Leó allein zum Lokal, um mit dem Eigentümer zu sprechen. Konráð hatte vorgeschlagen, den Laden zu überwachen, Informationen über vermeintlichen Schmuggel zu sammeln und dann, wenn nötig, eine Hausdurchsuchung durchzuführen. Aber Leó wollte die Sache etwas anders angehen.

Der Besitzer wunderte sich über den Besuch des Polizisten, war aber ausgesprochen höflich, reichte ihm die Hand und bat ihn, sich an einen der Tische zu setzen. Auf der Tanzfläche vor ihnen standen zwei Männer auf einer Leiter und versuchten, eine große Discokugel an der Decke anzubringen – die waren momentan der letzte Schrei.

Leó redete nicht lange um den heißen Brei herum und

erklärte, dass die Polizei Wind von allerlei Gesetzeswidrigkeiten bekommen habe. Der Besitzer war ein beleibter Mann Mitte fünfzig und hatte jede Menge Erfahrung im Betreiben von Bars und Tanzlokalen. Er war schwerfällig und hatte einen auffallend großen Mund. Auf dem Tisch lag eine Streichholzschachtel, und mit seinen dicken Fingern zog er ein Zündholz nach dem anderen heraus, versuchte es zu zerbrechen und steckte es wieder in die Schachtel, wenn es nicht sofort gelang. Als er endlich eines fand, das passend zerbrach, benutzte er es als Zahnstocher.

»Komisch«, sagte der Eigentümer des Lokals und sah Leó an.

»Was?«

»Ich hätte eher mit einer Razzia gerechnet, wenn ihr die Hinweise tatsächlich ernst nehmen würdet.«

»So weit sind wir bisher nicht«, sagte Leó. » Noch nicht.«

Der Mann sah Leó eine Weile an, bevor er ein weiteres Streichholz aus der Schachtel zog.

»Hat Paddi mit dir gesprochen?«, fragte er und brach es entzwei.

»Paddi?«, fragte Leó.

»Das würde zu ihm passen. Ich musste ihn rausschmeißen. Er konnte die Finger nicht von den Mädels lassen. Die haben sich beschwert und mit Kündigungen gedroht. Eine ist zu mir gekommen und meinte, er hätte sie in der Vorratskammer vergewaltigt. So etwas kann ich einfach nicht dulden, und das habe ich ihm auch erklärt. Da hat er sich aufgeregt. Er würde es mir noch zeigen, hat er gesagt. Ich dachte, er legt vielleicht ein Feuer. Aber dann war es wohl das.«

»Du streitest es also nicht ab?«, sagte Leó.

»In seinen Aussagen steckt nicht ein Funken Wahrheit«, sagte der Lokalbetreiber. »Das ist nur seine Rache an uns.«

»In Ordnung«, sagte Leó ruhig. »Dann sehen wir uns das genauer an. Machen eine Hausdurchsuchung. Holen das Finanzamt mit ins Boot. Überprüfen die Buchhaltung. Vernehmungen. Untersuchungshaft.«

Der Mann sah ihn an, hielt das Streichholz hoch und entschied sich für eine Hälfte, um damit in den Zähnen zu stochern. Der Bruch war spitz, und er stellte sich etwas unbeholfen an, sodass die Stelle zu bluten begann und eine rote Spur auf seinen Zähnen hinterließ.

»Ist das eine Drohung?«, fragte er.

»Keineswegs«, sagte Leó. »Aber wir haben diese Hinweise bekommen und müssen darauf reagieren.«

»Trotzdem bist du erst hergekommen, um mich zu treffen.«

»Ich bin halt auch ein netter Kerl«, sagte Leó und lächelte.

»Was willst du? Ganz konkret? Alkohol? Tabak? Geh rein und bedien dich.«

»Was denkst du, wer ich bin? Irgendein Waschlappen?«, sagte Leó.

»Was willst du?«

»Einen Anteil«, sagte Leó.

Der Mann war sichtlich verwundert.

»Einfach so?«

Leó nickte.

»Da lässt sich vielleicht eine Lösung finden«, sagte der Lokaleigentümer nach kurzer Überlegung und fuhr sich mit der Zunge über die großen schiefen Zähne.

»Gut«, sagte Leó.

»Wenn du mir sagst, ob er es war.«

Sechs

Die Robbe machte es sich auf dem Stein bequem. Konráð hatte sie den ganzen Sommer lang nicht gesehen, aber jetzt, als der Winter eingekehrt und das Wetter wieder wechselhaft war, hatte sie plötzlich den Kopf aus der Bucht gesteckt, sich in aller Ruhe umgeblickt und dann auf den Stein gehievt. Dort wärmte sie sich in der Wintersonne und ließ sich nicht von dem kalten Nordwind beirren. Auf dem schwarzen Strand setzten ein paar Möwen zum Flug an und schwebten über die weiß gekleidete Landschaft.

Konráð saß ganz oben auf der Kiesbank und beobachtete eine Weile die Robbe, bevor sein Blick gen Norden Richtung Grótta schweifte, wo sich ein paar dick eingepackte Touristen vorsichtig über die großen Steine zum Leuchtturm auf der Landenge vortasteten. Als Konráð die Robbe noch einmal genauer betrachten wollte, war sie bereits lautlos in der Tiefe verschwunden. Da saß er also und erinnerte sich an seinen letzten Besuch an diesem Ort. Das war im Spätherbst gewesen, und er hatte eine Schar Ringelgänse gesehen, die über ihn hinweg nach Osten geflogen waren, so tief, dass er die Flügelschläge gehört hatte.

Je öfter er herkam, desto mehr lernte er die Natur an diesem Ort schätzen, egal ob im Sommer oder im tiefsten

Winter. Auch mit Erna war er kurz vor ihrem Tod hierhergekommen, und den letzten Morgen ihres Lebens hatte sie in seinen Armen dort auf der Sandbank im Licht einer schönen Mondfinsternis verbracht.

Konráð stand auf und blickte sich nach der Robbe um, aber sie tauchte nirgendwo zum Atmen auf, also ging er zurück zum Parkplatz. Im Auto machte er die Heizung an und wartete, bis die Wärme sich im Innenraum ausbreitete. Ihm war draußen kalt geworden. Der Frost nagte trotz der dicken Winterjacke und Mütze an ihm. Nach den Unwettern der vergangenen Wochen war eine Kältewelle prophezeit worden, und die Vorhersagen schienen zu stimmen.

Er fuhr gerade los, als sein Handy klingelte und er am Straßenrand wieder anhielt. Es war Marta.

»Was treibst du so?«, fragte sie.

»Robben beobachten«, sagte Konráð.

»Robben beobachten?! Um Himmels willen, ich hab schon richtig Angst vor der Rente. Was ist das für ein Lärm bei dir?«

»Die Heizung im Jeep«, sagte Konráð und drehte sie runter. »Rufst du aus einem bestimmten Grund an?«

»Hast du in letzter Zeit mal mit Óliver gesprochen?«

Konráð verneinte, Óliver und er trafen sich ab und zu auf einen Kaffee oder gingen essen, hatten aber schon länger keinen Kontakt mehr gehabt. Konráð hatte ihn auf Anhieb gemocht, und sie waren seit vielen Jahren gut befreundet. Seine Wurzeln lagen in Spanien, und dort verbrachte er gerne kalte Winter wie diesen. Er hatte Konráð angeboten, sein Ferienhaus jederzeit nutzen zu können, aber daran war Konráð nicht sonderlich interessiert.

»Also hat er dir nicht von der Pistole erzählt?«

»Welcher Pistole?«

»Der Luger?«

»Nein.«

»Wir haben sie gefunden. Die Mordwaffe von 1955. Weißt du noch? Ein Mann wurde aus kurzer Entfernung im Múlahverfi erschossen.«

»Die Pistole ist aufgetaucht?«

»Ja.«

»War das eine Luger?«

»Óliver ist draufgekommen«, sagte Marta. »Gar nicht so dumm, diese Spanier. Die Spurensicherung hatte noch die Patrone, die damals in der Baracke gefunden wurde, und Óliver hat allerlei Sachen im Mikroskop überprüft und herausgefunden, dass die Patrone genau aus dieser Waffe stammt und aus keiner anderen. Irgendwelche Kratzer, die aufeinanderpassen. Ich schalte immer ab, wenn er bei diesen Dingen zu sehr ins Detail geht.«

Er hörte Marta an einer E-Zigarette ziehen, bevor sie ihm von der Frau erzählte, die an einem stürmischen Tag mit der in ein dreckiges Tuch gewickelten Waffe, die sie nach dem Tod ihres Mannes gefunden hatte, ins Präsidium an der Hverfisgata gekommen war. Sie wollte der Frau nachher einen Besuch abstatten und sie genauer zu dem Fund und ihrem Mann befragen.

»Macht ihn das nicht verdächtig? Den Mann?«

»Und wie«, sagte Marta und stieß Nikotindampf aus. »Aber er ist natürlich tot, also …«

»Wie alt war er denn damals, 1955?«

»Alt genug, um eine Waffe zu benutzen. Aber ich rufe eigentlich an, weil …, weil ich Olga vom Archiv getroffen habe. Ich war wegen der Akte da, und sie hat mir erzählt, dass du dich früher mal für den Fall interessiert hast. Ich wollte dich fragen, warum? Dieser Mord ist lange vor deiner Zeit bei der Polizei passiert.«

»Das weiß ich gerade auch nicht mehr«, sagte Konráð. »Hat Olga dazu was gesagt?«

»Sie meinte sich zu erinnern, dass du irgendwie neugierig warst. Also dachte ich, ich frage dich mal, was du damals herausfinden wolltest. Jaja, ich komme schon«, rief Marta genervt, jemand schien sie zu hetzen. »Ich muss los. Ruf an, wenn du dich an etwas erinnerst«, sagte sie und legte auf.

Konráð saß still im Auto. Langsam wurde es warm, und er drehte die Heizung noch weiter runter. Der Jeep war schon alt und mitgenommen und knarrte an vielen Stellen. Nach kurzer Überlegung beschloss Konráð, nicht länger zu warten. Er rief Óliver an und kam direkt zur Sache.

»Marta hat mir von der Pistole erzählt. Der Luger.«

»Ja?«

»Weißt du noch mehr darüber?«

»Du, ich bin gerade in der Bank«, sagte Óliver, und sein Westfjord-Akzent war zu vernehmen. Als kleiner Junge hatte er eine Weile in Ísafjörður gelebt. »Ich ruf dich gleich zurück.«

Fünf Minuten später meldete er sich und ließ durchklingen, wie stolz er war, die Pistole mit einem alten Mordfall in Verbindung gebracht zu haben. Er erzählte, sie sei jahrzehntelang nicht benutzt worden und in keinem guten Zustand, aber es handle sich definitiv um die Waffe von 1955. Er habe ein paar Probeschüsse für die Untersuchung abgegeben, und sie funktioniere einwandfrei.

Auf Konráðs Frage, woher die Pistole stammen könnte, antwortete Óliver, dass dieser spezielle Typ aus dem

Krieg sei und viele deutsche Soldaten solche Luger-Pistolen gehabt hätten. Aller Wahrscheinlichkeit nach sei die Pistole im oder kurz nach dem Zweiten Weltkrieg mit Soldaten auf dem Heimweg von Europa nach Island gekommen. Nicht selten hätten sich die Soldaten der Alliierten die Luger der Nazis genommen und sie als eine Art Andenken behalten. Wie eine Trophäe.

Auf Ólivers Erzählung folgte ein langes Schweigen.

»Konráð?«, fragte er. »Bist du noch dran?«

»Also kann es sein, dass ein amerikanischer oder britischer Soldat sie damals ins Land gebracht hat?«, fragte Konráð.

»Nicht auszuschließen.«

»Könnte sie vom Flughafen stammen? Von der Militärbasis?«

»Natürlich. Aber das ist nur eine Vermutung«, sagte Óliver. »Sie kann auch von woanders gekommen sein.«

»Also könnte es ein Soldat gewesen sein, der den Mann im Múlahverfi erschossen hat?«

»Interessiert dich der Fall irgendwie besonders? Hast du ihn dir mal angesehen?«

»Ich versuche nur, mich warm zu halten«, sagte Konráð. »Das ist alles.«

»Ja, diese verdammte Kälte«, stöhnte Óliver, der nicht müde wurde, den isländischen Winter zu verfluchen. »Tagein, tagaus. Schnee und Frost und Finsternis. Immer diese nicht enden wollende Finsternis. Da hat doch niemand Lust drauf? Wer ist bloß auf die Idee gekommen, dieses Land zu besiedeln? Im Ernst, Konráð? Da hat doch niemand Lust drauf?«

Konráð steckte das Handy wieder in die Tasche und musste an seinen Vater denken, schüttelte aber sofort den Kopf, als wäre der Gedanke, der ihm gerade durch den Kopf ging, völlig verrückt und viel zu weit hergeholt.

Manchmal, wenn Seppi wütend auf ihn geworden war, ihn geschlagen oder beschimpft hatte, schien er seine Fehler im Nachhinein einzusehen und sich um Wiedergutmachung zu bemühen. Das konnte unterschiedlich ablaufen. Manchmal strich er Konráð einfach nur über den Kopf. Oder er nahm ihn mit in den Laden, wo er seinen Tabak kaufte, und steckte ihm irgendwelche Süßigkeiten oder eine Cola zu. Oder Geld fürs Kino. Spielte vielleicht mit ihm und verhielt sich freundlich und väterlich, redete mit ihm wie mit einem Ebenbürtigen. Sie müssten zusammenhalten, das sei wichtig, denn sie bräuchten einander in dieser beschissenen Welt. Seppi sei nicht nur sein Vater, sondern auch sein Freund, selbst wenn er Konráð manchmal ermahnen und maßregeln müsse, ändere das nichts an ihrem Verhältnis zueinander. Er habe ihn trotzdem sehr gern.

Oder zum Beispiel an seinem neunten Geburtstag, als Tante Addý zu Besuch gekommen war und Seppi ihm eine Ohrfeige verpasst hatte, weil er so dumme Fragen gestellt hatte.

Konráð war mit der *Abenteuerinsel* auf sein kleines Zimmer gegangen und eingeschlafen. Er wurde wach, als Seppi mit dem Buch in der Hand auf der Bettkante saß. Sein Vater blätterte darin, sah sich die Bilder an und fragte, ob es spannend sei. Konráð antwortete nicht, war immer noch gekränkt und wütend auf ihn. Seppi blickte von dem Buch auf, sah seinen Sohn lange an und strich ihm die Haare aus der Stirn.

»Sei nicht sauer«, sagte er. »Ich wollte das nicht tun. Manchmal überkommt es mich einfach. Ich muss mit dieser Trinkerei aufhören. Der Mann, nach dem du gefragt hast, ist nicht mein Freund, eigentlich geht er mir ziemlich auf die Nerven und … Er ist ein schlechter Verlierer, so wie heute Nacht auch, er wollte mich schlechtmachen. Ihn hätte ich schlagen sollen und nicht dich.«

Seppi lächelte.

»Ich habe was von ihm gewonnen, das dich interessieren könnte«, sagte er dann. »Willst du mal sehen?«

Konráð blickte seinen Vater skeptisch an und nickte schließlich. Seppi stand auf und ging in die Küche, öffnete den Schrank über dem Waschbecken und nahm ein kleines, in ein Tuch eingeschlagenes Bündel heraus, bevor er sich wieder zu Konráð ans Bett setzte. Er ließ das Tuch auf den Boden fallen und hielt plötzlich eine Pistole in der Hand, die er seinem Sohn reichte.

»Da kann nichts passieren«, sagte er. »Sie ist nicht geladen. Drei Patronen habe ich dazubekommen.«

Konráð nahm die Pistole in seine kleine Hand und sah sie sich genau an, fand sie ganz schön schwer. Er streckte den Arm aus, und als er abdrückte, erklang ein leises Klicken.

»Sie ist deutsch«, sagte Seppi. »Das ist eine Luger.«

Sieben

Konráð fuhr in die Gegend, wo früher die Nissenhütten von Múlakampur gestanden hatten, damals draußen am Stadtrand. Er konnte ungefähr nachvollziehen, wo sich die halbrunden Wellblechhütten und heruntergekommenen Häuser einmal befunden hatten, bevor sie alle abgerissen worden waren, als man beschloss, dort ein neues Geschäfts- und Industrieviertel zu errichten. Er parkte an der Suðurlandsbraut und sah, dass er noch etwas Zeit hatte.

Also entschloss er sich zu einem kleinen Spaziergang und versuchte, sich vorzustellen, wie das Viertel in den Fünfzigerjahren ausgesehen hatte. Im Internet hatte er ein paar körnige Schwarz-Weiß-Aufnahmen aus der Zeit gefunden, auf denen schäbige Hütten zwischen Wellblechbaracken zu sehen waren, schlecht beleuchtete und schlammige Wege, kaputte Abflussrohre aus Kriegszeiten und Fäkalientanks direkt neben den Häusern. Auch an anderen Stellen am Stadtrand waren solche Viertel entstanden, als obdachlose Menschen in die leeren Baracken zogen und dazwischen einfache Holzhütten errichteten. Manche brachten ihre Bruchbuden im Ganzen hierher und stellten sie ohne Genehmigung oder Grundbesitz irgendwo auf, sodass ein verarmtes Stadtviertel entstand, mit Handwerkern, einem Laden, Spekulanten und Hellsehern. Das ging nicht lange gut, wie so vieles in der Stadt zu dieser Zeit, und die ganze Siedlung wurde beseitigt, als das neue Reykjavík seine Bagger immer weiter nach Osten entsandte.

Konráð setzte sich in ein Café in der Nähe des Parkplatzes, auf dem sein Auto stand. Während seines Spaziergangs hatte es angefangen zu schneien, und die Flocken fielen so dicht, dass er kaum noch die Sportanlage in Laugardalur sehen konnte, nur die glatte Kuppel der großen Halle zeichnete sich ab. Kurz darauf ging die Tür auf, und der Mann, mit dem er verabredet war, trat ein, klopfte den Schnee von seiner Jacke und fragte, ob er Konráð sei, bevor er sich zu ihm setzte.

Konráð hatte in alten Polizeiakten zu dem Mord im Múlahverfi recherchiert und sich den Namen des Bewohners der Baracke nebenan notiert. Als er ihn kontaktieren wollte, fand er heraus, dass der Mann schon vor einiger Zeit verstorben war. Seinen Sohn konnte er aber ausfindig machen, und nach einem kurzen Telefonat entschieden sie, dass es vermutlich besser wäre, sich persönlich zu treffen, und so verabredeten sie sich im alten Viertel. Wie sich herausstellte, lag das Café nur einen Katzensprung vom damaligen Tatort entfernt.

»Er hat nicht viel darüber gesprochen«, sagte der Mann, nachdem Konráð sich vorgestellt und sie sich erst noch kurz über den schneereichen Winter unterhalten hatten und schließlich auf den einstigen Abend zu sprechen kamen, an dem der Vater des Mannes in der Baracke nebenan einen Schuss gehört hatte. »Irgendwann später hat er einmal gesagt, dass er vermeiden wollte, ein Hauptzeuge in diesem Fall zu werden.«

»Kannte er seinen Nachbarn gut?«, fragte Konráð.

»So wie man sich halt kennt, nehme ich an«, sagte der Mann. Er war stämmig gebaut, trug einen ungepflegten Bart und eine große Brille auf der Nase und starrte Konráð mit seinen großen hervorstehenden Augen an. Er arbeite schon seit Langem als Taxifahrer, erzählte er und beschwerte sich über die schlechten Straßenverhältnisse in der Stadt, vor allem in den höhergelegenen Vierteln. Er habe überlegt, Ketten anzulegen, meinte er und fügte hinzu, dass das schon lange nicht mehr nötig gewesen sei.

»Die beiden waren also nicht enger befreundet?«

»Nein, nichts dergleichen. Ich glaube, mein Vater hat einmal erwähnt, dass der Mann eher ein Eigenbrötler war und auch keine freundschaftlichen Beziehungen zu den Nachbarn gepflegt hat. An den Wochenenden hat er wohl ganz schön gebechert und hatte oft irgendwelche Leute zu Besuch oder ging aus und kam besoffen wieder nach Hause, aber Lärm hat er nie gemacht und auch keine Probleme.«

»Diese Nissenhütten hatten immer zwei Türen«, sagte Konráð, »eine vorne und eine seitlich, wo dein Vater auch die Leiche gefunden hat.«

»Ja, es war natürlich dunkel und das Viertel nicht gut beleuchtet, die Baracke stand etwas abseits, eigentlich am Rande der Siedlung, und mein Vater ist davon ausgegangen, dass der Täter hier die Böschung rauf ist, vielleicht sogar bis nach Háaleiti hoch.«

»Ist er auch von dort gekommen?«, fragte Konráð.

»Ja, das kann gut sein«, sagte der Taxifahrer. »Das dachte mein Vater jedenfalls. Meine Mutter war zu der Zeit gerade in Hafnarfjörður, zusammen mit meiner Schwester und mir, wir haben dort auch übernachtet.«

»Die Polizei hatte damals die Vermutung, dass der Täter kein Bewohner des Viertels war, sondern von woanders kam?«

»Ich glaube, das haben sie angenommen, ja. Ich war natürlich noch sehr jung, als das alles passiert ist, ich kann mich an nichts erinnern, aber mein Vater wusste von niemandem im Viertel, der dem Mann etwas Böses wollte. Alle waren sehr überrascht, dass er umgebracht wurde.«

»Wie sich herausstellte, war die Mordwaffe eine deutsche Pistole, eine 9 mm Luger. Sagt dir das was? Besaß jemand im Viertel so eine Waffe? Hat dein Vater etwas in die Richtung erwähnt?«

»Nein, darüber weiß ich nichts.

»Was hat deine Mutter damals in Hafnarfjörður gemacht?«

Die Frage schien den Taxifahrer zu überrumpeln.

»Du hast sie erwähnt«, sagte Konráð.

»Sie war bei Oma, also bei ihrer Mutter. In der Ehe meiner Eltern hat es zu der Zeit aus diversen Gründen gekriselt. Sie wollte zum Beispiel aus Múlakampur wegziehen. Hat sich da nicht wohlgefühlt und meinen Vater sehr gedrängt, etwas Besseres zu suchen. Fand, dass er sich mehr anstrengen sollte. Am Ende hat er eine Etagenwohnung in Stóragerði bekommen, also sind wir da hingezogen.«

»Die Polizei hatte deinen Vater eine Zeit lang im Visier. Er hat die Leiche gefunden. War der einzige Zeuge. Außer ihm konnte niemand etwas dazu sagen.«

»Ja, aber er war kein Mörder«, sagte der Taxifahrer sofort, als habe er seinen Vater schon öfter verteidigen müssen.

Laut der Polizeiakte war das Opfer ein zwanzigjähriger Mann namens Garðar, der den Großteil seines Lebens in Reykjavík gelebt hatte. Seine Mutter hatte er in jungen

Jahren verloren, und über seinen Vater war nichts bekannt, also hat das Jugendamt sich gekümmert und ihn seine ganze Kindheit lang von einer Pflegefamilie zur nächsten geschickt. Als er älter wurde, hat er verschiedene Knochenjobs angenommen. Zum Zeitpunkt seines Todes hatte er zwei Jahre als Packer am Hafen gearbeitet. Dort kannte man ihn als gewissenhaften und fleißigen Arbeiter. Einer seiner Kollegen lebte in Múlakampur, und als Garðar ein Dach über dem Kopf brauchte, zog er zu ihm in die Baracke. Sein Freund fand bald eine bessere Bleibe und verließ das Viertel, woraufhin Garðar allein zurückblieb.

»Kannte dein Vater die Freunde von Garðar oder die Leute, die ihn besucht haben?«

Der Taxifahrer starrte in das Schneetreiben hinaus, und Konráð vermutete, dass er an die Ketten im Kofferraum dachte und sich fragte, ob er sich tatsächlich noch die Mühe machen müsste, sie an die Reifen zu schnallen. Wahrscheinlich konnte er sich Schöneres vorstellen.

»Nicht gut, wie gesagt, er hatte kaum Freunde und nur wenige Kontakte.«

»Ja, so steht es auch in der Akte«, sagte Konráð. »Die Kollegen am Hafen haben erwähnt, dass er sich nicht viel unter die Leute gemischt hat.«

Der Taxifahrer nickte und schien immer noch mit den Gedanken bei der Witterung und den Schneeketten zu sein.

»Sagt dir im Zusammenhang mit den damaligen Ereignissen der Name Seppi was?«, fragte Konráð.

»Seppi? Meinst du einen Hund, oder …?«

»Nein«, sagte Konráð. »Der Mann hieß Jósep P. Grímsson, wurde aber nur Seppi genannt. Sagt dir das was? Hast du ihn schon mal gehört?«

»Ich erinnere mich nur daran, dass mein Vater von einem Mann erzählt hat«, begann er und warf einen Blick auf sein Taxi, »der Garðar ein- oder zweimal besucht hat, und den mein Vater aus der Lungenheilanstalt kannte. Ich weiß nicht, ob das irgendwann bei den Ermittlungen aufkam.«

»Die Lungenheilanstalt?«

»Ja, das Tuberkulose-Sanatorium Vífilsstaðir.«

»Wer war der Mann?«

»Ich glaube, mein Vater hat bei seinen Erzählungen irgendwann mal erwähnt, dass er Luther hieß. Ich fand den Namen etwas eigenartig. Wie Martin Luther, weißt du? So heißen sicher nicht viele.«

»Luther?«, fragte Konráð. »Aus der Lungenheilanstalt?!«

»Ja, der Bruder meines Vaters war dort, und er hat ihn oft besucht«, sagte der Taxifahrer und erschrak ein wenig, als Konráð sich vorbeugte und ihn beinahe wütend ansah. »Dort war dieser Mann, wenn ich das richtig verstanden habe, Luther, den mein Vater dann in der Baracke bei Garðar gesehen hat. Mein Vater war neugierig, weil er ihn schon einmal wo gesehen hatte, und hat Garðar irgendwann darauf angesprochen, aber der hat wohl sehr ausweichend oder gar nicht geantwortet und ist ganz verlegen geworden.«

Konráð starrte den Taxifahrer immer noch an. Er kannte einen Mann, der zu jener Zeit im Sanatorium in Vífilsstaðir gearbeitet hatte und Luther Hansson hieß. Er wurde verdächtigt, etwas mit dem Mord an einem zwölfjährigen Mädchen zu tun zu haben, das 1961 ertrunken im Stadtteich von Reykjavík gefunden worden war, es ging um Kindesmissbrauch. Vor nicht allzu langer Zeit hatte sich Konráð genauer mit dem Fall beschäftigt und dabei herausgefunden, dass ein Freund von diesem Luther, ein Arzt namens Anton J. Heilman, das Mädchen geschwängert hatte.

»Mein Vater meinte, dass Garðar nicht über ihn reden wollte. Dass er so getan hat, als würde er den Mann kaum kennen. Das fand er eigenartig. Warum fragst du? Kennst du diesen Luther?«

Für einen Moment wusste Konráð nicht, was er sagen sollte. Er kannte den Mann, um den es sich vermutlich handelte, nicht persönlich, wusste aber dennoch mehr über ihn als viele andere. Luther hatte nie mit der Polizei zu tun gehabt, und Konráð hätte gar nichts von seiner Existenz erfahren, wenn er sich 1961 nicht mit dem Fall des Mädchens befasst hätte, in den Luther wahrscheinlich zusammen mit dem Arzt verwickelt gewesen war. Konráð hatte nie genau herausgefunden, was mit Luther passiert war, vermutete aber, dass er in den Sechzigerjahren auf der Ægisíða ermordet worden war. Seine Leiche hatte man nie gefunden.

»Der Name sagt mir was«, antwortete Konráð schließlich. »Ich weiß nicht, ob es der Mann ist, an den ich denke. Er hatte einen lahmen Fuß. Die Tuberkulose hat sein Bein befallen.«

»Ja, das könnte passen. Mein Vater meinte, dass er wegen der Tuberkulose operiert werden musste.«

Acht

Konráð rief Óliver an. Als der nicht ranging, fuhr er vom Múlahverfi direkt nach Grafarholt, wo sich die Kriminaltechnische Abteilung befand. Wenn viel zu tun war, ging Óliver nicht immer an sein Handy. Er rief lieber zurück, wenn es ihm zeitlich besser passte. Oft vergaß er es aber auch oder hatte keine Lust. Konráð hatte ihn schon mehrmals gebeten, gefälligst ans Telefon zu gehen, aber Óliver zuckte meist nur mit seinen spanischen Schultern, als verstehe er das Problem nicht.

Diesmal war er aber wirklich sehr beschäftigt. In den vergangenen Wochen hatte es eine Reihe Hausbrände und schwere Verkehrsunfälle gegeben, die ihn auf Trab hielten, er habe noch nie so viel zu tun gehabt. Und dann war da noch die Pistole. Konráð traf ihn hoch konzentriert vor dem Mikroskop an, wo er, wie sich herausstellte, gerade die Patrone untersuchte, die man in der Baracke im Múlahverfi gefunden hatte. Die Aufgabe schien ihn voll und ganz einzunehmen. Hausbrände und Verkehrsunfälle waren eine Sache, aber eine Mordwaffe aus der Mitte des vergangenen Jahrhunderts war eine ganz andere Nummer. Außerdem war der Fall überhaupt nur dank Ólivers Initiative wieder aufgerollt worden. Deshalb war er gerade mit sich selbst ganz zufrieden, als Konráð ihn in der Kriminaltechnischen Abteilung besuchte.

»Was machst du da?«, fragte er und machte keinen Hehl aus seinem Ärger über den Besuch und Konráðs Aufdringlichkeit, als er über Ólivers Schulter griff und ein Reagenzglas auf dem Tisch mit dem Finger antippte. »Du solltest nicht hier sein«, fuhr er fort. »Eigentlich darfst du das nicht. Ist dir das klar? Nichts nervt mehr als ausgediente Polizisten, die am alten Arbeitsplatz herumstrolchen. Weißt du das nicht?«

»Ist sie hier? Die Pistole?«, fragte Konráð und blickte sich um, als müsste sie irgendwo auf Ólivers Tisch liegen.

»Konráð ...«

»Wie hast du das abgeglichen? War sie nicht völlig abgenutzt und verschlissen?«

»Das ist nicht schwer.«

»Kannst du sicher sein, dass es genau diese Pistole war?«

»Warum tust du mir das immer an? Ich bin nicht befugt, dir von unserer Arbeit hier zu berichten«, stöhnte Óliver und blickte vom Mikroskop auf. Er sah sich um. Außer ihnen war niemand zu sehen. Die meisten machten Mittagspause, und auch Óliver war im Begriff, etwas essen zu gehen. »Ich wurde schon mal drauf angesprochen. Hab ich dir das erzählt? Genau wegen der Sache, die du gerade auch wieder abziehst.«

»In Ordnung, ich lasse dich in Ruhe, wenn du mir sagst, warum du dich auf einmal mit diesem Fall beschäftigst und was du bisher herausgefunden hast. Wenn ich die alte Pistole sehen darf.«

Óliver sah ihn verärgert an.

»Das geht nicht, Konráð, und das weißt du genau. Fahr jetzt nach Hause und schau fern, oder was auch immer du den lieben langen Tag machst, und vergiss die Sache. Ich kann dir deine Fragen nicht beantworten.«

Konráð sah Óliver ernst an und wusste, dass er früher oder später Klartext reden musste, was die Pistole betraf.

»Mein Vater hatte eine Luger«, sagte er. »Zwei Jahre vor dem Mord im Múlahverfi habe ich sie gesehen. Es ist nicht unwahrscheinlich, dass die Waffe immer noch in seinem Besitz war, als dem Mann in den Kopf geschossen wurde.«

Óliver sah seinen Freund verwundert an. Er kannte die Geschichten von Konráðs Vater. Manche hatte ihm Konráð selbst erzählt, andere waren ihm während seiner langen Zeit bei der Kriminaltechnik zugetragen worden.

»Ich hoffe, das bleibt vorerst unter uns«, fügte Konráð hinzu. »Als ich gehört habe, dass die Mordwaffe von 1955 gefunden wurde und es sich um eine Luger handelt, musste ich sofort an Seppi denken. So wird man dieser Tage an seinen Vater erinnert.«

»Also sollte ich erst recht nicht mit dir darüber reden«, sagte Óliver. »Immer musst du mich in irgendwelche verdammten Schwierigkeiten bringen.«

»Du würdest mir einen großen Gefallen tun«, sagte Konráð.

»Diese Pistolen gibt es in vielen Modellen«, sagte Óliver und schüttelte resigniert den Kopf, »und die sind weltweit massenhaft im Umlauf, das waren sie schon gegen Kriegsende, als sie bereits nicht mehr hergestellt wurden. Es handelt sich also nicht zwangsläufig um dieselbe Pistole.«

Er zauderte immer noch, aber dann stand er vom Mikroskop auf, führte Konráð in sein Büro und schloss hinter ihnen die Tür. Óliver erzählte ihm, die Luger aus dem Múlahverfi sei eine P-08, also ein ursprünglich 1908 hergestelltes Modell, eine 9 mm, und obwohl Modellbezeichnung und Seriennummer nicht mehr zu erkennen, ja völlig abgewetzt seien, hielt er 1941 als Herstellungsjahr für wahrscheinlich. Sie habe einen schwarzen Kolben und sehe ganz schön mitgenommen aus, was sicherlich darauf hindeute, dass sie im Kampf zum Einsatz gekommen sei. Das Magazin sitze im Kolben, und vollständig geladen biete sie Platz für neun Patronen, inklusive der einen, die beim Herausnehmen des Magazins im Lauf bleibe. Óliver sagte, die Waffe sei in einem relativ guten Zustand, das Magazin sei in Ordnung, und obwohl der Abzug etwas klemme, sei sie durchaus funktionstüchtig.

Er hatte fast einen Monat gebraucht, um herauszufinden, dass es sich um die Pistole von 1955 handelte. Mit dem Fall aus dem Múlahverfi war er nicht so gut vertraut, aber eines der ersten Dinge, die man ihm in der Kriminaltechnik gezeigt hatte, war eine einzelne Patrone aus einem ungelösten Mordfall gewesen. Sie war ihm nicht mehr aus dem Kopf gegangen, und als die Luger in seine Hände geriet, kam ihm der Gedanke, noch einmal einen genaueren Blick darauf zu werfen. Schließlich war die Pistole alt, genau wie der Fall. So etwas hatte er noch nie zuvor getan, noch nie Grund dazu gehabt, und es war auch nicht gerade einfach gewesen, die Patrone zu finden. Die Kriminaltechnische Abteilung war seit dem Mord ein paarmal mit Sack und Pack umgezogen, erst vom Fríkirkjuvegur an die Borgartún, von da aus nach Kópavogur, bevor sie letztendlich nach Grafarholt verlegt worden war. Die Patrone befand sich nicht unter den Beweismitteln zu diesem Fall, aber Óliver entdeckte sie irgendwann bei den Asservaten zu einem Vermisstenfall. Wie sie dahin gelangt war, wusste niemand mehr, aber in der Beschreibung war die Patrone ganz klar dem Mord im Múlahverfi zugeordnet.

Óliver recherchierte im Internet zu der Geschichte der Pistole und fand heraus, dass solche Luger-Pistolen mittlerweile überaus beliebte Sammlerstücke und auf der ganzen Welt noch im Umlauf waren. Er besorgte ein neues Magazin, in das normale 9 mm Geschosse passten, kaufte eine ganze Packung, schoss ein paarmal aus der Pistole und untersuchte die Spuren, winzige Kratzer auf den Patronen, die im Lauf entstanden. Wie sich herausstellte, passten sie eins zu eins zum Spurenbild der Patrone aus dem Múlahverfi.

»Also besteht kein Zweifel«, sagte Konráð.

»Nein«, sagte Óliver. »Das ist dieselbe Pistole. Die einzigen Fingerabdrücke darauf sind von der Frau, die sie gebracht hat.«

»Darf ich sie mal sehen?«, fragte Konráð. »Vielleicht kann ich helfen.«

»Wie alt warst du, als du sie zum ersten Mal gesehen hast?«

»Neun. Das war 1953.«

Óliver öffnete eine Schublade und holte die Luger hervor, die in einer Plastikhülle steckte, auf der »Beweismittel« stand. Er reichte Konráð die Waffe, verbot ihm aber, sie aus der Hülle zu nehmen. Konráð war sofort klar, dass es sich womöglich um die Pistole handelte, die ihm Seppi damals gezeigt hatte.

»Wie du siehst, hat man versucht, das Baujahr auf dem Lauf unlesbar zu machen, sagte Óliver. »Dasselbe bei der Markierung darunter. Dort sollte ›Luger 9 mm‹ stehen, aber man erkennt es nur bei genauem Hinsehen. Wir sind immer noch dabei, sie zu untersuchen, um herauszufinden, was für eine Reise sie hinter sich hat, wenn man so will. Fällt dir dazu noch etwas ein?«

»Ich erinnere mich noch sehr gut daran, als mein Vater mir die Pistole gezeigt hat«, sagte Konráð. »Ich durfte sogar einmal abdrücken.«

»Sah sie so abgewetzt aus wie diese, mit all den Kratzern?«

»Sie sah ihr sehr ähnlich. Der Kolben war auch schwarz. Und ja, sie hatte Kratzer und war genauso abgegriffen und mitgenommen. Als sei sie schon oft benutzt worden. Im Krieg vermutlich.«

»Ist das die Pistole?«

»Sie war sehr ähnlich«, räumte Konráð ein. »Wenn mich meine Erinnerung nicht täuscht. Aber ganz sicher kann ich es nicht sagen.«

»Weißt du, was dein Vater mit ihr gemacht hat?«

»Nein, ich habe sie nur das eine Mal gesehen«, sagte Konráð. »Ich weiß nicht, was danach mit ihr passiert ist.«

Neun

Die Autos krochen hinter dem Räumfahrzeug her, und der aufgewirbelte Schnee fegte über sie hinweg. Das Fahrzeug fuhr stadtauswärts Richtung Osten, und da es obendrein auch noch heftig schneite, liefen die Scheibenwischer von Konráðs Jeep auf Hochtouren, um ihm eine einigermaßen freie Sicht zu ermöglichen, mehr als ein paar Meter konnte er aber dennoch nicht sehen. Konráð starrte auf die roten Rückleuchten des Autos vor ihm und versuchte, sie nicht aus den Augen zu verlieren. Er hatte das Gefühl, dass sie seine einzige Chance waren, in der winterlichen Finsternis nicht verloren zu gehen, vom Weg abzukommen, sich zu überschlagen und erst im Frühjahr gefunden zu werden.

Auf dem Þrengslavegur Richtung Süden nach Ölfus wurden Sicht und Straßenverhältnisse etwas besser. Der Schneefall ließ nach, und Konráð konnte die entgegenkommenden Autos und Schneeverwehungen vor ihm wieder besser erkennen, er atmete auf. Dann dachte er an das bevorstehende Treffen. Konráð hatte nicht unbedingt damit gerechnet, dem Mann noch einmal von Angesicht zu Angesicht zu begegnen. Er hatte auf gut Glück darum gebeten, ihn besuchen zu dürfen. War nicht sicher gewesen, ob der Mann noch einmal mit ihm zu tun haben wollte. Bei ihrem letzten Treffen war Konráð nicht ganz ehrlich zu ihm gewesen und hatte ihm übel mitgespielt. Darum war er durchaus überrascht gewesen, als der Mann ihm ausrichten ließ, er sei bereit, ihn zu empfangen.

Auf der Brücke über die Ölfusá fuhr Konráð langsamer, ließ das Fenster hinunter und blickte hinaus in die Dunkelheit, lauschte dem Rauschen des Flusses, der unter ihm ins Meer mündete. In dieser Gegend hatte man am intensivsten nach Lúkas gesucht, nachdem er etwas weiter östlich bei Selfoss in den Fluss gefallen war. Konráð hatte sich in der Nähe der alten Brücke zu ihm auf einen Felsvorsprung gesetzt, dem Täter im schwierigsten Mordfall in Konráðs gesamter Laufbahn. Ihre Begegnung endete damit, dass Lúkas in die Ölfusá fiel. Die Leiche wurde nie gefunden. Die Sache hatte kein weiteres Nachspiel gehabt, nur ab und zu kam Konráð zu Ohren, dass im Präsidium auf der Hverfisgata über seine Rolle bei dem Vorfall gesprochen wurde. Lúkas war ausgerutscht und hatte vor seinem Sturz in den Fluss noch Hilfe suchend den Arm ausgestreckt. Konráð versuchte, so wenig wie möglich über die Angelegenheit nachzudenken, aber das fiel ihm nicht immer leicht. Er hatte Schuldgefühle und wurde den Gedanken nicht los, dass er Lúkas womöglich hätte helfen können. Sollen. Oder – und darum kreisten seine Albträume – ihm vielleicht nicht hatte helfen wollen. Manche behaupteten angeblich, er sei schuld an Lúkas' Tod, aber das drang nur selten zu ihm durch.

Kurz darauf erreichte er das Gefängnis Litla-Hraun, das in Flutlicht getaucht in der flachen Landschaft stand, auch wenn die Lichter kaum gegen die Finsternis ankamen. Der Schneesturm hämmerte mit aller Kraft gegen die Außenwände und hüllte die Gebäude in eine winterliche Schwermut. Die Flocken bildeten riesige Wehen und ließen sich auf den Zäunen um die Häuser nieder, die dicht aneinandergereiht dem eisigen Ostwind trotzten.

Vor dem Gebäude Nr. 2 stampfte er den Schnee von seinen Füßen, zog die Jacke aus und schüttelte sie einmal kräftig, bevor ihn ein Gefängniswärter empfing. Sie kannten sich noch aus Konráðs Zeit bei der Polizei, als er häufig beruflich in Litla-Hraun zu tun hatte. Kurz unterhielten sie sich über das Wetter und stellten fest, dass vorerst keine Besserung in Aussicht war. Der Monat war auf dem besten Weg, einer der heftigsten Wintermonate zu werden, die sie beide je erlebt hatten.

»Du willst Gústaf treffen, richtig?«, fragte der Wärter. »Den Arzt?«

»Wie geht es ihm?«

»Hier drinnen natürlich nicht so gut. Ist auch nicht anders zu erwarten.«

»Nein, das ist klar.«

»Sie haben irgendwie geschafft, ihm ein Gift zu verabreichen«, sagte der Gefängniswärter und schüttelte bei dem Gedanken den Kopf. »Hast du davon gehört? Das Abführmittel hat ihm den Unterleib zerrissen. Alles kam raus. Er hat geblutet, und wir mussten ihn ins Krankenhaus bringen. Seine Zelle ... dadrinnen sah es aus wie in einer Klärgrube, hab ich mir von den Jungs sagen lassen.«

»Wisst ihr, wer ihm das angetan hat?«

»Nein, die anderen Häftlinge streiten es entschieden ab, und er redet nicht. Hat kein einziges Wort darüber verloren. Wenn man ihn fragt, antwortet er einem einfach nicht.«

Der Häftling saß im Besucherraum, starrte schweigend auf den Tisch vor sich, und als Konráð eintrat, erwiderte er dessen Gruß nicht. Der Wärter fragte, ob sie noch etwas bräuchten, aber auch darauf reagierte der Häftling nicht. Konráð verneinte, also ließ der Wärter sie allein.

Konráð setzte sich dem Mann gegenüber, und sie sahen einander in die Augen. Ihm fiel auf, dass Gústaf Antonsson Heilman seit ihrem letzten Treffen irgendwie geschrumpft war. Er sah grau und kränklich aus, wie er da so saß, umgeben von Gefängniswänden, als würde er innerlich welken, austrocknen, verholzen. Er war Anästhesist und wurde seinerzeit für den Mord an seiner Nichte eingebuchtet, die er seit ihrer Kindheit wiederholt vergewaltigt hatte. Der Fall erinnerte in schrecklicher Weise an seinen Vater, Anton Heilman.

»Ich dachte, ich würde dich nie wiedersehen«, sagte Gústaf nach langem Schweigen.

»Ich habe nicht damit gerechnet, dass du einem Treffen zustimmst«, gestand Konráð.

»Reine Neugier. Man könnte meinen, hier drinnen gäbe es genug, um die Neugier zu befriedigen, aber so ist es nicht. Es ist alles so unglaublich ... banal. Sie haben gesagt, du würdest mich gerne besuchen kommen, und da dachte ich mir, er ist der Einzige, der das tut, warum sollte ich ihn also nicht treffen? Trotz allem.«

»Es geht wieder einmal um Luther«, sagte Konráð.

»Luther? Ich habe dir alles erzählt, was ich über ihn weiß.«

»Du hast nichts gesagt, was irgendwie wichtig wäre.«
Gústaf schnaubte.

»Du kannst denken, was du willst.«

»Wie war denn genau das Verhältnis von Luther zu deinem Vater? Wie sah das aus? Wie haben sie sich kennengelernt?«

»Luther war sein Patient im Sanatorium. Mehr weiß ich auch nicht. Das habe ich dir schon einmal gesagt.«

»Kannte dein Vater irgendwelche Bewohner aus dem Múlahverfi oder dem Múlakampur, das früher mal an der Suðurlandsbraut stand?«

»Aus dem Múlahverfi? Bezweifle ich. Da haben doch nur arme Leute gewohnt? Heruntergekommene Gestalten?«

»Die verschiedensten Menschen, denke ich. Weißt du, ob dein Vater manchmal dort war? Um 1955 herum? Er war Arzt in Reykjavík, also kann das gut sein, nicht wahr? Ärzte betreuen auch ... heruntergekommene Gestalten.«

»Was redest du da? Warum in aller Welt fragst du mich nach dem Múlahverfi?«

»Luther hat sich dort herumgetrieben. Zu der Zeit.«

»Luther?«

»Er kannte den Mann, der in einer Baracke im Múlahverfi erschossen wurde. Kürzlich sind in dem Fall neue Beweismittel aufgetaucht. Luther war ein alter Freund deines Vaters. Sein Patient. Hat seinen Kindesmissbrauch vertuscht und das Mädchen im Tjörnin ertränkt. Ich versuche herauszufinden, was er in Múlakampur wollte.«

Gústaf lächelte.

»Ihr habt keine Ahnung, was beim Tjörnin passiert ist.«

»Wir wissen genug«, sagte Konráð. »War dein Vater zu der Zeit auch öfter Mal im Múlahverfi? Oder was hat Luther dort gemacht? War er im Auftrag deines Vaters unterwegs? Kannten sie einen Mann namens Garðar dort in den Baracken?«

»Garðar ...?«

»Ihm wurde in den Kopf geschossen. Er war auf der

Stelle tot. Hat allein gelebt. Wenig Freunde. Ein Junge aus Reykjavík.«

»Ist es nicht wahrscheinlicher, dass Seppi sich dort rumgetrieben hat?«, fragte Gústaf. »Dort im Múlahverfi? So ein Jammerlappen wie er war?«

Damit hatte Konráð gerechnet. Gústaf kannte Seppi über seinen Vater.

»Ich bin nicht ...«

»Sagen wir mal, du findest ihn, den Dreckskerl, der den armen Seppi erstochen hat, was würdest du tun? Was würdest du zu ihm sagen?«

»Warum wechselst du das Thema?«

»Was würdest du ihm sagen wollen? Dem Mörder deines Vaters?«

»Ich würde erfahren wollen, was passiert ist«, sagte Konráð, ging auf den Häftling ein, um ihn bei Laune zu halten. Er hatte schon bei früheren Begegnungen nach seiner Pfeife tanzen müssen, auch wenn er es nicht mochte. »Ich würde nach dem Grund fragen.«

»Dem Grund? Wozu? Solltest du ihm nicht eher danken, dass er ihn dir aus dem Weg geschafft hat? Hat er nicht deine Mutter geschlagen? Und dich auch? Du musst doch wütend auf ihn gewesen sein? Vielleicht über Jahre hinweg. Denk mal darüber nach, wie er deine Mutter behandelt hat. Dich. Er hat alles zerstört, was in seine Nähe kam. Du musst doch fuchsteufelswild gewesen sein. Was ist aus dieser Wut geworden, Konráð? Was hast du damit gemacht?«

»Ich denke nicht, dass ...«

»Warst du es vielleicht? Hast du ihn selbst erstochen, Konráð?«

»Du weißt nicht, wovon du sprichst.«

»Ach? Was willst du damit sagen?«

»Können wir . . .«

»Ich weiß noch, was du mir über deine kleine Schwester erzählt hast«, sagte Gústaf. »Hier in diesem Raum. Hast du das schon wieder vergessen?«

Konráð sah ihn schweigend an.

»Hat Seppi nicht in ihr rumgestochert?«

»Ich hätte dir die richtigen Pillen geben sollen«, sagte Konráð leise.

»Du musst dich totgelacht haben«, sagte Gústaf, und seine Stimme klang wie immer, hohl und emotionslos, wie der Mensch, dem sie gehörte. Der Blick abgestumpft, die Augen hart wie Kieselsteine, die aus dem Gesicht hervorstanden.

»Ich dachte nicht, dass du sie nimmst«, sagte Konráð.

»Ich habe sie genommen, weil ich dir vertraut habe«, sagte Gústaf im gleichen eintönigen Tonfall und ließ sich nicht aus der Ruhe bringen. »Unserer Abmachung. Sie sollten mich hier rausbringen. Dem hast du zugestimmt. Aber du hattest einen anderen Plan. Haben sie dir erzählt, wie meine Zelle aussah?«

Konráð antwortete nicht.

»Ich bin immer noch in derselben Zelle«, sagte Gústaf. »Ich habe um einen Wechsel gebeten, aber das wurde abgelehnt. Das Gefängnis platzt natürlich aus allen Nähten. Es stinkt immer noch dort. Sie sagen, sie riechen es nicht mehr, aber ich rieche es. Das geht sicher nie wieder weg. Wie der Gestank meiner eigenen Verwesung.«

Zehn

Auf seine Worte folgte ein langes Schweigen, durchbrochen nur von einem Geräusch auf dem Flur und schnellen Schritten, die sich entfernten. Dann war nur noch das tosende Unwetter zu hören. Es war schon Abend, und die Windstärke hatte ihren Höhepunkt erreicht. Der Schneesturm tobte um die Gebäude, zog an ihnen, zerrte, und bei den stärksten Böen drang das Getöse durch die dicken Gefängnismauern. Gústaf sah Konráð immer noch mit starrem Blick an. Er hatte die Stimme nicht erhoben, sich nicht aufgeregt, keine Emotionen gezeigt, aus denen man etwas herauslesen konnte, abgesehen von einem kaum merklichen Zucken auf seinen Lippen, als er von dem Verwesungsgeruch in der Zelle sprach.

Konráð war schon einmal bei ihm in Litla-Hraun gewesen, als er ihn zu dem Mädchen befragen wollte, das im Stadtteich von Reykjavík, dem Tjörnin, ertrunken war, und er hatte mit ihm über seinen Vater gesprochen, weil er vermutete, dass Gústaf mehr über Seppis Tod wusste, als er preisgab. Das hatte Gústaf selbst angedeutet. Konráð wusste, dass Seppi kurz vor seinem Tod Geld von einem Arzt bekommen hatte, womöglich von Anton J. Heilman. Möglicherweise hatte Seppi den Arzt mit Fotos erpresst, an die er nach einem Einbruch in Antons Haus gekommen war und auf denen der Arzt angeblich mit dem Mädchen zu sehen war, das er missbraucht hatte und das ertrunken im Tjörnin gefunden worden war.

Bei alldem handelte es sich aber nur um unbestätigte Vermutungen, und Konráð war es nicht gelungen, etwas Ernstzunehmendes aus Gústaf herauszubekommen, sodass sie schließlich eine Vereinbarung getroffen hatten. Gústaf versprach, sein Wissen preiszugeben, wenn Konráð ihm genug Fentanyl ins Gefängnis brächte, um seinen Aufenthalt dort zu beenden. Das Medikament befand sich bei ihm zu Hause in Reykjavík, und Konráð fuhr hin und holte es. Im letzten Moment tauschte er die Pillen aber aus und überreichte Gústaf ein anderes Mittel, das er mit unvorhergesehenen Folgen einnahm.

»Sie mussten mich hier in Selfoss ins Krankenhaus bringen«, sagte Gústaf. »Erst wollten sie mich nach Reykjavík schicken. In mein Krankenhaus in Fossvogur. Zum Glück habe ich das verhindern können. Unvorstellbar, meine ehemaligen Kollegen hätten mich angestarrt wie einen Aussätzigen.«

»Du hast dich nicht an die Abmachung gehalten«, sagte Konráð. »Außerdem konntest du nicht ernsthaft von mir erwarten, dass ich dir Pillen zuschiebe, mit denen du dich hier drinnen umbringen kannst. Das ist doch völlig absurd. Ich habe nicht vor, dir dabei zu helfen, dein erbärmliches Leben zu beenden. Das musst du schon allein machen.«

»An meinen Teil der Abmachung habe ich mich gehalten und ich dachte, ich könnte dir vertrauen«, sagte Gústaf und lauschte dem Sturm.

»Du hast mir nur erzählt, dass Luther viel um deinen Vater herumscharwenzelt ist«, sagte Konráð. »Kannst du mir das genauer erklären? Wie war das gemeint?«

»Er hat ihn sehr geschätzt. Vermutlich war Anton ihm ein guter Arzt. Hat ihn aufgepäppelt. Ihm vielleicht sogar das Leben gerettet. Ist dir der Gedanke schon einmal gekommen? Mein Vater war ein ausgezeichneter Arzt. Ich treffe ... traf ständig Leute, die sich gerne und voller Dankbarkeit an ihn erinnert haben.«

»Du hättest ihnen erzählen können, wie kinderlieb er war.«

Gústaf zeigte keine Reaktion.

»Da war er dir offensichtlich ein Vorbild«, sagte Konráð und bereute den gehässigen Tonfall. »Du wolltest so werden wie er. Du bist so geworden wie er.«

»Das Wetter wird immer schlechter«, sagte Gústaf. »Auf der Hochebene herrscht sicherlich Chaos.«

»Und dann hast du diese Bilder erwähnt, die gestohlen wurden und die Seppi in die Hände bekommen hat, Bilder von deinem Vater mit dem Mädchen, das im Tjörnin gefunden wurde. Bilder, die er selbst gemacht und bei sich zu Hause aufbewahrt hat. Bilder, die er in seiner Praxis entwickelt hat. Möglicherweise sind sie dort auch entstanden und haben seinen Kindesmissbrauch bezeugt. Hast du sie mal zu Gesicht bekommen?«

»Nein.«

»Weißt du, wo sie sind?«

»Nein.«

»Denkst du, er wurde damit erpresst, nachdem sie in die Hände anderer gelangt sind?«

»Nein.«

»Gab es außer dem Mädchen im Tjörnin noch mehr Kinder?«

Gústaf schüttelte den Kopf.

»Hatte dein Vater eine Luger-Pistole?«

»Nein.«

»Hat er außer dem Mädchen, das im Tjörnin ertrunken ist, noch mehr Kinder vergewaltigt?«, fragte Konráð noch einmal. »Hat er von ihnen auch Fotos gemacht? Weißt du, wo sie sind?«

»Meinst du, du schaffst es bei dem Wetter noch nach Hause?«, fragte Gústaf und klang ehrlich besorgt, dass Konráð auf dem Weg zurück nach Reykjavík im Schnee stecken bleiben könnte.

»Ich hoffe es«, sagte Konráð.

»Du solltest dich vielleicht beeilen«, sagte Gústaf. »Bevor es zu spät ist. Es ist kein Vergnügen, auf der Hochebene festzuhängen. Vor allem nicht, wenn die kleine Schwester einen braucht. Elísabet, stimmt's? Du nennst sie doch immer Beta?«

Konráð starrte den Häftling an.

»Mich braucht?«

»Ja, dich. Den großen Bruder.«

»Was ... wovon redest du?«

»Er müsste gerade auf dem Weg zu ihr sein«, sagte Gústaf und warf einen Blick auf die Wanduhr über ihnen. »Ich hab ihm Bescheid gesagt, als klar war, dass du hierherkommen würdest. Ich wollte dir selbst davon erzählen. Die Sache kommt nicht billig, aber das ist es mir auf alle Fälle wert. Ich wollte dein Gesicht sehen.«

»Wer? Auf dem Weg zu Beta?«

»Du hast dich geweigert, mir mit den Tabletten zu helfen«, sagte Gústaf, »aber ich denke, du wirst bald schon bereuen, es nicht getan zu haben. Bevor alles den Bach hinunterging. Wer weiß, vielleicht gibst du mir am Ende doch noch die richtigen Pillen.«

»Was redest du da? Was geht den Bach hinunter?«

Gústaf sah Konráð wie versteinert an.

»Ist das eine Drohung?«, fragte Konráð.

»Was macht denn Beta heute so?«, fragte Gústaf in seinem ruhigen Tonfall. »Was ist aus ihr geworden?«

»Du solltest nicht…«

»Hat sie denn ein Leben? Bibliothekarin ist sie, nicht wahr? Wie fade muss das sein? Und dann auch noch eine Lesbe. Wahrscheinlich alles wegen Seppi. Meinst du nicht auch? Denkst du nicht, dein Papa ist schuld, dass Beta so komisch ist, so ein Zombie, der sich nicht bumsen lässt? Weil er nicht die Finger von ihr lassen konnte?«

Konráð starrte den Häftling schweigend an. Mittlerweile bereute er den Besuch sehr.

»Denkst du wirklich, du kommst damit davon, mich ins Krankenhaus geschickt zu haben?«, sagte Gústaf. »Dass das kein Nachspiel haben würde?«

»Was willst du damit sagen?«

»Hier in Litla-Hraun war ein Mann, der für Geld alles macht«, fuhr Gústaf fort und lehnte sich in seinem Stuhl zurück. »Habe ich dir schon von ihm erzählt? So ein richtiges Tier. Hohl in der Birne, aber stark. Geht pumpen. Ein Rüpel. Wurde für eine Vergewaltigung eingebuchtet. Und illegales Geldeintreiben. War auch nicht sein erstes Mal hier. Ich habe ihn dazu bekommen, während seiner Zeit hier drinnen auf mich aufzupassen. Ich bezweifle, dass er überhaupt lesen kann. Das ist eine ganz andere Generation. Wir sind in Kontakt geblieben, und ich habe ihm von Beta erzählt. Was sie so macht. Wo sie wohnt. Er wollte sie unbedingt treffen. Meinte, er hätte noch nie eine Lesbe geknallt. So hat er es formuliert. Wollte gerne mal was Neues ausprobieren. Ich habe ihm gesagt, dass sie natürlich keine Bibi Andersson ist, aber das hat er nicht verstanden. So ist das oft mit ihm. Wie gesagt, eine andere Generation. Ich musste aber noch etwas tiefer in die Tasche greifen. Weil sie natürlich alt ist und hässlich obendrein ...«

Gústaf hüstelte leise, bis er irgendwann die Kontrolle über sich verlor und in lautes Gelächter ausbrach. Konráð sprang auf, packte Gústaf, drückte ihn auf den Boden und erhob die Faust, hielt aber im letzten Moment inne. Gústaf rührte sich nicht vom Fleck. Er lag wehrlos auf dem Rücken, die Arme am Körper, und sah Konráð provozierend an, als wolle er ihn anstacheln und sich von ihm schlagen lassen. Sah ihn an, als würde Konráð ihm mit dem Angriff einen Gefallen tun. Konráð war außer sich vor Wut, konnte sich aber rechtzeitig beherrschen und stand auf, um Beta anzurufen. Es klingelte eine Weile, aber keine Antwort. Dann wählte er Martas Nummer, aber auch sie ging nicht ran. Gústaf rappelte sich wieder auf und stellte den Stuhl zurück an den Tisch.

Die Tür zum Besucherraum öffnete sich, und der Gefängniswärter trat ein und fragte, ob alles in Ordnung sei. Gústaf winkte ab und meinte, bei ihnen sei alles bestens. Konráð wählte die Nummer der Polizei, als sein Handy plötzlich klingelte. Es war Beta.

»Hast du mich gerade angerufen?«, fragte sie.

»Beta?! Ist alles okay bei dir?!«

»Bei mir? Ja, natürlich.«

»Bist du zu Hause?«

»Ja ... komisch, dass du gerade jetzt anrufst«, sagte Beta.

»Bist du allein?«

»Nein, hier sind zwei Männer an der Tür, die dich angeblich kennen ... ich habe sie noch nie zuvor gesehen. Sie haben gefragt, ob ich deine Schwester bin. Was sind das für Männer? Kennst du sie?«

»Gib ihnen das Telefon, Beta! Lass mich mit ihnen reden! Ich muss mit ihnen reden, Beta! Sofort!«

In der Leitung erklang ein Piepen. Konráð blickte auf sein Handy, er hatte kaum noch Akku.

»Moment, ich habe euch nicht hereingebeten ...«, hörte er Beta sagen.

Darauf folgten ein unterdrückter Schrei und Hintergrundgeräusche. Konráð war bewusst, dass jemand anderes das Handy genommen hatte. Er hörte seinen Atem.

»Hallo? Wer ist da?«, rief Konráð.

Keine Antwort.

»Wage es ja nicht, sie ...«

Der Anruf wurde unterbrochen, und es gelang ihm nicht, die Verbindung wiederherzustellen. Da war er schon auf den Flur gerannt, aus dem Gebäude und in den heftigen Schneesturm hinaus.

Elf

Beta sah die beiden Männer an, die in ihrer Wohnung standen. Sie hatte keine Angst, war viel eher erzürnt über ihre Dreistigkeit und wollte sie gerade wegschicken, als ihr einer von ihnen plötzlich das Telefon aus der Hand riss. Sie hörte Konráð noch rufen, bevor der Mann das Handy ausmachte, es auf den Boden warf und darauf herumtrat. Er war kräftig gebaut, kahl geschoren und breitschultrig. Beta wendete den Blick keine Sekunde ab und dachte, dass seine Gesichtszüge keineswegs zu einem Schläger passten. Er sah viel eher aus wie ein Schüler in einem britischen Jungeninternat.

Beta merkte schnell, dass es sich nicht um einen normalen Besuch handelte, aber sie hatte keine Ahnung, was die Männer von ihr wollten. Sie arbeitete ehrenamtlich für ein Frauenhaus und hatte sich dort immer wieder mit allerlei Rüpeln in den unterschiedlichsten Zuständen auseinandersetzen müssen, war manchmal sogar in gefährliche Situationen geraten. Vor solchen Typen hatte sie keine Angst. Sie verachtete sie, ihre Feigheit, ihre Bequemlichkeit. Dieser Besuch erinnerte sie sehr an die früheren Zwischenfälle.

Der andere Mann schloss sorgfältig die Tür und stellte sich neben seinen glatzköpfigen Kumpel, er war schmal und schwächlich, wirkte beinahe unsicher, als wüsste er nicht genau, was er hier sollte. Beide Männer hatten viele Tätowierungen und standen sichtlich unter Drogeneinfluss. Obwohl ihr nicht klar war, was die Männer von ihr wollten, ahnte sie, dass es irgendwie mit Konráð und seinem Treiben zu tun hatte. Sie kannten seinen Namen, und bei ihrer Ankunft hatten sie sofort gefragt, ob sie seine Schwester sei.

»Würdet ihr bitte verschwinden!«, sagte Beta mit Nachdruck. »Sonst rufe ich die Polizei! Ihr könnt nicht einfach so ...«

Der Mann mit dem Schuljungengesicht verpasste ihr mit dem Handrücken eine Ohrfeige. Der Schlag kam plötzlich und war heftig, Beta spürte den Schmerz, schreckte zurück und fiel beinahe zu Boden.

Der Weichling kreischte.

Beta richtete sich auf, fassungslos und wütend, und sah den Mann mit hasserfülltem Blick an.

»Wer ist Bibi Andersson?«, fragte er.

Konráð konnte kaum durch die Frontscheibe sehen, während sein Jeep sich durch den Schneematsch auf dem Gefängnisparkplatz kämpfte. Er erreichte die Polizei und meldete eine schwere Körperverletzung in der Reykjavíker Weststadt, nannte Betas Adresse und erklärte die Umstände. Er ließ erst locker, als man ihm versicherte, dass ein Streifenwagen losgeschickt würde, der hoffentlich bald dort wäre, obwohl die Straßenverhältnisse in der Stadt witterungsbedingt sehr schlecht seien. Konráð erklärte, dass es sich um zwei gefährliche Männer handle und zumindest einer von ihnen ein ehemaliger Häftling sei, es wären also mindestens zwei Wagen nötig ...

Der Jeep schlitterte, das Handy fiel runter, und Konráð hielt das Lenkrad mit beiden Händen fest umklammert, den Blick starr auf die kaum erkennbaren Bodenmarkierungen gerichtet. Er musste sich voll und ganz konzentrieren, um nicht von der Straße abzukommen, und versuchte angestrengt alle Gedanken an Beta und ihre Angreifer zu verdrängen. Er hoffte inständig, dass sie vor dem Eintreffen der Polizei keinen Schaden anrichten würden.

Die Scheinwerfer des Autos durchdrangen die Dunkelheit, und zwischen den Böen konnte Konráð erkennen, dass er kurz vor der Brücke über die Ölfusá war. Er fuhr so schnell, wie die widrigen Umstände erlaubten. Der Wind rüttelte am Wagen, auf dem sich der Schnee sammelte, Konráð konnte nur noch durch die Frontscheibe sehen und dachte daran, dass er die Reifen schon vor langer Zeit hätte wechseln sollen. Die alten taugten bei so einem Wetter nichts, aber er war knausrig und wartete immer, bis die Profile glatt wie Zeitungspapier waren.

Jetzt kamen ihm Zweifel, ob es richtig gewesen war, so aus dem Gefängnis zu eilen, und er fragte sich, ob er nicht hätte bleiben sollen, bis er Beta in Sicherheit wusste. Er war losgefahren, ohne die Sache zu Ende zu denken. Jetzt hatte er kaum Orientierung, war auf dem Weg nach Reykjavík direkt in einen dichten Schneesturm gefahren und wusste nicht, wie es Beta ging. Er wollte sich gar nicht vorstellen, dass seiner Schwester etwas passieren könnte, etwas, an dem er schuld war. Er hatte keine Ahnung, wen Gústaf für einen derartigen Gefallen angeheuert hatte.

Konráð tastete nach seinem Handy, um noch einmal bei der Polizei anzurufen. Im Rückspiegel zeichnete sich Scheinwerferlicht ab, das immer greller wurde, je näher es aus dem Schneegestöber hervortrat, bis es Konráðs Jeep erleuchtete und ihn blendete. In dem Moment donnerte ein riesiger Lastwagen in einem Höllentempo an ihm vorbei. Er rammte seinen Rückspiegel, der in tausend Stücke brach, und Konráð riss das Steuer herum, um dem riskanten Fahrmanöver auszuweichen, verlor aber auf dem Glatteis die Kontrolle über sein Auto, geriet ins Schleudern und machte eine halbe Drehung, bevor er rückwärts die hohe Böschung hinunterrutschte.

Der Streifenwagen, den man zu Beta geschickt hatte, näherte sich einem stark befahrenen Kreisverkehr. Eigentlich hatte man den dichten Verkehr vermeiden wollen, aber alles war blockiert, aufgrund der Witterung, der schlechten Sicht und weil so viele Fahrzeuge auf Sommerreifen unterwegs waren, die bei solchen Straßenverhältnissen völlig untauglich waren. Der Wagen brauste mit Blaulicht und Sirenen auf den Kreisverkehr zu, bremste dann aber scharf ab, streifte einen Lieferwagen, der schon in der Kurve stand, konnte gerade noch ausweichen und geriet auf der glatten Straße ins Schleudern, traf erst den Drahtzaun, der die beiden Fahrbahnen trennte, dann einen Laternenpfahl und kam schließlich in einem hohen Schneehaufen zum Stehen.

Zwei etwas verdatterte Polizisten stiegen aus dem Wagen und versuchten, ihn wieder auf die Straße zu schieben, erkannten aber, dass es seine Zeit dauern würde, und sie wahrscheinlich auch Hilfe bräuchten. Einer von ihnen griff nach dem Funkgerät und erklärte ihre Situation. Ein anderer Wagen müsse an den Einsatzort geschickt werden.

Konráð klammerte sich an das Lenkrad, als der Jeep rückwärts den steilen Wegrand hinunterrutschte, während der Schnee um ihn herumwirbelte, und die Scheinwerfer beinahe senkrecht in die Finsternis leuchteten. Die Geschwindigkeit war hoch, und Konráð stieg fest auf die Bremse, um das Abrutschen etwas zu verlangsamen. Er rechnete damit, jeden Moment auf einem Felsen aufzuschlagen und sich zu verletzen. Wusste genau, dass zu beiden Seiten des Weges ein moosbedecktes Lavafeld lag, voller großer Steine mit scharfen Spitzen, die das Auto jederzeit aufreißen könnten.

Plötzlich wurde der Wagen von einem Schneehaufen gestoppt, der ihn halb unter sich begrub, der Motor starb ab. Die Geräusche verstummten, die Heizung ging aus, und plötzlich war Konráð von einer seltsamen Stille umgeben, die nur von den Geräuschen des Schneesturms durchbrochen wurde. Nach diesem Aufeinandertreffen mit dem verdammten Laster war er froh, überhaupt noch am Leben zu sein. Der Jeep hätte sich überschlagen und er dabei draufgehen können. Die Frontscheinwerfer funktionierten immer noch und leuchteten Richtung Weg, der viele Meter über ihm lag. Konráð tastete wieder nach seinem Handy. Er befreite sich vom Sicherheitsgurt, schaltete das Licht über dem Armaturenbrett ein und suchte verzweifelt im ganzen Auto nach dem Telefon. Es war nach hinten gerutscht, als er nach dem Lenkrad gegriffen hatte, aber schließlich fand er es. Der Akku war fast leer, und er rief panisch Beta an, deren Handy ausgeschaltet war, also wählte er die Nummer der Polizei.

Man sagte ihm, der Streifenwagen habe einen Unfall gehabt, die Straßenverhältnisse seien sehr schwierig, aber ein anderer Wagen sei bereits auf dem Weg und …

Die Stimme am Telefon verstummte. Im selben Moment gingen alle Lichter im Jeep aus. Konráð saß mit dem Telefon in der Hand in der eisigen Dunkelheit, und obwohl um ihn herum das Unwetter tobte, war es nichts im Vergleich zu dem Wirbelsturm in seinem Kopf. Er versuchte auszusteigen, aber die Tür war völlig eingeschneit und ließ sich nicht öffnen. Aber das Fenster auf der Beifahrerseite ging auf, und er konnte sich hindurchzwängen. Als er panisch zur Straße hinaufkroch, rutschte er immer wieder ab, bis er sich verzweifelt auf die Knie fallen ließ, auf den Schnee einschlug und die Arme ausbreitete, den Kopf in den Nacken legte und mit aller Kraft gegen das Schneegestöber anschrie.

In der Stadt schneite es ohne Unterlass, und der Wind wurde stärker, bis er zu einem dichten Schneesturm heranwuchs. Die Streifenpolizisten, die man im zweiten Versuch geschickt hatte, halfen erst noch anderen Verkehrsteilnehmern und fuhren nicht sofort los, auch wenn sie per Funk etwas anderes behaupteten. Außerdem brauchten sie eine Weile, um sich auf den glatten Straßen an feststeckenden Menschen vorbeizuschlängeln, die sie zu sich winkten und überhaupt nicht verstanden, warum die Polizei nicht anhielt und ihnen half.

Zwei Polizisten erreichten schließlich Betas Wohnung und eilten zur offenen Tür. Man hatte ihnen gesagt, dass es sich um Körperverletzung handelte, also machten sie sich auf eine mögliche Auseinandersetzung gefasst. Mit Schlagstöcken und Tränengas bewaffnet traten sie ein.

Alles war still, und sie tasteten sich langsam vor, bis sie eine ältere Frau auf dem Boden liegen sahen. Sie blutete am Kopf, und auf den ersten Blick konnten sie keine Lebenszeichen erkennen.

Zwölf

Eyglo befüllte den Wasserkocher und beobachtete den nassen Schnee, der sich auf dem Küchenfenster ansammelte und aussah wie die Fransen eines Tischtuchs. Das Fenster zeigte nach Südwesten, und aus der Richtung kam auch der Schneesturm. Früher waren solche Unwetter noch häufiger vorgekommen. In ihrer Kindheit etwa, als der Wind ihr ins Gesicht geschlagen hatte und sie durch den hüfthohen Schnee zur Schule gestapft war, den kalten, widerlichen Schnee, der sogar in die Stiefel hineingedrungen war und ihre Füße nass gemacht hatte.

Eyglo mochte den Winter nicht sonderlich, er schlug ihr aufs Gemüt. Alles war so düster und träge, und sie wartete sehnsüchtig darauf, dass die Tage wieder länger wurden. In den dunkelsten Wintermonaten ging sie nicht viel aus, schlief mehr und kämpfte mit Beklommenheit und Depressionen, unternahm aber nichts dagegen. Sie hatte oft überlegt, sich Hilfe zu suchen, vielleicht sogar zu einem Arzt zu gehen, um sich Antidepressiva verschreiben zu lassen, hatte aber bisher immer die Zähne zusammengebissen, und das würde sie auch in diesem Winter tun. Das war ihre Methode. Durchzuhalten, bis die Erde sich wieder der Sonne zuneigte.

Sie war tief in ihre Gedanken versunken und bemerkte nicht, dass der Kocher bereits voll war. Eyglo drehte den

Hahn zu und setzte das Wasser auf. Sie holte etwas Englischen Tee, gab das Teesieb ins kochend heiße Wasser und strich etwas Marmelade auf ein Toastbrot. Als sie sich an den Küchentisch setzte, waren die beiden Frauen nicht mehr da. Sie waren ihr aufgefallen, als sie vorhin im Halbschlaf in die Küche gegangen war, um sich einen Tee zu kochen. Sie hatten nebeneinander in der dunklen Ecke des Wohnzimmers beim dänischen Klavier gesessen, gekleidet in traditionelle Wolltrachten und die dazugehörige Kopfbedeckung mit Quaste. Zwei Frauen, die sich an den Händen hielten und sie mit ernsten Blicken von einem vergangenen Jahrhundert aus ansahen.

Eygló wusste sofort, dass sie die Frauen schon einmal gesehen hatte. Es war vor vielen Jahren im Haus ihrer Freundin Málfríður gewesen, die sich sehr für das Jenseits interessierte. Ihr Mann war ein stadtbekanntes Medium und hielt eine Séance, der Eygló beiwohnte. Das war einige Jahrzehnte her, Eygló war damals noch eine junge Frau und Málfríður, ein einflussreiches Mitglied der spiritistischen Gesellschaft, hatte sie unter ihre Fittiche genommen, um sie zum Medium auszubilden, am liebsten zu einem heilenden Medium, wenn nicht sogar einer Wahrsagerin. Sie hatte sie damals allen ihren Freunden und den anderen Vereinsmitgliedern vorstellen wollen.

Die Sitzung war gut besucht und lief ab wie gewohnt. Eygló kannte dort niemanden, schließlich hatte sie sich noch nie so richtig mit diesen Dingen befasst. Die einen oder anderen Gäste begrüßten sie und erzählten ihr, dass sie ihren Vater Engilbert gekannt hatten, wussten von seinem Schicksal und erwähnten, wie viel er gegen Ende hin immer getrunken habe. Er habe die Kontrolle darüber verloren, der Arme. Eygló sah keinen Grund, sich solche

Worte zu sehr nahegehen zu lassen. Schließlich stimmte es, und sie hatte das Gefühl, die Leute meinten es gut. Offenbar hatte Málfríður vielen bereits von ihr erzählt, und dieser Verein Sehender und Glaubender empfing sie mit offenen Armen. Die viele Aufmerksamkeit machte Eygló verlegen.

»Hast du keinen Spaß?«, fragte Málfríður besorgt, als Eygló sich etwas zurückgezogen hatte.

»Ich kenne hier niemanden«, sagte Eygló, »aber mich kennen anscheinend alle.«

»Es sind gute Menschen«, sagte Málfríður, »und viele kannten deinen Vater. Ich habe erwähnt, dass du heute vielleicht kommen würdest, und sie haben sich schon sehr auf dich gefreut.«

»Ich hätte nicht kommen sollen«, sagte Eygló.

»Unsinn«, sagte Málfríður.

»Das ist nichts für mich. Solche Menschenmengen.«

»Ich weiß, wie du dich fühlst, Liebes, aber ich denke, es würde dir guttun, Leute zu treffen, die verstehen, wer du bist, und dich nicht für kurios halten. Hier sind alle auf einer Wellenlänge. Wir glauben alle an dasselbe.«

Kurz darauf trat Ruhe ein, und das Medium, ein Mann namens Kristleifur, begrüßte die Gäste und nahm in der Mitte Platz. Binnen kurzer Zeit fiel er in eine Trance, nahm Kontakt zu entfernten Verwandten und verstorbenen Liebsten der Anwesenden auf und gab intime Details preis, die außer der betreffenden Person niemand wissen konnte. »Er sitzt neben dir, wenn du abends mit ihm sprichst«, sagte er zu einer jungen Frau. Alles lief nach dem bekannten Schema ab, und Eygló langweilte sich ein wenig und wollte nach Hause. Sie versuchte, ein Gähnen zu unterdrücken.

Ihre Aufmerksamkeit wurde wieder geweckt, als Kristleifur Kontakt zu jemandem aufzunehmen schien, der Verwandte unter den Gästen hatte, eine Frau mittleren Alters, deren Sohn angeblich auf tragische Weise verstorben war. Málfríður hatte Eygló im Laufe des Abends irgendwann zugeflüstert, dass die Frau nach Antworten suche, weil seine Leiche nie gefunden worden sei. Ein Mann stand im Verdacht, ihn umgebracht zu haben, aber der verweigerte die Aussage, weil er der Polizei nicht helfen konnte oder wollte, die Leiche des Mannes zu finden. Er saß noch in Untersuchungshaft, und der Prozess gegen ihn hatte bereits begonnen. Der Fall hatte im ganzen Land hohe Wellen geschlagen. In ihrer Trauer hatte sich die Frau schon zuvor an Kristleifur gewandt, aber ohne den gewünschten Erfolg.

Hinter ihr saßen zwei Frauen, die Eyglós Aufmerksamkeit ganz besonders erregten. Sie waren altmodisch gekleidet, hielten sich schweigend an den Händen und starrten Eygló unverwandt an. Sie ging sofort davon aus, dass sie Schwestern waren, denn sie sahen sich sehr ähnlich, beide hatten scharfe Gesichtszüge und tiefe, dunkle Augen unter einer runden Stirn. Ihre Kleider waren gleich geschnitten, wodurch sie sich noch mehr ähnelten. Sie hatten Wollkostüme an, wie sie die mittellosen Menschen im neunzehnten Jahrhundert trugen, und harte Arbeit und Armut schien ihnen nicht fremd zu sein. Ihr Alter war schwer zu schätzen, vielleicht um die vierzig, sie sahen müde aus, und ihre Hände waren abgearbeitet. Beide hatten lange Zöpfe, und ihre Münder waren eingefallen, als hätten sie keine Zähne. Der Erscheinung nach lebten sie vermutlich auf dem Land, und obwohl Eygló ein unbehagliches Gefühl hatte, sah sie keinen Grund zur

Angst. Ganz im Gegenteil, der Anblick erregte ihr Mitleid, die Frauen strahlten Traurigkeit und Hoffnungslosigkeit aus, wie sie da mit gekrümmten Rücken saßen und sie anstarrten.

Sie wirkten so lebensecht, für eine Moment hielt Eygló sie für zwei Teilnehmerinnen der Séance, aber kurz darauf verstand sie. Die Frauen gehörten nicht hierher. Es war weder ihre Zeit noch ihr Raum. Ihre Kleidung war ungewöhnlich, von den anderen nahm sie offenbar niemand wahr, und auch die beiden schienen außer ihr niemanden zu bemerken. Als sie den Blick kurz von ihnen abwandte, waren sie plötzlich verschwunden.

Eygló trank einen Schluck von dem heißen Tee und beobachtete, wie sich der Schnee auf dem Küchenfenster ansammelte.

Jetzt waren sie ihr abermals kurz erschienen, zu Hause in ihrem eigenen Wohnzimmer, an einem anderen Ort und zu einer anderen Zeit. Der Anblick war genau wie in Eyglós Erinnerung. Sie starrte gebannt auf das Klavier, als wollte sie die beiden wieder heraufbeschwören, aber wie schon damals bei Málfríður waren die Frauen kurz nach ihrem Auftauchen schon wieder verschwunden.

Seit einer Weile traten derartige Erscheinungen nur noch in unregelmäßigen Abständen auf. Ein ganzes Jahr konnte vergehen, ohne dass Eygló etwas sah. Aber die Erscheinungen verschwanden nie völlig, und sie lebte schon lange mit ihnen und wusste, dass sie immer Teil ihres Lebens sein würden. Sie war noch sehr klein gewesen, als sie das erste Mal Leute in ihrer Umgebung wahrgenommen hatte, die außer ihr niemand sah. Mal ein trauriges Mädchen, das beim Tjörnin in Reykjavík nach seiner Puppe suchte, mal eine Frau in einem schwarzen Kleid an einer alten Kreuzung in der Stadt. Die Erscheinungen waren manchmal von Angst und unangenehmen Gefühlen begleitet. Dann ging sie zu ihrem Vater, der sich für die Arbeit von Medien interessierte und sich mit dem Unerklärlichen beschäftigte. Allerdings war er nicht besonders angesehen, was das betraf, und wurde schließlich als Betrüger entlarvt, aber es war dennoch er, der ihr beibrachte, vor den Erscheinungen keine Angst zu haben, sondern sich mit ihrer sonderbaren Gabe abzufinden, er war es, der sie dazu anhielt, das Beste aus ihren Fähigkeiten zu machen.

Sie wusste nicht, wie lange die Frauen da gewesen waren, und sie tauchten auch nicht wieder auf, egal wie lange Eygló auf das Klavier starrte. Obwohl die Erscheinung klar und deutlich gewesen war, hatte Eygló sie zunächst für pure Einbildung gehalten, was schon einmal passieren konnte, wenn sie müde und erschöpft war. Doch jetzt war sie eigentlich völlig ausgeruht. Vielleicht waren die beiden Frauen Erinnerungsfetzen aus einem Traum, den sie bereits vergessen hatte. Nach einem unruhigen Schlaf sah sie kurz vor dem Aufwachen oft Bewegungen vor ihrem inneren Auge. Außerdem schlafwandelte sie manchmal und kam umgeben von Unbekannten zu sich, die kurz darauf wieder verschwanden.

Eygló trank den Tee aus und versuchte, sich abzulenken. Der Eindruck der Hilflosigkeit, der von den beiden Frauen ausgegangen war, ließ sie aber nicht los und wurde von einem unangenehmen Gefühl, einer Ahnung begleitet, dass der unerwartete Besuch am frühen Morgen nichts Gutes verhieß. In den Augen der Frauen hatte sie ein trauriges Schicksal gesehen. Ungelöste Dinge, die in ihr eine alte Unruhe weckten.

Dreizehn

Das Haus in Árbær war zur Belastung geworden. Erna hatte bis kurz vor ihrer Entbindung Tag und Nacht im Krankenhaus gearbeitet, und Konráð versuchte, so viele Schichten wie möglich zu übernehmen, doch sie kamen trotzdem kaum über die Runden. Die Inflation war außer Kontrolle geraten, und Ernas Ersparnisse, darunter ein großes Erbe von ihrer Mutter, hatte sich in Luft aufgelöst, und damit auch die Pläne für ihr Haus. Die Wände waren schon hochgezogen, und die Handwerker hatten mit dem Dach begonnen, aber das Geld war aufgebraucht. Zweimal hatte Konráð bereits fast einen ganzen Tag lang im Wartezimmer des Bankdirektors verbracht, ohne einen Termin zu bekommen. Es war klar, dass die Bank ihnen nichts mehr leihen wollte, und bei den aktuellen Zinsen wirkten gewöhnliche Kreditgeschäfte ohnehin eher wie Erpressung. Zu allem Überfluss hatte ihr Vermieter völlig unerwartet beschlossen, die Miete für die Wohnung zu erhöhen, in die sie während der Bauarbeiten gezogen waren. Er hatte gemeint, sie könnten ja woanders hingehen, wenn es ihnen nicht passe. »Alles wird teurer«, hatte der Vermieter gejammert, als hätte er keine andere Wahl. »Und diese verdammte Inflation frisst alles sofort wieder auf.«

Konráð nutzte jede freie Minute, um am Haus zu arbeiten, und war auch an diesem Samstagmorgen früh aufgestanden. Er wollte die Nägel aus dem Holz der Betonschalung entfernen, es schleifen, aufstapeln und dann wieder verkaufen.

Die Arbeit ging nur langsam voran, was vor allem an seinem schwachen Arm lag, aber er war trotzdem einigermaßen zufrieden. Bei den Bauarbeitern hatten sie bereits Schulden, und Konráð wollte den Vorarbeiter fragen, ob er schwarz für ihn arbeiten könnte. Das würde sicher kein Problem sein. Der Klempner hatte sich auch darauf eingelassen, aber für den Maurer, der den Boden machte, kam das nicht infrage, dasselbe galt auch für den Tischler. Der schickte für alles eine Rechnung. »Bist du nicht Polizist?«, hatte er gefragt und Konráð wie einen Schwerstverbrecher angesehen.

Konráð hatte Kaffee in einer Thermoskanne mitgebracht und beschloss, eine Mittagspause zu machen. Er setzte sich auf einen der Holzstapel, dachte an Erna und den Jungen und fragte sich, ob sie je in dieses Haus einziehen würden. Vielleicht hatten sie sich übernommen. Wahrscheinlich wäre es besser gewesen, erst eine Etagenwohnung zu kaufen, und mit dem Hausbau noch etwas zu warten. Er hatte Erna gegenüber auf der Geburtsstation erwähnt, dass sie eventuell das halb fertige Haus verkaufen und nach anderen Möglichkeiten suchen müssten.

»Dann machen wir das«, sagte Erna mit Húgó auf dem Arm. »Es ist nicht so wichtig.«

»Wir würden damit womöglich einen großen Verlust machen«, sagte Konráð.

»Wir finden schon eine Lösung«, meinte Erna. »Er sieht dir mit jedem Tag ähnlicher«, fügte sie hinzu und küsste Húgó auf die Stirn. »Irgendwann wird er genau wie du.«

»Gott bewahre«, sagte Konráð und strich über seinen verkrüppelten Arm.

Er hatte Angst vor der Geburt gehabt. Hatte gar nicht erst daran denken wollen, dass Erna etwas passieren oder das Kind nicht gesund sein könnte. Die Schwangerschaft war gut verlaufen, und es gab keinen Grund zur Sorge, aber er selbst war der beste Beweis dafür, dass trotzdem immer Geburtsfehler auftreten konnten. Seine Entbindung war ausgesprochen schwierig gewesen und einer seiner Nerven eingeklemmt worden, was dazu geführt hatte, dass ein Arm sich nicht so gut entwickelt hatte wie der andere. Konráð hatte sein Leben lang darunter gelitten. Er befürchtete, dass etwas Ähnliches oder sogar Schlimmeres mit Erna und ihrem Kind passieren könnte. Obwohl sie als Hochschwangere eigentlich selbst genug Sorgen gehabt hatte, versuchte Erna, ihn zu beruhigen, aber vergebens. Erst als alles überstanden war, Erna ihm mit Húgó auf dem Arm zulächelte und er sah, dass seine Arme und Beine normal waren, und er sich auch zwei- oder dreimal beim Arzt und der Hebamme versichert hatte, atmete Konráð auf.

Er wollte die Kaffeepause gerade wieder beenden, als er sah, wie Leó vorfuhr und auf ihn zukam. Leó hatte ihn bei seinem Wechsel vom Streifendienst zur Kriminalpolizei an die Hand genommen. Er hatte ihm den Betrieb erklärt und ihn im Gebäude an der Borgartún herumgeführt und zu Tatorten mitgenommen, wenn dergleichen anstand. Konráð mochte ihn. Leó war angemessen gleichgültig, hielt sich nicht zwangsweise an alle Regeln und drückte unter Umständen auch einmal ein Auge zu, die Fälle damals waren unbedeutend gewesen und die Verbrecher noch unbedeutender. Manchmal konnte er jedoch auch knallhart sein, und er tat niemandem einen Gefallen, ohne eine Gegenleistung zu erwarten.

»Brauchst du dabei nicht Hilfe?«, fragte Leó, als er über den Betonboden schritt und das halb fertige Haus und die mühevoll aufgestapelten Holzhaufen betrachtete.

»Nein, das wird schon. Das schaffe ich allein«, sagte Konráð.

Leó hörte nicht auf ihn, sondern zog seine Jacke aus und hängte sie über ein hervorstehendes Armierungseisen. Dann holte er sich eine Brechstange und zog Nägel aus einem Holzbrett und schliff die Betonreste ab, bevor er es auf den Stapel legte und mit dem nächsten weitermachte. Er meinte, er habe bereits als Jugendlicher auf Baustellen gearbeitet und viel dabei gelernt. Dann fragte er, wie es finanziell aussehe, ob nicht das meiste schwarz gemacht werden müsse und wie es mit der Bank laufe. Konráð versuchte, sich nichts anmerken zu lassen, und behauptete, er komme schon zurecht, aber Leó schien seine Unsicherheit zu bemerken und sagte, er kenne viele Leute, die gerade bauten und in tiefen Schwierigkeiten steckten, dafür müsse er sich nicht schämen.

Kurz darauf hatten sie alle Bretter von Nägeln befreit, abgeschliffen und aufgestapelt, und Leó versprach, sich nach möglichen Käufern dafür umzuhören. Sie nahmen auf einem der Stapel Platz, und Leó zündete sich eine Zigarette an.

»Die Familie wird auch größer«, sagte er. »Das kostet.«

»Ja, wie gesagt«, begann Konráð, »ich denke...«

»Der Mann aus Blesugróf liegt mittlerweile im Krankenhaus«, sagte Leó. »Die haben ihn fast zu Tode geprügelt. Er will nicht verraten, wer es war.«

Konráð starrte Leó an.

»Was . . . was sagst du da?«

»Sie denken, er wird es überstehen.«

»Warum will er nicht verraten, wer es war?«

»Keine Ahnung«, antwortete Leó. »Er hat gesagt, dass er die Täter nicht kannte und nicht wusste, warum sie ihn angegriffen haben, und er will nicht, dass wir uns weiter einmischen.«

»Waren es vielleicht seine Arbeitgeber? Aus dem Lokal? Weil er mit uns gesprochen hat?«

»Ich bin hingefahren und hab sie gefragt«, sagte Leó. »Sie haben neulich jemanden entlassen, der seine Finger nicht von den Frauen lassen konnte. Das war unser kleiner Freund. Deshalb hat er wahrscheinlich beschlossen, mit uns zu sprechen. Aus Rache. Was für ein Idiot.«

»Wussten sie davon?«, fragte Konráð. »Dass er das getan hat? Mit uns gesprochen hat?«

Leó zog noch einmal an seiner Zigarette, bevor er die Kippe wegwarf.

»Nein«, sagte er. »Ich glaube, das wussten sie nicht.«

»Bist du sicher?«

»Ja.«

Er zog einen Umschlag aus seiner Tasche und reichte ihn Konráð.

»Melde dich, falls du neue Handwerker brauchst«, sagte er. »Ich kenne ein paar gute.«

»Was ist das?«, fragte Konráð und öffnete den Umschlag. Darin befand sich ein Bündel Fünftausendkronenscheine. »Was ist das?«, wiederholte er und sah Leó an.

»Sieh es als einen Kredit an«, sagte Leó und schlüpfte in seine Jacke. »Für die Baukosten.«

»Einen Kredit?«

»Sag Bescheid, wenn du mehr brauchst.«

Dann verschwand Leó, und Konráð saß mit dem Umschlag in den Händen da, ohne zu wissen, was ihm gerade widerfahren war.

Später, als sie nicht mehr miteinander reden konnten, ohne sich zu beschimpfen, sagte Leó etwas, das Konráð mehr verletzte als tausend Messerstiche: »Ich wusste, dass du dich darauf einlassen würdest. Ganz der Vater.«

Vierzehn

Beta war nach dem Angriff noch nicht wieder bei Bewusstsein. Sie hatte schwere Schläge am Kopf abbekommen, ihr Arm und drei Rippen waren gebrochen und ein Rückenwirbel angeknackst. Obwohl Gústaf das angedeutet hatte, gab es keine Hinweise auf eine Vergewaltigung. Sie war gerade operiert worden, als Konráð am Tag des Unwetters endlich im Krankenhaus angekommen war. Er hatte mit den Ärzten gesprochen, die unsicher waren, wie es weitergehen würde. Seitdem waren zwei Tage vergangen.

Gústaf erwähnte Konráð mit keinem Wort. Er wollte damit warten, bis er die Situation besser überblickte. Gústaf würde ohnehin jegliche Beteiligung abstreiten, und außerdem müsste Konráð dann zugeben, die Tabletten übergeben zu haben, die ihn ins Krankenhaus gebracht hatten. Er würde erklären müssen, dass Gústaf die Männer aus Rache zu Beta nach Hause geschickt hatte und er eigentlich an allem schuld war. Konráð behauptete, er habe gerade mit seiner Schwester telefoniert, als die zwei Männer vor der Tür aufgetaucht und in ihre Wohnung gekommen seien. Die beiden Schläger waren auf freiem Fuß. Ihre Identitäten unbekannt.

Konráð war es irgendwann gelungen, mitten in dem heftigen Schneesturm, der an dem Abend, als Beta angegriffen wurde, über ganz Süd- und Westisland gefegt war, wieder auf den Weg zurückzukriechen. Für das Wetter war er nicht gekleidet und bereits ordentlich durchgefroren, als ein weiterer Lkw ihn fast umfuhr, aber dann doch anhielt. Konráð lieh sich das Handy des Fahrers und erfuhr, dass Beta bereits im Krankenhaus lag. Er versuchte stammelnd die Situation zu erklären, und ihm war so kalt, dass der Fahrer die Nummer eintippen und das Handy an sein Ohr halten musste.

Konráð hatte sich jedoch schnell wieder von den Strapazen erholt und war die letzten beiden Tage nicht untätig geblieben. Er nutzte alte und neue Kontakte bei der Polizei, um mehr über Betas Angreifer herauszufinden. Zumindest einer der beiden Männer hatte vor Kurzem erst in Litla-Hraun eingesessen und dort Gústaf kennengelernt. Konráð hatte Kontakt zu ein paar befreundeten Gefängniswärtern aufgenommen, darunter einige, die noch arbeiteten, und andere, die bereits pensioniert waren. Er hatte sie gebeten, für ihn herumzufragen, mit wem Gústaf im Gefängnis so gesprochen hatte. Er teilte ihnen alles mit, was Gústaf ihm über den Mann und seine Vergangenheit, über sexuelle Übergriffe und Körperverletzung erzählt hatte.

In der Zwischenzeit machte Konráð einen Freund von Garðar, dem Opfer aus dem Múlahverfi, ausfindig, der mit ihm am Hafen gearbeitet und ihn damals bei sich in der Baracke aufgenommen hatte. Sein Name stand in den alten Akten, und Konráð fand heraus, dass er in einem Pflegeheim in Hafnarfjörður lebte. Er saß im Rollstuhl und war so gebrechlich, dass er in seinem blauen Hemd fast verschwand. Im Kopf war er aber noch ganz klar und erinnerte sich gut an seinen Freund vom Hafen und an dessen schlimmes Schicksal.

Der Mann meinte, er habe über die Jahre hinweg oft über die Geschehnisse nachgedacht, und die Nachricht, dass man nach so langer Zeit endlich die Mordwaffe gefunden habe, überraschte ihn. Er konnte mit der Information aber nicht viel anfangen, hatte noch nie in seinem Leben eine Luger gesehen und wusste nicht, wer aus Garðars Umfeld im Besitz einer solchen Waffe gewesen sein könnte. Er wusste nicht, wer ihm so etwas antun würde, schließlich war er ein angenehmer Zeitgenosse gewesen, ungezwungen und besonnen. Einen Jósep P. Grímsson, Seppi genannt, kannte der alte Mann auch nicht.

»Aber vielleicht erinnerst du dich an einen Mann namens Luther, der deinen Freund im Múlahverfi besucht hat?«, fragte Konráð.

»Nein, an einen Luther erinnere ich mich nicht«, sagte der Mann.

»Kanntest du Garðars Familie?«, fragte Konráð.

»Eigentlich hatte Garðar keine richtige Familie. Soweit ich weiß, hatte er weder eine Frau noch Freundinnen und war auch nicht wirklich auf der Suche. Über diese Dinge hat er nicht viel geredet.«

»Also war er eher ein Einzelgänger?«

»Manchmal hat er seinen jüngeren Bruder erwähnt, der damals aber … bereits verstorben war. Sie waren Halbbrüder, wenn ich mich recht erinnere, hatten dieselbe Mutter und wuchsen bis zu ihrem Tod zusammen bei ihr auf. Ich weiß noch, dass Garðar nicht gerne über ihn gesprochen hat, außer vielleicht, wenn er etwas Alkohol intus hatte. Er war wütend auf die Menschen, bei denen sie leben mussten. Garðar hatte nur Gutes über diesen Jungen zu sagen, also denke ich, dass sie einander mochten. Ja, das denke ich. Er ist in allerlei Dinge hineingeraten, der Bruder, meine ich, obwohl er noch so jung war.«

Sie saßen im Zimmer des Mannes, und Konráð musste an Beta im Krankenhaus denken. Zweimal hatte er sie bereits besucht und wollte auch jetzt noch einmal zu ihr fahren. Er versank in seine eigenen Gedanken und bemerkte gar nicht, dass der alte Mann weiter von Garðar und dessen Kindheit erzählte, also bat er ihn, sich zu wiederholen. Er habe etwas von Tuberkulose gesagt. Der Mann seufzte und begann von vorne. »Der Tod ihrer Mutter hat Garðar und seinen Bruder zu Waisenkindern gemacht.«

»Woran ist sie gestorben?«

»An Tuberkulose.«

»Sie hatte Tuberkulose?«, fragte Konráð.

»Ja.«

»Wurde sie in Vífilsstaðir behandelt?«

»Das weiß ich nicht«, sagte der Mann. »Wahrscheinlich.«

»Und bist du sicher, dass Garðar in dem Zusammenhang nie einen Mann namens Luther erwähnt hat? Oder einen Arzt namens Anton Heilman?«

»Nein, die Namen sagen mir nichts.«

»Was ist nach dem Tod der Mutter mit den Brüdern passiert?«

»Sie wurden in eine Art Erziehungsheim geschickt, hier außerhalb der Stadt. Sie waren aber keine Problemkinder. Ihre Mutter hatte sie gut erzogen, aber sie waren Waisen, und irgendwo mussten sie nach ihrem Tod nun mal hin ... wie gesagt, Garðar hat nicht gerne darüber gesprochen, außer wenn er betrunken war, was nicht gerade selten vorkam.«

»Was hat er dann so erzählt?«

»Nicht nur Schönes. Vor allem, was seinen Bruder an-belangt. Sie wurden voneinander getrennt, und man hat Garðar woanders hingeschickt, aber seinen Bruder im Heim behalten, wo öfter ein Mann zu ihm gekommen ist, vielleicht auch mehr als nur einer, das weiß ich nicht mehr, der ihn mitgenommen und später wiedergebracht hat, und dann war der Junge immer … man hat ihm etwas Schlimmes angetan, wenn du verstehst, was ich meine. Garðar wusste nicht genau, was für Männer das waren, und er hat ja auch erst später davon erfahren, aber so war das damals. Das wurde alles nie geahndet.«

»Und er hatte keine Ahnung, wer die Männer waren?«

»Nein, wie gesagt, Garðar wurde woanders hinge-schickt, und hat das erst später von seinem Bruder erfah-ren.«

»Hatte er niemanden in Verdacht?«

»Warum fragst du mich das jetzt?«, sagte der alte Mann. Das dumpfe Licht in dem Raum kam kaum gegen die winterliche Finsternis an. »Ist es nicht viel zu spät, sich darüber Gedanken zu machen?«, fragte er. »Ist das nicht alles längst vergessen? Diese ganzen Schweinereien? Es war wie eine Epidemie in diesem Land. Wie eine Epide-mie, diese Hölle, und niemand hat etwas unternommen.«

»Also hat er niemanden konkret verdächtigt?«, fragte Konráð.

»Nicht dass ich wüsste.«

»Hat er nie irgendwelche Namen genannt?«

»Nein, mir gegenüber nicht.«

»Hast du das damals der Polizei erzählt? Als Garðar starb?«

»Nein, danach hat niemand gefragt.«

»Auch nicht jetzt, nachdem die Waffe aufgetaucht ist?«

»Nein, dafür hat sich niemand interessiert. Nur du. Auf einmal, so viele Jahre später.«

»Also hast du nie jemandem davon erzählt?«

»Nein. Ich weiß auch nicht, ob das was gebracht hätte«, sagte der alte Mann, und seine Wut war nicht zu überhören. »Da wurde damals nichts unternommen. Niemand hat sich daran gestört, dass diese Männer in die Heime gefahren sind und sich an den armen Jungen vergangen haben, die es ohnehin schon so schwer hatten. Oder ältere Jungs an den jüngeren. Es gab keine Kontrollen. Man hat es einfach so geschehen lassen. Niemand hat etwas getan.«

»Was ist aus Garðars Bruder geworden?«

»Das war die nächste Tragödie.«

»Wie meinst du das?«

»Er hat sich umgebracht. Gerade einmal fünfzehn Jahre alt. Das war für Garðar am schlimmsten. Er dachte, er hätte mehr für seinen Bruder tun können, aber ... ich weiß, dass er es sehr bedauert hat und wütend war. Sehr wütend sogar, was er sonst nie war ... dieser besonnene Mann.«

»Wütend auf wen?«

»Einfach auf das Leben, glaube ich. Er war ein gebrochener Mann. Ja, das war er. Das muss etwa zwei Jahre vor seinem eigenen schrecklichen Tod gewesen sein.«

»Wütend auf die, die seinem Bruder etwas angetan haben?«

»Ja, natürlich«, sagte der alte Mann. »Natürlich. Und auf diese ... diese Gleichgültigkeit. Weil man es einfach zugelassen hat. Geschehen lassen hat. Weil niemand etwas unternommen hat. Es hat ihn geschmerzt, das weiß ich noch. Dass niemand etwas unternommen hat.«

Fünfzehn

Endlich beschloss Marta, mit dem Fund der Luger-Pistole an die Öffentlichkeit zu gehen. Sie schickte Fotos an die Medien, zusammen mit ein paar Informationen zum Mord im Múlahverfi und der Bitte, sich mit der Polizei in Verbindung zu setzen, falls jemand etwas über die Pistole wusste.

Die Medien stürzten sich auf den Fall, veröffentlichten alte Pressefotos, Zeichnungen und detaillierte Hintergründe. Irgendwo wurden Informationen über das Múlahverfi veröffentlicht, wo es gelegen hatte und wie es dort zugegangen war. Die Waffe selbst erregte auch viel Aufmerksamkeit, und der eine oder andere hatte noch eine Luger vom Vater oder Großvater aus dem Zweiten Weltkrieg zu Hause. Es gab auch ein Interview mit einem Waffensammler, der alles über diese Pistolen wusste und selbst drei Luger besaß, wenn auch andere Modelle. Er erklärte die Unterschiede und meinte, die 9 mm aus dem Múlahverfi sei vermutlich der häufigste Typ, und viele dieser Waffen seien mit den amerikanischen Soldaten nach Island gekommen.

Marta erwähnte nicht, wie die Pistole in die Hände der Polizei gelangt war, und der Name der Frau, die sie vorbeigebracht hatte, tauchte in ihrer Pressemitteilung nirgendwo auf. Trotzdem riefen schon bald Journalisten bei der Frau an und wollten wissen, wie ihr Mann zu der Waffe gekommen sei und ob er den Mann im Múlahverfi umgebracht habe. Das alles nahm sich die Frau sehr zu Herzen, und irgendwann ging sie gar nicht mehr ans Telefon. Sie erfuhr, dass Fotografen und Fernsehteams ihr altes Haus von vorne bis hinten abgelichtet und sich vor allem auf die Tür zur Garage konzentriert hatten, in der sie die alte Pistole hinter einer Werkzeugkiste gefunden hatte.

Eygló schaute gerade geistesabwesend die Nachrichten, in denen über den Fall berichtet wurde, als Konráð sie in Fossvogur besuchte. Er hatte vorher angerufen, und wie immer empfing sie ihn herzlich. Seit ihrem letzten Treffen war schon einige Zeit vergangen, und Konráð wirkte müde und ausgelaugt, als er ihr von seinem Ausflug ins Gefängnis und dem Angriff auf Beta erzählte. Sie hatte in den Nachrichten davon gehört, aber traute dennoch ihren Ohren kaum. Außerdem spürte sie, dass er sich selbst die Schuld dafür gab, auch wenn er es nicht direkt sagte.

Konráð gestand, dass er ziemlich erschöpft war, als Eygló ihn darauf ansprach, schließlich hatte er auch noch andere Sorgen. Er erzählte ihr, dass er zwei Polizisten erwartete, die sich den Mord an seinem Vater noch einmal ansahen. Dann würde man entscheiden, ob der Fall in Anbetracht neuer Informationen, die Konráð selbst der Polizei jüngst versehentlich mitgeteilt hatte, noch einmal neu aufgerollt werden musste. Konráð hatte von Anfang an über das Gespräch gelogen, das er am Tag seiner Ermordung mit Seppi geführt hatte, und war kürzlich damit aufgeflogen. Das brachte ihn in eine unangenehme Lage und machte ihn zum Hauptverdächtigen in dem Fall. In

Wahrheit war er stinkwütend auf seinen Vater gewesen, hatte ihn angegriffen und ihm schreckliche Dinge an den Kopf geworfen, bevor dieser wenige Stunden später in der Skúlagata erstochen aufgefunden worden war.

»Ging es um das, was er deiner Schwester angetan hat?«, fragte Eygló. Sie kannte die Geschichte in groben Zügen und wusste, dass Konráðs Mutter ausgezogen war, als sie erfahren hatte, dass Seppi ihre gemeinsame Tochter missbrauchte.

»Ja, meine Mutter und ich haben es beide verschwiegen, aber an dem Tag hat sie mir davon erzählt. Sie wollte mich beschützen, und ich hielt es für besser, nichts über die Auseinandersetzung zwischen Seppi und mir zu erzählen. Aber jetzt haben sie es herausgefunden, und Marta ist … eigentlich habe ich dafür gerade keinen Kopf«, stöhnte Konráð resigniert und wollte das Thema wechseln.

Er erzählte Eygló von der Pistole, mit der er seinen Vater gesehen hatte, und dass er sich Sorgen machte, weil sie genauso ausgesehen hatte wie die in dem Mordfall. Und er kannte seinen Vater, seine Gewaltbereitschaft und Wut. Selbst erinnerte sich Konráð kaum an das Múlahverfi von damals, war seines Wissens nie dort gewesen. Aber sein Vater hatte manchmal davon erzählt. Er wusste aber nicht viel darüber, und Eygló ging es ähnlich. Viel von Seppis Tun und Lassen während seiner Kindheit war ihm ein absolutes Rätsel.

»Wer war dieser Mann, der 1955 dort erschossen wurde?«, fragte Eygló. »Ich erinnere mich gar nicht an den Fall.«

»Er war ein armer Arbeiter aus Reykjavík«, sagte Konráð. »Hat allein in dieser Baracke gelebt. Hatte keine Familie. Er hat unten am Hafen als Packer beim Löschen der Schiffe geholfen, und soweit ich weiß, gab es weit und breit niemanden, der ihn nicht leiden konnte. Jedenfalls hatte niemand in der Siedlung etwas gegen ihn. Eines Abends ist jemand zu ihm gekommen und hat ihm mit einer deutschen Pistole, die vermutlich aus dem Zweiten Weltkrieg stammte, in den Kopf geschossen.«

Konráð zuckte mit den Schultern, als gehe der ganze Fall weit über seinen Verstand. Für eine Weile saßen sie schweigend da, bis Egló genug von ungelösten Fällen hatte und das Thema wechselte.

»Triffst du dich mit dieser Frau?«, fragte sie.

»Welcher Frau? Meinst du Svanhildur?«

»Hast du noch weitere am Start?«

»Ja, wir treffen uns. Ergo Svanhildur und ich«, sagte er und grinste über seine eigene Wortwahl.

»Sie war eine Freundin von Erna, nicht wahr?«

»Ja, sie kannten sich aus dem Medizinstudium.«

»Habe ich dir schon von meinen Frauen erzählt?«, fragte Egló.

»Von welchen Frauen?«

Eigentlich hatte sie nicht vorgehabt, über die beiden zu sprechen, weil Konráð dieses Thema nicht ausstehen konnte. Aber dann platzte es plötzlich aus ihr heraus, beinahe von selbst.

»Zum ersten Mal habe ich sie vor vielen Jahren gesehen, bei einer Séance im Haus einer Freundin, und ich hatte sie schon längst wieder vergessen. Zwei Frauen, die wie Schwestern aussehen.«

»Fängst du jetzt schon wieder mit dieser Málfríður an?«, sagte Konráð, der die Geschichten über Eglós Freundin kannte.

»Bei dieser Séance sind sie erschienen«, sagte Eygló und ließ sich von seinem Kommentar nicht irritieren. »Sie saßen neben einer Frau, die auf schreckliche Weise ihren Sohn verloren hatte.«

»Sie sind erschienen?«, fragte Konráð, als hätten sie dieses Gespräch nicht schon oft geführt. »Was soll das heißen? Ich verstehe nicht einmal die Begriffe, die ihr verwendet. Wie sind sie erschienen?«

»Den Fall kennst du bestimmt«, sagte Eygló geduldig. »Da warst du sicher schon bei der Polizei. Er hieß Skafti. Der Sohn der Frau, neben der sie saßen. Der umgebracht wurde.«

Es war ihr gelungen, Konráð zum Schweigen zu bringen. Er wusste sofort, wen Eygló meinte. Sie hatte den Namen kaum ausgesprochen, als er bereits einen Mann in Untersuchungshaft vor sich sah, zusammen mit einigen Polizisten und einem Staatsanwalt, auf Örfirisey, einer Landzunge am Hafen von Reykjavík, wo der Häftling eines kalten Wintertages den Mord an Skafti gestanden hatte.

»Warte ... Skaftis Mutter? War sie bei der Séance?«
Eygló nickte.

»Ich habe sofort gespürt, dass die beiden Frauen zu ihr gehört haben«, sagte sie. »Málfríður hatte mir von ihr erzählt, und sie saßen hinter ihr und ... sie waren so ... ich weiß nicht, wie ich es beschreiben soll, so erschöpft und müde und mitgenommen und irgendwie so hoffnungslos, es war richtig tragisch. Das werde ich nie vergessen. Diese Hoffnungslosigkeit.«

»Da hast du sie zum ersten Mal gesehen, meintest du?«, fragte Konráð. »Also hast du sie seitdem noch mal wiedergesehen?«

»Vor Kurzem, ja«, sagte Eygló. »Diesmal bei mir zu Hause. Hier im Wohnzimmer, in dem wir gerade sitzen.«

Sie beschrieb die Frauen sehr detailliert und fügte hinzu, dass sie sich in all den Jahren nicht verändert hätten, wie damals hätten sie Händchen haltend nebeneinandergesessen. Sie erzählte auch von ihrer Kleidung, den dunklen Augen und abgearbeiteten Händen, den langen Zöpfen, und wie sie trist mit gekrümmten Rücken dagesessen und sie angestarrt hätten.

»Dich angestarrt?«, fragte Konráð.

»Ja.«

»Nicht die Frau, Skaftis Mutter?«

»Nein, sie saßen bei ihr, aber haben mich angesehen. Direkt geradeaus zu mir geblickt.«

»Und was heißt das für dich?«, fragte Konráð. »Was sagt dir das?«

»Ich habe keine Ahnung«, gestand Eygló. »Ich weiß nicht, warum sie mir damals erschienen sind und warum es jetzt nach all den Jahren wieder passiert ist. Es kam aus heiterem Himmel, und ich verstehe nicht, warum. Ich wüsste nicht, dass ich irgendeine Verbindung zu ihnen habe.«

»Aber du verbindest sie mit dieser Frau, mit Skaftis Mutter?«

»Ja. Ich hatte das Gefühl, dass sie zu ihr gehört haben. Aber ich weiß es nicht ... das war nur so eine Ahnung. Ich kann es nicht weiter erklären.«

Eyglós Worte bewegten Konráð auf seltsame Weise, und selbst als er sich später am Abend in sein Bett legte, gingen sie ihm nicht aus dem Kopf. Normalerweise gab er nicht viel auf das Gerede über unerklärliche und übernatürliche

Phänomene, weder von ihr noch von anderen. Aber dass Eygló diese längst vergangene spiritistische Sitzung mit dem Skafti-Fall in Verbindung brachte, erregte Konráðs Interesse. Jahrelang hatte niemand darüber gesprochen, aber er fand es immer noch unangenehm, sich mit dem Fall auseinanderzusetzen.

Er musste an einen Einsatz auf Örfirisey denken, erinnerte sich noch gut an die Kälte. Der starke Nordwind hatte heftige Schneeschauer mit sich gebracht. Einen dieser Schauer warteten sie im Auto ab, solange der Untersuchungshäftling noch nicht da war. Als es etwas auflockerte, sahen sie endlich den Streifenwagen, der langsam auf sie zukam und anhielt. Zwei Polizisten stiegen hinten aus und eskortierten den vermeintlichen Mörder aus dem Auto. Er hieß Natan und trug keine Handschellen. Das hatte man nicht für nötig gehalten. Der Polizei lag viel daran, die Ermittlungen abzuschließen, und der Häftling wirkte auch kooperativ. Konráð hatte das Gefühl, er tue alles, um seine Gegenüber zufriedenzustellen, war kreidebleich im Gesicht, nachdem er in der Zelle in Síðumúli tagein, tagaus keine Sonne gesehen hatte, sah kränklich aus, erschöpft, verängstigt und in die Ecke gedrängt von Männern, gegen die sich zu wehren er keine Kraft mehr hatte.

Er blickte etwas verwirrt um sich, als wollte er sich genau an die Situation erinnern. Drehte eine Runde um die Bucht, die er in seiner Aussage genannt hatte, blickte Richtung Osten zum Hafen und betrachtete die riesigen Öltanks im Westen. Im Norden war durch einen grauen Nebelschleier Reykjavíks Hausberg, die Esja, zu sehen, in ihrem Winterkleid, schneebedeckt, kalt und fern.

Auch Leó beobachtete ihn. Es waren noch weitere Kriminalpolizisten vor Ort sowie Streifenpolizisten, Staatsanwälte und der Anwalt des Häftlings. Alle lauschten seiner Schilderung, wie er Skafti hier ganz in der Nähe, bei dieser kleinen Bucht, aufgehalten, ihn mit einem herumliegenden Eisenstück erschlagen und dann die Leiche ins Meer geworfen hatte.

Als Konráð endlich einschlief, hatte er immer noch Leó vor Augen, wie er neben dem Häftling gestanden und ihn ernst angesehen hatte, als bereite ihm der Tag keine Freude.

Sechzehn

Die Dunkelheit legte sich gerade über die Stadt, als Konráð beim Krankenhaus in Fossvogur parkte und plötzlich sein Handy klingelte. Er sah, dass es Marta war, und verzog das Gesicht. Für ein paar Tage hatte er sich einen Mietwagen genommen, während sein Kumpel den Jeep reparierte, der am Tag nach dem Unwetter auf den Weg gezogen und in die Stadt gebracht worden war. Der Schnee war durch das offene Fenster gedrungen und der ganze Innenbereich nass geworden, außerdem war das Getriebe leicht beschädigt und der Auspuff gebrochen. Sein Freund hatte früher als Mechaniker gearbeitet und betrieb in seiner Garage eine Art Privatwerkstatt, ganz nach dem Motto Bares ist Wahres. Der Mietwagen war der Günstigste, den Konráð gefunden hatte, eine kleine japanische Dose, die mit den verschneiten Straßen der Stadt nur schwer zurechtkam.

Marta fragte nach Betas Zustand und teilte ihm mit, die Polizei habe noch nicht mehr über die Angreifer herausfinden können. Sie fand es auffällig, dass es sich anscheinend nicht um einen Einbruch gehandelt hatte. Es schien eher um illegale Geldeintreiberei zu gehen, und Marta konnte sich nicht vorstellen, wie so etwas mit einer bejahrten Bibliothekarin aus der Reykjavíker Weststadt ohne offensichtliche Verbindungen zur kriminellen Szene zusammenhängen konnte.

»Abgesehen von ihrem Bruder natürlich«, sagte Marta am Telefon, und er hörte sie Nikotindampf ausatmen. Mittlerweile war sie völlig abhängig von diesen E-Zigaretten.

»Wie meinst du das?«, fragte Konráð und fühlte sich sofort angegriffen.

»Würdest du mir davon erzählen, wenn der Vorfall etwas mit dir zu tun hätte?«

»Ich habe keine Ahnung, wer das war«, sagte Konráð. »Ich hoffe, ihr findet sie so schnell wie möglich, diese verdammten Feiglinge.«

»Es sieht nun mal nach einem völlig willkürlichen Angriff aus«, sagte Marta geduldig. »Ich habe überlegt, ob du vielleicht in irgendwelchen alten Sachen rumgräbst, die...«

»Ich grabe nirgendwo rum«, unterbrach Konráð sie verärgert.

»Schon gut, reg dich ab, ich will nur helfen.«

»Ja, ich habe keine Zeit für so etwas, ich bin jetzt am Krankenhaus. Wir reden später.«

Nach der Verabschiedung fuhr Konráð auf Betas Etage und sah Svanhildur vor ihrem Zimmer stehen. Sie begrüßten sich mit einem Kuss, und Svanhildur teilte ihm mit, dass Betas Zustand unverändert sei, aber sie trotzdem das Gefühl habe, es gehe langsam bergauf. Das sage sie aber nur unter Vorbehalt, was typisch für sie war. Es sei eigentlich noch zu früh, um irgendetwas mit Sicherheit sagen zu können. Svanhildur war pensionierte Ärztin mit langjähriger Erfahrung. Sie und Konráð hatten vor vielen Jahren eine Affäre gehabt, diese aber beendet, als Erna erkrankte und starb. Vor nicht allzu langer Zeit hatten sie begonnen, sich wieder zu treffen und gelegentlich beieinander zu übernachten. Zwischen ihnen herrschte eine stille Vereinbarung, dass sie nicht weiter gehen würden. Auf Konráðs Betreiben hin hatte Svanhildur Beta ein wenig besser kennengelernt, die beiden Frauen mochten einander, und Svanhildur tat es weh, sie so zu sehen.

»Die Sonne lässt sich dieser Tage fast gar nicht mehr blicken«, sagte Svanhildur und starrte hinaus in die Dunkelheit. »Konntest du etwas über die Angreifer herausfinden?«, fragte sie.

»Nichts«, sagte Konráð und nahm Betas Hand, die aus der Decke hervorragte, spürte ihre Wärme und drückte sie sanft.

»Falls die Männer früher schon mit dem Gesetz in Konflikt geraten sind, sollte Beta sie, wenn sie wieder wach ist, auf Polizeifotos wiedererkennen können.«

»Ja, sie werden ihr Fotos zeigen.«

»Überlässt du das nicht einfach der Polizei?«, fragte Svanhildur und sah Konráð besorgt an. Sie konnte nicht genau einschätzen, was der Angriff bei ihm ausgelöst hatte. Er hatte sie angerufen und ungewöhnlich distanziert davon erzählt. Seitdem war er eher wortkarg gewesen, und sie erkannte weder Anzeichen von Wut noch Kummer.

»Der Fall ist bei Marta, ich habe gerade eben mit ihr gesprochen.«

»Warum in aller Welt sollten diese Männer auf Beta losgehen?«, seufzte Svanhildur nach kurzem Schweigen. Das war das zweite Mal, dass sie genau diese Frage stellte.

Konráð schüttelte den Kopf. Er war noch nicht bereit, von seinem Besuch bei Gústaf zu erzählen, nicht einmal Svanhildur, von der er wusste, dass er ihr vertrauen konnte. Die Einzige, der er die Geschichte erzählen wollte, war Beta, wenn sie wieder zu Bewusstsein kam. Ihr gegenüber wollte er ganz offen sein.

Konráðs Handy klingelte, und als er hörte, wer es war, entschuldigte er sich und ging zum Telefonieren auf den Flur. Am anderen Ende der Leitung war ein ehemaliger Gefängniswärter, der seit zwei Jahren in Rente war und den Konráð gut kannte, denn sie waren ungefähr gleich alt, und der Mann hatte früher auch einmal bei der Polizei gearbeitet. Konráð war an ihn herangetreten, um herauszufinden, mit wem Gústaf im Gefängnis Umgang gehabt hatte, und ihn außerdem gebeten, sich unter seinen ehemaligen Kollegen umzuhören. Der Mann fragte nach Betas Zustand, und Konráð antwortete, er sei nicht gut, aber stabil.

»Diese verdammten Rüpel«, sagte der Mann.

»Hast du irgendetwas herausgefunden?«

»Kaum jemand wagt sich an Gústaf heran, außer diejenigen, die ihm schaden wollen. Es gab da den ein oder anderen Zwischenfall.«

»Davon habe ich gehört.«

»Ein Name wurde immer wieder genannt«, sagte der Mann am Telefon. »Keine Ahnung, vielleicht ist das der, nach dem du suchst. Er heißt Reimar Sigurjónsson, Reimar Sig genannt.«

»Ich weiß, wer das ist«, sagte Konráð. An den Namen erinnerte er sich sofort, Reimar war der Polizei schon als Jugendlicher wohlbekannt gewesen.

»Er ist schon seit einer Weile auf freiem Fuß. Aber die Liste seiner Vergehen ist lang. Freiheitsberaubungen und Körperverletzungen, Anzeigen wegen Vergewaltigung, irgendwas mit Drogenschmuggel. Einer dieser Dreckskerle. Denkst du, Gústaf hatte was damit zu tun? Mit dem Angriff auf deine Schwester?«

»Ich weiß es nicht«, sagte Konráð. Der Mann hatte ihn das schon einmal gefragt, und Konráð hatte nur ausweichend geantwortet. »Ich muss dich bitten, das für dich zu behalten«, wiederholte er, was er bei ihrem ersten Gespräch bereits gesagt hatte. »Dass ich nachgeforscht habe. Verstehst du?«

»Vor mir aus ist das in Ordnung«, sagte der Mann.

»Danke dir für die Hilfe.«

»Kein Problem, Konráð. Was machst du jetzt?«, fragte er.

»Das wird sich herausstellen«, antwortete Konráð. »Hoffentlich eher früher als später.«

Er steckte das Handy in seine Tasche und sah Húgó, der ihm in seinem Arztkittel entgegenkam. Zusammen betraten sie Betas Zimmer. Húgó arbeitete in dem Krankenhaus und achtete darauf, dass seine Tante gut versorgt wurde. Beta und er hatten immer eine besondere Bindung gehabt, und Konráð hatte ihm Bescheid gesagt und ihm von dem Unglück erzählt, als Beta ins Krankenhaus gebracht wurde. Húgó war daraufhin noch am selben Abend ins Krankenhaus geeilt, um sich um sie zu kümmern, und hatte Konráð seitdem telefonisch auf dem Laufenden gehalten.

Svanhildur begrüßte er etwas kühl, und sein Blick gab zu erkennen, dass er über ihre Anwesenheit nicht sonderlich erfreut war. Sie verstand das und erhob sich, meinte, sie müsse los, und sagte zu Konráð, sie würde sich bei ihm melden.

»Ich habe vorhin mit deiner Freundin Marta gesprochen«, sagte Húgó, als Svanhildur weg war. »Es gibt noch nichts Neues.«

»Nein«, sagte Konráð. »Du könntest Svanhildur etwas mehr Respekt entgegenbringen.«

»Und du, weißt du irgendetwas?«, fragte Húgó und ging nicht weiter auf die Bemerkung seines Vaters ein. Es fiel ihm schwer, Konráð die Untreue seiner Mutter gegenüber zu verzeihen, und ihr Verhältnis hatte darunter gelitten. Húgó wollte mit dieser Konkubine nichts zu tun haben, wie er Svanhildur nannte.

»Ich bin an der Sache dran.«

»Denkst du, das hängt mit ihrem Engagement im Frauenhaus zusammen?«

Konráð zuckte mit den Schultern.

»Oder hat das was mit dir zu tun?«, fragte Húgó und warf einen Blick auf seine Tante. »Hat das etwas mit diesen Fällen zu tun, in die du dich ständig einmischst, obwohl du nicht mehr bei der Polizei bist?«

»Könnte was mit dem Frauenhaus zu tun haben.« Konráð ging auf Húgós Vermutung ein.

Sein Sohn bemerkte aber ein Zögern.

»Wenn jemand deine Liebsten angreift, wenn jemand sich auf diese Weise an dir rächt, weil du einmal bei der Polizei warst, dann muss ich das wissen«, sagte Húgó. »Muss ich auch mit so einem Besuch rechnen?«

»Mach dir keine Sorgen«, sagte Konráð und versuchte, beruhigend zu klingen, was ihm aber nicht wirklich gelang.

»Das war nicht besonders überzeugend«, sagte Húgó und sah seinen Vater an. »In Wahrheit hast du keine Ahnung.«

Konráð schloss die Tür zum Flur.

»Es gibt da bestimmte Dinge, die ich mir gerade ansehe, die anscheinend gewisse Reaktionen auslösen«, gestand er und senkte die Stimme. »Ich bemühe mich, das Problem aus dem Weg zu schaffen. Du musst dir keine Sorgen machen?«

»Was für Dinge?«

»Das erzähle ich dir, wenn es so weit ist.«

»Ach ja, so wie du mir von deinen Affären erzählt hast?«, platzte es aus Húgó heraus.

Konráð schüttelte den Kopf.

»Ich kann diesen Unsinn einfach nicht ab«, sagte er und verließ den Raum, während er überlegte, was Leó an diesen kurzen Wintertagen wohl so trieb.

Siebzehn

Konráðs Handy klingelte, als er sich gerade in seine japanische Mietkiste setzte. Es war Eygló, und natürlich merkte sie sofort, dass etwas nicht stimmte, dass er eigentlich keine Lust hatte, mit ihr zu reden, so aufgebracht, wie er war. Sie fragte nach Betas Befinden und bot ihre Unterstützung an, wofür er sich bedankte. Er würde sich später noch einmal melden.

Konráð wollte gerade auflegen, als Eygló erwähnte, sie habe Kontakt zu Skaftis Mutter aufgenommen. Das sei der eigentliche Grund für ihren Anruf. Sie wolle ihn bitten, mit ihr zusammen zu der Frau zu fahren. »Aber wir reden ein andermal, du hast gerade schon genug Sorgen«, sagte sie dann verständnisvoll und verabschiedete sich.

Konráð saß mit dem Telefon in der Hand im Auto und wusste nicht, was er davon halten sollte.

Skaftis Mutter?

Dann rief er zurück.

»Was soll das heißen?«, fragte er ohne weitere Erklärung, als Eygló ranging. »Hast du mit Skaftis Mutter gesprochen?«

»Sie ist bereit, mich zu treffen, oder uns beide, wenn du willst«, sagte Eygló. »Ich habe ihr erzählt, dass ich sie damals während der Séance bei Málfríður gesehen habe, und sie meinte, sie sei bei vielen derartigen Treffen gewesen, wegen ihres Sohnes, und ich könne sie gerne besuchen kommen.«

»Warum willst du sie treffen?«, fragte Konráð.

»Ich will wissen, ob sie die beiden Frauen kennt, die bei der Séance neben ihr saßen.«

»Die beiden Frauen?«

»Im traditionellen Gewand.«

»Im tradit… und was…, willst du bei ihr zu Hause eine Séance abhalten?«

»Nein, wohl kaum, ich weiß es nicht«, sagte Eygló und ließ sich von Konráðs schlechter Laune nicht irritieren. »Kommst du mit? Ich will heute Abend zu ihr. Die Sache beschäftigt mich. Ich habe letzte Nacht von ihnen geträumt. Der gleiche Anblick wie die beiden Male zuvor. Wie soll ich sagen, sie belästigen mich. Die Frauen belästigen mich. Andauernd belästigen sie mich, und ich muss sie loswerden.«

Konráð wusste nicht, was er sagen sollte.

»Ich habe kein Interesse an Botschaften aus dem Jenseits«, sagte er dann und verabschiedete sich knapp.

Konráð legte das Handy auf den Beifahrersitz, bog von der Miklabraut auf den Vesturlandsvegur ab und fuhr im Schritttempo durch den dichten Verkehr zum Bowlingcenter. In seiner Jugend hatte man immer gesagt, es liege weit draußen auf dem Land, aber jetzt drängten sich auf dem Weg dorthin dicht an dicht die Häuser, so weit das Auge reichte. Er war schon öfter auf der Suche nach Leó dorthin gefahren, der seit seiner Zeit auf der Militärbasis gerne Bowling spielte und sogar eine Polizeimannschaft gegründet hatte, die sich dort regelmäßig zum Bowling traf.

In der Halle war nicht viel los, und er sah weder Leó

noch sonst jemanden aus der alten Polizeimannschaft. Plötzlich fiel ihm auf, dass er den ganzen Tag fast nichts gegessen hatte, und er setzte sich in den Restaurantbereich, wählte etwas von der Speisekarte und bestellte dazu ein Bier, obwohl er trotz des leeren Magens kaum Appetit hatte. Die Halle füllte sich, er trank sein Bier und beobachtete die Menschen beim Bowlen, als er plötzlich Leó auf einer der Bahnen entdeckte. Konráð ging zu ihm, um ihn zu begrüßen, aber Leó tat, als sähe er ihn nicht.

»Ich muss mit dir reden«, sagte Konráð.

»Lass mich in Ruhe«, sagte Leó. »Ich bin beschäftigt.«

»Es ist ...«

»Das interessiert mich nicht«, sagte Leó und würdigte ihn keines Blickes. »Kein bisschen. Lass mich einfach in Ruhe.«

»Es ist wegen Beta«, sagte Konráð. »Sie wurde angegriffen. Sie liegt schwer verletzt im Krankenhaus.«

Leó sah Konráð an.

»Beta?«

»Ja.«

»Schwer verletzt?«

»Ich hoffe, sie kommt durch.«

»Was willst du von mir?«, fragte Leó. »Was soll ich tun?«

»Ich muss dich um einen Gefallen bitten«, sagte Konráð.

»Einen Gefallen? Mich?«

»Der Name Reimar Sigurjónsson sagt dir was, nicht wahr?«, fragte Konráð.

»Reimar Sig...? Ich weiß, wer das ist.«

»Weißt du, wo ich ihn finde?«

»Warum?«

»Ich muss dich bitten, etwas für mich zu tun. Hattest du nicht immer guten Kontakt zu deinen Cousins?«

»Was ist mit Reimar?«

»Er war es, der Beta angegriffen hat«, sagte Konráð. »Hat sie kurz und klein geschlagen. Irgendein Kumpel von ihm war auch dabei, der interessiert mich aber nicht. Es geht mir um Reimar.«

»Warum hat er deine Schwester angegriffen?«

»Ein Mann in Litla-Hraun will mir eins auswischen«, sagte Konráð. »Um den kümmere ich mich selbst. Der Mann hat den Idioten zu Beta geschickt.«

»Von wem redest du?«

»Das kann ich nicht…«

»Ist es der perverse Arzt? Gústaf, so heißt er doch?«, fragte Leó. Er kannte den Fall aus den Medien und wusste, welche Rolle Konráð bei seiner Festnahme gespielt hatte.

Konráð antwortete nicht.

»Mischst du dich da in etwas ein?«

»Es hat mit meinem Vater zu tun.«

»Was willst du von mir?«

»Ich brauche jemanden, der sich um Reimar kümmert.«

»Ihn der Polizei ausliefert? Meinst du das?«

»Ja, letztendlich.«

»Letztendlich?«

Leó sah Konráð fragend an.

»Ich bin schon zu alt, um das selbst anzugehen«, sagte Konráð bedauernd. »Ich fürchte, ich könnte ihn nicht überwältigen. Also habe ich überlegt, ob du mit deinen Cousins sprechen könntest?«

»Was soll ich tun?«

»Ihm Manieren beibringen. So, dass es Auswirkungen hat. Auf seine Lebensqualität.«

Leó zeigte keine Reaktion.

»Das fällt dir bestimmt nicht leicht«, sagte er. »Mich um einen Gefallen zu bitten. Nach allem, was ...«

»Beta ist wegen ihnen im Krankenhaus.«

»Jahrelang hast du nicht mit mir gesprochen. Bist mir so gut es ging aus dem Weg gegangen«, sagte Leó. »Und jetzt auf einmal kommst du wieder an. Wenn es um die Drecksarbeit geht.«

»Ich bitte dich um einen Gefallen.«

»Ja, du spinnst, Konni«, sagte Leó. »Ich kann nicht ...«

»Du bist es mir schuldig.«

»Da hast du etwas falsch verstanden«, sagte Leó. »Ich bin dir nicht das Geringste schuldig.«

»Doch, das bist du. Ich habe das noch gut bei dir«, wiederholte Konráð. »Wegen Erna. Oder wegen Rikki. Deshalb wirst du das für mich erledigen. Und noch was, ich muss mit diesem Reimar sprechen, bevor ihr ihm was antut.«

Leó schüttelte den Kopf. Konráð war bereits aufgestanden und kramte nach seinem Handy. Eygló ging nach dem zweiten Klingeln ran.

»Ich komme mit«, sagte Konráð.

Achtzehn

Gegen Abend fuhr er nach Fossvogur und holte Eygló ab. Sie fragte nach Beta, und er antwortete, sie liege immer noch im künstlichen Koma, sei aber auf dem Weg der Besserung. Ansonsten war er nicht sehr gesprächig, und sie fuhren schweigend aus der Stadt hinaus in Richtung Hveragerði. Er erinnerte sich an den Ausflug im Unwetter wenige Tage davor. Diesmal war das Wetter besser und die Straße einigermaßen geräumt. Schon bald fuhren sie bei der alten Skihütte auf die Hochebene Hellisheiði hinauf und wenig später über die Serpentinen kurz vor Hveragerði wieder hinunter.

Skaftis Mutter hielt sich seit etwa zwei Wochen in einer Kurklinik auf. Konráð und Eygló drehten auf der Suche nach der Adresse ein paar Runden durch den Ort, denn sie wussten beide nicht genau, wo sich die Klinik befand. Auch das richtige Gebäude war nur schwer zu finden, die Frau hatte gesagt, es sei nach einem Vulkan benannt, und der Name stehe gut lesbar am Eingang. Erst als Konráð aufgab und im Hauptgebäude nachfragte, fanden sie das Haus.

»Katla« stand auf einem kleinen Schild bei der Eingangstür, und Eygló klopfte sanft. Nach einer ganzen Weile kam eine betagte Frau zur Tür und sah sie abwechselnd mit argwöhnischem Blick an. Sie trug Jeans und einen feuerroten Pulli, hatte dichtes weißes Haar, das in alle Richtungen abstand, und einen ernsten Gesichtsausdruck, der ihr den Anschein gab, dass sie nicht zu Leichtsinn neigte.

»Seid ihr die Leute aus Reykjavík?«, fragte sie.

Eygló stellte sich vor, meinte, sie hätten vorhin telefoniert, und bedankte sich für die Einladung. Dann deutete sie auf Konráð und sagte, er sei ein Freund, ein ehemaliger Polizist mit großem Interesse am Übernatürlichen, der sie auch treffen wolle. Das war natürlich gelogen, aber Eygló fiel nichts anderes ein. Plötzlich hatte sie kein gutes Gefühl mehr, was den Besuch anging.

»Sie haben das dem armen Jungen angehängt, diesem Natan«, sagte die Frau mit Blick auf Konráð. »So sehe ich das. Ich war nie glücklich darüber, wie das alles abgelaufen ist. Hattest du was mit den Ermittlungen zu tun?«, fragte sie.

Konráð schüttelte den Kopf. Mit einer solchen Frage hatte er nicht bereits im Türrahmen gerechnet. Er meinte, er habe nicht viel mit den Ermittlungen oder den Vernehmungen zu tun gehabt, und musste an Leós Blick damals in der Bucht bei Örfirisey denken.

»Ja, ich war damit nie zufrieden«, sagte die Frau im roten Pulli. »Sie haben ein Geständnis bekommen, wie auch immer sie das geschafft haben. Und damit war die Sache gegessen, und keiner hat sich mehr für meinen Skafti interessiert.«

»Ja, das waren nun mal ...«

»Hast du gesagt, dass du ein Medium bist?«, fragte die Frau und sah Eygló an. Sie hatte sie immer noch nicht zu sich hineingebeten. »Gehörst du zu dem Gesindel? Die sind doch alle so, diese Medien? Ich habe damals jede

Menge Hohlköpfe kennengelernt. Als das alles geschehen ist. Lauter Betrüger.«

»Wahrscheinlich stören wir dich gerade«, sagte Eygló entschuldigend. Sie sah Konráð an und machte sich bereit, wieder zu gehen. »Vielleicht sollten wir ein andermal wiederkommen. Ich melde mich noch einmal, wenn…«

»Ach Unsinn«, sagte die Frau, öffnete die Tür und bat sie hinein. »Ihr seid den weiten Weg aus der Stadt gekommen, da kann ich euch zumindest einen Kaffee anbieten. Los, kommt rein, sonst erfriert ihr hier draußen noch.«

Konráð schubste Eygló ein wenig, sodass sie fast stolperte, und schloss die Tür hinter ihnen. Die Wohnung war winzig, bestand aus einem Schlafzimmer, einem Wohnzimmer und einer Kochnische, wo die Frau Kaffee aufsetzte. Eygló nahm auf dem Sofa Platz, und Konráð setzte sich zu ihr. Die Frau ließ sich auf einem tiefen Ecksessel nieder, holte ihre Strickarbeit hervor und machte dort weiter, wo sie aufgehört hatte, als sie hereingeplatzt waren.

»Was denkst du denn, was passiert ist?«, fragte Eygló. »Wenn sie deiner Meinung nach nicht den Richtigen erwischt haben?«

»Solange sie meinen Skafti nicht finden, kann man das natürlich nicht sagen«, meinte die Frau. »Wenn er denn jemals gefunden wird. Die Hoffnung habe ich aber eigentlich schon lange aufgegeben.«

Die Kaffeemaschine blubberte, und Eygló begann von der spiritistischen Sitzung zu erzählen, die sie am Telefon erwähnt hatte.

»Ja, ich habe mich eigentlich nicht so wirklich für das Leben nach dem Tod und diesen Geisterglauben von euch Spiritisten interessiert«, fiel ihr die Frau ins Wort, »aber ich wollte es einmal ausprobieren. Im Nachhinein betrachtet war die Sitzung, von der du sprichst, vielleicht noch die harmloseste, die ich zu der Zeit besucht habe. Das Paar schien tief überzeugt von dem, was sie taten. Málfríður hieß sie, nicht wahr? Und ihr Mann Kristleifur, das Medium? Wenn ich mich recht erinnere, war ich mindestens zweimal bei ihnen.«

»Zu der Zeit war er einer der Besten«, sagte Eygló. »Ein Medium, das heilte und seiner Arbeit aufrichtig nachging, egal wie die Leute über das Leben und den Tod gedacht haben. Wie gesagt, ich war auch bei dieser Sitzung. Málfríður war eine gute Freundin von mir, und ich erinnere mich an dich, weil sie mir danach von dir und deinem Schicksal erzählt hat, den Fall kannte ich natürlich.«

Die Frau legte die Strickerei beiseite, um ihnen Kaffee zu bringen, aber Eygló sprang auf, bat sie, sitzen zu bleiben, und holte die Tassen selbst. Die Frau fragte, ob sie denn abends überhaupt Kaffee trinken würden. Sie schlafe danach ja eigentlich sogar noch besser als ohne. Konráð sah sie an und dachte über isländische Vulkane nach und darüber, was zur Hölle diese Frau in einer Kurklinik zu suchen hatte. Er trank seit Jahren abends keinen Kaffee mehr und sah Eygló ebenfalls zögern. Für Konráð zählte guter Schlaf zu den wertvollsten Dingen überhaupt. Die Frau aber nahm die Tasse entgegen und trank einen großen Schluck.

»Immer wenn ich von dem Fall deines Sohnes in den Medien höre, muss ich an diese Sitzung bei Málfríður denken«, sagte Eygló und setzte sich wieder. »Ich wollte mit dir über etwas sprechen, das ich erlebt habe und das meinem Gefühl nach mit dir zusammenhängt.«

Eygló wählte ihre Worte sorgfältig und stellte sich

darauf ein, dass die Frau alles, was sie sagte, anzweifeln würde. Sie hielt es für richtig, zur Einleitung erst von den Erscheinungen in ihrer Kindheit zu erzählen, von denen sie nicht wusste, woher sie gekommen waren, und die sie damals sehnlichst wieder hatte loswerden wollen. Ihr Vater habe spiritistische Sitzungen abgehalten, manchmal auch mit Konráðs Vater zusammen, habe aber, um ganz offen zu sprechen, aufgrund von Betrug und Gaunereien einen schlechten Ruf gehabt. Selbst habe sie sich ebenfalls als Medium versucht, ermutigt von Málfríður und der spiritistischen Gesellschaft, das sei aber nicht so gelaufen wie erhofft. Und die beunruhigenden Erscheinungen seien auch nicht weniger geworden.

Die Frau im roten Pulli mit den struppigen Haaren verzog keine Miene. Konráð stellte den Kaffeebecher beiseite und beschloss, es bei dem einen Schluck zu belassen.

»Während der Sitzung bei Kristleifur habe ich zwei Frauen gesehen, und ich bin sicher, dass sie etwas mit dir zu tun haben«, sagte Eygló schließlich. »Ich weiß nicht, wer sie waren, aber sie hatten traditionelle Wollkostüme an und wirkten auf mich wie Schwestern.«

Sie beschrieb die beiden Frauen genau, das Aussehen, die Kleidung und den starren Blick, so hoffnungslos und abgearbeitet, Arbeiterfrauen vom Land aus einer vergangenen Zeit. Mittellos und erschöpft.

»Sagt dir das irgendetwas?«, fragte sie. »Hast du eine Idee, wer die beiden sein könnten?«

Die Frau legte die Stricknadeln beiseite.

»Die Sache ist die, neuerdings sind sie wieder da«, sagte Eygló. »Im Traum. Sie erscheinen mir zu Hause und verbreiten Angst, ein unangenehmes Gefühl, das ich gerne loswerden würde. Ich weiß nicht, warum das alles passiert. Ich kann es mir nicht erklären.«

»Denkst du, sie könnten mit meinem Skafti zu tun haben?«, fragte die Frau.

»Das will ich herausfinden. Ich habe sie mit dir in Verbindung gebracht«, sagte Eygló. »Mit deiner Anwesenheit bei der Sitzung.«

»Das sagt mir alles gar nichts«, antwortete die Frau nach längerer Überlegung. »Mir fällt nichts dazu ein, leider. Zwei Frauen in Wollkostümen? Vom Land? Auch wenn ich an meine Vorfahren zurückdenke, fällt mir nichts ein. Was nicht heißt, dass die beiden Frauen nicht trotzdem in irgendeiner Verbindung zu mir stehen könnten. Das schließe ich gar aus, aber ich kann sie nicht zuordnen.«

»Nein? Na gut«, sagte Eygló, und die Enttäuschung war ihr anzumerken. »Ich wollte zumindest gefragt haben.«

»Ich überlege nur … Warum bringst du die beiden Frauen ausgerechnet mit mir und Skafti in Verbindung?«

»Das habe ich irgendwie immer angenommen«, sagte Eygló. »Unbewusst. Wahrscheinlich, weil dieser schreckliche Fall damals in aller Munde war. Ich dachte, ich könnte bei dir Antworten finden, aber vielleicht habe ich da irgendetwas falsch interpretiert.«

»Du gehst also davon aus, dass sie mit jemandem zu tun haben, der bei dieser Sitzung war?«

»Und ich dachte, die Person wärst du.«

»Das war ein großes Treffen, wie du sicher noch weißt. Um die dreißig Leute.«

»Ja, da waren sehr viele für so eine private Séance.«

»Kanntest du dort noch jemand anderen?«

»Nein, nicht dass ich wüsste.

»Dann hattest du auch keine Ahnung«, sagte die Frau. »Selbst habe ich es ebenfalls erst später erfahren und sie damals nicht bemerkt, diese Frau. Ich war mit meiner Tante bei der Sitzung, und irgendjemand hat ihr erzählt, dass Natans Schwester dort war.«

»Natan?«

»Der Mann, der meinen Skafti ermordet haben soll.«

»Seine Schwester ...?«, fragte Eygló«

»Die Schwester des Mörders!«, sagte die Frau. »Sie war auch bei dem Treffen, und wir wussten nichts davon.«

Neunzehn

Es war kurz vor Mitternacht. Konráð hatte Eygló nach dem Besuch in Hveragerði nach Hause gebracht und war gerade wieder in Árbær angekommen, als es an der Tür klingelte. Wie andere auch, war Konráð auf der Hut, wenn um diese Uhrzeit noch jemand zu ihm kam. Meist war es Beta, die ihn zu den unmöglichsten Zeiten besuchte, aber als ehemaliger Polizist hatte er über die Jahre hinweg schon alles Mögliche erlebt. Obwohl seine Nummer gar nicht im Telefonbuch stand, bekam er manchmal Anrufe, bei denen alte Bekannte der Polizei ihm drohten, wegen Diesem oder Jenem, was ihrer Meinung nach auf seine Kappe ging. Meist waren sie betrunken, und Konráð sagte nichts, sondern legte einfach wieder auf. Außerdem kam vor – wenn auch deutlich seltener –, dass der eine oder andere ehemalige Insasse ihn zu Hause behelligte, um seinem Ärger Luft zu machen. Zumindest einmal hatte er schon Hilfe rufen müssen.

Er stand auf und erkundigte sich durch die verschlossene Tür, wer dort sei. Ein Mann fragte, ob hier Konráð Jósepsson wohne.

»Was willst du von ihm?«, fragte Konráð.

»Es geht um Garðar und das Heim«, hörte er den Mann hinter der Tür sagen.

Konráð war müde nach dem langen Tag und brauchte

einen Augenblick, um die Information zu verarbeiten. Für einen Moment hatte er den Mord im Múlahverfi vergessen, genauso wie Seppis Luger und Garðar, der erschossen in der Baracke aufgefunden worden war. Als er die Tür öffnete, stand ein alter Herr vor ihm, ein wenig beschämt, als wäre ihm bewusst, dass er zu einer gottlosen Stunde störte. Der Mann war schlecht gekleidet, trug eine verschlissene Jacke, eine Mütze auf dem Kopf und um den Hals einen Schal. Er war schlank gebaut, und seine Augen standen hervor und starrten Konráð seltsam flehend an.

»Ich hab gesehen, wie du nach Hause gekommen bist«, sagte der Mann entschuldigend und leise, sodass Konráð ihn kaum hörte. »Ich bin schon eine Weile hier, aber du warst nicht da.«

»Ach, wirklich?«

»Deddi meinte, du hörst dich um, ob jemand was über Garðar und seinen Bruder weiß, und da wollte ich unbedingt mit dir reden.«

»Deddi?«

»Der Mann, den du im Pflegeheim getroffen hast. Kristján. Er wird immer Deddi genannt. Er hat mir von eurem Gespräch erzählt und dass du Informationen sammelst, weil du wissen willst, was damals mit Garðar im Múlahverfi passiert ist. Er war mein Freund. Und sein Bruder auch. Deddi meinte, ich soll so schnell wie möglich mit dir reden. Also ...«

»Ja, natürlich«, sagte Konráð. »Ich wusste nicht, dass er Deddi genannt wird. Komm rein, bitte, komm rein. Ist dir nicht kalt? Das Wetter ist ja grauenvoll in letzter Zeit.«

Der alte Mann stimmte ihm zu, und Konráð begleitete ihn ins Wohnzimmer. Er bot ihm etwas zu trinken und zu essen an, doch der Mann wollte nur ein Glas Wasser.

Konráð fragte sich, ob er den ganzen Abend vor dem Haus auf ihn gewartet hatte, sprach es aber nicht an. Er dankte ihm stattdessen fürs Kommen und sagte, er müsse sich wegen der späten Stunde keine Gedanken machen, er könne ohnehin nicht schlafen.

Der Mann stellte sich als Aðalsteinn vor, und sein flehender Blick wanderte durch das Wohnzimmer. Seine Jacke behielt er an, aber die Mütze steckte er in die Jackentasche und erzählte dann sofort, dass er Deddi schon lange kenne, noch aus der Zeit bevor Garðar zu ihm in die Baracke gezogen sei. Sie hätten über die Jahre Kontakt gehalten, wenn auch nur sporadisch, und in letzter Zeit immer weniger. Deshalb habe ihn Deddis Anruf auch überrascht, bei dem er ihm von Konráðs Besuch erzählte, von ihrem Gespräch über Garðars Zeit im Heim und Konráðs großem Interesse am Leben dort.

Dem Gast wurde mit der Zeit wärmer, und er lockerte den Schal und zog den Reißverschluss seiner Jacke ein wenig hinunter, während er erzählte, dass er selbst auch aus einem schwierigen Haushalt komme. Seine Eltern seien beide Alkoholiker gewesen, der Vater gewaltsam, egal ob nüchtern oder betrunken. Die drei Kinder habe man den Eltern weggenommen und in Pflegefamilien gesteckt, aber er habe wohl Verhaltensauffälligkeiten gezeigt, die besonderer Maßnahmen bedurften, habe in seiner Förderklasse als Unruhestifter gegolten und sei ein paarmal bei Diebstählen erwischt worden, oder Sachbeschädigungen, zerbrochene Fenster in der Schule und dergleichen. Danach habe man ihn aufs Land geschickt, nach Borgarfjörður, aber dort habe es ihm nicht gefallen, also sei er abgehauen und daraufhin in diesem Erziehungsheim gelandet. Im Alter von elf Jahren.

Dort habe er die beiden Jungs aus Reykjavík kennengelernt, Garðar und seinen jüngeren Bruder…

Der Mann verstummte, als falle es ihm schwer, an diese Zeit zurückzudenken.

»Hat die Polizei mit dir gesprochen?«, fragte Konráð und dachte dabei an Marta.

»Nein, mit mir hat niemand gesprochen«, sagte der Mann. »Ich weiß auch nicht, ob ich überhaupt mit denen reden will. Ich dachte, das könnte vielleicht erst mal unter uns bleiben. Bis auf Weiteres.«

»Meinetwegen gerne«, sagte Konráð.

»Es fällt mir schwer, über diese Dinge zu sprechen«, sagte der Mann, und plötzlich hatte Konráð das Gefühl, seinen Gesichtsausdruck zu verstehen. Der Mann bat ihn, milde mit ihm umzugehen.

»Du musst mir nichts erzählen«, sagte Konráð. »Das ist ganz und gar deine Entscheidung.«

»Nein, ich … ich habe schlimme Erinnerungen an diese Zeit«, sagte der Mann. »Darüber habe ich noch nie viel gesprochen.«

»Deddi, wie du ihn nennst, hat mir erzählt, es gehe dabei um Missbrauch.«

»Ja, das stimmt«, sagte der Mann. »Das hat damals niemanden gekümmert. Du weißt schon…«

»Da hat sich mittlerweile ein bisschen was getan, findest du nicht?«

Der Mann trank einen Schluck Wasser.

»Garðars Bruder hat Selbstmord begangen.«

»Ja, das habe ich gehört.«

»Er hieß Þorbjörn. Alle nannten ihn Tobbi. Er hat es nicht ausgehalten. Er konnte nicht damit leben.«

»Nein, das ist…«

»Tobbi war ein toller Kerl. Ein wundervoller Junge, der niemandem etwas Böses wollte. Denkst du ... hängt es mit unserer Vergangenheit zusammen, dass Garðar erschossen wurde? Weißt du mehr darüber? Ist es das, was dich interessiert? Deddi hat so etwas erwähnt.«

»Keine Ahnung«, sagte Konráð. »Ich habe vor Kurzem zum ersten Mal davon gehört und war dann aber erst einmal anderweitig beschäftigt.«

»Bei diesen Dingen haben alle weggesehen, und diese Typen konnten einfach machen, was sie wollten«, sagte der Mann und trank einen weiteren Schluck Wasser.

»Ja, das lässt sich nicht bestreiten.«

»Wir sollten bei ihnen den Rasen mähen«, sagte der Mann nach kurzem Schweigen. »Unkraut jäten. Lauter so kleine Gefälligkeiten. Das Auto waschen und dergleichen. Sie hatten immer irgendeinen Vorwand.«

»Sie?«

Der Mann nickte.

»Ich kannte keine Namen und wusste nicht einmal, wie der Mann hieß, der uns immer abgeholt hat«, sagte er. »Ein widerlicher Typ, er hatte ein lahmes Bein. Deddi meinte, das könnte dieser Luther gewesen sein, nach dem du gefragt hast.«

»Die Tuberkulose hatte sein Bein erwischt, wenn wir denselben Mann meinen«, sagte Konráð. »Er hat für einen Arzt gearbeitet, der einmal in der Lungenheilanstalt bei Vífilsstaðir tätig war und eine Praxis in der Stadt betrieb. Anton hieß er. Anton J. Heilman.«

»Das war wahrscheinlich er. Ich erinnere mich an eine Arztpraxis und an einen Mann, der Bilder gemacht hat, als er ... als er mir befohlen hat, mich auszuziehen und hinzulegen. Er meinte, er müsse mich waschen ...«

Der Mann verstummte.

»Ich sollte langsam los«, sagte er dann. »Vielleicht war es ein Fehler, hierherzukommen. Ich habe nie darüber gesprochen, und ich kann es auch gar nicht ...«

»Von den Fotos habe ich gehört«, sagte Konráð.

»Ich kann mich ... ich kann mich nicht einmal daran erinnern. Will es auch nicht«, sagte der Mann. »Ich will mich nicht daran erinnern. Da war noch ein anderer. Ich weiß noch, wie zuvorkommend und herzlich er gewirkt hat, bevor ich verstanden habe, was er wirklich von mir wollte. Bevor ich herausgefunden habe, was für ein Monster er war.«

»Waren es mehrere?«

»Ich bin an die beiden geraten. Es war immer derselbe, der uns abgeholt hat, Luther meintest du, war sein Name, nicht wahr?«

»Und Tobbi?«

»Ich glaube, er wusste noch von einem weiteren.«

»Habt ihr niemandem davon erzählt?«

»Ich jedenfalls nicht. Ich hätte mich im Leben nicht getraut. Der eine in der Praxis hat mir Skalpelle gezeigt und mich eines halten lassen und fühlen, wie scharf es war. Er meinte, das müsse alles unter uns bleiben.«

»Wer war der andere, zu dem du auch geschickt wurdest?«, fragte Konráð.

»Der, der kam einfach ins Heim«, sagte der Mann. »Hat mich ausgewählt ...«

Der Mann war sehr aufgeregt und wollte einen weiteren Schluck trinken, warf das Glas aber um, sodass der ganze Boden nass wurde. Er sprang auf und entschuldigte sich übertrieben, nahm sich den Vorfall sehr zu Herzen, als hätte er etwas wirklich Schlimmes getan, und meinte, er könne das hier nicht und müsse jetzt gehen. Konráð versuchte, ihn zu beruhigen, aber es gelang ihm nicht, und ehe er sichs versah, hatte der Mann sich verabschiedet und war hinausgestürmt.

Kurz darauf hörte Konráð, dass er eine Nachricht auf dem Handy bekommen hatte. Darin stand nur eine Adresse, eigentlich nur eine Straße und eine Hausnummer. Keine Informationen über den Absender. Nach kurzer Überlegung löschte Konráð die Nachricht. Dann fuhr er in das Industriegebiet, wo die Straße lag. Es war nicht viel Verkehr und schneite große Flocken, die langsam zur Erde schwebten und der Umgebung in der winterlichen Stille einen beinahe weihnachtlichen Anschein verliehen. Er hielt in sicherer Entfernung an, drehte die Heizung auf und beobachtete vom Auto aus die Straße. Seine ganze Aufmerksamkeit richtete sich auf die Tür zu einer Werkstatt, über der die Hausnummer stand. Eine Metallwerkstatt, wenn man dem Schild glauben durfte, und es sah nicht so aus, als wäre sie noch in Betrieb.

Die Gegend war menschenleer, und eine Viertelstunde später stieg er aus dem Auto und ging mit vorsichtigen Schritten auf die Werkstatt zu. Die Tür war nicht abgeschlossen, also trat er ein. Drinnen war es stockfinster, und er konnte keine Werkzeuge sehen. An der Wand lehnten ein paar Metallplatten, aber ansonsten war der Raum leer. Als seine Augen sich an die Dunkelheit gewöhnt hatten, sah er in der Mitte der Werkstatt einen Stuhl, an den ein Mann gefesselt war.

Konráð blickte sich um, und allem Anschein nach waren sie allein. Er trat näher. Der Mann hatte ihn bemerkt und starrte ihn mit aufgerissenen Augen an, als würde er um Hilfe bitten. Fast so, als glaubte er, Konráð wäre gekommen, um ihn zu befreien. Er versuchte, ein Geräusch von sich zu geben, aber sein Mund war mit Klebeband verschlossen, und es erklang nicht mehr als ein leises Winseln und Stöhnen. Er ruckelte auf dem Stuhl hin und her und versuchte, die Fesseln zu lösen, aber vergeblich. Sie waren gut festgezogen. Der Mann wirkte unverletzt.

»Soweit ich weiß, bist du auf Bewährung frei, also gehe ich davon aus, dass sie dich vom Krankenhaus aus direkt wieder nach Litla-Hraun bringen«, sagte Konráð. »Ich wollte dir nur mitteilen, dass dein Freund Gústaf Antonsson sehr kooperativ war und uns gesagt hat, wo wir dich finden können. Ich weiß nicht, was er dir über die Frau erzählt hat, an der er sich rächen wollte, aber sie hat Kontakte zur Polizei, und wir Bullen können nun mal nicht so tun, als sei nichts gewesen. Gústaf meinte, so jemand Dummes wie dich hätte er noch nie getroffen.«

Der Mann ruckelte auf dem Stuhl, Konráðs Worte machten ihn fuchsteufelswild.

»Du glaubst mir wahrscheinlich nicht, dass ich mit ihm gesprochen habe, wahrscheinlich bist du der hirnlose Vollidiot, für den er dich hält, aber eines wollte ich dir noch sagen: Bibi Andersson.«

Als er den Namen ausgesprochen hatte, öffnete sich die Tür zur Werkstatt. Zwei Männer traten ein und blieben beim Eingang stehen. Sie waren kräftig gebaut, trugen Handschuhe und Sturmhauben.

Konráð gab dem Mann auf dem Stuhl einen leichten Klaps auf die Wange, bevor er sich abwandte und an den beiden Männern vorbeiging, ohne sie zu beachten, und in der kalten Winternacht verschwand.

Zwanzig

Der Mann aus der Wohnung nebenan ging an ihm vorbei und fragte, ob er Halla suche. Konráð hatte zweimal bei ihr geklingelt, aber keiner hatte aufgemacht, und er wollte gerade wieder gehen, als der Nachbar auf dem Weg zu seiner Wohnung aus dem Aufzug kam und meinte, sie sei wahrscheinlich beim Lachyoga im Keller, wo sich ein kleiner Gemeinschaftsraum befinde.

Es war ein Gebäude mit Wohnungen für Senioren, und Konráð bedankte sich bei ihm, fuhr mit dem Fahrstuhl hinunter und folgte dem seltsam gleichförmigen Gelächter, das bis auf den Flur hinausdrang. Er erinnerte sich daran, dass Erna zu Beginn ihrer Krankheit einmal von dieser Art Yoga erzählt hatte, dass sie neugierig geworden war und es einmal ausprobieren wollte. Vielleicht konnte es ja tatsächlich die Laune heben. Menschen trafen sich ohne bestimmten Anlass, um miteinander zu lachen, und das tat angeblich gut. Es klang nicht verrückter als vieles andere, dachte Konráð, während er vor dem Gemeinschaftsraum von einem Fuß auf den anderen trat, bis das Gelächter verstummte. Vor allem um diese Jahreszeit schien es wohl gutzutun, wenn der Winter auf die Stimmung schlug.

Er musste an Marta denken. Konráð hatte ihr nicht erzählt, dass er sich mit dem Fall der Frau beschäftigen wollte, die der Polizei die Luger gebracht hatte. Sie würde das definitiv nicht gut finden. Sie hatte ihm schon öfter gesagt, er solle sich nicht in Dinge einmischen, die ihn nichts angingen, das sei Sache der Polizei. Sie wusste, dass er auf dem Laufenden bleiben wollte, was im Hauptdezernat an der Hverfisgata so vor sich ging, und das könne sie auch nachvollziehen, aber wenn er sich nach jeder Unterhaltung über den alten Arbeitsplatz sofort in private Ermittlungen stürze, müssten sie auf derartige Gespräche in Zukunft verzichten. Konráð hatte keine Lust, mit ihr zu diskutieren. Es war dieselbe Rede, die ihm auch Óliver gehalten hatte. Natürlich hatten die beiden in gewisser Hinsicht recht, so wie meistens. Während seiner Zeit als Kommissar hatte er sich nie für alte Fälle interessiert, aber seit er in Rente war und sich mehr denn je mit dem Tod seines Vaters beschäftigte, war es, als ließen diese alten Fälle ihn nicht mehr los.

Er hatte Marta auch nicht gesagt, dass Seppi in der Zeit vor dem Mord eine Luger besessen hatte, genau wie die der Frau. Óliver hatte ihn dazu ermutigt, ihr zu erzählen, was er über Seppi und die Waffe wusste und was ihm in dem Zusammenhang durch den Kopf ging. Marta sei seine Freundin, und er könne ihr vertrauen, außerdem könne Óliver selbst die Informationen, die Konráð ihm anvertraut habe, nicht lange für sich behalten. Konráð versprach ihm das Blaue vom Himmel. Er versuchte aber immer noch, schlau daraus zu werden, dass zwei Jahre nachdem Seppi ihm die Luger gezeigt hatte, eine Waffe vom gleichen Typ in einer längst verschollenen Baracke benutzt worden war, in einer längst verschwundenen Siedlung, in einem längst vergessenen Mordfall.

Das Yogagelächter wandelte sich langsam in lautes

Geplauder, und wenig später ging die Tür auf, und die Teilnehmer strömten auf den Flur, vielleicht ein klein wenig fröhlicher als zuvor. Konráð kannte die Frau nicht, hatte ihren Namen aus den Medien erfahren, also fragte er in die Runde, ob hier eine Halla sei. Eine Frau, die sich über die Frage wunderte, meldete sich, und Konráð begrüßte sie und fragte, ob sie unter vier Augen miteinander sprechen könnten. Die meisten der betagten Teilnehmer an dem Yogakurs waren schon in ihren Wohnungen verschwunden, und Konráð schlug vor, im Gemeinschaftsraum zu bleiben.

Die Frau hatte sich gefragt, warum ein unbekannter Mann so unerwartet mit ihr sprechen wollte, und ihre Verwunderung ließ auch nicht nach, als Konráð ihr sein Anliegen vortrug. Sie wusste nicht, was sie sagen sollte, und meinte, sie habe kein Interesse daran, mit fremden Männern über ihre Privatangelegenheiten zu sprechen, er solle sich in der Sache an die Polizei wenden. Konráð erklärte ihr, dass er selbst bei der Polizei gearbeitet und sich jahrelang mit solchen Fällen beschäftigt habe. Aber natürlich konnte er verstehen, dass sie nicht mit Hinz und Kunz über private Dinge sprechen wolle. Das würde er selbst auch nicht einfach so tun.

Konráð spürte, dass die Informationen über seine berufliche Vergangenheit und das Verständnis für ihre Sorgen sie etwas beruhigten. Halla erzählte, sie sei gelinde gesagt ziemlich erschrocken, als die Polizistin, Marta hieß sie doch, bei ihr zu Hause aufgetaucht sei und behauptet habe, die Waffe, die ihr Mann in ihrem gemeinsamen Heim aufbewahrt habe, sei ohne Zweifel benutzt worden, um 1955 einen Mann zu erschießen. Sie sei aus allen Wolken gefallen. Die Waffe habe sie beim Aufräumen der Regale in der Garage zum ersten Mal gesehen und nicht gewusst, dass ihr Mann so etwas besessen habe. Es war nie ein Wort darüber gefallen, und schon gar nicht über einen Vorfall wie den Mord im Jahre 1955.

»Ich wollte es erst gar nicht glauben und war geschockt und verängstigt zugleich«, sagte die Frau.

»Erinnerst du dich an den Fall?«, fragte Konráð. »Aus den Nachrichten damals?«

»Nein, das ging völlig an mir vorbei«, sagte die Frau. »Aber du kannst dir sicher denken, dass ich kaum mit der Waffe zur Polizei gegangen wäre, wenn ich selbst irgendwelche Leichen im Keller hätte. Das habe ich ihr gesagt. Dieser Marta. Das würde doch keinen Sinn ergeben?«

»Was denkst du, woher die Waffe stammt?«, fragte Konráð und wollte sich nicht dazu äußern, ob in dem Fall überhaupt etwas Sinn ergab.

»Ich habe keinen blassen Schimmer. Nicht die geringste Ahnung. Zófanías hat sich nicht für die Jagd interessiert oder für Schusswaffen und dergleichen. Ich verstehe das nicht, verstehe es einfach nicht.«

Konráð wusste, dass Zófanías der Mann der Frau war, ein Polsterer aus Reykjavík. Vermutlich hatte Marta sie schon zu der Waffe gelöchert und gefragt, ob sie 1955 bereits in seinem Besitz gewesen sei.

»Also weißt du auch nicht, ob die Waffe vor oder nach 1955 in seine Hände gelangt ist?«

»Ich weiß nichts über diese Waffe.«

»Hat er sich für den Krieg interessiert? Den Zweiten Weltkrieg? Wie du vielleicht weißt, stammt die Pistole aus dieser Zeit.«

»Er hat sich mit vielen Dingen beschäftigt und hatte Bücher über den Krieg, aber nicht mehr als andere auch, denke ich«, sagte die Frau. »Er hatte kein außergewöhnliches Interesse daran.«

»Die Pistole könnte ein Überbleibsel aus der Zeit sein, und es ist gut möglich, dass mehrere von diesem Typ in die Hände von Isländern gelangt sind.«

»Mag sein, ich kenne mich damit nicht aus.«

Konráð spielte mit dem Gedanken, der Frau davon zu erzählen, dass sein Vater Anfang der Fünfzigerjahre eine derartige Waffe besessen hatte und er nicht wusste, was mit ihr passiert war. Dass Seppi sie beim Spielen gewonnen hatte und es sich möglicherweise um die Waffe aus dem Múlahverfi handelte und sein Vater also genauso gut in den Mord verwickelt sein könnte. Doch er sagte nichts. Er erzählte ihr auch nicht, dass er vor einigen Jahren Olga vom Polizeiarchiv einen Besuch abgestattet hatte, um sich die Akte zu dem Mord in der Baracke im Múlahverfi anzusehen, denn er erinnerte sich gut an die Pistole und wollte wissen, was in den Unterlagen über die Mordwaffe stand. Doch es waren nichts als Mutmaßungen. Schusswaffen wurden damals zur polizeitechnischen Untersuchung ins Ausland geschickt, aber auch nur dann, wenn es für nötig erachtet wurde. Forensische Institute gab es in Island zu der Zeit noch nicht. Aller Wahrscheinlichkeit nach war der Mann aus kurzer Entfernung erschossen worden. Die Patrone hatte seinen Kopf durchschlagen, war quer durch die Baracke geflogen und schließlich im Wellblech steckengeblieben.

»Weißt du, ob Zófanías einen Mann namens Jósep Grímsson kannte? Jósep P. Grímsson?«

»Jósep Grímsson? Nein, das sagt mir nichts.«

»Er wurde immer Seppi genannt.«

»Seppi? Wie ein Hund?«

»Den Spitznamen mochte er nicht«, sagte Konráð und lächelte bemüht.

»Zófanías hat nie von einem Seppi erzählt.«

»Hatte dein Mann während des Kriegs Kontakt zu Soldaten? Oder Leute in seinem Umfeld? Die Familie?«

»Nein, nicht dass ich wüsste. Das hat sie auch gefragt, die Polizistin, die hier war.«

»Hatte dein Mann mit Leuten in Keflavík zu tun? Vom Stützpunkt? Kann es sein, dass er die Waffe von dort hatte?«

»Das habe ich alles schon verneint«, sagte die Frau, und Konráð spürte, dass die Wirkung des Lachyogas schnell nachgelassen hatte.

»Kannte er jemanden im Múlahverfi? Hatte er Freunde dort? Familie?«

»Nicht dass ich wüsste«, sagte Halla. »Aber kann schon sein. Das ist so lange her. Ich weiß nur, dass er nie jemandem so etwas angetan hätte. Niemals. Warum musste ich nur diese verdammte Pistole finden? Und jetzt denkt ihr, mein Zófanías hätte jemanden umgebracht. Er konnte doch keiner Fliege was zuleide tun!«

»Ich weiß nicht, ob das wirklich jemand behauptet«, sagte Konráð. »Vielleicht ist die Waffe erst viele Jahre später zu ihm gekommen. Es ist natürlich auffällig, dass sie bei ihm gefunden wurde, wenn er keine anderen Waffen hatte, sie nicht sammelte oder benutzte. Nur diese eine Waffe. In der Garage versteckt. Das ist natürlich etwas auffällig.«

Halla schüttelte den Kopf.

»Ich habe nie etwas von *versteckt* gesagt.«

»Aber er hat kein Wort darüber verloren.«

»Ja, ich weiß auch nicht. Ich verstehe diese Fragen nicht. Ich weiß nicht, was du hören willst.«

Halla war bereits ziemlich missmutig, und Konráð wollte es gut sein lassen.

»Du könntest meinen Bruder fragen«, sagte sie plötzlich. »Sie ... sie hatten immer ein gutes Verhältnis, und er kannte Zófanías länger als ich ... so haben wir uns überhaupt erst kennengelernt, über meinen Bruder ...«

Einundzwanzig

Der Mann betrieb ein Bekleidungsgeschäft in der Innenstadt, das sich an ältere Herren richtete. Konráð stapfte vom Parkplatz durch den Schnee, und als er die Tür öffnete, klingelte eine Glocke. Ein helles Läuten, das verklang, als der Mann aus einem Hinterzimmer kam und fragte, wie er behilflich sein könne. Konráð ließ den Blick über die Regale mit allerlei Hüten, Schals, Lederhandschuhen und Halstüchern streifen und fragte sich, ob dieser Ort die letzte Rettung für Menschen war, die verzweifelt nach einem Geschenk für ihren Großvater suchten. Bei dem Gedanken an die vielen unbenutzten Lederhandschuhe und rostbraunen Schals in seinem Schrank lächelte er still in sich hinein. Alles Überbleibsel von vergangenen Weihnachtsfesten.

Wie sich herausstellte, war Hallas Bruder Schneider von Beruf und noch voller Arbeitseifer, obwohl er schon über achtzig war. Er fertigte auch immer noch selber Kleider für seine Kunden, auch wenn dieses Handwerk mittlerweile beinahe aus der Welt verschwunden war. Alles werde nur noch von der Stange gekauft, jammerte er, nachdem die beiden sich über den Tag und das Wetter und das veränderte Berufsbild eines Schneiders unterhalten hatten. Konráð wusste nicht, welche Stange er meinte. In Kleidergeschäften hatte er sich noch nie wohlgefühlt, und er wäre nie auf die Idee gekommen, sich etwas maßschneidern zu lassen. Das bereute er im Laufe des Gesprächs fast ein wenig und war kurz davor, einen Termin zum Maßnehmen zu vereinbaren. Auf den Straßen der Stadt sehe man kaum noch ordentlich gekleidete Männer, meinte der Ladenbesitzer bedrückt und strich über die Stoffrollen. Er hieß Júníus, war schlank und flink und trug ein Maßband um den Hals, mit dem gleichen Stolz wie ein Arzt sein Stethoskop. »Überall dieses unmögliche Fleece«, sagt er und tat so, als sehe er den grauen Fleecepulli unter Konráðs Winterjacke nicht. »Niemand trägt mehr Zweireiher, von Westen ganz zu schweigen. Die sind einfach ausgestorben. Wie die Riesenalke.«

Er redete weiter vor sich hin, bis Konráð beschloss, zum Thema zu kommen, und zugab, nicht wirklich auf der Suche nach einem Kleidungsstück zu sein, sondern dass er Fragen zu einer alten Pistole habe, einer Luger, über die in den Nachrichten berichtet worden sei, die in der Garage seines Schwagers aufgetaucht sei. Der Schneider wusste, wovon die Rede war, und sagte, der ganze Fall habe ihn sehr verblüfft.

»Was Zófanías mit dieser Waffe wollte, kann ich mir nicht erklären«, meinte er. »Das verstehe ich einfach nicht.«

»Hast du mit deiner Schwester darüber gesprochen?«, fragte Konráð.

»Nur oberflächlich. Halla und ich haben nicht viel Kontakt«, sagte der Mann. »Wir standen uns nie sonderlich nahe.«

Júníus erinnerte sich kaum an den Mord, meinte, er habe nur in den Zeitungen darüber gelesen, also frischte

Konráð seine Erinnerungen auf. Die Polizei sei an einem Novemberabend kurz vor Mitternacht informiert worden, dass in einer Baracke im Múlahverfi Schüsse gefallen seien. Das war am Rande der Siedlung, und der Mann, der die Polizei verständigt hatte, wollte in der Baracke nebenan gerade schlafen gehen. Als er nachsah, was los war, stand er vor einer verschlossenen Tür, aber der Nebeneingang an der Seitenwand stand weit offen. Er ging hinein, sah seinen Nachbarn im eigenen Blut auf dem Boden liegen und bemerkte die Schusswunde am Kopf. Der Mann verständigte weitere Nachbarn, bevor er sich zum nächsten Haus mit Telefonanschluss aufmachte, um die Polizei zu rufen. Der Boden war gefroren, und es fanden sich keine Spuren auf der Eisfläche, die sich vom Hintereingang bis hinaus ins Ödland zog, wohin der Mörder in der Dunkelheit der Nacht vermutlich verschwunden war. Niemand hatte etwas gesehen, und das Mordmotiv war bis heute ein Rätsel.

Der Schneider hatte sich während der Erzählung hingesetzt und das Maßband abgenommen, es gedankenverloren aufgerollt und auf den Tresen vor sich gelegt.

»Ich erinnere mich nicht einmal an dieses Viertel«, sagte er.

»Verstehe, tatsächlich erinnert sich kaum noch jemand daran. Das Múlahverfi lag oberhalb der Suðurlandsbraut, dort wo sich heute Síðumúli und Ármúli befinden und nichts mehr auf eine ehemalige Barackensiedlung hindeutet. Hatte dein Schwager in dem Viertel irgendwelche Bekannten? War er irgendwann mal dort? Hat er irgendwann über das Múlahverfi gesprochen?«

»Nein«, sagte der Schneider, »ich denke, das kann ich mit Sicherheit sagen. Soweit ich weiß, hat Zófanías um

1955 herum bei seinen Eltern auf der Öldugata gelebt. Ich habe auch in der Gegend gewohnt. Das Múlahverfi lag weit außerhalb der Stadt.«

Das konnte Konráð bestätigen. Mitte der Fünfzigerjahre hatte sich die Stadt in Richtung Osten ausgedehnt, und neue Viertel entstanden an Orten, wo davor nur Wiesen und Moore gewesen waren, und verdrängten die alten Barackensiedlungen der Kriegsjahre. Konráð selbst war in der Nähe der Innenstadt aufgewachsen, und alles östlich des Rauðarárstígur empfand er als Niemandsland.

»Woher kanntest du Zófanías?«

»Wir waren zusammen auf der Hauptschule. Sind Freunde geworden. Halla hat er über mich kennengelernt.«

»Weißt du, ob er sich für Pistolen interessiert hat? Welche besaß? Darüber gesprochen hat?«

»Nein, Pistolen hat er nie erwähnt«, sagte der Schneider.

»Anscheinend sollte niemand von dieser Pistole erfahren«, sagte Konráð. »Es sieht so aus, als habe er sie in der Garage versteckt. Vermutlich hat er sie nie hervorgeholt.«

»Aber er hat sie sich auch nicht vom Hals geschafft«, sagte Júníus, »also … das hätte er doch gemacht, wenn er etwas mit diesem … diesem Mord zu tun hatte? Was ich nicht glaube. Auf keinen Fall. Das ist völlig absurd. Warum sollte er diese Pistole aufbewahrt haben? Wenn er sie benutzt hat oder wusste, dass sie bei der Sache in der Baracke eine Rolle gespielt hat? Das passt einfach nicht. Das passt hinten und vorne nicht.«

»Sagt dir der Name Jósep P. Grímsson was?«

»Nein, wer ist das?«

»Oder dein Schwager, hat er vielleicht einmal einen

Jósep erwähnt? Einen Jósep gekannt? Alle nannten ihn Seppi. 1963 wurde er bei den Räucheröfen des Südisländischen Schlachtverbandes an der Skúlagata erstochen.«

»Sagt mir nichts.«

»Weißt du noch, ob Zófanías Freunde hatte, die zu der Zeit in Schwierigkeiten steckten?«

»Nein, nichts dergleichen. Nein.«

»Und du?«

»Ich?!«

»Jemand in der Familie?«

»Wir sind keine Mörder«, sagte Júníus verärgert.

»Das habe ich auch nicht behauptet.«

»Doch, genau das wolltest du damit sagen.«

Konráð hatte das Bekleidungsgeschäft gerade verlassen, als er Marta auf sich zustürmen sah. Es war zu spät, sich zu verdrücken, und sie begrüßte ihn, fragte nach Beta und wollte wissen, was er bei Zófanías' Schwager zu suchen hatte. Er überlegte, dass er sagen könnte, er sei auf der Suche nach einem guten Wintermantel gewesen, aber er wusste, sie würde darüber nicht lachen können.

»Ich interessiere mich eben für den Fall«, sagte Konráð trotzig und zog den Reißverschluss seiner Jacke hoch. Nach dem vielen Schneefall der letzten Tage war es eisig kalt. Die Straßen waren vereist, und auf den meisten Gehsteigen war nur ein schmaler Weg freigetrampelt. Er stampfte ein paarmal. Vor seinem Geschäft hatte der Schneider den Schnee weggeschaufelt.

»Ich habe erfahren, dass du Óliver in der Kriminaltechnik behelligt hast«, sagte Marta und ließ sich die Kälte nicht anmerken. Sie fischte ihre E-Zigarette aus der Tasche und zog den Nikotindampf ein. »Ich weiß, dass du bei der Witwe warst. Jetzt bist du hier bei ihrem Bruder. Wäre es nicht langsam an der Zeit, mich einzuweihen?«

»Mein Vater hatte eine Luger«, sagte Konráð. »Ich habe sie bei uns zu Hause gesehen, zwei Jahre bevor der Mann erschossen wurde. Ich erinnere mich daran, weil ich an dem Tag Geburtstag hatte, mein neunter Geburtstag. Einmal habe ich die Pistole gesehen und dann nie wieder, ich weiß nicht, was daraus geworden ist.«

Marta starrte Konráð an, sie sah alles andere als glücklich aus.

»Denkst du, es ist dieselbe Pistole?«, fragte sie.

»Ich habe mir die Luger von Óliver zeigen lassen, aber eindeutig kann ich das nicht beantworten. Die Pistolen sahen sich sehr ähnlich. Mehr kann ich nicht sagen.«

»Sie sahen sich sehr ähnlich? Denkst du, dein Vater war da in der Baracke am Werk?«

»Ich weiß es nicht.«

»Also hältst du es für möglich?

»Er hatte so eine Luger«, sagte Konráð. »Alles andere sind sinnlose Mutmaßungen.«

»Denkst du, das könnte auch mit dem Mord an ihm zusammenhängen?«

Darauf wusste Konráð keine Antwort.

»Halt dich davon fern, Konráð«, sagte Marta in warnendem Tonfall und steckte die E-Zigarette wieder in ihre Tasche. »Erst recht, wenn du denkst, es könnte mit deinem Vater zusammenhängen. Es ist völlig irre, dass du dich in die Sache einmischst. Das siehst du doch sicher selbst. Überlass uns die Arbeit.«

»Ich will nur die Wahrheit herausfinden«, sagte Konráð.

»Ja«, sagte Marta, »oder sie durcheinanderbringen. Halt dich von dem Fall fern, Konráð. Das geht einfach nicht.«

»Es könnte mit dem Mord an meinem Vater zu tun haben«, sagte Konráð.

»Eben!«, rief Marta, und bevor sie den Laden des Schneiders betrat, griff sie nach Konráðs Arm. »Wie oft muss ich es dir noch sagen, ich will nicht, dass du dich in diese Sache einmischst!! Verstehst du das? Halt dich davon fern!«

Zweiundzwanzig

Die Baustelle war riesig, und Seppi meinte, das sei auch nicht verwunderlich, denn dort solle ein Kino entstehen, das größte im ganzen Land. Er habe die Pläne davon in den Zeitungen gesehen, es werde wie ein Akkordeon aussehen, und auf der Südseite, wo das Gebäude am höchsten war, könne die Leinwand in einem Stück hochgezogen werden, das sei bahnbrechend und auch notwendig, denn das Kino solle auch als Konzertsaal dienen. Sonst sei ja auf der Bühne kein Platz für das Orchester.

Konráð verstand nichts von alledem, aber das jedenfalls war es, wovon ihm Seppi gut gelaunt im Auto erzählte, das er für die Aktion organisiert hatte. Konráð saß mit einem Jutesack auf dem Schoß neben ihm und schwieg, er war nicht sonderlich interessiert an irgendeinem bahnbrechenden Kino. Es war mitten in der Nacht, und er war vierzehn Jahre alt, schmächtig für sein Alter, und wollte eigentlich schlafen, weil am nächsten Tag Schule war, und außerdem fror er. Das Auto war geliehen. Seppi kam zu der Zeit nur gerade so über die Runden, ein Auto konnte er sich also nicht leisten, nicht einmal diese englische Schrottkiste, die er sich vor Kurzem angesehen hatte und die nicht viel kosten konnte.

Seppi fuhr langsamer, als sie sich der Baustelle näherten, schaltete die Lichter aus und parkte hinter der alten

Telegrafenstation, wo man sie nicht sehen konnte. Sie saßen lange im Auto und beobachteten das Kommen und Gehen auf dem Gelände. Seppi hatte gehört, dass es nicht bewacht wurde, aber sie befanden sich in einem wenig bebauten Gebiet in der Weststadt, wo es kaum Sichtschutz gab, also mussten sie aufpassen. Vor zwei Tagen hatte Seppi sich einmal umgesehen, die Baustelle begutachtet, dabei waren ihm einige Hütten und ein großer abgeschlossener Werkzeugschuppen aufgefallen. Jetzt hatte er Jutesäcke mitgenommen, und Konráð sollte ihm helfen, sie nach dem Befüllen zurück zum Auto zu tragen. Vielleicht schafften sie es sogar, die Säcke noch ein zweites Mal vollzumachen. Sicher konnten sie da aber nicht sein.

Als Seppi meinte, die Luft wäre rein, schlichen sie langsam zu den Schuppen. Das Fundament des großen Gebäudes war bereits betoniert, und die Wände wuchsen in der eigenartigen Akkordeon-Form, wie Seppi sie beschrieben hatte. Die Umgebung war unbeleuchtet, und sie hatten es nicht gewagt, Taschenlampen mitzunehmen, aber ihre Augen gewöhnten sich zum Glück schnell an die Dunkelheit.

Auf der Rückseite des Werkzeugschuppens befand sich ein kleines baufälliges Fenster, das Seppi aufbrechen konnte. Dann hob er Konráð hoch, der hineinkroch und den Schuppen von innen öffnete. Seppi zögerte nicht lange und fing sofort an, Werkzeuge und Geräte in die Jutesäcke zu befördern. Er wusste genau, wonach er suchte. In den Beuteln verschwanden jede Menge Schlüsselbunde, Bohrmaschinen, Messgeräte und Apparaturen, die Konráð noch nie zuvor gesehen hatte.

Schließlich hob Seppi einen der Säcke hoch und merkte, dass er schon etwas schwer war, also befahl er

Konráð, damit zum Auto zu verschwinden und dort auf ihn zu warten. Konráð gehorchte, konnte aber nicht schnell gehen, denn der Sack war schwer, er musste das Diebesgut auf dem Boden hinter sich herschleifen. Er versuchte mit aller Kraft, es in den Kofferraum zu hieven, als Seppi in der Dunkelheit auftauchte und ihm half, bevor er seinen eigenen Sack auf der Rückbank deponierte.

Für einen Moment stand sein Vater still da, lauschte und überlegte, ob er noch einen weiteren Gang zum Schuppen wagen sollte, doch dann schien er Angst zu bekommen und befahl Konráð, ins Auto zu steigen, setzte sich ans Steuer und fuhr los, als wäre nichts gewesen. Die Scheinwerfer machte er erst auf der Suðurgata an. Sie brachten das Diebesgut nach Granaskjól, etwas weiter westlich, wo Seppi es im Hinterhaus eines Kumpels versteckte. Es in seinen eigenen Keller zu bringen war ihm zu riskant. Er wusste, dass die Polizei nach dem Bekanntwerden des Diebstahls bei ihm suchen würde, und Konráð sollte sagen, sie seien beide den ganzen Abend zu Hause gewesen und kein einziges Mal vor die Tür gegangen. Genau so kam es auch, die Polizei suchte bei ihnen zu Hause, und Konráð sagte, sie hätten an dem Abend bis kurz vor Mitternacht zusammen Karten gespielt, dann habe er eine Magen-Darm-Grippe bekommen, und Seppi habe sich die ganze Nacht um ihn gekümmert.

Einer der Ermittler rief in der Schule an und erfuhr, dass Konráð an dem Tag nach dem Diebstahl krankheitsbedingt entschuldigt gewesen war, also klang es plausibel. Die zusätzliche Lüge hatte sich Konráð noch in der Nacht selbst ausgedacht, vor allem, um nach der spätabendlichen Aktion nicht zur Schule gehen zu müssen. Seppi wusste sofort, was Sache war, und rief am Morgen Konráðs Lehrer an, um seinen Sohn krankzumelden. Dann strich er ihm über den Kopf, lobte seinen Einfallsreichtum und tat, was er so selten tat, er zeigte ihm ein wenig Zuneigung. Konráð war stolz auf sich, wie jeder andere Junge in seinem Alter es auch gewesen wäre, wenn die eigenen Einfälle dem Vater Freude bereiteten. Er wusste sehr wohl, dass Stehlen und Lügen falsch war, aber er war überzeugt, dass er seinem Vater gegenüber richtig gehandelt hatte.

Obwohl Seppi blank war, hatte er keine Eile und ließ Wochen vergehen, bevor er allmählich ein Gerät nach dem anderen aus dem Versteck hervorholte. Es fiel ihm nicht schwer, interessierte Käufer zu finden. In den meisten Fällen waren es Männer, mit denen er davor schon zu tun gehabt hatte und die keine Fragen stellten.

Einer von ihnen kam spätabends in den Keller und wirkte betrunken. Er hatte es auf eine moderne Nähmaschine abgesehen, die Seppi im Tausch für etwas Gestohlenes bekommen hatte, und sie feilschten ein wenig, bevor der Mann mit dem Preis zufrieden war und Seppi eine Flasche billigen Cognac öffnete, um darauf anzustoßen. Konráð war in seinem Zimmer und kurz vor dem Einschlafen, als er sie plötzlich streiten hörte. Für gewöhnlich ließ er sich von dem Lärm um seinen Vater nicht aus der Ruhe bringen, und es kam öfter vor, dass Seppi sich draußen vor dem Haus oder sogar im engen Wohnzimmer mit irgendwelchen Männern prügelte und dann die Polizei kam, mit all dem dazugehörigen Rummel.

Als die Rauferei intensiver wurde, öffnete Konráð die Augen und lauschte, konnte aber nichts verstehen. Die Männer schrien einander an, und Konráð beschloss, nachzusehen, was los war. Die Nähmaschine stand auf dem Küchentisch, und Seppi hatte den Mann zur Tür geschoben und versuchte alles, um ihn rauszuwerfen, doch er wollte einfach nicht gehen, bis Seppi ihm plötzlich mit geballter Faust ins Gesicht schlug. Der Mann stolperte hinaus, und Seppi knallte die Tür hinter ihm zu. Als er sich umdrehte, war er immer noch in Rage und sah, dass sein Sohn das Geschehen beobachtet hatte.

»Verdammter Schneider!«, fauchte Seppi immer noch außer Atem.

Dreiundzwanzig

Das neue Mitglied der Bowlingmannschaft lernte schnell. Er hieß Rikki und hatte lange Arme, war groß und plump, aber nach ein paar missglückten Versuchen schaffte er es, drei Pins umzuwerfen. Im nächsten Wurf fällte er auch die restlichen und drehte sich stolz zu ihnen um. Konráð lächelte ihm eifrig zu.

»Pass auf, was du sagst«, meinte Leó, als er Konráð mit Rikki bekannt machte. »Er ist ein Pfarrerssohn aus dem Norden und hat schon jede Menge Theologiekurse an der Uni hinter sich.«

»Wobei ich das Studium mittendrin abgebrochen habe«, sagte Rikki und lächelte schüchtern, unbeholfen, wie er war. »Ich dachte damals nicht, dass aus mir ein guter Pfarrer werden würde.«

Sie tranken amerikanisches Bier und aßen Hamburger, während sie sich in gebrochenem Englisch mit den Soldaten unterhielten. Leó war der Einzige unter ihnen, der sich ordentlich verständigen konnte. Die Bowlingbahn auf der Militärbasis war für ihn seit vielen Jahren wie sein zweites Zuhause. Leó hatte vor seiner Zeit bei der Polizei auf dem Stützpunkt gearbeitet. Er war sofort ganz Ohr gewesen, als Konráð ihm erzählt hatte, dass er auch einen Sommer lang für ein isländisches Bauunternehmen auf der Militärbasis gearbeitet und Kontakt zu Soldaten gehabt habe, die mit den langen, hellen Tagen nicht so gut zurechtkämen. Leó meinte, die Ausflüge nach Keflavík seien ihm schon zur Gewohnheit geworden und er habe dort gute Freunde, von einfachen Soldaten bis hin zu den höheren Rängen. Sie würden sich dort immer auf der Bowlingbahn treffen, und er lud Konráð ein, einfach mal mitzukommen. Konráð willigte ein, und danach fuhren sie regelmäßig zum Bowlen nach Keflavík, tranken Bier und aßen Hamburger und Pizza. Jenseits der Militärbasis gab es so etwas kaum, höchstens ein oder zwei Restaurants in Reykjavík boten Hamburger und Pommes frites an. Auch Bowling war damals noch völlig unbekannt. Und Bier war zu der Zeit ohnehin gesetzlich verboten.

Leó war trotz des Ausflugs nach Örfirisey seltsam schlecht gelaunt. Eigentlich sollte er sich über den großen Erfolg freuen, aber es schien, als wollte er so wenig wie möglich darüber sprechen. Endlich, nach über dreihundert Tagen in Untersuchungshaft, hatte Natan den Mord an Skafti gestanden. Leó erklärte, die ganze Zeit über gewusst zu haben, dass sie den richtigen Mann hätten, auch wenn es nicht leicht gewesen sei, ein Geständnis aus ihm herauszukitzeln.

Natan hatte erst behauptet, den jungen Mann nicht zu kennen, er habe ihn noch nie zuvor gesehen oder von ihm gehört und ihn schon gar nicht an dem Abend des Mordes getroffen. Ein Alibi hatte er nicht. Im Austurbæjar-Kino sei eine Wiederholung von *Die Tage des Weines und der Rosen* gelaufen, und er habe sich zwischen den Vorstellungen reingeschlichen und sei als Erster wieder gegangen und nach Hause gefahren und habe dann bis spät in die Nacht hinein Musik gehört. Den Inhalt des Films kannte er bis ins kleinste Detail, aber niemand konnte seine Aussage bestätigen. Der Mann war schon davor mit dem Gesetz in Konflikt geraten, durch Einbrüche, Urkundenfälschung und Körperverletzung, er war also offensichtlich kein Vorzeigebürger. Der Türsteher eines Tanzlokals hatte Leó erzählt, dass er Natan am Abend davor in seinem Laden gesehen habe und es zu einer Schlägerei zwischen ihm und einem anderen Gast gekommen sei. Der Beschreibung nach war es vermutlich der junge Mann, nach dem man jetzt suchte. Der hieß Skafti und lebte bei seinen Eltern, war ein Einzelgänger und hatte kaum Freunde. Über die Auseinandersetzung im Tanzlokal am Abend vor seinem Verschwinden hatte er kein Wort verloren. Als er sein Zuhause zum letzten Mal in seinem Leben verließ, meinte er, er wolle noch kurz in die Stadt gehen. Danach verlief sich seine Spur. Die Leiche wurde nie gefunden. Auch keine Mordwaffe.

Irgendwann gestand Natan doch, dass er sich mit Skafti im Tanzlokal gestritten habe, zu einer Schlägerei sei es aber nicht gekommen. Er dachte, der Mann habe sich an ihn ranmachen wollen wie eine Schwuchtel und zum Schlag ausgeholt, weiter sei er aber nicht gegangen. Kurz darauf fügte Natan hinzu, er sei betrunken und benebelt gewesen und erinnere sich deshalb nicht mehr an alles, behauptete aber, Skafti später zufällig alleine unterwegs auf der Mýrargata gesehen zu haben und ihm bis nach Örfirisey gefolgt zu sein, wo er ihn schließlich umgebracht habe. Er hatte ausgesagt, es sei ein Nachspiel der Auseinandersetzung vom Vorabend gewesen, als er gedacht habe, Skafti wolle ihm den Hof machen, und außerdem habe er ihn ausrauben wollen.

Auf Örfirisey wurde nach dem Geständnis sofort eine umfangreiche Suche eingeleitet, doch von Skaftis Überresten gab es keine Spur, genauso wenig wie von dem Stahlrohr, das laut den Aussagen des Häftlings als Mordwaffe gedient hatte. Skaftis Familie war völlig neu, dass er sich für Männer interessierte, und sie glaubten Natan kein Wort.

»Wollt ihr noch ein Bier?«, fragte Leó, als er sich wieder zu ihnen setzte. Er hatte mit einem Lieutenant gesprochen, den er kannte und von dem er viel hielt.

Rikki holte sich noch ein Bier und sagte, Konráð sei an der Reihe. Sie beobachteten ihn beim Umwerfen der Pins, und Leó erzählte, der Lieutenant habe ihm vorhin etwas gesteckt.

»Er arbeitet in einem der Lager hier und meinte, er könne uns bei Interesse allerlei Waren besorgen. Alkohol. Zigaretten. Nur für den Eigenbedarf, versteht sich. Nicht mehr als das. Also, wenn wir Interesse hätten.«

Rikki sah Konráð und Leó abwechselnd an. Konráð verzog keine Miene.

»Aus der Sache müsst ihr mich raushalten«, sagte Rikki. »Davon will ich nichts wissen. Ihr könnt machen, was ihr wollt, aber ich habe an so etwas kein Interesse.«

»In Ordnung«, sagte Leó. »Was ist mit dir, Konráð?«

»Tabak kann ich immer gebrauchen«, sagte Konráð. »Wovon ist denn die Rede? Von Gallonen-Fässern? Oder Flaschen? Amerikanischem Wodka?«

»Ja, so habe ich es verstanden. Wollen wir uns nicht einfach mal ansehen, was er hat? Bei unserem nächsten Ausflug? Er hat uns zu sich nach Hause eingeladen, wenn wir Lust haben. Ein guter Kerl. Er ist Lieutenant. Oder Junior Officer. Diese vielen Dienstgrade habe ich noch nie verstanden. Aber er ist Marineinfanterist. Ist schon seit zwei Jahren hier und fühlt sich ganz wohl. Auf dieser stürmischen Insel. Wohler als auf den Philippinen, sagt er.«

Sie tranken Bier und bowlten weiter, aber Konráð hielt sich zurück, weil er an der Reihe war, sie wieder sicher zurück nach Reykjavík zu bringen. Er und Leó wechselten sich bei ihren Ausflügen zur Militärbasis immer mit dem Fahren ab.

»Kann man so ein Geständnis ernst nehmen?«, fragte Rikki auf dem Weg zurück in die Stadt, als sie das Lavafeld bei Hvassahraun passierten und auf Leós glorreiche Stunde zu sprechen kamen. »Ich würde sogar den Mord an Kennedy gestehen, um aus so einer langen Untersuchungshaft rauszukommen.«

»Das müssen andere entscheiden«, sagte Leó. »Damit habe ich nichts mehr zu tun. Die Staatsanwaltschaft war zufrieden. Ich habe meinen Beitrag geleistet. Wir haben unseren Beitrag geleistet.«

Sie fuhren weiter durch die Nacht. Es war Winter, und die Straße war von einer dünnen Schneeschicht bedeckt, also fuhr Konráð vorsichtig.

»Der arme Junge«, sagte er. »Stimmt es, was ich gehört habe?«

»Was?«

»Dachte der Mann, er könnte nach dem Geständnis nach Hause?«

Leó murmelte etwas Unverständliches. Konráð hatte nicht aktiv an den Ermittlungen teilgenommen, war aber bei ein paar wenigen Vernehmungen des Verdächtigen dabei gewesen. Die erste hatte stattgefunden, nachdem Natan bereits über hundert Tage isoliert in Untersuchungshaft verbracht hatte. Leó stellte die Fragen. Ein Anwalt war nicht anwesend. Es gab keinen Vermerk über eine Vernehmung in den Gefängnisbüchern von Síðumúli, überhaupt wurden die wenigsten Vernehmungen von Natan protokolliert.

Der Häftling bat darum, seinen Vater sehen zu dürfen. Darauf hatte er seit über einer Woche beharrt.

»Ich will ihn nur sehen«, sagte Natan und schien bereits völlig am Ende zu sein. »Ist das denn nicht möglich?«

»Leider nein«, antwortete Leó und bot dem Mann eine Zigarette an. »Ich wusste nicht, dass du so ein Papakind bist.«

»Bin ich auch nicht. Das bin ich nicht. Ich will nur mit ihm reden. Darf ich ihn sehen? Nur einmal? Bitte? Nur einmal...?«

Vierundzwanzig

Die Straßenverhältnisse in der Stadt waren immer noch schlecht, und Konráð fuhr vorsichtig, um mit dem Mietwagen nicht irgendwo stecken zu bleiben. Er sah, dass andere Verkehrsteilnehmer Probleme hatten, denn die Sicht hatte sich im Laufe des Tages verschlechtert, und außerdem dämmerte es langsam, die Straßen waren glatt, und viele der Autos waren nicht für den Winter ausgerüstet.

Während er vorankroch, musste er an Luther Hansson denken und seine möglichen Verbindungen zu dem Mann, der in Múlakampur erschossen worden war. Er wusste nicht viel über diesen Luther, außer dass er Tuberkulose hatte, hinkte und irgendwie mit Anton Heilman befreundet war, der ein Mädchen in einem der Barackenviertel, das damals auf dem Skólavörðuholt stand, vergewaltigt und geschwängert hatte, wie DNA-Proben bestätigt hatten. Bei den Ermittlungen stellte sich heraus, dass ihm Luther aller Wahrscheinlichkeit nach später beim Verstecken ihrer Leiche geholfen hatte, auch wenn es dafür keine konkreten Beweise gab. Jetzt hatte Konráð erfahren, dass Luther sechs Jahre davor in einem weiteren Armenviertel gesichtet worden war, in dem ebenfalls Gräueltaten stattgefunden hatten.

Die beiden Angelegenheiten hingen nicht unbedingt miteinander zusammen, aber er konnte nicht einfach außer Betracht lassen, dass Luther Hansson eine Rolle dabei gespielt hatte. Bei beiden Fällen war er in der Umgebung gesehen worden. Konráð wusste nicht, ob das etwas zu bedeuten hatte, es gab jedenfalls keinen Grund, davon auszugehen. Er konnte nicht wissen, was Luther bei Garðar gewollt hatte, und konnte es auch nicht herausfinden. Eigentlich hatte sich Konráð ursprünglich nur aufgrund der Waffe mit dem Mord im Múlahverfi beschäftigt, aber seither war sein Interesse daran deutlich gestiegen.

Konráð war auf dem Weg in die Innenstadt und kam auf der Hringbraut im dichten Verkehr nur langsam voran. Mittlerweile fuhr er nicht mehr so gerne dorthin, denn das freundliche und vielgestaltige Stadtzentrum aus seiner Erinnerung, das etwas von der Seele Reykjavíks bewahrt hatte, war Palästen der Reichen und Megahotels der Tourismusindustrie gewichen, die mit der Geschichte der Stadt nicht verbunden waren.

Das ging ihm so durch den Kopf, während er im Schritttempo auf dem Pósthússtræti am Hotel Borg vorbeifuhr, als plötzlich ein Mann im Schneegestöber auftauchte, vor das Auto rannte und damit zusammenprallte, sodass er mit einer Hand auf der Motorhaube aufschlug und dann hinfiel. Er sah aus wie ein Obdachloser, ziemlich ärmlich, trug eine verschlissene Winterjacke und eine altmodische Schiebermütze mit baumelnden Ohrenschützern, Wollhandschuhe und hohe Gummistiefel.

Konráð geriet auf der glatten Fahrbahn ins Schleudern, bevor er anhalten konnte. Der Mann war bereits wieder aufgestanden, und Konráð eilte zu ihm, half ihm auf den Gehweg und fragte, ob alles in Ordnung sei. Ob er sich verletzt habe. Der Mann trug einen Vollbart, und sein Ge-

sicht war unter der Mütze kaum zu erkennen, aber Konráð wusste sofort, wer vor ihm stand.

Der Mann murmelte etwas Unverständliches und riss
sich laut schimpfend von Konráð los, meinte, er habe das
gleiche Recht wie jeder andere, diese Straße zu benutzen.
Konráð versuchte, sich zu entschuldigen, und beteuerte,
ihn im Schneegestöber nicht gesehen zu haben, er sei so
plötzlich aufgetaucht. Hoffentlich sei alles in Ordnung,
und ob er nicht zum Arzt müsse. Konráð sei gerne bereit,
ihn in die Notaufnahme zu bringen, wenn er wolle. Das
lehnte der Mann entschieden ab und sagte, er wolle nur
in Frieden gelassen werden, und wiederholte noch einmal, dass er das gleiche Recht wie jeder andere habe, auf
den Straßen der Stadt unterwegs zu sein. Dann ging er
weiter seines Weges Richtung Süden und zog die Jacke
enger, zum Schutz vor dem Sturm, dem Schneegestöber,
der Finsternis und all den Schwierigkeiten und Hinder-
nissen, der Feindseligkeit und dem Pech, das ihm in seinem Leben widerfahren war.

Konráð blickte ihm hinterher, wie er Richtung Domkirche taumelte, und bezweifelte, dass der Mann ihn erkannt hatte. Ihre letzte Begegnung war viele Jahre her. Es
war in derselben Gegend gewesen. Auf dem Austurvöl-
lur. An einem Sommertag hatte er den Mann mit anderen
Obdachlosen auf einer Bank gesehen, eine Flasche ging
reihum, während sie dort saßen, mit übereinanderge-
schlagenen Beinen, sodass die Sonne auf ihre blauweißen
Füße schien. Unter ihnen war auch eine Frau, der die Flasche gehörte und die ihr beinahe zahnloses Gesicht zu einem Grinsen verzog.

Damals hatte er Konráð erkannt und ihm etwas zuge-
faucht, das Konráð nicht verstand. Seine Entlassung war

schon eine Weile her gewesen, aber es war ihm nicht gelungen, nach der langen Haft in Litla-Hraun wieder Fuß zu fassen. Kurz darauf war er erneut in Schwierigkeiten geraten, ab und zu hatte die Polizei mit ihm zu tun, und er musste die eine oder andere Nacht in der Zelle verbringen, doch ansonsten suchte er sich meist einen Schlafplatz in irgendwelchen städtischen Einrichtungen für Alkoholkranke.

Konráð beobachtete ihn, bis er hinter der Kirche verschwand, und erinnerte sich nicht daran, jemals so etwas Trauriges gesehen zu haben.

Es war Natan, Skaftis Mörder.

Seiner eigenen Aussage zufolge.

Fünfundzwanzig

Konráð war kein Familienmensch. Er bemühte sich um guten Kontakt zu seinen nächsten Verwandten, seiner Schwester Beta und seinem Sohn Húgó und dessen Familie, auch wenn das nicht immer so einfach war. Aus der Familie väterlicherseits kannte er aber niemanden und hatte auch nie den Kontakt gesucht. Noch aus seiner Kindheit erinnerte er sich dunkel an Seppis Schwester, eine Bauersfrau aus dem Norden, die wie ein wildes Pferd war, von störrischem Gemüt und ungepflegter Erscheinung. Mütterlicherseits kannte er nur seine Tante Addý ein wenig, aber auch sie hatten nie viel Kontakt gehabt. Sie war irgendwann an Lungenkrebs gestorben, hatte immer viel geraucht, und als er sie im Hospiz besucht hatte, hatte sie kaum noch sprechen können. Mit Addýs beiden Töchtern hatte Konráð nie viel zu tun gehabt, und auch der wenige Kontakt war im Laufe der Jahre verebbt. Erst kürzlich hatte eine der beiden ihn zur Konfirmation ihrer Enkelin eingeladen, er war aber nicht hingegangen. Húgó meinte, man habe ihn vermisst.

Die andere Tochter lebte in einem schön renovierten Holzhaus in Grjótaþorp, dem ältesten Viertel der Stadt, und bei dem Unfall im Pósthússtræti war Konráð gerade auf dem Weg zu ihr gewesen. Das Grjótaþorp war für ihn wie eine Oase in der Wüste des Tourismus, zu der die Innenstadt geworden war. Die Straßen waren eng und charmant, und die Häuser stammten aus einer anderen Zeit, hatten eine andere Geschichte und wurden von ihren Eigentümern entsprechend geschmackvoll renoviert. Als Konráð durch das Viertel fuhr, erhellten freundliche Lichter die lange verschneite Winternacht und warfen einen zauberhaften Glanz in die Dunkelheit.

Seine Cousine begrüßte ihn in der Tür. Sie hatte ihn lange nicht gesehen und musterte ihn, wie um sicherzugehen, dass er es wirklich war, bevor sie ihn herzlich umarmte und hineinbat.

»Wie schön, dich zu sehen«, sagte sie, schloss die Tür hinter ihnen und begleitete ihn ins Wohnzimmer. Sie hieß Svala und war allein zu Hause, das hatte sie bereits am Telefon gesagt, ihr Mann sei gerade auf dem Land und die Kinder bereits ausgezogen. Konráð meinte, Kakaoduft wahrzunehmen.

»Ach, es ist so kalt draußen«, sagte Svala, als er sie darauf ansprach, »also habe ich heiße Schokolade für uns gemacht. Willst du nicht etwas Sahne obendrauf?«

Dazu sagte Konráð nicht Nein, und sie plauderten über die Vergangenheit, von Cousin zu Cousine, und tauschten Neuigkeiten aus. Svala unterschied sich von ihrer Mutter und Schwester in der Hinsicht, dass sie im Laufe der Jahre in die Breite gewachsen war, während die anderen beiden Frauen immer noch wie ein Strich in der Landschaft aussahen. Sie war rundlich, ein großer Busen ruhte auf einem ansehnlichen Bauch, während die Beine sie wie zwei stabile Pfeiler trugen. Sie war freundlich und lachte bei jeder Gelegenheit laut auf, manchmal fragte sich Konráð, woher sie diese Fröhlichkeit hatte, denn seine Familie mütterlicherseits war nicht dafür bekannt.

Er hatte noch nicht beschlossen, ob er Svala von dem Angriff auf Beta oder von dem Besuch der beiden Polizisten am Tag zuvor erzählen sollte. Sie waren am vereinbarten Termin zu ihm nach Árbær gekommen und hatten ihn zu Seppis Tod befragt, die Fragen drehten sich diesmal einzig und allein um Konráð und seine Mutter Sigurlaug. Offenbar hatten sich die Polizisten aufs Genauste mit dem Sachverhalt bekannt gemacht und sich gut auf den Termin vorbereitet. Sie fragten Konráð nach dem Verhältnis von Sigurlaug zu seinem Vater, dem Grund für die Scheidung und Konráðs Gefühlen, als er erfuhr, dass Seppi seine Schwester missbraucht hatte. Wie habe er darauf reagiert? Konráð antwortete nach bestem Wissen und Gewissen. Er konnte nicht länger abstreiten, dass er seinen Vater gehasst und ihm nichts Gutes gewünscht hatte. Vor nicht allzu langer Zeit hatte er gegenüber dem Polizisten, der damals in dem Fall ermittelt hatte, gestanden, was er bisher immer verschwiegen hatte. Aber er beharrte dennoch auf seiner Unschuld. Er hatte sich an dem Abend betrunken, und seine Freunde bestätigten später, dass er den ganzen Abend bei ihnen gewesen war, auch zu Seppis mutmaßlichem Todeszeitpunkt.

»Und Sigurlaug?«, fragte einer der Polizisten, als sie zu dritt bei ihm zu Hause in Árbær zusammensaßen. Konráð hatte keinen Grund gesehen, um die Anwesenheit eines Anwalts zu bitten. Hatte gehofft, er könnte die neu aufgenommenen Ermittlungen im Keim ersticken.

»Was ist mit ihr?«, fragte Konráð.

»War sie den ganzen Abend bei ihrer Schwester und dem Schwager?«

»Sie hat ein wasserdichtes Alibi«, sagte Konráð. »Das wisst ihr.«

»Ja, aber ihr habt in wichtigen Fragen gelogen«, sagte der andere Polizist. »Beide. Du hast nicht die Wahrheit gesagt und deine Mutter auch nicht. Deshalb stellt sich jetzt die Frage, worüber ihr noch gelogen habt. Warum habt ihr das überhaupt getan? Was habt ihr untereinander abgesprochen?«

»Wir haben nichts abgesprochen«, sagte Konráð.

»Deine Mutter hat nicht die Wahrheit gesagt.«

»Du hast selbst eine falsche Zeugenaussage gemacht«, fuhr der andere Polizist fort.

»Meine Mutter wollte mir helfen, als sie verschwiegen hat, dass ich stinksauer auf Seppi war, als ich nach Hause gefahren bin, nachdem ich von der Sache mit meiner Schwester erfahren habe. Vielleicht hat sie sich schuldig gefühlt.«

»Schuldig inwiefern?«

»Weil ich verdächtigt wurde. Weil sie mich erst in Aufruhr versetzt und dann zu Seppi nach Hause geschickt hat?«

»Das dachte sie also? Dass du Jósep umgebracht hast?«

Konráð antwortete nicht, und die Polizisten sahen einander an.

»Hast du Sigurlaug irgendwann einmal danach gefragt? Ob sie das dachte?«

»Auf die Idee bin ich gar nicht gekommen«, sagte Konráð und begann schon wieder damit, nicht die Wahrheit zu sagen. Laut ausgesprochen hatte er die Frage nie, aber er hatte definitiv darüber nachgedacht.

»Also meinst du, sie war es?«

»Nein.«

»Denkst du, dass sie zu so einer Tat fähig gewesen wäre?«

»Nein.«

»Warst du dazu fähig?«

»Nein.«

»Willst du uns also erzählen, dass Sigurlaug dachte, du hättest deinen Vater umgebracht, und du dachtest, sie hätte ihren Mann umgebracht? Was ist das denn für eine Familie?«

Konráð reagierte nicht auf die Bemerkung. Fand sie arrogant und unangebracht. Verdrängte, dass sie vielleicht durchaus stimmte.

»Haben bei dem Fall alle gelogen?«, fragte der Polizist.

»Kann es dann nicht genauso gut sein, dass ihre Schwester und der Schwager gelogen haben, als sie behaupteten, Sigurlaug sei den ganzen Abend bei ihnen gewesen? Um deine Mutter zu schützen und ihr zu helfen, die Sache zu vertuschen?«, fragte sein Kollege.

»Das ist doch absurd«, sagte Konráð. »Völlig absurd…«

Sechsundzwanzig

Er nahm die heiße Schokolade von seiner Cousine entgegen. Eine schöne Sahnehaube schwamm obenauf, die in seinem Mund schmolz. Konráð bedankte sich und lobte das Getränk, Svala setzte sich zu ihm und fragte, was er in letzter Zeit so getrieben habe. Sie wusste aus Erfahrung, dass Konráð nicht besonders gut darin war, mit Verwandten Kontakt zu halten, und oft nicht einmal ranging, wenn ihre Schwester und sie die Initiative ergriffen. Sein Besuch musste einen anderen und bedeutenderen Grund haben als reine Höflichkeit, was er auch zugab, als Svala danach fragte.

»Es geht um Mama«, sagte Konráð und stellte seine Tasse ab. »Und deine Eltern. Um den Abend, an dem Seppi erstochen wurde.«

»Ach, das ist es, womit du dich beschäftigst«, sagte Svala.

»Erinnerst du dich an den Abend? Ich weiß, dass wir zusammen mit deiner Schwester Emma vor langer Zeit bei irgendeinem Familientreffen darüber gesprochen haben, aber ich habe es schon wieder vergessen, und ich wollte meine Erinnerung auffrischen.«

»Warum zerbrichst du dir darüber den Kopf? Das ist so lange her.«

»Es wäre gut, irgendwann doch noch herauszufinden, was genau passiert ist«, sagte Konráð.

»Das nagt an dir?«

»Tut es schon lange«, sagte Konráð. »Länger, als mir vielleicht bewusst war.«

»Ich weiß noch, dass Sigurlaug immer bei Mama übernachtet hat, wenn sie aus dem Osten kam. Manchmal hatte sie Beta dabei und manchmal kam sie allein. Sie hat dann in meinem Zimmer geschlafen. Ich bin zu Emma gezogen, und wenn Beta dabei war, hat sie sich auch zu uns gelegt. Was gibt es Neues von Beta? Ich weiß gar nichts von ihr.«

»Ich glaube, ihr geht es gut«, antwortete Konráð, weil er sich davor scheute, von dem Angriff auf seine Schwester zu erzählen. »Als Mama damals in die Stadt gekommen ist, war Beta nicht dabei.«

»Nein, eure Mutter ist allein gekommen.«

»Kannst du mir von dem Abend erzählen?«

»Wir wurden früh ins Bett geschickt, das weiß ich noch«, sagte Svala. »Das klingt vielleicht nicht ungewöhnlich, aber normalerweise durften wir länger aufbleiben. An dem Abend wollten die Erwachsenen ihre Ruhe haben. Emma und ich haben sie in der Küche reden gehört, aber wir wussten nicht, worum es ging. Ich erinnere mich, dass alle etwas ernst waren. Und dann sind Emma und ich mitten in der Nacht aufgewacht, als die Polizei da war und uns das von deinem Vater erzählt hat. Ich werde nie vergessen, wie viel Angst uns das gemacht hat … diese Gewalt.«

»Habt ihr die Reaktion meiner Mutter gesehen?«, fragte Konráð.

»Sie hat nach dir gefragt, hat die Polizei gefragt, wo du bist, und sich Sorgen um dich gemacht, ansonsten hat sie nicht auffällig reagiert. Nicht in dieser Nacht. In der

Küche wurde viel geflüstert, und Emma und ich sollten nicht alles hören. Das weiß ich noch ganz genau, und ich glaube, ich habe dir auch schon einmal erzählt, dass die Nachricht meiner Mutter nicht nahegegangen ist. Als würde die Sache sie gar nicht betreffen. Sie hat Seppi natürlich für das gehasst, was er Sigurlaug und Beta angetan hat. Ich habe sie später einmal gefragt, ob Seppis Tod sie nicht erschüttert hat, aber sie meinte nur, er hätte es nicht anders verdient und täte ihr kein bisschen leid.«

»Das hat sie gesagt?«

»Dann ist Sigurlaug wieder abgereist, und die Polizei kam noch einmal, um mit meinen Eltern zu sprechen, und irgendwann sind sie auch zur Polizeistation gefahren, weil sie wichtige Zeugen waren, und...«

Svala verstummte mitten im Satz.

»Geht es um ... das Alibi?«, fragte sie. »Ist es das, was du wissen willst? Bist du deshalb hier?«

Konráð bejahte. Er habe Addý einmal nach dem Alibi gefragt, und sie habe sehr ausweichend geantwortet.

»Glaubst du, sie hat gelogen?«, fragte Svala.

»Hältst du das für möglich?«, fragte Konráð zurück. »Das ist eigentlich das, was ich wissen will. Ob sie gelogen haben.«

»Heißt das, du verdächtigst deine eigene Mutter?« Svala starrte ihren Cousin ungläubig an. Konráð sagte nichts.

»Seit wann geht dir das durch den Kopf?«

»Ich weiß es nicht«, sagte Konráð.

»Wäre es nicht besser, die Sache auf sich beruhen zu lassen?«, fragte seine Cousine vorsichtig. »Das ist schon so lange her.«

»Die Polizei hat die Ermittlungen in dem Fall wieder aufgenommen, und das ist meine Schuld«, sagte Konráð. »Ich hätte in dieser verdammten Angelegenheit keine schlafenden Hunde wecken sollen. Es kann sein, dass sie euch kontaktieren und genau dieselben Fragen stellen, also wollte ich ...«

»Du wolltest wissen, was wir ihnen erzählen würden?«

»Die Polizei hat sich irgendeine absurde Verschwörungstheorie über Seppi, Mama und mich zusammengereimt. Ich habe mich eingemischt, und jetzt muss ich ihren Namen reinwaschen und meinen im Prinzip auch. Also kann ich die Sache nicht einfach ruhen lassen, selbst wenn ich wollte. Wenn ihr mir also mehr zu diesem Alibi sagen könntet ...«

»Ich wollte deine Mutter vor ihrem Tod danach fragen«, sagte Svala, »habe es dann aber doch nicht getan. Es geht mir nicht aus dem Kopf, wie still es am nächsten Tag im Haus war. Ich bin in die Küche geschlichen und habe Mama und Sigurlaug gesehen, sie saßen im Halbdunkeln, und deine Mutter war völlig aufgelöst und hat geweint. Wie du weißt, wurde sie auf dem Weg in den Osten in Blönduós angehalten, zurückgebracht und vernommen. Mama wollte sie trösten, und sie hat was von Papa gesagt, dass man ihm vertrauen könne. Ich erinnere mich so gut daran, weil ich es nicht verstanden habe. Warum sollten sie Papa nicht vertrauen?«

»Weißt du, wie Addý das gemeint hat?«

»Das habe ich nie ganz verstanden. Ich wusste damals nichts über Alibis und dergleichen und muss zugeben, dass ich erst wieder darüber nachgedacht habe, als Mama krank wurde und auf dem Sterbebett lag und wir über alle möglichen Familiengeschichten gesprochen haben, vor allem über die Beziehung zwischen Mama und Papa, die immer so gut war. In dem Zusammenhang sind wir darauf gekommen.«

»Diese Erinnerung an Addý und meine Mutter?«

»Und meinen Vater, dem sie vertraut haben.«

Konráð sah seine Cousine an, die ihre Schultern kaum merklich hochzog, als könnte sie die ganze Sache nicht ganz verstehen, und dann erzählte er ihr endlich von dem Angriff auf Beta, aber behielt für sich, dass der Vorfall mit einer schrecklichen Auseinandersetzung zwischen ihm und dem Anästhesisten in Litla-Hraun zusammenhing.

In Árbær hatten die beiden Polizisten das Aufnahmegerät ausgeschaltet und waren im Begriff, zu gehen. Es war schon spät, und sie zogen sich im Vorraum ihre dicken Jacken und Handschuhe an, bevor sie zum Polizeipräsidium zurückfahren wollten.

»Wir melden uns wieder«, sagte der eine.

»Ich weiß nicht, warum das nötig sein sollte«, sagte Konráð.

»Ja, das überrascht mich nicht.«

»Wie bitte?«, fragte Konráð genervt. Er hatte den ganzen Abend die Fassung behalten, aber irgendetwas an dem Tonfall der beiden Polizisten gefiel ihm nicht.

»Alle kennen die Geschichten. Über dich. Und Leó.«

Sie sahen Konráð an, als sei er da unten in der Hverfisgata nicht sonderlich gut angesehen.

»Und das mit Lúkas auch«, sagte er. »Was ist da auf dem Felsvorsprung passiert? Wie konnte er in den Fluss fallen?«

»Ja, schönen Tag noch, Jungs«, sagte Konráð und hielt ihnen die Tür auf. »Fahrt vorsichtig bei diesem Wetter.« Dann knallte er die Tür wieder zu.

Siebenundzwanzig

Leó sagte, er stecke in der Klemme. Was er genau damit meinte, stellte sich schnell heraus.

Sie saßen in der Bowlingbahn der Militärbasis, tranken Bier, und Leó kam auf seinen Freund, den Lieutenant, zu sprechen, der angeboten hatte, er könnte ihnen auf Wunsch etwas besorgen. Konráð hatte bereits von dem Angebot Gebrauch gemacht, aber nur für den Eigenbedarf, wenn seine Vorräte an Tabak und Alkohol alle waren. Er hatte kein Interesse daran, Waren in großem Stil vom Stützpunkt zu schmuggeln, so wie Leó es offenbar plante. Dass Leó oft Geldprobleme hatte und ständig nach Möglichkeiten suchte, sich etwas dazuzuverdienen, war ihm bewusst. Konráð vermutete, dass er den Großteil seines Gehalts verspielte, und in letzter Zeit hatte ihn das Glück wohl im Stich gelassen.

Leó hatte ihm anvertraut, dass er in mindestens zwei geschlossenen Runden spiele, wo es um hohe Summen gehe. Er fragte Konráð, ob er auch an Derartigem interessiert sei. Konráð schüttelte den Kopf. Glücksspiel hatte ihn noch nie gereizt. Außerdem war es illegal, und Konráð hatte das Gefühl, vorsichtig sein zu müssen, auch wenn er im Laufe seines Lebens schon so einige andere Sünden begangen hatte. Leó machte sich über diese Dinge keine Gedanken.

Es sollte eine Spritztour werden und nicht mehr. Nur eine Fahrt. Sie würden sich einen guten Transporter besorgen, zur Basis fahren, ihn mit Wodka, Whiskey und zwei bis drei Sorten Zigaretten beladen und damit durch die Sicherheitskontrolle rollen, was kein Problem sein würde, weil sie alle Angestellten dort kannten. Sie würden sagen, sie hätten einen Hausrat aufgekauft, und sie könnten einen Tisch und ein paar Stühle hinten ins Auto packen, wenn Konráð sich dann besser fühle, auch wenn das überhaupt nicht nötig sei.

Leó schien alles gut durchdacht zu haben und zappelte vor Aufregung, als er ihm von dem Plan erzählte. Niemand würde die Autos richtig untersuchen. Keiner würde Verdacht schöpfen, etwas sagen oder gar einen Blick in den Laderaum werfen, weil sie ja bei der Polizei seien und die Jungs an der Pforte kennen würden, wiederholte er, als hätte Konráð ihn beim ersten Mal nicht wirklich gehört.

Konráð war nicht überzeugt. Es war ihm unangenehm, über solche Dinge zu sprechen. Bei der Polizei hatte er sich immer besser eingelebt, und er war mehr als bereit, seine nicht ganz so gesetzestreue Vergangenheit hinter sich zu lassen. Er hatte das Gefühl, eine Chance bekommen zu haben, das Blatt wenden und ein neues Leben beginnen zu können, nachdem er Erna kennengelernt hatte, Húgó auf die Welt gekommen war und er das Haus in Árbær gebaut und einen guten Job ergattert hatte. Auf vieles aus seiner Vergangenheit war er nicht gerade stolz und wollte am liebsten einen Schlussstrich ziehen, aber das fiel ihm irgendwie schwerer als erwartet.

»Ich habe Schulden«, gestand Leó schließlich. »Schon seit einer Weile, und das sollte man in diesen Kreisen vermeiden. Das gehört sich nicht, verstehst du? Es gehört sich nicht, seine Schulden nicht zu begleichen.«

Er nannte die Summen und erzählte, dass er sowohl beim Poker als auch beim Würfeln verloren habe, er sei ein zu hohes Risiko eingegangen, zu gierig und vielleicht nicht immer ganz nüchtern gewesen. Er habe sich Geld leihen müssen, und jetzt sei der Tag der Abrechnung gekommen.

»Eine Spritztour?«, sagte Konráð und sah, dass Rikki von der Toilette zurückkam.

»Da können wir richtig dran verdienen«, sagte Leó und erkannte, dass er Konráð dazu gebracht hatte, die Sache zumindest in Erwägung zu ziehen.

»Aber trotzdem, das ist . . .«

»Das ist alles kein Problem«, flüsterte Leó. »Da kommt er ja, der Pfarrerssohn«, sagte er dann, als er Rikki bemerkte. Leó war nicht mehr so gut auf Rikki zu sprechen, seit er so wenig Interesse daran gezeigt hatte, dem Lieutenant ein paar Flaschen abzukaufen. Es schien fast, als gehe ihm Rikkis Anstand auf die Nerven.

»Wollen wir nicht langsam wieder zurück in die Stadt?«, fragte Rikki und warf einen Blick auf seine Uhr. »Wir müssen morgen arbeiten.«

»Wir haben keinen Stress«, sagte Leó.

»Es wäre gut, wenn . . .«

»Entspann dich doch ein wenig.«

»Schon gut, es ist nur schon spät und . . .«

»Pfeif doch auf die Uhr!«, sagte Leó verärgert. Er war leicht angesäuselt. »Immer mit der Ruhe!«

Rikki sah Konráð schockiert an.

»Ist alles in Ordnung?«, fragte er.

Konráð schlug vor, nach der nächsten Runde den

Heimweg anzutreten. Rikki war einverstanden und ging zur Bar.

»Ich dachte, er ist mit uns auf einer Wellenlänge«, sagte Leó.

»Inwiefern?«

»Du weißt schon ...«

»Warum ziehst du mich in die Sache mit hinein? Warum machst du das nicht einfach allein?«

»Ich gebe dir die Möglichkeit, daran teilzuhaben«, sagte Leó, immer noch aufgebracht. »Wenn du das nicht willst, dann ist das eben so.«

»Reg dich ab.«

»Der Lieutenant will mit uns ins Geschäft kommen. Er meinte, es sei am besten, alles mitten am Tag zu machen, wenn bei der Kontrolle richtig viel los ist. Ich kenne jemanden, der dort arbeitet und uns durchwinkt. Das ist kein Problem. Und dann fahren wir damit nach Reykjavík. Abnehmer habe ich schon längst. Da kann nichts schiefgehen.«

»Dein Freund mit dem Tanzlokal?«

»Er macht gerade einen neuen Laden auf«, sagte Leó. »Das meiste würde dahin gehen. Und dann sind da noch mehr.«

»Ich weiß ja nicht.«

»Das ist ein Batzen Geld für uns. Für dich, Konni.«

Konráð bemerkte beim Eingang einen Mann, der sich umsah. Als er Leó erkannte, ging er auf ihn zu und begrüßte ihn mit Handschlag. Leó stellte sie einander vor, und sie schüttelten sich ebenfalls die Hände.

»Das ist Ingimar«, sagte Leó. »Er arbeitet auf der Militärbasis, an der Pforte.« Konráð sah sie abwechselnd an. Damit hatte er nicht gerechnet, er blickte seinen Kollegen eindringlich an. Leó hatte schon alles in die Wege geleitet, ohne mit ihm darüber zu sprechen. Er hatte ihn in eine Sache hineingezogen und zum Komplizen gemacht, ohne ihn überhaupt zu fragen.

»Also gut«, sagte Konráð und stand auf. »Ich fahre zurück in die Stadt. Ihr macht, was ihr wollt. Das ist mir egal.«

Dann ging er weg.

»Konni!«, rief Leó ihm hinterher. »Stell dich nicht so an. Konni! Komm zurück, Konni! Verdammt noch mal . . .«

Achtundzwanzig

Etwa drei Monate später meldete sich Leó und bat Konráð um ein Treffen. Sie hatten seit dem Ausflug zur Militärbasis nicht mehr miteinander gesprochen, und Konráð dachte, sein Freund hätte von den Plänen Abstand genommen. Doch wie sich herausstellte, war das Gegenteil der Fall.

»Ich muss dich um einen Gefallen bitten«, sagte Leó, als sie sich an einem Samstagnachmittag im Ingólfskaffi trafen. Sie waren die einzigen Gäste und saßen unauffällig in einer Ecke. Offenbar hatte Leó seine zwei Cousins mit ins Boot geholt und überließ ihnen die Umsetzung. Ingimar an der Pforte war auch involviert, und natürlich der Lieutenant. Die Cousins wechselten sich ab und schmuggelten zweimal im Monat allerlei Waren vom Stützpunkt, die mit beträchtlichem Gewinn an Restaurants und Hotels in Reykjavík und sogar darüber hinaus weiterverkauft wurden. Sie beluden gemeinsam mit dem Lieutenant einen Lieferwagen unter dem Vorwand, sie würden Hausrat der amerikanischen Soldaten transportieren, und passierten die Sicherheitskontrolle, wenn sie wussten, dass Ingimar gerade Dienst hatte. Wenn die Luft rein war.

»Warum erzählst du mir das?«, sagte Konráð. »Ich will das gar nicht hören. Ich will davon nichts wissen.«

»Mir ist wieder eingefallen, dass du Geld brauchst«, sagte Leó.

»Da hast du irgendetwas falsch verstanden«, erwiderte Konráð.

Leó nannte die Summe, die für Konráð dabei rausspringen würde.

»Das wäre dein Anteil«, sagte er. »Ich stecke richtig in der Klemme. Es hat also Eile. Ich wollte dich bitten, diese eine Fahrt für mich zu machen. Meine Cousins sind anderweitig beschäftigt, und ich muss mit Dóra zu einer Hochzeit aufs Land.«

Konráð staunte über die Summe, und Leó sah, dass sein Interesse geweckt war.

»Ich biete dir nur einen kleinen Zusatzverdienst an«, sagte Leó. »Mehr ist es nicht.«

»Zusatzverdienst«, schnaubte Konráð. »Ich will damit nichts zu tun haben.«

»Als du mit dem Hausbau angefangen hast, warst du noch nicht so ein Heiliger«, sagte Leó. »Da war es kein Problem, dich für ein paar zusätzliche Kronen zu begeistern.«

»Ja, das ist vorbei«, sagte Konráð.

Leó gab nicht auf und nannte wieder seinen Anteil. Sie schwiegen. Konráð verzog das Gesicht.

»Und dieser Ingimar steht an der Pforte?«, fragte er nach einer kurzen Stille.

Der Lieutenant empfing ihn und half ihm beim Beladen des Lieferwagens. Er hatte die Ruhe weg und beschwerte sich über die Preise von Zigaretten und Alkohol im Land, er verstehe dieses Monopol der isländischen Regierung auf Wein und Tabak nicht und diese ganze verdammte

Besteuerung. Das sei ja purer Kommunismus, völlig irrsinniger Kommunismus, den man nicht dulden sollte.

Konráð war etwas stutzig, als er sah, um welche Mengen an hochprozentigem Alkohol, Bier und riesigen Boxen mit Zigarettenschachteln es sich handelte. Leó hatte von deutlich weniger gesprochen. Der Lieferwagen war beinahe voll. Konráð wurde mit jeder Minute unruhiger, sagte aber nichts. Er wollte eigentlich fragen, wie der Lieutenant an all diese Produkte gekommen war, ließ es dann aber bleiben. Vermutlich machte er irgendwas an der Buchführung.

Sie schlossen die Türen des Lieferwagens, Konráð bedankte sich bei dem Lieutenant und fuhr zur Pforte. Sie hatten eine Decke über die Kartons gelegt und einen Schrank und Stühle hinten ins Auto gestellt, um die Ladung zu verstecken. Beim Hineinfahren hatte Konráð Ingimar an der Pforte zugewinkt.

Erst als er sich auf dem Rückweg der Sicherheitskontrolle näherte, dämmerte ihm so richtig, worauf er sich eingelassen hatte. Vor der Schranke hatte sich eine Schlange gebildet. Zehn oder elf Autos standen noch vor ihm, und vom Ende der Reihe aus sah er, dass der vorderste Wagen beiseitegewunken wurde.

Eine Stichprobe, dachte Konráð bei sich.

Er beobachtete mit zunehmender Unruhe, wie die isländischen Polizisten und zwei Kontrolleure der Besatzer zu dem Wagen gingen. Der Fahrer stieg aus. Einer der Kontrolleure setzte sich ins Auto, und der Fahrer wurde gebeten, den Kofferraum zu öffnen.

Der Korso kroch voran, und als Konráð endlich an der Reihe war, sah er sich nach Ingimar um, der ihn kommentarlos vorbeiwinken sollte, so wie Leó es versprochen hatte.

Ingimar war nirgendwo zu sehen.

Stattdessen kam einer der Besatzer aus dem Wachhäuschen, das zwischen den beiden Fahrspuren stand, und gab Konráð ein Zeichen. Er kurbelte das Fenster hinunter.

»What have we got here?«, fragte der Soldat, und Konráð versuchte panisch, sich daran zu erinnern, was Hausrat auf Englisch bedeutete, aber es fiel ihm einfach nicht ein. Er wusste nicht mehr, ob er den Begriff je in seinem Leben gehört hatte. Dann kam er ins Schwitzen, als ihm bewusst wurde, wie schlecht durchdacht diese Schmuggelfahrt war, und bereute zutiefst, dass er sich von Leó hatte überreden lassen. Es war eine Mischung aus Leichtsinn und Helfersyndrom und der altbekannten Hoffnung auf schnelles Geld gewesen. Er hatte zugesagt, Leó aber die gesamte Planung überlassen. Und jetzt kamen ihm Zweifel, aber es war längst zu spät, noch etwas zu ändern.

»Icelandic policeman«, sagte Konráð und lächelte unbedarft. »Policeman in Iceland.«

»Policeman? I see. Would you please park there?«, sagte der Mann von der Militärpolizei und deutete auf den Parkplatz, wo der andere Pkw gerade gründlichst untersucht wurde.

»There?«, fragte Konráð. Er zeigte auf die Stelle und tat unsicher, um etwas Zeit zu gewinnen. Es gelang ihm nicht wirklich, die Ruhe zu bewahren.

»If you would, please«, sagte der Kontrolleur bestimmt.

Konráð sah keine andere Möglichkeit, als seine Anweisungen zu befolgen, und fuhr langsam auf den Parkplatz. Der Soldat folgte ihm und wartete darauf, dass er aus dem Lieferwagen stieg. Er klopfte auf die Seite des Fahrzeugs und fragte, warum er sich auf dem Gelände befinde. Konráðs Englischkenntnisse ließen zu wünschen übrig, und er stammelte die Lüge vom Hausrat, den er billig gekauft hatte und nach Reykjavík bringen wollte. Außerdem fügte er hinzu, dass er dort als Polizist arbeite.

»Verstehe«, sagte der Kontrolleur. »Darf ich mal einen Blick hineinwerfen?«

»Selbstverständlich«, sagte Konráð und tat so, als bräuchte er den Autoschlüssel, um die Hecktüre zu öffnen. Er mühte sich lange ab, den Schlüssel aus der Zündung zu ziehen, und stieg gerade aus, als er Ingimar endlich langsam auf sie zuschlendern sah.

»Mach dir keine Sorgen«, sagte Ingimar kumpelhaft, als wären sie alte Freunde. »Ich regle das.«

Konráð atmete ein wenig auf, begrüßte Ingimar mit einem Handschlag und lächelte, um dem amerikanischen Soldaten zu zeigen, dass sie Freunde waren, Kollegen.

»Wo zur Hölle warst du?«, fragte Konráð und lächelte.

»Sie haben heute Morgen mit Stichproben angefangen und sind schon den ganzen Tag dabei«, sagte Ingimar fröhlich. »Halten in etwa jedes zehnte Auto an. Hier an der Pforte werden gerade ein paar Neue eingearbeitet, so wie dieser Zirkusaffe hier«, sagte er und meinte den Soldaten, der neben ihnen stand.

Ingimar war etwa so alt wie Konráð und hatte bei ihrem Treffen auf der Bowlingbahn sehr aufgeschlossen gewirkt. Er fand es nicht verwerflich, sich ein klein wenig dazuzuverdienen.

»Kannst du ihn uns vom Hals schaffen?«, fragte Konráð mit dem Autoschlüssel in der Hand. Der Soldat sah Konráð an, der regungslos vor dem Lieferwagen stand und versuchte, sich nichts anmerken zu lassen.

»Mal sehen«, sagte Ingimar. »He is a policeman, friend

of mine«, sagte er dann zu dem Soldaten. »He's okay. Er ist in Ordnung. Ich denke, wir können ihn durchlassen.«

Konráð beobachtete die Reaktion des Amerikaners genau, der verwirrt lächelte. Er sah sie beide abwechselnd an und wirkte nicht sehr beeindruckt von dem Gerede über »Icelandic policemen«, schien seinen Willen durchsetzen zu wollen. Er bat darum, einen Blick ins Auto werfen zu dürfen. »No, no.« Ingimar versuchte, ihm klarzumachen, dass Konráð korrekt sei, er kenne ihn gut, es handle sich um einen Polizisten aus Reykjavík, der Möbel transportiere. Aber der Soldat wirkte wenig überzeugt. Er stand vor ihnen, mit entschlossenem Blick, und gab nicht nach, wollte unbedingt die Ladung sehen. Und im Gegensatz zu den isländischen Kontrolleuren an der Pforte war er bewaffnet.

»Ich weiß nicht, was ich tun soll«, sagte Ingimar und versuchte, nicht allzu beunruhigt zu klingen. »Er besteht darauf.«

»Hat er hier das Sagen?«, fragte Konráð, immer noch verzweifelt auf der Suche nach einem Ausweg aus dieser Zwickmühle. »Hast du hier gar nichts zu melden? Wofür bezahlt dich Leó eigentlich?! Lasst ihr euch hier von diesen Soldaten herumkommandieren?«

In dem Moment trat der Lieutenant zu ihnen. Konráð wusste nicht, woher er plötzlich kam, aber wahrscheinlich war er dem Lieferwagen bis zur Pforte gefolgt. Er beachtete sie nicht, sondern wandte sich ein wenig von oben herab direkt an den Soldaten, nahm ihn beiseite und bat ihn um ein kurzes Gespräch. Ingimar reagierte sofort und gab Konráð ein Zeichen, sich wieder ins Auto zu setzen. Das ließ sich Konráð nicht zweimal sagen, er kletterte auf den Fahrersitz, und Ingimar schlug die Tür hinter ihm zu.

Der Motor sprang an, Konráð fuhr vom Parkplatz auf die Straße, und ehe er sichs versah, hatte er die Pforte passiert und machte sich auf den Weg zurück nach Reykjavík.

Als er wieder zu Hause war, rief er Leó sofort an.

»Bitte mich nie wieder, bei so einem Unsinn mitzumachen!«, fauchte Konráð wütend, als sein Kollege ranging.

»Ich musste dir nicht gerade den Arm verdrehen, um dich dazu zu kriegen«, sagte Leó ruhig, als habe er mit dem Anruf gerechnet. Wahrscheinlich hatte er bereits mit Ingimar gesprochen.

»Ich hätte dich nicht verpfiffen«, sagte Konráð.

Leó schwieg.

»Du musstest sicherstellen, dass ich nichts verrate! Das war es doch?! Du und deine Cousins! Und ich Idiot bin darauf reingefallen!!«

»Du wolltest auch ein Stück vom Kuchen«, sagte Leó. »Schieb die Schuld nicht auf mich. Du bekommst deinen Anteil. Das war doch der wahre Grund? Darum ging es doch die ganze Zeit, Konni?«

Konráð tobte vor Wut und schlug den Hörer gegen den Tisch, bevor er auflegte. Auch wenn sich der Ärger gegen seinen Freund richtete, am wütendsten war er auf sich selbst.

»Verdammt!«, rief er. »Verdammte Scheiße!!«

Neunundzwanzig

Eygló musste die Adresse eine Weile suchen. Hie und da
fehlten die Hausnummern, und sie zählte in Gedanken
weiter, bis sie meinte, angekommen zu sein. Es handelte
sich um ein Hinterhaus, das von der Straße aus nicht gut
zu sehen war, ein niedriges Holzhaus mit Keller, einem
Schornstein und kleinen Fenstern an einer Seite. Davor
stand ein struppiger Tannenbaum, von Wind und Wetter
stark in Mitleidenschaft gezogen. Es war nicht geräumt,
aber von der Straße aus zog sich ein schmaler Trampel-
pfad durch den Schnee zum Haus.

Diesmal begleitete Konráð sie nicht. Angeblich hatte er
zu tun, mehr hatte er ihr nicht gesagt, aber Eygló konnte
das gut verstehen. Der Angriff auf Beta beschäftigte ihn
sehr, und sie spürte, dass er Schuldgefühle hatte. Auf
dem Weg zurück von Hveragerði hatte sie versucht, das
Thema anzusprechen, aber Konráð war ihr ausgewichen.

Eygló ging über den schmalen Pfad zum Haus und sah
eine Frau in ihrem Alter, die gerade aus dem Keller kam.
Sie trug ein paar Lebensmittel, die sie vermutlich dort
unten aufbewahrte, und hatte ihre Mühe, die Kellertür
hinter sich zu schließen. Eygló fragte, ob sie helfen könne,
und die Frau bat sie, hinter ihr zuzumachen. Dann fragte
sie, ob sie diejenige sei, die mittags wegen ihres Bruders
angerufen hatte. Eygló bejahte das, und die Frau meinte,

die Leute hätten schon vor langer Zeit aufgehört, nach Natan zu fragen. Die Sache sei längst vergessen, nur ab und zu tauche sein Name auf, wenn über alte isländische Kriminalfälle gesprochen wurde. Deshalb habe der Anruf sie ein wenig gewundert.

Im Haus der Frau roch es nach Schimmel, und Eygló vermutete, dass es wahrscheinlich durchs Dach tropfte. Drei Duftkerzen sollten den muffigen Geruch überdecken, kamen aber nicht dagegen an. Es war, als könnte die Frau ihre Gedanken lesen, denn sie erklärte ihr, dass sie nicht genug Geld habe, um das verdammte Dach reparieren zu lassen. Sie befürchtete, die Sparren seien allesamt verrottet und kaputt. Schimmel habe sie zum Glück noch nicht gefunden, aber natürlich sei es nur eine Frage der Zeit, bis das Zeug sich bemerkbar machte.

Sie unterhielten sich eine Weile über undichte Dächer und Schimmel, und wie schwer und teuer es sei, gute Handwerker zu finden. Die Frau hieß Ragnhildur. Sie war gelassen und freundlich und bot ihr grünen Tee an. Nach dem anfänglichen Plausch lenkte Eygló das Gespräch auf die spiritistische Sitzung, die sie am Telefon erwähnt hatte und an der sie beide teilgenommen hatten.

»Ich habe mich tatsächlich etwas erschrocken, als ich erfuhr, dass Skaftis Mutter auch bei der Sitzung war«, sagte die Frau. »Ich hatte ja keine Ahnung. Ich wollte damals nicht auffallen, das weiß ich noch, in Wahrheit hatte ich eine Heidenangst, die Aufmerksamkeit auf mich und die ganze Geschichte zu lenken ... wegen meines Bruders und dem, was Natan angeblich getan hatte.«

»Interessierst du dich immer noch für Séancen?«, fragte Eygló vorsichtig.

»In letzter Zeit kaum noch«, bekannte Ragnhildur. »Ich

beschäftige mich nicht mehr viel mit diesen Dingen. Aber ich bin damals zu recht vielen Sitzungen gegangen, und man hätte mich durchaus eine Spiritistin nennen können. Ich weiß nicht mehr, wonach ich gesucht habe, falls ich es überhaupt je wusste. Ich denke, die Vorstellung von einem Leben nach dem Tod hat mich zumindest neugierig gemacht. Das ließ dann aber bald wieder nach.«

»Du warst also nicht wegen des Mordes an Skafti dort?«

»Warum sprichst du von Mord?«

Eygló zögerte.

»Es war kein Mord«, sagte Ragnhildur, als hätte sie etwas völlig Absurdes behauptet, wie etwa, dass die Erde eine Scheibe wäre. Natan hat da was gestanden, das er nicht getan hat, und sein Geständnis zurückgenommen, aber das hat da schon keine Rolle mehr gespielt. Was mit Skafti passiert ist, hatte nichts mit meinem Bruder zu tun.«

»Hast du Kontakt zu ihm?«, fragte Eygló. »Zu deinem Bruder?«

»Schon seit vielen Jahren nicht mehr«, sagte die Frau. »Das hat er so entschieden. Für uns ist das sehr schwer, wie du dir sicher vorstellen kannst.«

»Ja, natürlich«, sagte Eygló und ermahnte sich, ihre Worte sorgfältig zu wählen.

»Weißt du, warum Natan mit ihnen in die Bucht bei Örfirisey gegangen ist?«, fragte Ragnhildur. »Mit der Polizei? Weil er als kleiner Junge dort gespielt hat. Deshalb kam er darauf. Das war alles eine abgekartete Sache. Dieses Geständnis war von Anfang bis Ende frei erfunden.«

Eygló wusste nicht, was sie darauf antworten sollte. Sie kannte den Fall nicht so gut.

»Ich weiß, dass diese Séance bei Kristleifur lange her ist, aber erinnerst du dich noch daran?«, fragte sie nach kurzem Schweigen. »Hast du dort etwas gesehen oder gehört, das dir in Erinnerung geblieben ist?«

»Ich weiß, dass viele Leute da waren … hieß er Kristleifur? Er hat bei mir nichts ausgelöst, falls du das wissen willst. Ich bin da in der Menge völlig untergegangen und war danach auch nicht noch einmal bei ihm.«

»Und bei anderen Sitzungen? Woanders?«

»Ich erinnere mich an nichts Besonderes, nein. Aber ich habe auch schon lange nicht mehr über diese Dinge nachgedacht. Nach unserem Gespräch bin ich in mich gegangen, aber ich kann dir nicht helfen, tut mir leid.«

»In Wahrheit bin ich hier, weil ich dir von etwas erzählen wollte, das mir bei der Séance aufgefallen ist«, sagte Eygló. »Ich erinnere mich daran, als wäre es gestern gewesen, und aus irgendeinem Grund beschäftigt es mich in letzter Zeit wieder. Damals habe ich es automatisch mit Skaftis Mutter in Verbindung gebracht, weil mir gesagt wurde, dass sie dort war und dieser schreckliche Fall zu der Zeit in aller Munde war. Ich dachte, meine Erscheinung hätte mit ihr zu tun. Also habe ich mich neulich mit ihr getroffen und sie ihr beschrieben, aber ihr kam nichts davon bekannt vor.«

»Eine Erscheinung?«, fragte Ragnhildur.

»Ja, eine Erscheinung«, sagte Eygló. »Zwei Frauen aus einer anderen Zeit, die nebeneinandersaßen. Ich dachte, sie wären wegen Skafti dort gewesen, aber dann habe ich erfahren, dass du auch anwesend warst, also wollte ich mit dir sprechen.«

In dem Moment klopfte es an der Tür, und die Frau stand auf, um zu öffnen. Sie kam nicht sofort wieder, also sah Eygló sich in dem ärmlichen Wohnzimmer um. Dort gab es nicht viel Schönes. Ein paar vereinzelte Familienfotos hingen an der Wand oder standen auf der Kommode, und Eygló sah sie sich genauer an, schämte sich aber fast ein wenig, weil sie hier nach dem Bruder der Frau Ausschau hielt – sie schnüffelte herum. Die meisten Bilder waren alt, zwei aber in Farbe, und eines davon schien das Hochzeitsfoto der Frau zu sein. Die eigene Neugierde war ihr immer noch unangenehm, und sie wollte sich gerade wieder setzen, als ihr Blick auf ein altes Foto fiel, das wie umgekippt auf der Kommode lag.

Als Ragnhildur wiederkam, stand Eygló starr neben der Kommode, hielt das Foto in der Hand und reagierte nicht, als die Frau fragte, was sie da mache.

»Ist alles in Ordnung?«, fragte Ragnhildur.

Eygló antwortete nicht.

»Ist etwas passiert?«, fragte sie wieder. »Was machst du da?«

Endlich schien Eygló wieder zu sich zu kommen.

»Was... was ist das für ein Bild?«, fragte sie und reichte der Frau das Foto.

»Das hat meiner Mutter gehört«, sagte sie. »Ich habe es seit ihrem Tod. Der Ständer hinten ist eines Tages einfach abgebrochen, und ich bin noch nicht dazu gekommen, einen neuen Rahmen zu besorgen.«

»Einfach so?«

»Ja, eines Morgens habe ich es so gefunden.«

Das Bild in dem schmalen vergoldeten Messingrahmen war schwarz-weiß und das Papier vergilbt. Aber das Motiv war klar zu erkennen, einige Menschen posierten in zwei Reihen vor einer Wand und blickten ernst und konzentriert in die Kamera. Insgesamt acht Personen, sowohl Frauen als auch Männer, ihre Kleidung und ihr Aussehen ließen auf die Zeit um 1900 schließen. Die Männer trugen Bärte und die Frauen traditionelle Wollkostüme. Die Sonne stand offenbar tief, und die Menschen warfen lange Schatten. Auf dem Bild war nicht ein Hauch von Fröhlichkeit zu erkennen.

Eygló bat darum, das Foto noch einmal sehen zu dürfen, und Ragnhildur zögerte kurz, bevor sie es ihr gab. Eygló starrte auf die beiden Frauen in der hinteren Reihe, die sie nicht zum ersten Mal sah. Zwei ärmlich gekleidete Gestalten aus dem neunzehnten Jahrhundert mit scharfen Gesichtszügen, von unbestimmtem Alter, mit abgearbeiteten Händen und langen Zöpfen.

»Weißt du, wer die beiden waren?«, fragte Eygló und zeigte auf die Frauen, die dicht aneinandergedrängt in der oberen Reihe standen. »Waren sie mit euch verwandt?«

»Das waren die Schwestern unseres Urgroßvaters, dem bärtigen Mann hier«, sagte die Frau und deutete auf einen der Männer in der vorderen Reihe. »Deshalb hat meine Mutter das Bild aufbewahrt.«

»Weißt du, wann es aufgenommen wurde?«, fragte Eygló. »Oder wer es aufgenommen hat?«

»Nein, das wussten wir nicht«, sagte Ragnhildur. »Mein Urgroßvater hat eine Weile im Lepraspital gearbeitet, das hier auf Laugarnes stand und im Krieg abgebrannt ist. Meine Mutter meinte immer, es sei ein Bild der Arbeiter dort.«

»Die Schwestern deines Urgroßvaters?«

»Kennst du diese Frauen?«

»Nein«, sagte Eygló, was ja auch stimmte. »Nein, ich kenne sie nicht.«

»Meine Mutter hat uns immer ihre Geschichte erzählt, wenn sie uns ermahnen wollte, vorsichtig zu sein.«

»Sind sie verunglückt?«, fragte Eygló, als eine Ahnung sie überkam.

»Weißt du etwa, wer sie waren?«, fragte Ragnhildur verdutzt.

»Nein«, sagte Eygló. »Ich kenne sie nicht.«

»Meine Mutter hat erzählt, dass sie, kurz nachdem dieses Bild aufgenommen wurde, ertrunken sind«, sagte die Frau. »Sie haben sich wohl sehr nahegestanden und alles zusammen gemacht. Als eine von ihnen bei einem Hochwasser in die Elliðaá fiel, ist ihre Schwester hinterhergesprungen, um sie zu retten. Sie sind beide ertrunken. Ein paar Tage später wurden sie Händchen haltend am östlichen Ende der Insel Viðey gefunden, und es war schwer, sie voneinander zu trennen.«

Dreißig

Konráð hatte nicht viel Appetit und überlegte, ob er sich überhaupt etwas zum Abendessen kochen sollte, als jemand vom Krankenhaus anrief und ihm mitteilte, Beta sei vor Kurzem aufgewacht und habe nach ihm gefragt. Ihm fiel ein Stein vom Herzen, als er erfuhr, dass sie mental in einigermaßen guter Verfassung war. Er schlüpfte schnell in seine Winterjacke und eilte hinaus zu seinem japanischen Mietwagen. Konráð spürte, wie die Räder im Schnee durchdrehten, als Marta anrief. Konráð sah ihren Namen auf dem Bildschirm und konnte sich denken, warum sie anrief. Er überlegte eine Weile, ob er rangehen sollte. Dann entschied er, dass es besser wäre, das Gespräch gleich hinter sich zu bringen, statt es vor sich herzuschieben.

»Wir haben einen Mann namens Reimar Sigurjónsson gefunden, er war heftig zugerichtet«, sagte Marta sofort, als er endlich ranging. »Er ist ein guter Bekannter der Polizei, berüchtigt für seine Gewalt, du erinnerst dich sicher an ihn. Wir hatten ihn wegen Beta im Visier.«

»Das sind doch mal gute Nachrichten«, sagte Konráð. »War er es, der Beta angegriffen hat?«

»Das wird sich herausstellen«, sagte Marta. »Er ist wie gesagt in einem schlimmen Zustand und kann kaum sprechen. Jemand hat ihm ganz schön eingeheizt. Richtig übel sogar. Wahrscheinlich wird er auf einem Auge blind bleiben.«

»Ach, hat das mit irgendwelchen Drogengeschichten zu tun?«

»Kann sein«, sagte Marta ernst. »Anscheinend ist er festgebunden worden, er hat eine offene Wunde im Gesicht, eine gebrochene Rippe und zwei Stichverletzungen. Wir wissen nicht, woher. Eine der Stichwunden geht direkt durch den linken Oberschenkel.«

»Ich werde Beta davon erzählen, ich bin gerade auf dem Weg zu ihr. Sie ist aufgewacht und wird froh sein, dass ihr zumindest eine Spur habt.«

»Und du«, fragte Marta, »bist du nicht auch froh?«

»Doch, das ist natürlich ... ihr habt ihn schnell gefunden. Wenn er es wirklich war.«

»Ja, wir haben gar nicht viel gemacht«, sagte Marta. »Reimar wurde gefunden, weil er halb blind auf der Straße herumgekrochen ist. Wir mussten ihn nur noch abholen.«

»Ja, na gut ... ich muss ...«

»Ich habe überlegt, ob du vielleicht was damit zu tun hattest«, sagte Marta.

»Ich wünschte, es wäre so, wenn das wirklich der Mann ist, der Beta fast umgebracht hat. Solche Dinge können einen wirklich aus der Bahn werfen. Aber ich weiß leider auch nicht mehr. Das ist irgendeine Drogengeschichte.«

»Bist du da sicher?«

»Ja, da bin ich mir ganz sicher.«

»Liebe Grüße an Beta. Ich schicke jemanden zu ihr, sobald sie bereit ist, oder rede selbst mit ihr.«

»Werde ich ausrichten. Danke, Marta.«

Bei Konráðs Anblick lächelte Beta oder versuchte es zumindest. Sie war sehr schwach, aber bei gutem Bewusstsein, und der Arzt meinte, ihr stünden einige Monate intensiver Reha bevor. Nachdem der Arzt gegangen war, setzte sich Konráð zu seiner Schwester. Beta erinnerte sich gut an den Vorfall, die beiden Männer und den Angriff und wollte darüber sprechen. Ihre erste Frage war, ob man die Männer geschnappt habe.

»Weißt du, wer die Rüpel waren?«, fragte Beta.

»Den Anführer kenne ich, ja«, gestand Konráð.

»Den mit dem Milchgesicht?«

»Ja. Er ist in den Händen der Polizei.«

Konráð zeigte ihr ein Bild von Reimar, das er auf seinem Handy hatte, und fragte, ob sie ihn wiedererkenne. Er hielt die Luft an. Ein- oder zweimal waren ihm Zweifel gekommen, ob er mit der Aktion nicht hätte warten sollen, bis feststand, dass es wirklich Reimar gewesen war, der Beta so zugerichtet hatte. Sie erkannte den Mann auf dem Bild aber sofort und nickte. Er war es gewesen. Konráð ließ sich nichts anmerken und steckte das Handy wieder in die Tasche.

»Warum hat man diese Männer zu mir geschickt?«, fragte Beta.

»Geschickt?«, fragte Konráð. Er war noch nicht sicher, wie er fortfahren sollte. Er hatte sich fest vorgenommen, offen mit Beta zu sprechen und all ihre Fragen zu beantworten, aber jetzt bezweifelte er, dass er dazu in der Lage war.

»Du wusstest, dass sie auf dem Weg zu mir waren, Konráð. Woher wusstest du das?«

Sie bemerkte sein Zögern, und er sah, dass sie sich darüber ärgerte. Manchmal sprach sie darüber, dass mehr von ihrem Vater in ihm steckte, als er zugeben wollte.

»Sag mir nur eins, Konráð, sag mir, warum sie mich angegriffen haben.«

»Ich bin nicht sicher ...«

»Konráð!«

»Ich bin nicht sicher, ob es gut ist, wenn du das weißt.«

»Rede nicht mit mir wie mit einem kleinen Kind!«

»Nein, das ist nicht ...«

»Na gut, dann geh einfach«, sagte Beta und wandte sich von ihm ab. »Ich habe dir nichts zu sagen. Geh.«

Konráð blieb noch einen Augenblick an der Bettkante sitzen, aber irgendwann hielt er es nicht mehr aus, ging zum Fenster und blickte in die Dunkelheit hinaus, bevor er von seinem Besuch bei Gústaf in Litla-Hraun zu erzählen begann. Er sei ständig auf der Suche nach Antworten auf die Fragen rund um Seppis Tod, außerdem habe er das Gefühl, dass Gústafs Vater in einen jahrzehntealten Mord an einem jungen Mann im Múlahverfi verwickelt sei. Er habe Gústaf schon früher im Gefängnis aufgesucht und mit ihm eine Übereinkunft getroffen, dass Gústaf ihm im Tausch für einen Gefallen erzählen sollte, was er über seinen Vater wusste. Konráð musste ihm dafür ein bestimmtes Medikament besorgen, das Gústaf einen sanften Tod bescheren würde, wenn er sich dazu entschied. Konráð hatte sich aber nicht an die Abmachung gehalten, weil er Gústafs Informationen nicht traute und vermutete, dass der Mann ihn für dumm verkaufen wollte, aber vor allem, weil er sich nicht dazu durchringen konnte, dem Mann beim Selbstmord zu helfen. Also schmuggelte er dem Häftling andere Tabletten ins Gefängnis, die gelinde gesagt abführend wirkten. Mit dem Angriff hatte Gústaf sich gerächt. Damit hatte er nicht gerechnet.

»Hast du ihn schon getroffen?«, fragte Beta. »Den Mann, den sie geschnappt haben.«

Konráð zögerte.

»Ich habe ihn getroffen.«

»Und?«

Konráð antwortete ihr nicht. Musste es auch nicht. Beta sah ihn an und wusste, was er getan hatte.

»Das wollte ich nicht«, sagte sie und konnte ihre Enttäuschung nicht verbergen. »Hoffentlich hast du das nicht für mich getan, Konráð.«

Konráð stand immer noch am Fenster und schwieg.

»Ich weiß, dass du viel Gutes in dir hast, Konráð«, sagte Beta und verzog vor Schmerzen das Gesicht, »aber es wird immer offensichtlicher, wie sehr du deinem Vater ähnelst.«

»Beta ... siehst du nicht, was sie getan haben?«, sagte Konráð und zeigte in den Raum und die Geräte, an denen seine Schwester hing. »Ich hatte mein Leben lang mit diesen Schlappschwänzen zu tun. Diesen Rüpeln. Warum sollten sie mit Strafen davonkommen, die für sie nicht mehr als ein paar Monate Hausarrest sind? Vollpension, endloses Unterhaltungsangebot, ein Fitnessstudio und noch vor Weihnachten sind sie wieder im offenen Vollzug? Sag mir das!«

»Du bist kein Stück besser als er, Konráð. Du bist genau wie Seppi, und es tut mir im Herzen weh, das in dir zu sehen. Ihn in dir zu sehen. Du glaubst gar nicht, wie sehr mich das schmerzt.«

Konráð ging wieder zum Fenster und trat von einem Bein aufs andere. Er wollte seine Schwester auf keinen

Fall noch mehr enttäuschen, sah aber keine andere Möglichkeit.

»Eins musst du mir versprechen«, sagte er.

»Zieh mich nicht mit in die Sache hinein.«

»Marta darf das nicht erfahren.«

»Ach, Konráð«, stöhnte Beta. »Geh. Hau ab. Tu mir den Gefallen, geh weg!«

Einunddreißig

Eines Tages sah Rikki bei Konráð vorbei und bat ihn um ein Gespräch, wollte dafür aber nicht im Büro bleiben. Das war kurz vor Mittag, und Konráð telefonierte gerade im Zuge der Ermittlungen in einem Diebstahl. Er verstand nicht, warum Rikki es so eilig hatte, warf einen Blick auf seine Armbanduhr und meinte, er habe in zehn Minuten Zeit, sie könnten sich im Hinterhof des Dezernats treffen. Rikki nickte und hielt zehn Finger hoch. Zehn Minuten!

Er wartete im Hof auf Konráð, zog ihn sofort ein paar weitere Schritte zur Seite und erzählte, er habe etwas über Leó erfahren, das ihn vollkommen aus der Fassung gebracht habe.

Während Rikkis Nachtschicht am Abend davor war die Polizei wegen Körperverletzung und versuchter Vergewaltigung zu einer Bar in der Stadt gerufen worden. Als Rikki dort ankam, war der Laden bereits seit einer Weile zu und alle Gäste verschwunden. Der Vorfall war während des Abschließens passiert. Rikki wurde in ein kleines Bürokämmerchen gebracht, wo ein Streifenpolizist, der bereits vor Ort war, sich über einen der Mitarbeiter des Ladens beugte, der an einem Tisch saß und sichtlich angetrunken war. Seine Kollegin, das vermeintliche Opfer, war zur Untersuchung ins Krankenhaus nach Fossvogur gebracht worden. Offenbar hatte sich der Mitarbeiter mit ihr zusammen im Kellerlager eingeschlossen, dort hatte er sie zum Geschlechtsverkehr gedrängt, ihr war es aber gelungen, sich zu befreien und Hilfe zu rufen. Ihr Rock war zerrissen, die Bluse auch, und sie war angeblich sehr verängstigt, stand regelrecht unter Schock.

Rikki setzte sich zu dem Mitarbeiter, der den ganzen Aufruhr nicht zu verstehen schien. Die versuchte Vergewaltigung stritt er entschieden ab, es sei sogar ganz anders gewesen, sie habe ihn dort unten im Keller verführt und ihn zärtlich berührt. Er verstand nicht, warum sie sich so aufregte oder warum ihre Kleidung zerfetzt war. Damit habe er absolut nichts zu tun. Frauen!, sagte er. Die seien doch alle verrückt. Sie seien verrückt, diese Weibsbilder.

Auf diesem Thema ritt der Mann herum, bis Rikki entschied, ihn in eine Zelle in der Hverfisgata zu bringen und genauer zu vernehmen, wenn er etwas nüchterner war. Einer der Polizisten hatte irgendwo aufgeschnappt, dass sich der Mann manchmal schon während der Arbeitszeit volllaufen ließ und nicht sonderlich beliebt war. Vor allem Frauen hätten sich in letzter Zeit über ihn beschwert, so etwas wie an diesem Tag sei aber noch nie vorgekommen.

Rikki brachte den Mann ins Präsidium auf der Hverfisgata, meldete ihn an und führte ihn zu seiner Zelle, als der Mann ihn fragte, ob er einer der anständigen Polizisten sei. Rikki hörte nicht auf ihn. Vermutlich war es betrunkenes Geschwafel, derartiges Geschwätz kannte er nur zu gut. Nichts nervte ihn mehr als das Gerede betrunkener Leute, die sich selbst für allwissend und alle anderen für hirnlose Vollidioten hielten.

»Ich habe euch von dem verdammten Schwein erzählt, dem Alkohol und dem Tabak und der doppelten Buchführung«, fuhr der Mann fort, und je näher sie der Zelle kamen, desto nüchterner wirkte er. Erst jetzt, kurz bevor die Zellentür vor seiner Nase zufiel, schien er sich an die Missstände auf seinem Arbeitsplatz zu erinnern.

»Versuch, ein wenig zu schlafen«, sagte Rikki.

»Vielleicht bist du ja auch so einer«, sagte der Mann. »Ihr alle. Verdammte Schlappschwänze! Ich habe euch gesagt, wie das war! Ich dachte, ihr würdet etwas tun.«

»Wir reden morgen weiter«, sagte Rikki und schloss die Zelle ab.

»Jaja, lass uns morgen reden … er hat mich verprügeln lassen, sagte der Mann durch die offene Luke in der Tür. »Dieses Schwein. Hat einen verdammten Schläger zu mir geschickt. Ich habe darauf geachtet, alles anonym zu machen, aber ihr wolltet mich ja unbedingt treffen. Ich habe nie meinen Namen gesagt, aber sie haben trotzdem sofort herausgefunden, dass ich es war, der mit euch gesprochen hat. Zwei sind gekommen und haben mir gedroht, mich umzubringen. Warum glaubt ihr wohl, dass ich anonym bleiben wollte? Ha? Ich hatte Angst. Eine Scheißangst! Vor ihm. Vor seinem Bruder. Und dann … dann kamen sie und haben mir fast die Seele aus dem Leib geprügelt. Die haben mir drei Finger gebrochen! Scheißbulle!«

Rikki zögerte. Der Mann war mittlerweile fuchsteufelswild. Was die Vergewaltigung betraf, hatte er vielleicht gelogen, aber das, was er durch die Kellertür zu erklären versuchte, schien einen wahren Kern zu haben.

»Wem hast du deinen Namen nicht genannt?«, fragte Rikki.

»Dem Kerl, dem von der Polizei … diesem verdammten Bullen. Und der steckt da auch immer noch mit drin … in seinen Taschen quillen die Scheine über … und das

Beste daran ist, dass ich die beiden auch noch zusammengebracht habe. Den Bullen und das Schwein. Ich selbst! Ich...!«

Der Mann starrte Rikki durch die Luke an und war den Tränen nahe.

»...und dann werde ich einfach in den Knast gesteckt.«

»Von welchem Polizisten redest du?«, fragte Rikki durch die Luke.

»Leó heißt er. Er heißt Leó. Ist er vielleicht ein Freund von dir?«

»Was hat er getan?«

»Das Schwein kauft alles von diesem Leó. Da geht es nicht nur um ein paar Groschen... sie stecken zusammen unter einer Decke. Der Bulle und das Schwein! Schmuggeln von der Militärbasis! Der Bulle und das verdammte Schwein! Von Frachtschiffen auch...«

Rikki hatte sich eine Zigarette angezündet, stieß den Rauch aus und sah seinen Kollegen an.

»Stimmt das?«, fragte er.

»Wie heißt der Mann?«, fragte Konráð.

»Patrekur. Paddi genannt. Er meint, er habe Kontakt zu einem Konráð von der Polizei gehabt und sich dann mit dir und einem weiteren Polizisten getroffen. Dieser andere Polizist ist Leó, da war er sich sicher.«

Rikki sah Konráð fragend an.

»Stimmt das?«, fragte er wieder. »Erinnerst du dich an den Mann?«

»Wo ist er jetzt?«

»Er ist unten auf der Hverfisgata. Ist da was dran?«

»Hat er noch einmal mit dir gesprochen?«

»Er streitet alles ab«, sagte Rikki. »Sagt, er wisse nicht,

wovon ich rede, wenn ich danach frage. Jetzt ist er natürlich wieder nüchtern und wirkt völlig verängstigt. Aber er hat bis spät in die Nacht hinein erzählt. Verdient sich Leó unterm Tisch noch was dazu? All diese Ausflüge zur Militärbasis … das Bowling … der Lieutenant? Was geht hier eigentlich vor, Konráð? Kannst du mir das sagen?«

Konráð sah Rikki an und versuchte, so zu tun, als überraschte ihn das alles, als dürfte man derartiges Geschwafel nicht allzu ernst nehmen.

»War das nicht einfach nur betrunkenes Geschwätz?«, fragte er. »Solchen Unsinn hört man doch ständig. Du solltest das nicht so ernst nehmen.«

»Er hat Leó genannt. Er hat deinen Namen genannt.«

Konráð schüttelte den Kopf, als wollte er solchem Blödsinn keinen Glauben schenken.

»Schmuggelt Leó von der Militärbasis?«, fragte Rikki besorgt.

»Ich rede mal mit ihm und frage nach«, sagte Konráð. »Bis dahin sollte die Sache unter uns bleiben. Diese Männer versuchen uns zu schwächen, wo sie können. Das weißt du auch.«

»Aber du kennst diesen Paddi? Hast mit ihm geredet?«

»Ja, ich meine, mich an ihn zu erinnern«, gestand Konráð. »Wie sich herausgestellt hat, war der bei irgendeinem Tanzlokal beschäftigt, ist entlassen worden und wollte sich rächen. Wenn das der ist. Angeblich konnte er seine Finger nicht von den Frauen lassen und wurde gefeuert.«

»Er hat gestern Abend eine Frau angegriffen«, sagte Rikki. »Hat versucht sie in irgendeiner Kammer am Arbeitsplatz zu vergewaltigen.«

»Ja, dasselbe ist in dem Tanzlokal auch passiert. Der redet nur Quatsch, der Mann.«

Rikki zuckte mit den Schultern, als wüsste er nicht, was er glauben sollte. Konráð hatte ihn ein wenig beruhigen können, aber Rikki war offenbar noch nicht zufrieden, und es klang so, als wollte er an dem Fall dranbleiben. Sein Verdacht galt einzig und allein Leó, und er meinte, dass Leó aufgrund seines Charakters vielleicht nicht den richtigen Job habe. Er sei kein Vorzeigepolizist. Ihm fehle es an Verständnis und Empathie. Wie sich im Fall von Skafti gezeigt habe. Rikki redete schon wie der Pfarrer, der er hätte werden sollen.

»Im Fall von Skafti?«, fragte Konráð verwundert.

»Ja, da hat er sich auch nicht gerade mit Ruhm bekleckert«, sagte Rikki. »Ich glaube, die Geschichte hat er dem Jungen eingeredet. Über Örfirisey und das alles. Das hat er alles selbst erfunden.«

Zweiunddreißig

Sie verabschiedeten sich im Hinterhof, und Konráð beschloss, Leó sofort ausfindig zu machen, aber das war nicht so einfach. Er überlegte, wo er stecken könnte, versuchte es telefonisch bei ihm und fuhr zu ihm nach Hause, aber ohne Erfolg. Leó war am Morgen in Kópavogur zur Arbeit erschienen, und er und Konráð hatten ein paar Worte miteinander gewechselt, aber dann war er schnell wieder irgendwohin verschwunden, ohne Bescheid zu sagen.

Konráð wusste, dass er in einem neuen Fall ermittelte, einem Brand in einer Lagerhalle beim Hafen Sundahöfn, also fuhr er dorthin. Er wollte so schnell wie möglich mit ihm über Rikkis Verdacht sprechen. Zum Glück war der arme Paddi im Nachhinein zurückgerudert, aber die Polizei würde wahrscheinlich eine Weile mit ihm zu tun haben, und man konnte nicht wissen, was er noch so von sich geben würde.

Seit Konráð vor ein paar Jahren die erste Zahlung angenommen hatte, als das Haus in Árbær noch ein Rohbau war, hatte er sich in so einige von Leós zweifelhaften Nebentätigkeiten verwickeln lassen. Er wusste, dass Leó zwei, drei Leute beim Zoll kannte, die immer wieder ein Auge zudrückten, wenn befreundete Seemänner mit Schmuggelware anlegten. Konráð vermutete, dass manche von ihnen schon seit Seppis Tagen Schwarzhandel betrieben, denn Leó hatte danach gefragt und ihn gebeten, an ein paar alte Kontakte seines Vaters anzuknüpfen.

Konráð versuchte, der Korruption möglichst aus dem Weg zu gehen, aber da war eine Spannung, ein Nervenkitzel, ein altbekanntes Gefühl aus seiner Kindheit, das ihn reizte. Vielleicht war es das Versteckspiel, die Aussicht auf einen schnellen Zusatzverdienst oder eine Abneigung gegenüber der Behörde, zu der er mittlerweile selbst gehörte. Er wusste es nicht genau. Wusste nur, dass es aufhören musste.

Er fuhr langsam an der Brandruine vorbei. Von der Lagerhalle war nichts mehr übrig, und nur ein paar Stahlpfeiler, die sie einmal gehalten hatten, ragten noch, verbogen von der Hitze, aus den Trümmern empor. Alles war zerstört, das Warenlager, die Empfangstheke und ein Lieferwagen, der in der Halle gestanden hatte, als der Brand ausgebrochen war. Der Schaden war hoch, aber über die Brandursache war nichts bekannt. Brandstiftung wurde nicht ausgeschlossen. Konráð parkte gerade das Auto, als er Leó in einiger Entfernung mit einem Feuerwehrmann reden sah. Er beschloss, im Auto zu warten. Eine Weile verging, bis der Feuerwehrmann sich endlich zum Aufbruch bereit machte und Leó alleine in den Trümmern zurückblieb.

Konráð ging zu ihm, und Leó war offensichtlich überrascht, witterte aber sofort Ärger und fragte ihn, was er dort mache und ob etwas nicht in Ordnung sei. Konráð erzählte ihm von dem Treffen mit Rikki und dem, was Paddi in der Zelle in der Hverfisgata so von sich gegeben hatte, besoffen und unter dem Verdacht der versuchten Vergewaltigung.

»Warst das du?!«, fragte Konráð außer sich. »Hast du irgendwelche Männer zu ihm geschickt? Hast du ihn verprügeln lassen?«

»Verdammt!«, sagte Leó. »Und was hat Rikki jetzt vor?«

»Was hat Rikki …? Was ist mit Paddi?«

»Den Trottel nimmt doch keiner ernst«, sagte Leó. »Der Lokalbetreiber wollte wissen, wer geplaudert hat, und das habe ich ihm gesagt. Ich wusste nicht, dass er sich an dem Esel rächen würde. Ich mache mir eher Sorgen um Rikki. Was will er denn? Das ist ein uralter Fall.«

»Scheiße«, fauchte Konráð zwischen den Zähnen.

»Konni, warum lässt du dich von diesem betrunkenen Geschwafel so stressen? Es ist alles in Ordnung. Solche Typen machen uns doch andauernd Probleme. Ich werde mit Rikki sprechen. Das ist doch kein Grund, so auszurasten.«

»Das ist nicht gut, Leó«, sagte Konráð, »und das weißt du auch. Hast du gerade irgendwelche Aktionen am Laufen?«

»Nein, nichts«, sagte Leó. »Nichts. Es läuft nichts. Hör auf mit diesem hysterischen Geschwätz! Das ist doch lächerlich. Entspann dich!«

»Du solltest in den nächsten Monaten den Ball flach halten«, sagte Konráð. »Bis sich die Unruhe wieder legt.«

»Mach dir um mich keine Sorgen«, sagte Leó. »Ich spreche mit Rikki. Finde raus, was er vorhat. Mach dir da keine Sorgen, Konni. Das ist kein Problem. Kein Problem.«

Leós Worte taten wenig, um Konráð zu beruhigen, und kurz darauf ließ er seinen Freund in den Trümmern zurück und fuhr nach Hause. Erna hatte an dem Abend Spätschicht und war nicht da. Er rief sie kurz im Krankenhaus an. Alles wie immer. Viel zu tun. Húgó bat darum, bei einem Freund übernachten zu dürfen. Konráð machte sich ein Abendessen, hatte aber nicht viel Appetit und setzte sich vor den Fernseher, um die Abendnachrichten zu schauen. Das Übliche. Die Regierung würde sich vermutlich bald auflösen. Die Fischereiindustrie stand vor dem Aus. Die Isländische Krone verlor an Wert. Die Inflation war außer Kontrolle.

Konráð stand auf, um das Trauerspiel abzuschalten, als sein Blick auf ein Stückchen Holz fiel, das unter einem der Küchenstühle lag. Er bückte sich und wollte es wegwerfen, doch dann erkannte er, dass es sich um ein ungebrauchtes Streichholz handelte, in der Mitte unsauber entzweigebrochen.

Er starrte auf das Streichholz und versuchte sich zu erinnern, wann Leó ihn das letzte Mal besucht hatte, denn außer ihm kannte Konráð niemanden, der Streichhölzer entzweibrach und als Zahnstocher benutzte. Die Gewohnheit hatte er seit ein paar Jahren, und weil die Streichhölzer manchmal nicht brachen, wie er wollte, trug er immer ein paar fertig halbierte Streichhölzer mit sich herum.

Konráð musste nicht lange überlegen, Leó hatte ihn schon seit Ewigkeiten nicht mehr in Árbær besucht.

Soweit er wusste.

Dreiunddreißig

An diesem Abend blieb Konráð auf, bis Erna nach Hause kam. Er merkte, wie müde sie nach einem schwierigen Tag im Krankenhaus war. Sie wunderte sich, dass er noch wach war und beinahe zwei Flaschen von dem Rotwein geleert hatte, den er immer trank, seit sie ihn einmal mitgebracht hatte, The Dead Arm – der verkümmerte Ast. Es war ein harmloser Witz, den nur sie beide verstanden und der sich auf Konráðs schwachen Arm bezog, der ihm nicht viel nutzte, so wie der verdorrte Ast an einem Weinstock. Zugleich aber lebten die anderen Äste am Weinstock um den toten herum auf. Erna gefiel dieses Bild.

Sie zündete ein paar Kerzen an, wie immer, wenn sie nach ihrer Schicht nach Hause kam. Die Ruhe der flackernden Flamme helfe ihr, schwierige Erlebnisse zu verarbeiten, hatte sie einmal gesagt. Erna ging es immer sehr nahe, wenn Leute im Spital starben, vor allem, wenn es ihre eigenen Patienten waren. Konráð hatte gehört, wie ihre Kolleginnen sie als ausgesprochen fürsorglich und einfühlsam beschrieben hatten. Ihm fiel selbst auf, wie sehr die Arbeit sie manchmal bedrückte. Dann suchte sie oft bei ihm Trost.

Das war einer dieser Abende. Konráð schenkte ihr ein Glas Rotwein ein, und sie erzählte von einem Familienvater, einem Elektriker, der mit Kopfverletzungen zu ihnen gekommen war. Er war bei der Arbeit aus dem dritten Stockwerk eines neu errichteten Hauses in Breiðholt gefallen. Als Erna ihn versorgte, war er kaum noch bei Bewusstsein. Er fragte nach seiner Frau, bevor er ins Koma fiel und notoperiert wurde, aber es war bereits zu spät, und er starb noch auf dem OP-Tisch. In der Zwischenzeit war seine Frau mit den drei Kindern im Krankenhaus angekommen, und Erna setzte sich zu ihnen und teilte ihnen mit, dass es nicht gelungen sei, ihren Liebsten zu retten, er aber in seinen letzten Gedanken bei ihnen gewesen sei.

»Warum bist du noch nicht im Bett?«, fragte Erna plötzlich nach einer langen Stille.

»Ach, ich ...«

Konráð verzog das Gesicht, und er wusste genau, dass es nicht der richtige Moment war, um über seine eigenen Sorgen zu sprechen.

»Ist was?«, fragte Erna. »War etwas auf der Arbeit?«

»Nein, ich will jetzt nicht darüber sprechen«, sagte Konráð. »Es war ein langer Tag.«

»Komm schon. Warum bist du so ernst?«

»Es ist nichts.«

»Ich sehe es doch. Was ist los?«, sagte Erna bestimmt.

»Es ist nur ...« Konráð war immer noch zögerlich, aber sah dann ein, dass er nicht lange herumdrucksen konnte und aussprechen musste, was ihn beschäftigte. »Es ist Leó«, sagte er.

»Leó?«

»Was hat er hier gemacht?«

Erna sah ihn an.

»Leó? Was meinst du?«, fragte sie.

»Ist er gekommen, um dich zu treffen? War er hier? Um dich zu treffen? Allein?«

»Wie ... wie kommst du darauf?«

»Ich habe das hier auf dem Boden gefunden«, sagte Konráð und zeigte ihr das Streichholzstück. »Außer ihm kenne ich niemanden, der so etwas mit Streichhölzern macht. Ich wollte es eigentlich jetzt nicht ansprechen, aber dann konnte ich nicht ... war er hier?«

Ernas Blick wanderte zwischen dem Streichholz und Konráð hin und her. Dann nickte sie.

»Ich hätte ...«

»Was?«

»Ich wollte dir nicht davon erzählen, weil ihr Freunde seid, aber Leó hat, wie soll ich sagen ... Interesse an mir gezeigt. Unterschiedlich oft und viel. Erst war es wie ein harmloses Spiel, etwas, das er zwischen uns erfunden hat, mir aber immer unangenehm war. Mal nur ein Blick, mal eine Berührung, mal ein Anruf, und zweimal war er hier, und ich musste ihn wegschicken, so wie heute Morgen auch. Ich konnte ihn bisher immer auf Abstand halten, aber ich habe das Gefühl, dass es zunimmt, früher oder später hätte ich dir davon erzählt.«

»Geht das schon lange?«, fragte Konráð.

»Ich glaube, es hat angefangen, als wir ins Haus gezogen sind«, sagte Erna. »Ich hätte dir schon längst davon erzählen sollen, es ist so befreiend, das endlich aussprechen zu können. Du weißt, wie manche Männer sind, ständig kneifen und streicheln sie einen, zu denen gehört er auch. Geht so weit, wie er kommt.«

»Also war nichts zwischen euch?«

»Nichts, was der Rede wert wäre, Konráð. Nichts, wofür ich mich schämen müsste. Das würde ich dir nie antun. Du würdest mir ja auch nie wehtun.«

»Ich dachte, er wäre mein Freund«, sagte Konráð.

»Und so ist es sicher auch«, sagte Erna. »Ich glaube, er sieht kein Problem darin, sich auf gut Glück an die Frau eines Freundes ranzumachen. Ich bin bestimmt nicht die Einzige.«

Konráð war aufgestanden und schritt auf und ab. Es gab für ihn keinen Grund, an Ernas Aufrichtigkeit zu zweifeln, und selbst hatte er ihr auch nicht die ganze Wahrheit gesagt, was Leó und ihn betraf. Es war wie eine Last, die er mit sich herumtrug, also erzählte er plötzlich drauflos, von Leó und ihrem Arbeitsverhältnis und Gelegenheiten, die er nie hätte ergreifen dürfen, doch die Versuchung sei zu groß gewesen. Bei angemessener Bezahlung hätten sie ab und zu ein Auge zugedrückt. Bestimmten Personen zu Waren verholfen, an die man nur schwer herankam. Leó habe sogar geheime interne Informationen weitergegeben. Konráð betonte, dass er diesen Pakt aufgelöst und nichts mehr damit zu tun habe, aber es sei nun mal so geschehen, und damit müsse er leben.

»Und währenddessen hat er sich die ganze Zeit an dich rangemacht«, sagte Konráð und schüttelte den Kopf, als könnte er es einfach nicht begreifen.

»Konráð…? Das ist doch nicht dein Ernst?«

»Es ist vorbei, Erna. Ich habe damit aufgehört.«

»Ich fand es seltsam, wie die Dinge immer in letzter Minute doch noch gut ausgegangen sind«, sagte Erna. »Du hast immer gesagt, du hättest einen Lohnvorschuss oder Bonus bekommen oder einen kleinen Kredit aufgenommen, und ich … darauf wäre ich nicht gekommen. Dass du …, dass du dir bei der Arbeit etwas zuschulden hast kommen lassen. Konráð… ist das wahr?«

»Es ist vorbei«, wiederholte Konráð. »Die Sache ist gegessen, so war es, und ich bin nicht stolz darauf, aber jetzt ist es vorbei. Genau wie das zwischen dir und Leó.«

»Da war nie was zwischen mir und Leó!«, sagte Erna und war plötzlich ziemlich aufgebracht. »Das war nur Leó. Aber du ... Konráð ...?«

Sie starrte ihn an, und er sah, dass sie versuchte, sich zusammenzureißen.

»Du hättest mir davon erzählen sollen.«

Konráð schwieg.

»Aber vielleicht warst du zu beschäftigt mit diesem Schwindel und all den Schweinereien!! Ist das wirklich wahr?! Dir wird so eine Arbeit anvertraut, und das ist dein Dank dafür!«

»Ich will nur ehrlich zu dir sein«, sagte Konráð.

»Ich dachte, du wärst so glücklich, auf der rechten Bahn zu sein, nach der ganzen Vergangenheit mit deinem Vater und alldem. War das nur Gerede? War das alles nur Gerede?!«

»Nein, und es ist vorbei«, wiederholte Konráð. »Versprochen. Ich werde es nie wieder tun. Wir saßen in der Klemme, dieses Haus hier, Húgó war gerade geboren, und du hattest ein langes Studium hinter dir, ich bin immer tiefer hineingerutscht, ich hätte dir die ganze Zeit davon erzählen sollen, und ich weiß, es ist viel zu spät dafür, aber ... Ich will einfach ganz ehrlich zu dir sein«, wiederholte er. »Das will ich. Völlig offen. Immer.«

»Konráð ... wie ...?«

Plötzlich war alle Wut von ihr abgefallen. Sie ging zu ihm, umarmte ihn, und so standen sie eine Weile im Wohnzimmer ihres Hauses in Árbær, das auf Lügen und Betrug gebaut war. Sie bat ihn noch einmal, zu versprechen, dass alles vorbei sei, dass er die Finger von derartigen Geschäften lassen und ihr immer treu sein würde, komme, was wolle.

»Alles Gute zum Geburtstag«, sagte sie.

Er sah sie verwirrt an.

»Du vergisst immer deinen Geburtstag«, sagte Erna und reichte ihm ein Geschenk.

Konráð hatte tatsächlich seinen Geburtstag vergessen, und das passierte ihm nicht zum ersten Mal. Er öffnete das Päckchen und holte einen edlen Brieföffner aus Silber mit einem zappelnden Lachs auf dem Griff hervor.

»Für alle zukünftigen Abmahnungen«, sagte Erna und lachte. »Der wird dir noch nützlich sein.«

Konráð sollte sich noch lange an diesen Abend und an Ernas Vergebung erinnern, im Laufe der Jahre musste er immer öfter daran denken. Als sie erkrankte und den Kampf gegen den Tod antrat, erinnerte er sich vor allem an eins. Ein einziger Aspekt, der wichtig war. Es war eine kleine Bemerkung Ernas, die ihm vor allem in ihren letzten Tagen nicht mehr aus dem Kopf ging und ihn auch danach in langen schlaflosen Nächten beschäftigen sollte.

Du würdest mir ja auch nie wehtun.

Vierunddreißig

Die Hafenwaage stand in einem kleinen Haus direkt an der Werft. Eine stark befahrene Straße führte daran vorbei, auf der anderen Straßenseite standen klobige Großbauten, und vorn war es dem belebten Hafen zugewandt. Es erschien völlig losgelöst von seiner Umgebung, und vermutlich war dieses schöne, ovale Häuschen ohne Genehmigung dort hingebaut worden, denn sein Hinterteil ragte auf die Straße hinaus, wie um absichtlich den Verkehr zu behindern.

Dort war eingebrochen, das Haus beschädigt und allerlei gestohlen worden, auch wenn es weder viel war noch besonders wertvoll. Konráð fand heraus, dass man Leó geschickt hatte und er bereits vor Ort war. Er fuhr hin, ging direkt auf Leó zu und schlug ihm ins Gesicht.

Im nächsten Moment wälzten sie sich keuchend und schnaufend über den Parkplatz, und die wenigen Augenzeugen des unerwarteten Zwischenfalls sahen tatenlos zu. Zwei uniformierte Polizisten, die mit Leó gekommen waren, beobachteten sie eine Weile, bevor sie einschritten und die beiden auseinanderzogen wie zwei wütende Hunde.

Zu dem Zeitpunkt hatte sich Konráð wieder etwas beruhigt. Der plötzliche und heftige Angriff hatte Leó überrascht, und er wischte sich mit dem Handrücken etwas

Blut vom Mundwinkel. Bald verschwanden die Passanten, und sie waren nur noch zu zweit.

Konráð hatte Schmerzen, nachdem er mit dem Kopf auf der Straße aufgeprallt war. Er blutete ein wenig am Scheitel, betrachtete das ovale Haus und dachte daran, dass die Hafenwaage einmal als Schauplatz einer Szene in einem isländischen Kinofilm gedient hatte, in der zwei Taxifahrer sich wegen einer Frau prügelten. Konráð hatte den Film seinerzeit gesehen und erinnerte sich gut an den Ausschnitt. Jetzt hatte er Leó an genau demselben Ort angegriffen, und auch ihr Konflikt drehte sich um Frauengeschichten. Konráð schüttelte den Kopf. Nichts veränderte sich.

Nach dem Gespräch mit Erna hatte er kaum geschlafen und sich vorgenommen, Leó am nächsten Tag im Büro sofort zur Rede zu stellen. Als er erfuhr, dass Leó nicht da war, hätte er besser einfach noch kurz gewartet. Doch das kam ihm gar nicht in den Sinn. Er stieg sofort wieder ins Auto, und als er bei dem ovalen Haus ankam und Leó davor auf dem Gehsteig sah, war er bereits so wütend auf den Mann gewesen, dass er sich direkt auf ihn gestürzt hatte.

»Bist du jetzt von allen guten Geistern verlassen, du verdammter Idiot?«, sagte Leó, als er wieder sprechen konnte, und schnappte nach Luft.

Konráð ging zu ihm, und Leó sprang auf, als rechnete er mit weiteren Prügeln. Sein Gesicht war übel zugerichtet und die Jacke zerrissen. Konráð sah ähnlich aus. Er holte das Streichholzstück hervor, das er bei sich zu Hause gefunden hatte, und warf es Leó vor die Füße.

»Lass Erna in Ruhe«, sagte er.

Nachdem der Vorfall bei der Hafenwaage sich herumgesprochen hatte, wurden sie noch am selben Tag von ihren Vorgesetzten um ein Gespräch gebeten. So etwas hatte es bei der Kriminalpolizei noch nicht gegeben, und die beiden Chefs baten um eine Erklärung oder fragten vielmehr, ob sie noch ganz bei Sinnen seien.

Zu Konráðs Überraschung ergriff Leó das Wort und nahm die Schuld für die Auseinandersetzung auf sich, erzählte etwas von Geldsorgen und dass er seinen Kollegen mit nicht eingehaltenen Versprechen verärgert habe. Er sei aber gewillt, seine Probleme unter Kontrolle zu bekommen, und verkündete zur Überraschung aller Anwesenden, dass er ab sofort und bis auf Weiteres unbezahlten Urlaub nehmen würde.

Die Vorgesetzten waren froh, dass die Sache sich von selbst zu lösen schien. So mussten sie selbst keine Maßnahmen ergreifen. Konráð sah seinen Freund an, konnte aber nicht erkennen, was in ihm vorging. Dann entschuldigte er sich für sein höchst unprofessionelles Verhalten und versprach, aus der Sache zu lernen. Er sagte die Dinge, von denen er annahm, dass seine Vorgesetzten sie hören wollten, täuschte Reue und Buße vor und gelobte, so etwas würde nie wieder vorkommen. Am Ende des Treffens hatte sich die Sache erledigt.

Nach Feierabend traf er Leó auf dem Parkplatz. Leó versuchte gerade, seine Autotür aufzubekommen, als er Konráð auf sich zukommen sah.

»Unbezahlter Urlaub?«, fragte Konráð.

»Ich bin froh, aus diesem Zirkus rauszukommen«, sagte Leó und probierte weiter, den Schlüssel ins Schloss zu stecken. »Ich tue das für uns beide. Nehme das auf mich. Ich hoffe, das ist dir klar.«

»Du bist mir nichts schuldig«, sagte Konráð. »Du warst mir nie was schuldig.«

»Nein, eben.«

»Wie lange bleibst du weg?«

»Ich weiß es nicht«, sagte Leó. Endlich gelang es ihm, die Tür zu öffnen, und er stieg ins Auto. Er sah Konráð angriffslustig durch die Frontscheibe an und schüttelte den Kopf, als wäre er alles andere als erfreut über diese Entwicklung. Dann legte er einen Gang ein, startete den Motor und fuhr weg.

Konráð blickte ihm hinterher und dachte an das Treffen mit ihren Vorgesetzten. Die Sache mit dem unbezahlten Urlaub hatte ihn überrascht, und ihm war sofort der Gedanke gekommen, dass es eine spontane Idee von Leó gewesen war, die letztendlich auch nicht mit der Hafenwaage zusammenhing.

Er blickte zu den Bürofenstern des Präsidiums hinauf und sah Rikki, der ihn vom ersten Stock aus beobachtete. Er hatte Leó wegfahren sehen. Einen Moment lang blickten sie einander in die Augen, dann drehte Rikki sich um und verschwand vom Fenster.

Die Zeit verging, und nichts Besonderes passierte. Nur wenige Fälle landeten bei der Kriminalpolizei, und wenn, handelte es sich um Autodiebstähle und Einbrüche, die sich problemlos aufklären ließen. Konráð hatte keinen Kontakt zu Leó und wusste nicht, womit er sich die Zeit vertrieb. Nach all den Vorfällen war er nicht an einem Treffen interessiert und wollte nichts mehr mit dem Mann zu tun haben. Doch Leós Bemerkung, dass er um ihrer beider willen vorübergehend bei der Polizei aufhöre, hatte ihn getroffen.

Eines Nachmittags betrat Konráð Rikkis Büro und schloss sorgfältig hinter sich die Tür. Rikki saß gerade an irgendeinem Bericht und beobachtete still, wie Konráð sich setzte und ihn anstarrte. Sie schwiegen einander eine Weile an, bis Rikki den Bericht beiseitelegte und sich in seinem Stuhl zurücklehnte.

»Leó hat das selbst vorgeschlagen«, sagte Rikki. »Sonst hätte ich mehr Stunk gemacht. Ich rechne nicht damit, dass er zur Polizei zurückkommt.«

»Wegen dem, was Paddi dir erzählt hat?«

»Leó hat natürlich nichts gestanden, diesem Weg aber zugestimmt, wenn ich im Gegenzug keine weiteren Schritte einleite. Das habe ich als Geständnis aufgefasst.«

»Und, bist du jetzt glücklich?«

»Nein, Konráð, ich bin nicht glücklich«, sagte Rikki. »Nichts von dem macht mich glücklich. Ich dachte, du wolltest die Sache klären, aber dann habe ich nichts mehr von dir gehört.«

»Ich hatte zu tun«, sagte Konráð.

»Ich habe Leó gefragt, ob er noch von anderen Polizisten weiß, die beteiligt waren. Er hat es abgestritten, so wie alles andere auch.«

»Bist du jetzt irgendein Inspektor und kontrollierst deine Freunde, die dich aufgenommen haben und immer nur nett zu dir waren? Schnüffelst du hier allen hinterher und jagst sie weg, wenn du etwas findest, das dir nicht passt?«

Rikki schüttelte den Kopf.

»Schnüffelst du deinen Kollegen hinterher?«, fragte Konráð. »Mir?«

»Ich schnüffle niemandem hinterher«, sagte Rikki, als sei das eine absurde Vorstellung. »Ich hatte das Gefühl, handeln zu müssen, als ich das von dir und Leó erfahren habe. Ich habe mit ihm gesprochen. Leó hat die Konsequenzen gezogen. Ist das nicht in Ordnung? Ich hätte das auch anders machen können. Ich hätte den Chefs davon erzählen und es ihnen überlassen können. Vielleicht werde ich das noch. Ich schließe nichts aus. Das ist eine ernste Angelegenheit.«

Konráð versuchte, ruhig zu bleiben.

»Warum habt ihr euch geprügelt?«, fragte Rikki.

»Er hat sich an Erna rangemacht«, sagte Konráð. Er sah keinen Grund, das zu verheimlichen.

»Leó ist …, es ist unfassbar«, sagte Rikki. »In seinem Kopf läuft etwas falsch. Ich glaube sogar, die Sache ist noch viel größer, als ich gedacht habe. Das ist viel mehr als betrunkenes Geschwätz von Paddi. Mir kommen allerlei Dinge über Leó zu Ohren.«

»Ja, aber Leó ist weg, also musst du dich nicht weiter um ihn kümmern«, sagte Konráð und ging zur Tür.

»Ich bin hier nicht der Bösewicht«, sagte Rikki und wandte sich wieder dem Bericht zu. Dann blickte er plötzlich wieder auf. »Ich dachte, du würdest dich voll und ganz hinter mich stellen. Dein Verhalten überrascht mich ein wenig, aber du und Leó, ihr seid natürlich gute Freunde, also … nein, warte, wollte er nicht mit deiner Frau schlafen?«

Zynismus stand Rikki nicht, und das schien er selbst zu merken.

»Mach's gut«, sagte Konráð und schloss hinter sich die Tür.

Fünfunddreißig

In dem Fast-Food-Restaurant war nicht viel los, obwohl es gegen Abend war und eigentlich mit Gedränge zu rechnen gewesen wäre. Es befand sich in einem alten Industrieviertel, und Konráð vermutete, dass alle Stammkunden bereits nach Hause gefahren waren. Abgesehen von einem Paar mit zwei ungewöhnlich stillen Kindern war er allein. Es gab hier vor allem den üblichen Fast-Food-Müll, schlechte, in eine eklige Soße getränkte Burger mit einem einzelnen Salatblatt und dazu endlos nachfüllbare Cola. Der Frittier-Gestank lag über allem.

Konráð hatte Fisch mit Pommes auf der Karte entdeckt, oder eher auf dem Leuchtschild über der Theke. Eine richtige Speisekarte gab es nicht. Der Mitarbeiter meinte, der Fisch sei absolut frisch, den bekomme er jeden Morgen geliefert, und es sei eines der beliebtesten Gerichte im Laden.

Der Fisch schmeckte nicht schlecht, und Konráð schlang ihn mit Ketchup hinunter, trank dazu ein Bier und beobachtete den Mann bei der Arbeit. Musik erklang irgendwo aus einem Lautsprecher, so leise, dass Konráð sie kaum hörte. Ein Paar mittleren Alters trat ein, warf einen Blick auf das Angebot und stapfte sich den Schnee von den Füßen, als habe das müde Linoleum nicht schon genug abbekommen. Sie tuschelten kurz miteinander, bevor sie den Fisch wählten. Eines der beliebtesten Gerichte, hörte er den Mann sagen.

Der Laden sah aus, als wäre er nie neu gewesen. Die Tische, die Stühle, sogar das Besteck und die kleinen Döschen für Zahnstocher wirkten irgendwie, als hätten sie schon immer so mitgenommen ausgesehen. Eine Lampe im Schild mit den Gerichten stand kurz vor ihrem Aus und flackerte unregelmäßig. Die halbhohe Holzvertäfelung war abgewetzt, die Wand darüber auch.

Der Mitarbeiter fügte sich gut in die Umgebung ein. Eine dreckige Schürze bedeckte seine große Wampe, die Unterarme waren stark behaart, und das eckige Gesicht schien in keinem Zusammenhang zu dem ungepflegten Bart zu stehen, der um seinen Mund und das Kinn wuchs. Er war etwa so alt wie Konráð und relativ gesprächig. Er erzählte, der Laden gehöre ihm, er habe vor Kurzem einen Mitarbeiter verloren und sei auf der Suche nach Ersatz. Es laufe nicht besonders gut. Aber nein, er klage nicht, tagsüber sei das Geschäft gut, dann kämen die Arbeiter zum Essen und Kaffeetrinken. Sie seien alle gute Freunde.

Konráð trank das Bier nur sehr langsam, bis die Familie und das mittelalte Pärchen gegangen waren. Weitere Kunden kamen keine, und ihm schien, als wollte der Eigentümer schließen. Er kam hinter der Theke hervor, wischte die Tische ab, kehrte den Boden und machte die Lichter in der Küche aus. Er drängte Konráð nicht, machte aber hinter dem Tresen alles für den Ladenschluss bereit. Ab und zu warf er Konráð einen Blick zu, bevor er schließlich doch die Geduld verlor und auf ihn zuging.

»Der Fisch war gut«, sagte Konráð.

»Bei mir ist er immer frisch«, sagte der Mann. »Also dann«, fügte er hinzu und sah auf seine Armbanduhr. »Wird langsam Zeit zu schließen. Wenn ich nichts mehr für dich…«

»Ich weiß, dass ich dir das vielleicht nicht so ins Gesicht knallen sollte«, sagte Konráð, »aber erinnerst du dich vielleicht von früher an einen Jungen namens Þorbjörn, immer Tobbi genannt, dessen Bruder Garðar im alten Múlahverfi gelebt hat?«

»Tobbi?«

»Er starb im Alter von fünfzehn Jahren«, sagte Konráð. »Es war Selbstmord. Soweit ich weiß, hat er sich erhängt.«

»Warte, ich verstehe nicht…«

»Ihr wart in den Fünfzigerjahren zusammen in einem Heim am Stadtrand von Reykjavík untergebracht. Du erinnerst dich vielleicht an seinen Freund«, sagte Konráð und nannte ihm den Namen der Einrichtung und des Mannes, der kürzlich gegen Mitternacht zu ihm gekommen war und ihm von Missbrauch in seiner Kindheit erzählt hatte. Er hatte Konráð den Namen eines Jungen gegeben, an den er sich erinnerte und der auch in dem Heim gelebt hatte. Er würde seine Aussage bestätigen können. Nach einiger Recherche meinte Konráð, in diesem schäbigen Restaurant im Industrieviertel den richtigen Mann gefunden zu haben.

Der Ladenbesitzer hatte offensichtlich nicht mit einem Gespräch dieser Art gerechnet, schon gar nicht mit einem Mann, der von der Straße kam, um seinen Fisch zu essen. Er starrte Konráð an, als verstünde er nicht so recht, was gerade vor sich ging.

»Du warst doch in diesem Heim, nicht wahr?«, fragte Konráð.

»Ja, das war ich«, sagte der Mann, »ich weiß nur nicht, was dich das angeht, und warum du ... bist du nur gekommen, um mich danach zu fragen?«

»Eigentlich schon«, gestand Konráð. »Ich versuche herauszufinden, was es mit dem Tod der Brüder auf sich hatte.«

»Er wurde natürlich erschossen«, sagte der Mann, zog einen Stuhl heran und setzte sich zu Konráð an den Tisch. »Sein älterer Bruder, Garðar. Erschossen. Ich verstehe immer noch nicht, was dich das angeht.«

Konráð sagte die Wahrheit, dass er viele Jahre bei der Polizei gearbeitet habe, in Rente sei, aber immer noch einzelnen Fällen nachgehe, wenn sie sein Interesse weckten, wie zum Beispiel der Mord an Garðar im Múlahverfi. Er habe Wind davon bekommen, dass es in diesem Erziehungsheim, in dem auch Garðars Bruder war, nicht immer mit rechten Dingen zugegangen ist, und versuche, mehr darüber herauszufinden.

»Nicht mit rechten Dingen zugegangen«, wiederholte der Mann. »Das ist noch mild ausgedrückt.«

»Kannst du mir davon erzählen?«

»Dir? Ich weiß nicht einmal, wer du bist?«, sagte der Mann. »Ich habe dich noch nie gesehen. Ich weiß nicht, was du hören willst, vielleicht solltest du einfach deine Rechnung bezahlen und verschwinden. Du kommst hier hereinspaziert wie irgendein Kunde und spionierst mir nach, wer weiß in welcher Absicht.«

Konráð erklärte, er könne seine Skepsis gut verstehen, und versicherte ihm, dass alles unter ihnen bleiben und er die Information vertraulich behandeln würde. Er versuchte, dem Mann zu verstehen zu geben, dass er nichts Böses im Schilde führe, erwähnte seine Arbeit bei der Polizei, die jahrelange Erfahrung, und dass er seinen Namen von einem Freund von Tobbi bekommen habe, der ebenfalls in diesem Heim untergebracht war. Er wolle verstehen, was passiert sei, als Garðar ermordet wurde, und als er von seinem Bruder und dem Heim erfahren habe, sei er neugierig geworden. Er habe das Gefühl, bereits weiter mit den Ermittlungen gekommen zu sein als seine Kollegen damals. Konráð spürte, dass der Mann mit der Zeit ein wenig ruhiger wurde.

»Tobbi und ich kannten uns ganz gut, und es war ziemlich schlimm, was ihm wiederfahren ist«, sagte er und zog die Schürze aus. »Ich habe noch mit ihm gesprochen, zwei oder drei Tage, bevor er das getan hat, er hat sehr bedrückt gewirkt, zumindest auf mich.«

»Du hast mit ihm gesprochen? Wo habt ihr euch getroffen?«

»Irgendwo in der Stadt.«

»Weißt du noch, worüber ihr geredet habt?«

»Das Übliche, wie es uns ging und so. Ich hatte ihn lange nicht gesehen und bin ein wenig erschrocken, weil er gar nicht gut aussah. Er hat so kaputt gewirkt. In dem Alter. Noch ein Kind, wenn man recht überlegt. Und dann habe ich erfahren, was er getan hat, und es war einfach so traurig, so furchtbar traurig, das alles.«

»Habt ihr über das Heim gesprochen?«

»Nein, nicht wirklich. Haben wir oft, aber da nicht. Das war nur eine kurze Unterhaltung. Er hat aber den Schneider erwähnt, das weiß ich noch.«

»Den Schneider?«

»Er wollte sich immer an dem Schneider rächen. Etwas tun. Er war so wütend und so machtlos zugleich. Ich habe ihm hinterhergesehen und weiß noch, wie kaputt er mir vorgekommen ist. Einfach völlig am Ende.«

»Der Schneider? Wer war das?«

»Der war der Schlimmste von ihnen«, sagte der Mann.

Sechsunddreißig

Er hielt immer noch den Lappen in der Hand, strich über den Tisch und wiederholte, dass er nicht oft über die Sache rede, es sei ihm unangenehm, und niemand habe sich je dafür interessiert. Deshalb wundere er sich sehr über Konráðs Besuch und darüber, dass er sich in längst vergangene Dinge einmische, die er seither versucht habe, zu vergessen.

Seiner Erzählung nach war er neun Jahre alt, als er zuerst ins Heim geschickt wurde. Kam aus einem instabilen Haushalt und galt als schwer erziehbar und nicht für die Schule geeignet. Ein kleptomanischer Rabauke, so hatte der Lehrer ihn beschrieben. Die Eltern schafften es nicht, die Familie zu ernähren, und als seine Mutter starb, wurden die Kinder weggeschickt. Er verbrachte die meiste Zeit auf Bauernhöfen in der Umgebung von Reykjavík. Als eine Pflegefamilie nach der anderen das Handtuch warf, landete er in dem Erziehungsheim am Stadtrand.

Es war ein Heim für Jungen, und wer alt genug und in der Lage dazu war, musste arbeiten. Der Betrieb schien nicht kontrolliert zu werden. Es wurde von einem Mann namens Gottfreð geführt, er hatte eine Assistentin, die kochte und sich um alles Mögliche kümmerte. Seine Schwester arbeitete auch dort, aber nur gelegentlich. Die Jungs waren selbst dafür verantwortlich, sich und das

Heim sauber zu halten, und sie wurden vom Leiter ausgeschimpft, wenn sie es nicht gut genug machten. Manchmal bestrafte er sie, schlug sie mit einem Gürtel oder schloss sie ohne Essen oder sonst etwas in einer Kammer im Kohlekeller ein, manchmal einen ganzen Tag lang oder sogar zwei. Ein ständiges Gefühl der Bedrohung hing in der Luft, und wenn es nicht von ihm ausging, dann von den älteren Jungs, die ihre Überlegenheit gegenüber den jüngeren und schwächeren ausnutzten. Da kenne er schlimme Geschichten.

Ab und zu wurden die Jungen zu Familien oder auf Höfe in der Umgebung geschickt, wenn die Bauern Hilfe bei der Heuernte und mit den Tieren oder dergleichen brauchten, und manchmal mussten sie auch nach Reykjavík fahren, um dort irgendwo mitzuhelfen. Er wurde zum Rasenmähen oder Unkrautjäten geschickt oder musste dort andere kleinere Aufgaben erledigen. Er ging davon aus, dass der Heimleiter die Bezahlung in die eigene Tasche steckte, wenn es überhaupt eine gab. Er selber bekam jedenfalls nie Geld.

Eines Tages war er in irgendeinem Garten und jätete Unkraut, mähte den Rasen und goss die Pflanzen unter den Bäumen, als er bemerkte, dass er beobachtet wurde. Der Garten gehörte zu einem schönen Einfamilienhaus, und er hatte die Bewohnerin getroffen, die ihm die Aufgaben gezeigt hatte und dann verschwunden war. Am Fenster des Hauses stand ein Mann, er war nicht gut zu sehen, denn die Sonne spiegelte sich in den Fenstern, und der Mann schien nicht auffallen zu wollen.

Er beendete gerade seine Aufgaben, als der Mann, den er noch nie zuvor gesehen hatte, zu ihm in den Garten kam und ihm für den Einsatz dankte. Er fragte, ob er nach der schweren Arbeit nicht durstig sei, und bot ihm Wasser an, oder eine Cola, er habe genug davon. Er solle ihm folgen.

Daraufhin ging er mit ihm ins Haus in eine große helle Küche, und der Mann holte eine Colaflasche aus dem Kühlschrank, öffnete sie und reichte sie ihm. Er war tatsächlich sehr durstig, trank die halbe Flasche in einem Zug aus, und der Mann lächelte ihn an und fragte, ob er das Haus sehen wolle. Er war unsicher. Vor zwei Tagen erst hatte der Heimleiter ihm Gürtelhiebe verpasst, nachdem er unerlaubterweise das Wohnzimmer betreten und Dreck an den Schuhen gehabt hatte, sodass der Teppich schmutzig geworden war. Er hatte nämlich durch den Türspalt im Wohnzimmer ein schönes Klavier gesehen, aber den Heimleiter noch nie einen Ton darauf spielen hören. Er stand mit weit aufgerissenen Augen davor, als er erwischt wurde. Und jetzt wollte er nicht schon wieder eine Bestrafung für seine Neugier riskieren.

Der Mann im Einfamilienhaus sagte ihm, er müsse sich keine Sorgen machen, und zeigte ihm das Haus, erst das Wohnzimmer und das Esszimmer und schließlich auch sein Arbeitszimmer. Er war sich nicht sicher, womit der Mann sein Geld verdiente, aber es hatte etwas mit Kleidung zu tun, denn in dem Raum stand eine große Puppe. Sie hatte keinen Kopf und trug ein halb fertiges Sakko. Stoffe, Fäden, Stecknadeln, Maßbänder und Zwirn lagen überall herum, und in einer Ecke stand eine glänzende Nähmaschine.

Der Mann fragte, ob er sich schon für Mädchen interessiere und ob er welche kenne, mit denen er bereits zusammen gewesen sei. Er sagte, über diese Dinge mache er sich keine Gedanken, kenne nicht viele Mädchen, außer vielleicht ein paar, denen er in diesem oder jenem Pflegeheim über den Weg gelaufen sei. Der Mann lächelte.

»Trinkst du schon?«, fragte er und griff nach einem Glas, das auf dem Tisch neben einer Schnapsflasche stand, trank es in einem Zug aus und befüllte es wieder.

Dem Jungen kamen die Fragen seltsam vor. Ein bisschen ausprobiert hatte er schon, ja, aber das sagte er nicht, und der Mann fragte, ob er schöne Hefte sehen wolle, mit Fotos von Mädchen. Er öffnete einen Schrank mit einem Schlüssel und holte ein paar Magazine hervor. Darauf waren Abbildungen von nackten Frauen in verschiedenen Posen, manche mit Männern zusammen, andere starrten ihn mit weit gespreizten Oberschenkeln an. Er verstand nicht, warum der Mann ihm so etwas zeigte, aber dann spürte er plötzlich, dass der Bewohner des Hauses ganz nah an ihn herangetreten war und sich an ihm rieb. Plötzlich nahm er seinen Gestank wahr.

Der Mann wischte weiter mit dem Lappen über den Tisch. Obwohl der Vorfall Jahrzehnte her war, fiel es ihm sehr schwer, darüber zu sprechen. Konráð wollte ihn nicht verunsichern, und so saßen sie schweigend im Bratendunst. Das Licht hinter dem Schild mit den Gerichten flackerte, und Konráð blickte auf die müde Anzeige und die heruntergekommenen kahlen Wände.

»Er hat mich gezwungen, diese Dinge zu tun ... Eigentlich war ich machtlos, und er hat mir gedroht. Ich weiß nicht, ob er sehr betrunken war, aber als ich mich gewehrt habe, hatte er plötzlich eine Waffe in der Hand und meinte, er würde mich erschießen, wenn ich jemandem etwas davon erzählte.«

»Eine Waffe?«

»Ja.«

»Was für eine Waffe?«

»Eine Pistole. Er hielt sie mir an den Kopf.«

Konráð holte sein Handy hervor und suchte nach dem Bild.

»So eine Pistole?«, fragte er und reichte dem Mann das Handy.

Er nahm es und sah sich das Bild an.

»Ja, das kann sein«, sagte er. »Das war so eine Pistole.«

»Verfolgst du die Nachrichten nicht?«, fragte Konráð. »Hast du nicht gehört, dass die Polizei um Informationen zu dieser oder einer ähnlichen Pistole bittet?«

»Nein«, sagte der Mann. »Ich habe genügend andere Sachen zu tun.«

»Hast du nie jemandem davon erzählt?«

»Nein. Nie. Nur Tobbi. Er ist öfter an ihn geraten als ich. Ich bin nie wieder zu ihm gegangen.«

»Und ihr nanntet ihn den Schneider?«

»Wir dachten, dass er so etwas in der Art war, er hatte zumindest alles dafür.«

»Und du bist sicher, dass er so eine Pistole hatte?«

»Ja«, sagte der Mann und gab Konráð das Handy zurück. »Daran erinnere ich mich gut. Das war sicher dieses Modell.«

Konráð sah sich das Bild an. Es zeigte eine Luger-Pistole, ähnlich der, die Seppi besessen hatte, und der, die benutzt worden war, um Garðar im Múlahverfi zu töten. Er musste an den Abend denken, an dem er mit Seppi an den Ort gefahren war, wo das Háskólabíó entstehen sollte, das Kino mit den Akkordeonwänden, und wie sie das Werkzeug aus dem Schuppen geklaut hatten. Um die Zeit herum hatte Seppi auch eine gestohlene Nähmaschine im

Angebot gehabt, und ein Mann kam zu ihnen in den Keller und interessierte sich dafür, war aber betrunken und stänkerte herum, bis Seppi ihn rauswarf.

Konráð vergaß nie, was sein Vater sagte, als er nach der Auseinandersetzung stinkwütend wieder in den Keller zurückkam.

Verdammter Schneider.

Siebenunddreißig

Konráð blieb noch eine Weile mit dem Restaurantbetreiber sitzen, lauschte seinen Geschichten von dem Erziehungsheim und spürte dabei, wie schwer es dem Mann fiel, an diese Zeit zurückzudenken. Er betonte, dass er normalerweise nicht mit Unbekannten oder überhaupt jemandem über diese Dinge spreche, aber wenn seine Erzählungen Konráð bei den Ermittlungen weiterbrächten, helfe er ihm gerne. Er erinnerte sich gut an den Mord an Garðar im Múlahverfi, und wie sehr ihn die Nachricht überrascht hatte. Er kannte Garðar nicht gut, aber seinen Bruder zählte er zu seinen Freunden, und es brannte sich in sein Gedächtnis ein, dass beide eines so gewaltsamen und plötzlichen Todes sterben mussten.

Sie hatten sich gerade verabschiedet, als Konráð sich noch einmal in der Tür umdrehte und fragte, wie er das gemeint habe, dass der Schneider der Schlimmste gewesen sei. »Wieso der Schlimmste?«, fragte Konráð.

»Es waren drei Männer, die uns Jungen missbraucht haben«, sagte der Mann. »Der Arzt. Der Schneider. Und der Polizist.«

»Der Polizist?«

»Nikulás«, sagte der Mann. »Er wurde immer der Heilige Nikolaus genannt. Wie der Weihnachtsmann. Du weißt vielleicht, wer er war? Kanntest du ihn?«

»Ich weiß, wer er war«, sagte Konráð. »Er hatte schon aufgehört, als ich bei der Polizei angefangen habe. Diese drei also?«

»Soweit ich weiß«, sagte der Mann. »Ich bin nur das eine Mal an den Schneider geraten, mehr ist nicht passiert, aber die anderen Jungs haben jede Menge Geschichten erzählt. Vor allem Tobbi.«

»Waren es viele Jungen?«

»Ich wusste von Tobbi und mir, aber über die Jahre gab es viele Opfer«, sagte der Mann. »Niemand hat später darüber gesprochen. Ich habe nie jemandem davon erzählt, außer Tobbi, und ich glaube, er hat es auch mit ins Grab genommen. Wir wären ja gar nicht auf die Idee gekommen, so etwas zu melden. Das haben wir uns nicht getraut. Man hätte gleich eine mit dem Gürtel bekommen oder Einzelhaft beim Heimleiter. Und dann war es auch so abscheulich, man ... man hat sich einfach nur geschämt, dass man an dieses Monster geraten ist. Man hat sich so dafür geschämt, dass man in diesen Missbrauch hineingeraten ist.«

»Bist du sicher, dass Tobbis Tod ein Selbstmord war?«

Der Mann überlegte, und es schien, als wäre alles andere ausgeschossen, als könnte er sich einen anderen Verlauf der Dinge nicht vorstellen.

»Ja, daran gibt es glaube ich keine Zweifel«, sagte der Mann. »Nichts Kriminelles, zumindest habe ich nie etwas gehört. Aber ...«

»Ja?«

»Es ging ihm nicht gut. Und dafür gab es einen Grund.«

Es war schon Abend, aber Konráð hielt es noch nicht für zu spät, die Frau aufzusuchen. Er hatte sie schon einmal getroffen, als sie ihm auf einer Parkbank in Klambratún von ihrem Vater erzählt hatte. Es ging um einen anderen Fall, um ein Mädchen, das tot im Tjörnin aufgefunden worden war, aber Konráð sah Parallelen zu dem jetzigen Fall, dieselben Muster, dieselben Schauergeschichten.

Konráð fuhr in das Hlíðar-Viertel, während ein dichter Schneeschauer über die Stadt fegte und Umrisse verschwinden ließ, Geräusche dämpfte und alles in einen unruhigen Schlaf versetzte. Die Straßenlaternen schienen weniger hell, und auch aus den Fenstern der Häuser leuchtete nur blasses Licht, in den Verkehr kehrte Ruhe ein, und die Fußgänger verlangsamten ihre Schritte. Die Sicht war schlecht, und die Straßenverhältnisse ebenso, Konráð musste an Óliver denken und an seinen kleinen Sonnenfleck in Spanien.

Er parkte das Auto im Schneetreiben. Die Frau, die er treffen wollte, lebte ein verarmtes Leben in einem betreuten Wohnheim im ältesten Teil des Viertels, von einem Haus in Spanien konnte sie nur träumen. Sie erschrak, als sie Konráð in der Tür stehen sah, und erkannte ihn sofort, hatte aber nicht mit ihm gerechnet und auch nicht wirklich Lust, ihn zu empfangen. Meinte, sie könne gerade nicht mit ihm sprechen, es sei schon viel zu spät, und sie sei beschäftigt. Konráð entschuldigte sich, aber ihm seien neue Informationen über ihren Vater zugetragen worden, über Nikulás, den Polizisten, den Heiligen Nikolaus, und er würde gerne so früh wie möglich mit ihr darüber sprechen.

»Was für neue Informationen?«, fragte die Frau. Sie hieß Áróra und hatte Konráð einmal von ihrem Vater erzählt, aber gemeint, sie spreche nicht gerne über ihn, ohne das weiter zu erklären. Das konnte Konráð gut verstehen. Nikulás hatte nicht mehr gearbeitet und war sogar bereits verstorben, als Konráð als gewöhnlicher Streifenpolizist angefangen hatte. Die Geschichten über ihn hatten aber immer noch die Runde gemacht. Geschichten von Belästigung und sogar sexuellem Missbrauch an Frauen sowie nachlässiger Ermittlungsarbeit. Konráð musste dabei manchmal an Leó denken. Und an Rikki. An seine eigenen schmutzigen Jahre bei der Polizei.

»Ein Heim am Stadtrand von Reykjavík und Jungs, die dort gelebt haben«, sagte Konráð. »Sagt dir das was?«

Áróra sah ihn an, ohne eine Miene zu verziehen. Dann wiederholte sie, dass sie keine Zeit habe, und wollte die Tür wieder schließen.

»Weißt du etwas darüber?«, fragte Konráð.

»Nein«, sagte Áróra.

»Ist jemand bei dir?«

»Nein, und das geht dich verdammt noch mal nichts an.«

»Einige Jungs wurden dort nicht gut behandelt«, sagte Konráð und schob den Fuß in die Tür, sodass sie nicht zumachen konnte. »Ich glaube, Nikulás hatte etwas damit zu tun. Ich glaube, er wusste, was dort vor sich ging.«

»Ich habe keine Ahnung, wovon du sprichst«, sagte die Frau mürrisch. Da musst du jemand anders fragen. Ich kann dir darüber nichts erzählen. Ich hätte nie mit dir reden sollen. Lass mich einfach in Ruhe. Um Himmels willen, lass mich einfach in Ruhe!«

Dann knallte sie die Tür zu, und Konráð musste ihre Entscheidung akzeptieren. Er meinte, abgenutzte Männerschuhe in der Wohnung der Frau gesehen zu haben, und eine Bewegung.

Auf dem Auto lag viel Schnee, und er wischte ihn mit den Händen von den Scheiben, bevor er von Hlíðar Richtung Osten nach Árbær fuhr. Zu Hause angekommen, setzte er sich vor den Computer und las alte Zeitungsartikel über Garðars Tod im Múlahverfi. Er suchte nach einer bestimmten Information, die er meinte, in den Polizeiberichten gelesen zu haben. Er musste sie übersehen haben, als er die Artikel vor Kurzem überflogen hatte. In den Tiefen des Internets wurde er aber nicht so leicht fündig. Erst als er die Tageszeitung von einem Montagmorgen im Jahre 1955 durchging, fand er einen reißerischen Bericht über den Vorfall im Múlahverfi, der seinen Verdacht bestätigte. In der Zeitung wurde der Ermittler in dem Fall direkt zitiert.

Konráð lehnte sich in seinem Stuhl zurück und starrte auf den Namen. Seine Vermutung stimmte tatsächlich. Der Fall schien nie so richtig aufgearbeitet worden zu sein und war in den Händen des Ermittlers irgendwann in Vergessenheit geraten.

Er hieß Nikulás und wurde der Heilige Nikolaus genannt, weil er alles andere war als das.

Achtunddreißig

Eygló suchte bis spät in die Nacht in alten Reykjavíker Zeitschriften, die online zugänglich waren, nach Informationen zu dem Unfall in der Elliðaá. Natans Schwester wusste nicht, wann es genau passiert war, laut ihrer Mutter musste es um 1910 herum gewesen sein. Auch die Namen der Schwestern kannte sie nicht, noch wusste sie, wo man sie begraben hatte, nachdem ihre Leichen bei Viðey gefunden worden waren. Sie interessiere sich nicht so sehr für ihre Familiengeschichte und wisse nur wenig über ihre Ahnen, bekannte sie.

Eygló wusste sich also keinen anderen Rat, als eine alte Zeitschrift nach der anderen Seite für Seite durchzugehen, Woche für Woche, Monat für Monat und Jahr für Jahr. Sie hatte nicht vorgehabt, so lange wach zu bleiben, aber sie hatte es gar nicht bemerkt, erst als es schon mitten in der Nacht war. Ihr taten die Schultern weh, nachdem sie stundenlang am Computer gesessen hatte, also richtete sie sich auf und dehnte sich, bevor sie zur nächsten Seite blätterte, angetrieben von einer Neugier, die ihre Wurzeln in alten Geistergeschichten hatte. Große und kleine Ereignisse der Vergangenheit brausten auf den Seiten des längst nicht mehr existenten Stadtmagazins Fjallkonan an ihr vorbei, Lawinen und Schafverluste, politische Konflikte, Pfarrerswahlen und Schifffahrten. Ab und zu hielt sie inne und las, was ihre Aufmerksamkeit erregte, und suchte dann weiter nach den Schwestern, die in die Elliðaá gefallen und ertrunken waren.

Beinahe wäre sie über der Tastatur eingeschlafen, als ihr klar wurde, dass es langsam Zeit war, ins Bett zu gehen. Die nächtliche Finsternis lag über der Stadt und würde auch am nächsten Morgen alles umhüllen. Die kurzen Wintertage machten Eygló zu schaffen, und es war noch lange nicht Frühling. Sie gähnte und streckte sich, las noch eine Weile weiter, aber beschloss dann, den Computer endlich auszuschalten, als ihr Blick plötzlich an einem Artikel über den Umgang mit Pferden beim Pflügen hängen blieb. Darunter sah sie eine unscheinbare Nachricht und war auf einmal wieder hellwach.

TÖDLICHER UNFALL IN DER ELLIÐAÁ

Am Dienstag, dem Ersten dieses Monats, trug sich zur neunten Stunde ein Unfall in Reykjavík zu, bei dem zwei Schwestern besten Alters in die wasserreiche Elliðaá fielen.

Augenzeugen berichten, dass eine der Frauen am Ufer ausrutschte und zuerst in den Fluss fiel. Als sie versuchte, mit der Hilfe ihrer Schwester wieder ans Ufer zu gelangen, wurde diese ebenfalls ins Wasser gezogen, und kurz darauf waren beide nicht mehr zu sehen.

Die Frauen hießen Ingibjörg und Þorbjörg, beide Þórðardóttir, stammten aus Südisland, ledige und kinderlose Arbeiterinnen im Lepraspital in Laugarnes. Der dortige Verwalter beschreibt sie als äußerst beliebt, alle im Spital sind sehr betroffen.

Unklar ist, warum die Schwestern dort unterwegs

waren, nach dem Tauwetter der vergangenen Wochen ist der Fluss nicht ungefährlich.

Mehr stand dort nicht, und Eygló fand rund um das genannte Datum ein paar weitere kurze Meldungen zu dem Unfall sowie zwei Berichte darüber, dass ein Bauer in Viðey die Leichen der Schwestern gefunden hatte, die zu Beginn des Monats in die Elliðaá gefallen waren. Dass sie sich an den Händen gehalten hätten, als sie gefunden wurden, stand nirgends.

Es brachte keine weiteren Informationen, als sie die Namen der Schwestern in die Suchmaschine eingab. Aller Wahrscheinlichkeit nach waren die Frauen nicht in Reykjavík beerdigt worden. Im Hólavalla-Friedhof lagen Frauen mit demselben Namen, aber die Todestage stimmten nicht überein. Eygló überlegte, ob die Leichen vielleicht in die Heimat der Schwestern in Südisland geschickt worden waren, und sah sich die Register der Grabstätten einiger Friedhöfe dort an, fand aber nichts. Dann kam ihr in den Sinn, dass sie vielleicht kaum Familie hatten und ihre Leichen möglicherweise jungen Medizinstudenten zur Verfügung gestellt worden waren. Eyglós Vater, der alle Lieblingsorte von Wiedergängern bestens kannte, hatte ihr einmal erzählt, dass die Arztschule, der Vorläufer der Medizinischen Fakultät, damals eine Hütte hinter dem Parlament besaß, in der Leichen seziert wurden. Laut Engilbert wimmelte es dort nur so von Geistern.

Eygló hatte schon einmal auf der Seite des Lepraspitals gesucht, aber nichts gefunden. Ingibjörg und Þorbjörg. Töchter von Þórður. Aus dem Süden des Landes. Diesmal gab sie die wenigen neuen Informationen in die Suchmaschine ein und zusätzlich noch die Begriffe Spital, Unfall und Ertrinken sowie weitere mögliche Stichwörter. Sie stieß aber nur auf Informationen, die ihr bereits bekannt waren, wie dass das Spital für Leprakranke seinerzeit das größte Gebäude in Reykjavík war.

Sie wechselte zur Bildersuche, und jede Menge Fotos und Zeichnungen von dem Krankenhaus in Laugarnes erschienen nur auf ihrem Bildschirm. Das Bild von den Angestellten mit den beiden Schwestern, das ihr die Frau gezeigt hatte, war nicht darunter. Vor ihren Augen erschienen Bilder von den Geschwüren Leprakranker. Schrecklich verunstaltete Gliedmaßen und Gesichter. Sie musste an die Schwestern denken und welch beeindruckende Arbeit sie geleistet hatten, in Zeiten, als Vorurteile und Angst vor der Krankheit allgegenwärtig gewesen waren.

Als sie endlich das gesuchte Bild doch noch fand, war sie bereits so müde, dass es sie kaum berührte, den beiden traurigen Schwestern plötzlich wieder in die Augen zu blicken, die dort in genau derselben Pose saßen wie bei ihrer ersten Begegnung auf Kristleifurs Séance. Seite an Seite und mit gekrümmten Rücken starrten sie Eyglö an.

Neununddreißig

Die Ehefrau meinte, sie sei bei der Hochzeit fast dreißig Jahre jünger als ihr Mann gewesen, und Konráð fragte sich, was sie sich dabei gedacht hatte, denn sie wusste nicht viel Gutes über ihn zu sagen.

Als er sie genauer zu dem Ehemann befragte, erwähnte die Frau den Altersunterschied. Es war, als würde sie lieber über sich selbst sprechen als über den Mann. Sie hatten keine Kinder, und zwischen den Zeilen klang durch, dass er kein angenehmer Zeitgenosse gewesen war und sie keine Vorzeigeehe geführt hatten. Konráð meinte, Verbitterung und Abneigung aus ihren Worten herauszuhören.

Bei ihrem Telefongespräch am Nachmittag hatte sie sich neugierig und interessiert gezeigt. Er hatte herausgefunden, dass sie Witwe war und seit dem Tod ihres Mannes allein lebte. Konráð fragte nicht, ob sie seitdem irgendwelche anderen Partner gehabt hatte. Oder davor. Sie war braun gebrannt und quirlig und hatte sich gut gehalten, ernährte sich bestimmt sehr gesund, und Konráð vermutete, dass sie ein paar Jahre jünger war als er. Sie sei gerade erst aus Alicante zurückgekommen, erzählte sie, wo ihr Mann und sie ein Haus gekauft hätten. Sie fahre auch nach seinem Tod noch hin, entweder allein oder mit Freunden.

»Dort ist es wundervoll«, sagte die Frau und blickte beinahe wehmütig in den isländischen Winter hinaus, auf einen weiteren Schneesturm, der über die Stadt fegte. »Spanien ist so ein toller Ort.«

Er erzählte ihr von seinem Freund Óliver, der auch ein Haus in Spanien hatte. Wusste aber nicht, wie er diese Information noch weiter ausführen könnte. Im Wohnzimmer war der Fernseher an, und der Schneider, Hallas Bruder, wurde gerade zu dem Waffenfund befragt, eine Wiederholungssendung vom Abend davor. Konráð erkannte sein Kleidungsgeschäft im Hintergrund, und es wirkte, als wolle Júníus die Gelegenheit nutzen, seinen Laden zu bewerben. Journalisten interessierten sich für ihn, weil er eine enge Verbindung zum Besitzer der Waffe hatte, aber die Unterhaltung drehte sich nicht nur um die alte Luger, und irgendwann sprach Júníus vor allem über die abnehmende Wertschätzung für den Schneiderberuf und die fürchterliche Massenproduktion dieser Fleecejacken.

Konráð unterdrückte ein Gähnen. Er war müde. Hatte seit dem Besuch bei Beta kaum einschlafen können und sich nachts ablenken müssen. Deshalb hatte er alte Dokumente ausgegraben und auf dem Küchentisch ausgebreitet, zusammen mit einer Liste, auf der Dutzende Namen standen. Alles Männer. Er hatte herausgefunden, dass sie fast alle aus dem Leben geschieden waren, manche bereits vor vielen Jahrzehnten. Alle waren sie Brüder der Freimaurerloge. Die Liste war nicht vollständig, sondern nur ein Auszug aus dem Mitgliederregister von 1961–1962, und es war Leó, der sie Konráð vor einigen Monaten beschafft hatte, denn auch Leó war seit etwa Mitte der Siebzigerjahre Freimaurer. Konráðs Suche nach Informationen über den Tod seines Vaters bei den Räucheröfen des

Südisländischen Schlachtverbandes hatte ihn zu diesen Namen geführt. Einer darunter war ihm wohlbekannt, nämlich Anton J. Heilman, Arzt.

Konráðs wiedererwecktes Interesse an der Liste hing mit dem Mord an Garðar im Múlahverfi zusammen und mit Garðars Freund, der ihn vor Kurzem besucht hatte. Konráð hatte nicht viel Zeit gehabt, das Gespräch zu verarbeiten, vor allem die Dinge, die der Mann über das Erziehungsheim am Stadtrand erzählt hatte, und wie die Jungen dort missbraucht und für kleinere Arbeiten nach Reykjavík geschickt worden waren, darunter zu einem Arzt, dessen Beschreibung auf Anton Heilman passte. Die Geschichte des Restaurantbetreibers und seine Erfahrungen mit dem Schneider löste ebenfalls ein unangenehmes Gefühl bei ihm aus.

Er hatte versucht, die Personen auf der Liste ausfindig zu machen, aber nichts erreicht, bis die Frau ans Telefon gegangen war. Ihr Mann Friðgeir war Freimaurer gewesen, und sie meinte, Konráð könne gerne bei ihr vorbeikommen, aber möglichst bald, denn sie sei auf dem Weg ins Ausland. Nach Spanien.

Aber Konráð schien nicht zu erreichen, wofür er gekommen war.

»Ich wollte Schauspielerin werden«, seufzte die Frau und erinnerte sich in ihrem luxuriösen Zuhause an verpasste Chancen. »Ich habe Gesang studiert bei diesem … jetzt ist mir der Name entfallen …, ein ziemlich eitler Typ, und dann war ich bei Jón auf der Schauspielschule. Er war wundervoll. Einfach wundervoll. Aber es ist nichts daraus geworden. Er hat mich für sehr talentiert gehalten …, ich war Statistin bei Kindervorstellungen im Nationaltheater. Wollte nach London und dort meine Ausbildung fortsetzen, aber dann habe ich Friðgeir getroffen. Ich habe angefangen, in seinem Großhandel zu arbeiten, aber...«

... *das hätte ich besser gelassen*, dachte Konráð ihren Satz zu Ende. Er blickte sich um und überlegte, was der Mann wohl importiert hatte, um sich so einen Lebensstil leisten zu können. Es musste nicht unbedingt etwas Bemerkenswertes sein. Die Frau beklagte weiter ihr Schicksal, die aufgegebenen Träume, sie hätte gerne Kinder bekommen, aber ihr Mann sei dagegen gewesen, also...

»Und du wolltest nicht wieder heiraten?«, fragte Konráð und unterbrach damit ihre Erzählung von der Großhandelsehe, weil er das Gefühl hatte, Interesse zeigen zu müssen.

»Nein, daran verschwende ich keinen einzigen Gedanken. Höchstens in Spanien, da kommt man manchmal ins Träumen. Dort sind alle so freundlich.«

»Ja, wie schon am Telefon erwähnt, bin ich auf der Suche nach Informationen über Mitbrüder deines Mannes bei den Freimaurern«, sagte Konráð.

»Damit hatte ich nichts zu tun«, sagte die Frau. »Dieser Männerclub hat mich nicht interessiert. Smokings und hohe Hüte. Und der Lions Club. Da war er auch und vielleicht sogar in irgendeinem Rotary Club. Wobei ich da manchmal mit ihm hingegangen bin. Er wollte mich natürlich immer dabeihaben. Möchtest du nicht was trinken?«, fragte sie und ging in die Küche, was ein relativ weiter Weg war, öffnete den Kühlschrank und holte eine Kanne mit einem roten Getränk, das für Konráð wie Bloody Mary aussah. Er lehnte dankend ab, also schenkte sie nur sich selbst ein Glas ein und gab noch Eiswürfel aus einer lauten Eismaschine im Kühlschrank dazu, bevor sie sich wieder zu ihm setzte.

»Bist du sicher?«, fragte sie und winkte mit dem Glas.

»Ja, danke, nicht für mich.«

»Trinkst du etwa nicht?«

»Doch, doch«, sagte Konráð.

»Es sind nur schon so viele Isländer dort unten in Alicante«, sagte sie und nippte an dem Glas. »Das war noch anders, als Friðgeir und ich uns vor vielen, vielen Jahren dort etwas gekauft haben. Jetzt sind sie überall, so weit das Auge reicht. Die meisten kommen nur für dieses schreckliche Golfspiel. Mein Mann konnte das nicht ausstehen.«

»Einer seiner Mitbrüder war ein Arzt namens Anton J. Heilman«, sagte Konráð und versuchte, seine Absichten voranzutreiben. »Weißt du, ob sie näher bekannt waren?«

»Anton J. Heilman?«, sagte sie nachdenklich. »Daran erinnere ich mich nicht. Anton Heilman? Ist das nicht ein ziemlich ungewöhnlicher Name?«

»Der Nachname ist dänisch«, sagte Konráð. »Weißt du, ob sie sich gut kannten?«

»Ich weiß es nicht. Ehrlich gesagt erinnere ich mich nicht wirklich an all diese Leute, wer sie waren und wer zu den Freimaurern oder doch zum Lions oder Rotary gehörte.«

»Ein anderer hieß Henning, den könntest du vielleicht auch kennen«, sagte Konráð. Er war der einzige Mann auf der Liste, von dem er wusste, dass er noch lebte. Konráð hatte ihn im Zusammenhang mit seinen Ermittlungen in Seppis Fall zweimal besucht, aber ohne Erfolg.

»Nein«, sagte die Frau. »Ich erinnere mich nicht an diese Namen. Leider. Da kann ich dir nicht helfen.«

»Nein, na gut«, sagte Konráð, »das war's dann wohl. Danke, dass du dir Zeit genommen hast, ich denke . . .«

»Ich habe noch seine Kleidung«, sagte die Frau, als sie

merkte, dass Konráð gehen wollte. Es wirkte, als wäre ihr langweilig und als hätte sie außer der Bloody Mary keine Gesellschaft.

»Seine Kleidung?«

»Den Frack! Den Friðgeir bei den Freimaurern immer anhatte. Willst du ihn sehen? Komm mal mit.«

Die Frau stellte das leere Glas ab, stand auf und bat Konráð, ihr zu folgen. Sie waren im Laugarás-Viertel, und das Haus kam ihm so groß vor, dass er fast erwartete, irgendwo einen Wegweiser zu entdecken. Sie betraten das riesige Schlafzimmer der Frau, mit einem breiten Bett und Kunstwerken an den Wänden. Von dort aus kam man in einen geräumigen begehbaren Kleiderschrank mit Spiegeln und Schränken, Schubladen und Kleiderstangen bis unter die Decke.

»Eigentlich weiß ich gar nicht, warum ich das alles aufbewahre«, sagte die Frau, suchte auf einer der Kleiderstangen und holte den alten Frack ihres Mannes hervor, der in einer Schutzhülle steckte. Sie ging zurück ins Schlafzimmer und legte ihn auf das Bett, öffnete die Hülle und zeigte Konráð den Frack.

»Den hat er immer getragen«, sagte sie. »Waren da etwa die Motten dran? Ich weiß nicht mehr, was aus dem Zylinder geworden ist.«

»Der sieht sehr gut aus«, sagte Konráð und nahm die Kleidungsstücke entgegen, die alle auf einem Bügel hingen, eine Hose, eine Cutaway-Jacke und ein gebügeltes Hemd. Er kannte sich mit Kleidung nicht wirklich aus, aber der Frack schien ihm sorgfältig geschneidert, mit schwarzer Weste und Manschettenknöpfen, einem Hemdkragen und einer Fliege. Auf der Innenseite des Jackenrevers entdeckte er ein angenähtes Etikett des

Schneiders und merkte sich den Namen. Konráð strich über die Jacke. So einen Frack hatte er noch nie getragen.

»Waren sie alle bei demselben Schneider?«, fragte er und reichte ihr den Frack zurück.

»Das weiß ich nicht«, sagte die Frau geistesabwesend und verschwand mit dem Kleidungsstück im Schrank. »Hast du es eilig?«, fragte sie, als sie zurück ins Schlafzimmer kam.

»Nicht sonderlich«, sagte Konráð und warf einen Blick auf das breite Bett.

»Darf ich dir wirklich nichts zu trinken anbieten?«, versuchte es die Frau noch einmal.

»Nein, danke«, sagte er.

»Du glaubst gar nicht, wie langweilig mir hier ist, so ganz allein.« Sie trat dicht an ihn heran, und er roch die Bloody Mary.

»Ich kann doch sicher noch irgendwas für dich tun«, sagte sie.

Vierzig

Eygló hatte sich gut auf das Treffen vorbereitet. Sie hatte einen runden Tisch hervorgeholt, den sie in einem Abstellraum aufbewahrte, ihn mitten ins Wohnzimmer gestellt und ein schönes Tischtuch von ihrer Mutter darübergelegt. Auf dem Tisch brannte eine Kerze, und sie hatte noch ein paar weitere im Haus verteilt, außerdem sorgte eine Lampe für gedämpftes Licht. Das waren die einzigen Lichtquellen. Eine Kopie des Bildes der Schwestern, die in der Elliðaá ertrunken waren, lag mitten auf dem Tisch. Eygló schenkte gerade Portwein in zwei kleine Gläser, als es an der Tür klopfte. Es war Ragnhildur, Natans Schwester.

»Willkommen«, sagte Eygló, als sie aufmachte. »Danke, dass du gekommen bist.«

»Ich hatte meine Zweifel«, sagte Ragnhildur. »Ich war schon lange nicht mehr bei so einer Sitzung.«

»Mir geht es eigentlich ähnlich«, gestand Eygló und lächelte. »Ich bin längst aus der Übung.«

Sie bat sie hinein, und die beiden tranken Portwein, und Ragnhildur erzählte ihr, dass sie ein wenig zu dem Bild von ihren Urgroßtanten recherchiert hatte. Sie hatte herausfinden können, wer das Bild gemacht hatte und dass der Anlass ein Ausflug der Belegschaft auf die Anhöhe Öskjuhlíð gewesen war. Dort war das Bild aufgenommen worden.

»Öskjuhlíð?«

»Ja, der Fotograf hieß Oddur, er hat auch jede Menge Aufnahmen von dem Krankenhaus gemacht, vom Alltag dort und von den Patienten, sie werden mitsamt seinen Tagebüchern im Fotoarchiv der Stadt aufbewahrt. Sie gilt als eine sehr bemerkenswerte Bildersammlung, und sie haben eine Kopie des Fotos gefunden, auf dem auch der Aufnahmeort stand. Ich durfte ein wenig in den Tagebüchern blättern, er erwähnt dort diesen Ausflug und dass die Gruppe bei einem Felsen namens Beneventum eine Stärkung zu sich genommen hat.«

»Und dort sitzen die Schwestern auf dem Bild?«

»Sieht ganz danach aus.«

»Öskjuhlíð? Hatten sie irgendwelche Verbindungen dorthin?«

»Nicht dass ich wüsste.«

Als alles bereit war, bat Eygló Ragnhildur am runden Tisch Platz zu nehmen. Sie hatte zwei bequeme Stühle einander gegenüber aufgestellt, und als sie beide saßen, breitete Eygló die Arme aus, und sie hielten sich an den Händen. Eygló erklärte Ragnhildur, dass sie nicht wisse, ob etwas Bemerkenswertes passieren würde, aber sie dürfe die Sitzung unter keinen Umständen unterbrechen, egal wie sie sich entwickele.

Sie hatten sich eine Weile im Licht der flackernden Kerze an den Händen gehalten, als Eygló in eine Art Trance zu fallen schien und die Kerze erlosch. Es geschah sehr plötzlich, und Ragnhildur zog instinktiv ihre Hände zurück. Eygló schlug mit der Stirn auf dem Tisch auf, und ihre Arme waren zur Seite gestreckt und bildeten zusammen mit dem Körper ein Kreuz. So saß sie eine Minute lang regungslos da, bevor sie anfing zu zucken und endlich wieder den Kopf hob und im Stuhl zusammensank. Sie begann etwas zu murmeln, undeutlich und unverständlich, kniff die Augen zusammen und ihr Gesicht zuckte, als sehe sie etwas vor ihrem inneren Auge.

Das Wetter war trüb, und es regnete, auf dem Tjörnin in Reykjavík kräuselte sich das Wasser, und sie stand allein und bis auf die Knochen nass hinter dem Parlamentsgebäude und sah sich um, sah die baufällige Holzhütte, klein und ein wenig undicht mit je einem kaputten Fenster an den Seiten. In dem südlichen, das Richtung Stadtteich zeigte, war keine Scheibe mehr, und auf der anderen Seite, wo das Parlament stand, war die Scheibe zerbrochen. Das Holz der Hütte war morsch, und es zog hinein. Nicht einmal das große Parlamentsgebäude konnte ausreichend Windschutz bieten. Eygló wusste, dass sie an dem Ort stand, wo angehende Ärzte Leichen seziert hatten.

Sie trat langsam näher, und die Tür war offen, also ging sie hinein. Der Regen drang durch das Dach und tropfte auf den Lehmboden. Zwei Gaslampen über dem baufälligen Operationstisch erzeugten ein gedämpftes Licht in der Hütte. Drei Medizinstudenten blickten auf, als sie ihre Anwesenheit bemerkten. Sie trugen schwarze Kittel unter blutverschmierten dicken weißen Schürzen. Die Studenten hielten inne, legten ihre Instrumente beiseite und gingen still an ihr vorbei in den Garten des Parlamentsgebäudes. Sie verschwanden einer nach dem anderen aus ihrem Blickfeld und ließen sie allein in der Hütte zurück. Ihre Gesichtszüge konnte sie nicht erkennen. Als wären ihre Antlitze wegradiert. Der vierte Mann erschien langsam in der Dunkelheit, wandte ihr den Rücken zu und ging durch die Tür in ein helles Licht. Sie sah, dass es

Konráð war, aber als sie die Hand nach ihm ausstreckte, verschwand er.

Es wurde wieder dunkler, und in dem schummrigen Licht waren zwei geöffnete Leichen zu erkennen. Beides Frauen. Eine von ihnen lag auf dem Operationstisch, so wie die Studenten sie hinterlassen hatten, mit einem offenen Schnitt in der Brust. Die andere lag ausgestreckt auf dem Boden unter dem Südfenster. Sie war bereits obduziert, und grobe Nähte zogen sich über ihren ganzen Körper, die größte vom Hals bis unter den Bauchnabel. Ihre Augen waren entfernt worden. Auf dürftigen Wandregalen standen Glaskrüge aufgereiht, und in ihnen schwammen Körperteile in Formalin, ein Bein, ein Herz, der Kopf eines Kindes. Auf einem kleinen Tisch lagen blutige Sägen und Skalpelle.

Ein Schauder lief über ihren Rücken, und sie versuchte angestrengt, wieder zu gehen. Sie konnte sich nicht vorstellen, noch einen einzigen Augenblick länger an diesem Ort zu bleiben, und wollte nichts wie weg, hinaus aus diesem schrecklichen Gebäude, so weit weg vom Parlamentspark wie möglich. Sie versuchte es, aber aus irgendeinem Grund war es ihr nicht möglich, und je mehr sie sich gegen die Anwesenheit in der Hütte wehrte, desto angestrengter musste sie kämpfen. Ihre Beine waren schwer wie Betonklötze, sie konnte sie einfach nicht bewegen. Die Wände rückten näher, und die Atmosphäre war voller Tod und zerschnittener Leichen und Körperteile in Gläsern.

Zu ihrem großen Schrecken fing die Frau auf dem Boden an, sich zu regen. Sie hob seltsam zuckend den Kopf und drehte ihr das augenlose Gesicht zu, bewegte die Lippen, als wollte sie ihr etwas sagen. Im selben Moment kam auch Bewegung in die Frau auf dem OP-Tisch. Eygló starrte sie an, während sie sich langsam erhob und genau wie die andere Frau die Lippen bewegte. Sie setzte sich auf die Tischkante und richtete die leeren Augenhöhlen auf sie. Dann stand die andere Frau langsam auf und stützte sich an der Wand ab. Sie bewegte sich auf den OP-Tisch zu und setzte sich neben die andere Frau. Sie beugten sich vor und machten die gleiche Bewegung mit dem Mund. Eygló erkannte, dass es die beiden Schwestern aus dem Lepraspital waren.

Sie hörte genauer hin und versuchte, sie zu verstehen, konnte es aber nicht. Die Bewegungen der Frauen wurden heftiger, sie riefen etwas, ohne ein Geräusch von sich zu geben. Dann standen sie auf und kamen Schritt für Schritt auf sie zu, bis sie endlich die Rufe hörte und ihren rhythmischen Sprechchor über die Schrecken in dieser Hütte ...

Eygló saß zusammengekauert auf dem Stuhl und blickte mit aufgerissenen Augen geradeaus. Ihre Lippen bewegten sich, und das Gemurmel wurde deutlicher. So verging eine ganze Weile, und Ragnhildur wagte es angesichts der Worte des Mediums nicht, sich zu bewegen. Erstaunt beobachtete sie Eyglós Verwandlung, die an Besessenheit erinnerte, und verstand irgendwann auch die Worte, die sie vor sich hin murmelte, aus welcher dunklen Welt sie auch kamen. Plötzlich stand Eygló langsam auf, beugte sich über den Tisch und schrie ihr ins Gesicht.

eins zwei drei vier fünf
eins zwei drei vier fünf
eins zwei drei vier fünf

Einundvierzig

Er hatte nicht mehr viel mit Leó zu tun gehabt, nachdem dieser bei der Polizei aufgehört hatte. Erna und er sprachen nie wieder über ihre Unterhaltung an dem Abend, und Konráð erzählte ihr nicht von der Schlägerei bei der Hafenwaage. In irgendeinem Gespräch erwähnte er beiläufig, dass Leó sich eine Auszeit von der Polizei genommen hatte und wahrscheinlich gar nicht mehr wiederkommen würde. Er meinte, er wisse nicht, was er jetzt treibe, was auch stimmte. Erna ging davon aus, dass ihre Freundschaft beendet war. Konráð sagte dazu nichts und dachte nicht weiter über die Schattenseite ihrer gemeinsamen Zeit bei der Polizei nach.

Konráð hatte genug zu tun. Brände, Bootsschäden und Autounfälle wurden sein tägliches Brot. Für viele war es ein schwieriges Jahr, Versicherungsbetrüge häuften sich, und er spezialisierte sich innerhalb der Polizei darauf. Derartige Fälle landeten regelmäßig auf seinem Schreibtisch, und es bereitete ihm Freude, wenn er Schwindler entlarven konnte, die mit den absurdesten Methoden sowohl an Land als auch auf See die Versicherungen um ihr Geld bringen wollten.

Er arbeitete gerade mit Rikki zusammen an einem dieser Fälle, als sie eines Abends in der Nähe eines schlecht gepflegten, mit Wellblech verkleideten Hauses bei Sæviðarsund parkten. Sie wollten sich mit einem Mann treffen, der nach einem Autounfall vor zwei Wochen beträchtliche Entschädigungen von seiner Versicherung verlangte. Das Versicherungsunternehmen hatte einige Auffälligkeiten bemerkt und den Fall der Polizei gemeldet. Zwei Autos waren in Heiðmörk, einem Erholungsgebiet nahe der Hauptstadt, aufeinandergeprallt, und der Wagen des Mannes war vom Weg abgekommen und eine hohe Straßenböschung hinuntergerollt, wobei das Auto einen Totalschaden erlitten hatte. Der Fahrer des anderen Wagens hatte nicht angehalten und war verschwunden. Das war im Spätsommer gewesen, und ein Zeuge, der in der Umgebung gerade Beeren gepflückt hatte, behauptete, den Unfall gesehen zu haben, er bestätigte die Aussage des Mannes, das Nummernschild des Fahrerflüchtigen hatte er aber nicht gesehen. Es ging nicht nur um den Totalschaden des Autos, sondern der Mann hatte auch beträchtliche Verletzungen erlitten, da er sich aus dem Auto gerollt hatte, als es sich überschlug. Er klagte über schwere Schmerzen im Nacken und Rücken und trug einen dicken Verband um den Hals, außerdem hatte er das Gefühl in einem Bein verloren und konnte seitdem das Bett nicht verlassen. Es ging also um viel Geld.

Als Erstes hatte sich Konráð den Zeugen angesehen. Es stellte sich schnell heraus, dass der Mann und der Beerenpflücker ehemalige Arbeitskollegen waren.

Rikki und er blieben eine Weile schweigend im Auto sitzen, bevor sie dem Unfallopfer einen Überraschungsbesuch abstatten wollten. Konráð hatte sich darum bemüht, ihr früheres Verhältnis wiederherzustellen, denn er mochte Rikki. Leó war innerhalb der Polizei sehr beliebt gewesen und wurde vermisst. Es war zwar von unbezahltem Urlaub die Rede, aber niemand wusste, ob er je zurückkommen würde.

»Also gut, wollen wir es hinter uns bringen?«, unterbrach Rikki das lange Schweigen.

»Ja, lass uns mit dem Mann reden«, sagte Konráð. »Wie geht es dir sonst so?«, fragte er dann noch vorsichtig.

»Die Arbeit hat mir schon mal mehr Spaß gemacht«, sagte Rikki.

»Gibt es etwas Neues von den Fällen, die du dir ansehen wolltest?«, fragte Konráð. »Du dachtest, es könnte sich um mehr handeln als um das betrunkene Geschwätz von diesem Paddi.«

»Ich bin noch nicht dazu gekommen«, sagte Rikki, und er kam Konráð weniger streitsüchtig vor als bei ihrem letzten Gespräch. »Ehrlich gesagt fühle ich mich da nicht zuständig.«

»Also hast du bisher mit niemandem gesprochen?«

»Nur mit dir. Und mit Leó natürlich. Nein, sonst mit niemandem. Aber du hast recht, Paddis Aussage allein reicht einfach nicht. Und dann hat Leó halt sein Einkommen ein wenig gestreckt. Was zur Hölle geht mich das an?«

Konráð wusste nicht, was er sagen sollte. Einerseits wollte er ehrlich sein, Rikki die ganze Wahrheit sagen und das weitere Vorgehen ihm überlassen, auch wenn er dabei seine Anstellung aufs Spiel setzte. Andererseits war es für ihn das Beste, wenn Rikki die Sache vergaß und das Leben wieder seinen gewohnten Lauf nahm. Manchmal war es schwierig, mit Leó befreundet zu sein, aber Konráð hatte das Gefühl, damit umgehen zu können, und wusste, dass er selbst davon profitieren würde, wenn Rikki und

Leó das Kriegsbeil begruben und nicht weiter in dem Fall ermittelt wurde.

»Er hat mich angerufen«, sagte Rikki. »Hackevoll. Wollte mich treffen. Mir alles erklären. Ich habe gesagt, ich hätte kein Interesse an einem Gespräch, genau das habe ich ihm gesagt, und dann hat er angefangen, mich zu beschimpfen. Ich weiß, dass ihr befreundet seid, aber Leó ist definitiv nicht ganz klar im Kopf.«

»Vor allem, wenn er trinkt«, stimmte Konráð zu. »Tu mir den Gefallen und sprich mit ihm. Dreh mit ihm eine Runde im Auto oder so und unterhaltet euch. Versucht, die Sache zu klären.«

»Vielleicht bin ich für diese Aufgabe nicht der Richtige«, sagte Rikki. »Ich fühle mich auf der Arbeit nicht mehr wohl. Womöglich ist es Zeit für etwas anderes. So habe ich mir das alles nicht vorgestellt. In letzter Zeit denke ich viel darüber nach. Nicht nur wegen dieser Sache. Vermutlich war der Fall Skafti der Auslöser. Das hängt mir noch sehr nach.«

»Die Sache mit Skafti?«

»Ich glaube, der Mann ist nicht fair behandelt worden, ich habe da so ein Gefühl. Diese Härte, diese lange Untersuchungshaft und die Isolation, es muss doch andere Methoden geben. Ich weiß nicht, ob es richtig war, den Mann auf diese Weise zu einem Geständnis zu zwingen. Das habe ich auch Leó gesagt. Er ist natürlich ausgerastet.«

»Da ist er ja!«, sagte Konráð plötzlich, als er einen Mann aus dem Haus kommen sah.

»Sollte er nicht eigentlich im Bett liegen?«, fragte Rikki. Der Mann blickte sich hastig um, bevor er problemlos die Tür zu einer alten Garage öffnete und hineinging. Er kramte in einer Gefriertruhe, holte eine Lammkeule hervor und ging leichtfüßig wie ein Reh zurück ins Haus.

»Das sollte nicht lange dauern«, sagte Konráð und stieg aus dem Auto.

Zweiundvierzig

Kurz darauf meldete sich Leó. Trotz ihres Streites und der Prügelei, und obwohl Konráð nichts mit ihm zu tun haben wollte, tat Leó, als wäre nichts gewesen, und meinte, sie müssten sich treffen. Konráð bemerkte seine Aufregung, und als Leó den Lieutenant erwähnte und dass die Sache aus dem Ruder laufen könnte, wenn sie nichts unternehmen würden, willigte Konráð ein, mit ihm zu sprechen.

Sie trafen sich im Ingólfskaffi, und Leó war sehr zuvorkommend und wirkte gewillt, sich zu bessern, er sprach über ihre gute Freundschaft und wie viel sie ihm bedeute. Er gab zu, dass er kein einfacher Charakter sei, und versprach, nie wieder etwas zu tun, das ihrer Freundschaft und der von Erna und Dóra schaden könnte. Wenn er eine Grenze überschritten hatte, wolle er sich dafür entschuldigen, und er versicherte Konráð, dass es nicht wieder vorkommen werde. Ihre Freundschaft sei ihm sehr wichtig.

»Was war so dringend?«, fragte Konráð, nachdem er Leó eher desinteressiert zugehört hatte. »Du hast den Lieutenant erwähnt.«

»Er macht sich Sorgen wegen Rikki.«

»Warum?«

»Rikki schnüffelt in letzter Zeit auf der Militärbasis herum. Er schnüffelt in meinen Angelegenheiten herum

und denen meiner Cousins, also auch in deinen Angelegenheiten, Konráð. Unseren Angelegenheiten. Er hat
noch nichts gefunden, und vielleicht gibt er irgendwann
auf, aber wir müssen aufpassen, dass es nicht aus den Fu-
gen gerät.«

»Und was willst du von mir?«, fragte Konráð.

»Wir müssen ihn treffen«, sagte Leó. »Mir vertraut er
nicht, aber du könntest ihn dazu bringen, mit uns zu sprechen.«

»Hast du von ihm gehört?«

»Ja.«

»Und?«

»Das Gespräch lief nicht so gut. Er hat nach dir gefragt.«

Leó erzählte von seinem Telefonat mit Rikki. Leó hatte
gut einen sitzen gehabt und ihn zu Hause angerufen und
gefragt, ob sie sich nicht treffen könnten und wie zwei
Erwachsene miteinander sprechen, er würde versuchen,
ihm das Missverständnis mit Paddi zu erklären. Das habe
Rikki nicht gewollt.

»Steckte Konráð da auch mit drin?«, hatte er ihn gefragt.

Mit der Frage hatte Leó nicht gerechnet.

»Worin, Rikki? Wo soll Konráð mit dringesteckt haben? Niemand steckt da mit mir in irgendwas drin. Da ist
nichts, Rikki. Nichts. Kannst du die Sache nicht einfach
gut sein lassen?«

»Warum rufst du mich dann an?«

»Was willst du denn genau wissen?«, fragte Leó.

»Das weißt du genau. Ich will wissen, was es mit den
Machenschaften rund um die Militärbasis auf sich hat«,
sagte Rikki. »Mit dem Lieutenant. Mit deinen zwei Cousins, die dort freie Hand hatten und deren Namen immer

wieder im Zusammenhang mit irgendwelchen Schmuggelgeschäften auftauchen. Was ist mit den Clubbesitzern, mit denen ihr befreundet seid? Und warum wurde Paddi krankenhausreif geschlagen?«

»Ich weiß nicht, was meine Cousins da treiben«, sagte Leó. »Damit habe ich wirklich nichts zu tun. Und ich finde es nicht angebracht, so über Konráð zu sprechen. Der Lieutenant und ich kennen uns ganz gut, weil ich viel Zeit auf der Militärbasis verbringe, wie du weißt, Bier trinke und Bowlen gehe und mich gerne mit den Soldaten unterhalte. Das ist doch kein Verbrechen. Du kennst das doch. Das machst du doch auch.«

Rikki schwieg am Telefon.

»Hast du mit anderen darüber gesprochen?«, fragte Leó.

»Ich bin damit noch nicht zu den Chefs gegangen, wenn du das meinst«, sagte Rikki. »Das habe ich auch nicht vor, weil du und Konráð mich bei der Polizei gut aufgenommen habt und ich euch als Freunde betrachte. Ich weiß nicht mehr, was ich tun soll. Ich fühle mich schlecht. Ich komme mir vor wie ein Mitschuldiger bei etwas, von dem ich nicht genau weiß, was es ist.«

»Du musst lernen, dich zu entspannen«, sagte Leó. »Du nimmst das alles viel zu ernst. Viel zu ernst.«

»Vielleicht«, sagte Rikki. »Ich bin natürlich ein Landei und verstehe nicht ganz, wie die Dinge hier in der Stadt laufen.«

Er zögerte.

»Wie der Fall von diesem Skafti«, sagte er dann.

»Wie meinst du das?«

»Hast du dem Jungen das eingetrichtert, die Geschichte mit der Bucht bei Örfirisey?«, fragte Rikki.

»Nein, ich habe ihm nichts eingetrichtert«, sagte Leó, und es fiel ihm immer schwerer, Ruhe zu bewahren. »Er wurde verurteilt, weil er gestanden hat. Fertig.«

Und damit beendete Leo das Telefonat.

Nachdem er Konráð von dem Gespräch erzählt hatte, saß dieser lange still da und schüttelte dann den Kopf. Er verstand nicht, warum Leó meinte, sie müssten mit ihm sprechen und auf ihn einreden oder zumindest herausfinden, was er vorhatte. Es gefiel ihm überhaupt nicht, in ihr Gerede über Bestechlichkeit mit hineingezogen zu werden, aber er konnte wenig dagegen tun. Er hatte eine Wahl gehabt. Jetzt musste er mit den Konsequenzen seiner Entscheidung leben.

Er willigte ein, Kontakt mit Rikki aufzunehmen und ihn zu einem Treffen zu überreden. Schon am nächsten Tag rief er ihn an und fragte, wie es ihm gehe und ob sie vielleicht von Angesicht zu Angesicht über die Dinge sprechen könnten. Es gefalle ihm nicht, wie ihr Verhältnis sich entwickle, und er wolle, dass es wieder besser wird. Rikki meinte erst, er sei nicht an einem derartigen Treffen interessiert, aber Konráð blieb hartnäckig, bis er am Ende einwilligte. Konráð schlug vor, eine Runde im Auto zu drehen, und meinte, er würde ihn am Abend abholen kommen.

Rikki öffnete die Tür, steckte den Kopf ins Auto, beschwerte sich, dass Konráð viel zu spät sei, und fragte, ob sie die Sache nicht einfach besser lassen sollten. Die Wartezeit hatte offenbar an seinen Nerven gezerrt. Konráð war sich seiner Schuld bewusst, bat um Verzeihung und meinte, er habe Erna noch im Krankenhaus abholen müssen, und das habe länger gedauert als geplant. Rikki blickte auf seine Armbanduhr. Konráð entschuldigte sich abermals, es sei nicht seine Absicht gewesen, so spät zu kommen. Rikki war immer noch zögerlich, doch schließlich stieg er ins Auto.

Sie fuhren Richtung Osten, scheinbar ohne Ziel.

»Ich glaube, Leó bereut, wie er vor seiner Beurlaubung mit dir gesprochen hat«, sagte Konráð. »Er hat mir davon erzählt und hätte natürlich nicht so mit dir umgehen dürfen. Es ist absolut gerechtfertigt, dass du dir Sorgen machst, was die Leute innerhalb der Polizei so treiben. Du musst das tun, was du für richtig hältst.«

Konráð bog in das Vogar-Viertel ein, und als sie den Súðarvogur englangfuhren, ahnte Rikki, dass er ein bestimmtes Ziel hatte.

»Wo fahren wir hin?«, fragte er.

»Ich hatte die Idee, dass wir uns ein wenig entspannen könnten«, sagte Konráð. »Es gibt da einen Laden, da unten bei…«

»Was meinst du?«

»Beruhig dich. Kannst du es nicht mal ein bisschen locker angehen lassen?«

»Warum soll ich es locker angehen lassen?«, fragte Rikki. »Was geht hier vor?«

»Gib der Sache eine Chance, Rikki«, sagte Konráð. Er bremste, bog in eine kurze Querstraße ein und hielt vor einem leer stehenden Industriegebäude an.

»Was hast du vor?«, fragte Rikki und blickte sich um. »Wo sind wir?«

»Wir wollten kurz mit dir sprechen«, sagte Konráð. »Dir unsere Sicht auf die Dinge schildern.«

»Wir…?«

In dem Augenblick ging die Tür des Gebäudes auf, und Leó erschien, sein Blick war ernst.

»Was macht er hier?«, fragte Rikki.

»Du wolltest die ganze Wahrheit wissen«, sagte Konráð. »Wir würden dir gerne erzählen, wie das alles war. Mach dir keine Sorgen. Wir wollen nur kurz mit dir reden und dir alles erklären.«

Rikki starrte Leó an, der in der Tür stand.

»Komm«, sagte Konráð. »Es wird nicht lange dauern.«

Dreiundvierzig

Rikki zögerte. Er sah Leó und ihn abwechselnd an, schüttelte dann den Kopf und folgte Konráð in das Gebäude. Es war eine Schmiede, eine der Firmen von Leós Cousins, und drinnen war es ziemlich unordentlich. Ein dumpfes Licht aus einem kleinen Büro schien auf Armierungseisen, Drehbänke und andere große Geräte. Rikki blieb in der Mitte des Raums stehen und verschränkte die Arme.

»Du musst mit dieser Schnüffelei aufhören, Rikki«, sagte Leó. »Wer weiß, was sonst noch passiert.«

Rikki sah Konráð an.

»Wovon redest du?«, fragte er.

»Ich sag dir, wovon ich rede«, fauchte Leó und ärgerte sich, als er bemerkte, dass Rikki ihn nicht einmal eines Blickes würdigte. »Der Lieutenant hat um dieses Treffen mit dir gebeten. Er und zwei seiner Freunde von der Basis. Soldaten. Sie wollten dich hier treffen und mit dir reden, um dir zu verklickern, wie dumm du bist. Dir einprügeln, noch einmal über die Sache nachzudenken.«

»Noch einmal über die Sache nachzudenken?«, fragte Rikki und wandte den Blick nicht von Konráð ab.

»Hör Leó zu«, sagte Konráð. »Hör dir an, was der Mann zu sagen hat, und dann ...«

»Ich konnte ihm das ausreden«, fuhr Leó fort. »Ich habe ihm versichert, dass Konni und ich mit dir sprechen würden und er sich keine weiteren Sorgen machen müsse. Das habe ich ihm versprochen. Jetzt musst du uns versprechen, dass wir uns tatsächlich keine Sorgen mehr um dich machen müssen. Verstehst du, was ich damit sagen will?«

»So willst du es also haben ... Konni?«, sagte Rikki und sah immer noch Konráð an. Sein Ärger war nicht zu überhören.

Leó verlor die Geduld und schlug ihm ins Gesicht.

»Sieh mich an, wenn ich mit dir rede!«, rief Leó. »Spiel dich vor mir nicht so auf!«

»Leó!«, rief Konráð und wollte nachschauen, ob mit Rikki alles in Ordnung war, doch der stieß ihn wütend weg. Seine Lippe blutete, und er wischte mit dem Handrücken darüber. Für einen Augenblick schien es, als wollte er sich auf Leó stürzen, doch dann löste sich die Spannung.

»Steckst du in der ganzen Sache mit drin?«, fragte er Konráð voller Verachtung.

Konráð antwortete ihm nicht.

»Weißt du, was passiert, wenn du weitermachst, Rikki?«, fragte Leó. »Eines Tages wird es einen Einbruch geben, in ... sagen wir in einem Schmuckgeschäft, nur als Beispiel. Wir fahren hin, ermitteln und schnappen den Dieb. Er sagt uns, wie viel er gestohlen hat, und es stimmt nicht mit den Informationen des Ladenbesitzers überein. Schon gut, der Dieb lügt also, so wie wir es von Dieben kennen. Aber dann geht ein Gerücht um, dass ein Polizist vielleicht etwas von dem Diebesgut in die eigene Tasche gesteckt hat, und wie sich herausstellt, befinden sich die fehlenden Schmuckstücke in deinem Schreibtisch. In deinem Auto. Bei dir zu Hause.«

Endlich sah Rikki Leó an und lächelte, als tue er ihm leid.

»Leó … was soll das?«, fragte Konráð. Mit so einer Drohung hatte er nicht gerechnet.

»Warst du immer ein Teil davon?!«, fragte Rikki und wandte sich wieder Konráð zu. »Willst du das einfach so geschehen lassen?! Willst du das einfach so hinnehmen?!«

»Lass uns in Ruhe, und wir lassen dich in Ruhe«, sagte Leó.

»Mit dir rede ich nicht«, sagte Rikki und würdigte Leó weiterhin keines Blickes. »Ich rede mit Konráð. Ich will es von ihm hören.«

»Rikki, natürlich nicht, können wir …?«

Konráð sah Rikki an, dass er ihm nicht glaubte. Ihm war bewusst, dass er ihm von dem Moment an nichts mehr glauben würde.

»Also stimmt das alles«, sagte er, und die Enttäuschung war nicht zu überhören. Leó. Der Lieutenant. Du. Die Schmuggelei. Die Cousins. Es ist alles wahr.«

»Leó redet nur Unsinn, Rikki, ich werde …«

Konráð wollte zu ihm gehen.

»Lass mich in Ruhe!«, rief Rikki und stieß ihn von sich weg. »Komm mir nicht zu nahe!«

Er sah Konráð vorwurfsvoll an.

»Ich dachte, du wärst besser als das«, sagte er und wischte sich das Blut von den Lippen. »Besser als Leó. Als sie alle. Ich dachte, du wärst nicht so. Ich dachte, du wärst schlauer.«

Konráð wusste keine Antwort.

»Was hast du vor?«, fragte er.

»Wusstest du Bescheid?«

»Worüber?«

»Ich habe bereits gekündigt. Ich höre auf. Ihr könnt

machen, was ihr wollt. Das habt ihr davon, von eurer verdammten Bestechlichkeit«, sagte Rikki und ging zur Tür. »Fahrt doch alle zur Hölle!«

Konráð blickte ihm hinterher, und Rikki blieb noch einmal stehen und drehte sich um, als überlegte er, ob es sich lohne, noch einmal mit Konráð zu sprechen. Leó ignorierte er immer noch.

Dann ging Rikki erneut auf Konráð zu, der Ärger und die Enttäuschung waren ihm ins Gesicht geschrieben.

»Leó ist, wie er ist, und verstellt sich auch nicht«, sagte er. »Er ist ein Mistkerl, das wissen alle, und man kann nur versuchen, sich von ihm fernzuhalten. Du ... du bist viel schlimmer. Deine Spielchen. Deine Freundschaftsbekundungen. Holst mich mit dem Auto ab. Bei dir weiß man nie, woran man ist, Konráð. Man weiß nie, woran man ist, so falsch, wie du bist.«

Mit den Worten verschwand Rikki in die Nacht hinaus.

Vierundvierzig

Der Schneider, Zófanías' Schwager, sprach gerade mit einem Kunden, der einen neuen Anzug kaufen wollte. Ein weiterer besah sich interessiert eine Hose. Das Geschäft schien seit Júníus' Fernsehauftritt etwas besser zu laufen, und er lächelte Konráð zu, als dieser eintrat. Konráð hielt sich zurück, während Júníus seine Kunden bediente. In einer Ecke sah er schöne Fräcke und musste an die braun gebrannte Bloody Mary aus dem Süden denken, die meinte, sie könnte ihm vor ihrer Reise zurück nach Alicante doch sicherlich noch etwas Gutes tun, nachdem sie sich über Zylinder und Rotary-Treffen ausgelassen hatte.

»Nein, ich sollte langsam gehen«, hatte Konráð gesagt.

»Bist du sicher?«, fragte sie.

»Absolut sicher«, antwortete er.

»Hast du gar keine menschlichen Bedürfnisse?«, hatte sie enttäuscht gefragt und einen Schmollmund gezogen, und er dachte sich, dass sie die Schauspielerei nie hätte aufgeben sollen. »Mann, bist du langweilig.«

»Du kennst mich doch gar nicht«, sagte er.

Eygló hatte angerufen und von ihren Nachforschungen erzählt, aber er hatte kein Ohr dafür gehabt. Die beiden Frauen, die sie vor vielen Jahren bei einer spiritistischen Sitzung gesehen hatte, waren Schwestern und in der Elliðaá ertrunken, und sie hatte irgendwelche Bilder von ihnen gefunden und ihretwegen eine Séance mit Natans Schwester abgehalten. Sie hatte herausgefunden, dass die beiden Frauen die Schwestern von Natans Urgroßvater waren und mit ihm im Lepraspital gearbeitet hatten. Eygló spürte Konráðs Desinteresse, der außer gelegentlichem Gemurmel nicht viel dazu zu sagen hatte, und so verlor sie schnell die Geduld. Sie wisse nicht, warum sie überhaupt mit ihm über diese Dinge spreche, sagte sie und verabschiedete sich ein wenig eingeschnappt.

»Das Geschäft ist ein wenig in die Gänge gekommen«, sagte der Schneider, als sie nur noch zu zweit im Laden waren. »Die Leute kommen nicht nur, um mich anzustarren, der Umsatz ist auch ordentlich gestiegen, muss ich sagen.«

Er behauptete, nichts mehr von der Polizei gehört zu haben, und wusste nicht, wie die Mordwaffe aus dem Múlahverfi im Haus seines Schwagers gelandet war. Das sei ihm ein großes Rätsel.

»Ja, genau«, sagte Konráð und kam zum Thema. »Kanntest du einen Schneider namens Haraldur, mittlerweile ist er verstorben, aber Mitte des vergangenen Jahrhunderts hatte er eine Schneiderei in der Innenstadt?«

»Haraldur? In der Innenstadt?«

»Er hat in Þingholt gelebt?«

Konráð hatte bei der lustigen Witwe den Frack des Großhändlers gesehen, auf dem Etikett stand der Name des Schneiders: Haraldur Haraldsson aus Reykjavík. Bei einer kurzen Recherche hatte sich herausgestellt, dass er über vier Jahrzehnte lang eine Schneiderei betrieben hatte, die nach dem Tod des Eigentümers 1976 geschlossen worden war. Haraldur war verheiratet, hatte aber keine Kinder und lebte in einem prachtvollen Haus mit großem Garten in Þingholt. Konráð war auf dem Weg zum Schneider dort vorbeigefahren. Auf die Schnelle hatte Konráð drei Nachrufe über ihn finden können. In ihnen wurde ausführlich beschrieben, was für ein angenehmer Zeitgenosse er gewesen war, mit einem wirklich großen Freundeskreis, und es wurde betont, dass er als Schneider zu den besten seines Fachs gehörte und außerdem ein zuvorkommender Verkäufer und verantwortungsvoller Ladenbesitzer war. Auch seine freundschaftlichen Beziehungen wurden erwähnt und überraschten Konráð nicht. Einer von Haraldurs Freunden leitete ein Heim für schwer erziehbare Jungen am Stadtrand.

»Über Haraldur weiß ich nur, dass er die Fräcke für die Brüder der Freimaurerloge geschneidert hat«, sagte Konráð. »Kennst du vielleicht Männer aus seinem damaligen Umfeld, einen Arzt namens Anton Heilman oder einen Mann namens Nikulás, der bei der Polizei war?«

»Diese Namen sagen mir nichts«, gestand Júníus, »außer natürlich der von Haraldur, der hatte einen bekannten Kleiderladen hier in der Stadt.«

»Kanntest du ihn gut?«

Der Schneider brachte Ordnung in einen Stapel Hosen. Um seinen Hals hing wie immer das Maßband.

»Nein, das kann ich nicht behaupten, ich wusste natürlich, wer er war, aber mehr auch nicht.«

»Und Zófanías? Kannten die beiden einander?«

»Nein, ich glaube nicht«, sagte der Schneider. »Nicht dass ich wüsste. Hat das mit der Waffe zu tun? Die Polizei hat nicht danach gefragt.«

Konráð erklärte, dass er das nicht beantworten könne, und fragte, ob Zófanías oder er selbst schon einmal von einem Heim für schwer erziehbare Jungen am Stadtrand gehört hätten. Da sagte Júníus nichts, und als die Tür mit dem dazugehörigen schrillen Glockenton aufging und zwei Kunden eintraten, entschuldigte der Schneider sich, meinte, er habe keine Zeit für diese Dinge, und bediente die beiden. Konráð wollte abwarten, bis sie wieder weg waren, doch dann erklang die Glocke erneut, und er wusste, dass es mit der Ruhe vorbei war.

Konráð fuhr noch zum Krankenhaus und besuchte Beta. Ihr Zustand verbesserte sich, wenn auch langsam, und sie nahm ihm immer noch übel, dass er sie dieser Gewalt ausgesetzt hatte. Sie sprach nicht über die beiden Angreifer und fragte auch nicht, wie es mit den Ermittlungen voranging, so als wolle sie davon gar nichts wissen. Konráð war froh darüber.

Zum Abschied gab sie ihm etwas mit auf den Weg, und er wusste, dass es der Wahrheit entsprach: Du hättest deine Wut loslassen sollen.

Fünfundvierzig

Nach dem Besuch bei Beta im Krankenhaus war er mit Leó verabredet. Sie gingen in ein Lokal am Hafen, von dem man eine gute Aussicht auf die Hafenwaage und die Werft hatte. Der bizarre ovale Bau stand immer noch mit dem Hintern im Verkehr, aber ansonsten sah die Gegend ganz anders aus als damals, als sie sich dort im Staub gewälzt hatten. Überall schlenderten Touristen umher, jedes zweite Gebäude war ein Restaurant und in den anderen befanden sich Anbieter von Walbeobachtungstouren. Sie begrüßten einander mit wenigen Worten, tranken Kaffee und sahen aus dem Fenster, und plötzlich kam in Leó eine alte Neugier auf.

»Hat Seppi was damit zu tun?«, fragte er und warf einen Blick auf Konráðs schwachen Arm. »Hat er das mit dir gemacht? Das habe ich dich sicher irgendwann schon mal gefragt.«

»Das hast du mich schon öfter gefragt«, sagte Konráð. »Vor allem, wenn du betrunken warst. Wie damals, als Erna und ich nach Árbær gezogen sind und zu einer Einweihungsfeier eingeladen haben. Betrunken warst du wie ein Tier. Aber die Frage hast du anders formuliert. Du hast gefragt: ›Hat Seppi dir das eingeprügelt?‹«

»Wie kannst du dich an so etwas erinnern?«

»Ich glaube, ich erinnere mich an jede einzelne Situation, in der mich jemand auf meinen Arm angesprochen hat«, sagte Konráð.

»Und?«

»So war es nicht«, sagte Konráð. »Das ist bei der Geburt passiert. Die Nerven wurden eingeklemmt. Die Muskeln haben sich nicht richtig entwickelt. Im Vergleich zu anderen Fällen ist es bei mir relativ harmlos.«

»Ich dachte, er hätte dir das eingeprügelt«, sagte Leó. »Vielleicht habe ich es auch gehofft.«

Er versuchte ein Lächeln.

»Deine Cousins haben die Sache neulich durchgezogen«, sagte Konráð.

»Reimar war nicht gerade ihr Freund«, sagte Leó. »Du hast ihnen nur einen Anlass gegeben.«

»Du musst mich nicht von meinen Sorgen erlösen«, sagte Konráð. »Ich habe kein schlechtes Gewissen. Dieser Mann ist mir völlig egal. Diese ganze Truppe mit ihren brutalen Machtspielchen schert mich einen Dreck.«

Konráð blickte hinaus auf die Hafenwaage und dachte an die Rauferei mit Leó zurück, wie sehr es damals geschmerzt hatte, aber wie lange das jetzt schon her war. Schnee von gestern. Genau wie das erbärmliche, schlechte Leben, das er zu der Zeit geführt hatte. Abgesehen von der Beziehung zu Erna, aber selbst das hätte er beinahe vermasselt.

Ein junges Mädchen kam an ihren Tisch und bot ihnen mehr Kaffee an. Als sie wieder weg war, lenkte Konráð das Gespräch auf einen alten Konflikt zwischen ihm und Leó. Sie hatten die Sache nie ordentlich aufgearbeitet.

»Ich musste neulich an Rikki denken«, sagte er. »Wie wir ihn aus der Polizei vertrieben haben. Hättest du das durchgezogen, was du ihm angedroht hast? Die Sache mit dem Schmuck?«

»Willst du jetzt damit anfangen?«

»Rikki war ein guter Mann. Ein guter Polizist.«

»Er war ein verdammter Idiot.«

Konráð schwieg. Rikki hatte ihr Treffen in Vogar nie wieder erwähnt und kurz darauf bei der Polizei aufgehört. Zu seinen ehemaligen Kollegen pflegte er keine Kontakte mehr. Konráð hatte ein paarmal versucht, ihn anzurufen, aber immer, wenn Rikki merkte, wer es war, legte er auf, ohne etwas zu sagen. Er zog wieder aufs Land. Etwa zehn Jahre danach kehrte er einmal kurz zur Polizei zurück, und dann arbeitete er in irgendeinem Ministerium.

Leó schlürfte den Kaffee. Seine zweifelhaften Geschäfte wurden nie untersucht oder aufgedeckt. Geschichten gingen um, über dieses und jenes, was er angeblich getan hatte, und manchmal fiel in dem Zusammenhang auch Konráðs Name, aber es schien niemandem wichtig genug, um den Hinweisen nachzugehen. Seine beiden Cousins gerieten nie ins Blickfeld der Polizei und waren in der Umgebung der Hauptstadt als Bauunternehmer bekannt. Erst in den letzten Jahren wurden sie wieder häufiger verdächtigt, Schmuggel betrieben und Drogenimporte finanziert zu haben, und womöglich sogar immer noch im Geschäft zu sein. Ermittlungen wurden nie aufgenommen, aber dies und das untermauerte die Gerüchte um ihre fragwürdigen Machenschaften. Konráð hatte 2008, als die Wirtschaft zusammengebrochen war, die Nachrichten über sie verfolgt. Namentlich wurden sie fast nie genannt, aber es galt als bemerkenswert, dass der Zusammenbruch des Wirtschaftssystems ihre Unternehmen kaum traf und sie alle ihre Angestellten voll weiterbeschäftigen konnten, weil sie keine Krone Schulden hatten.

Konráð und Leó hatten sich bereits darüber unterhalten.

»Du bist auch kein Unschuldslamm«, sagte Leó und blickte aus dem Fenster. »Rikki hat dir vertraut.«

»Ja.«

»Er wäre auch dir auf die Schliche gekommen. Ich weiß nicht, worüber du dich immer noch aufregst. Es hat funktioniert. Wir haben ihn zum Schweigen gebracht.«

»Ja, was für ein Triumph«, sagte Konráð.

»Du wärst auch verurteilt worden«, sagte Leó und stand auf. »Wenn Rikki weiter herumgeschnüffelt hätte.«

Konráð starrte Leó an.

»Ich werde dich nie verstehen.«

»Nein, aber du benutzt mich, wenn es dir passt«, sagte Leó wütend. Er hatte die Schnauze voll von dem Gespräch.

»Hast du dir die Geschichte über Natan und Skafti und Örfirisey selbst ausgedacht?«, fragte Konráð.

Er wusste, dass Leó auf Fragen zu dem Fall besonders sensibel reagierte. Kurz nach der Urteilsverkündung waren sie zusammen etwas trinken gegangen, und Konráð hatte ihm damals schon diese Frage gestellt. Zu Örfirisey. Er hatte ihm erzählt, dass Rikki etwas in dieser Richtung erwähnt habe. Dass Leó sich in dem Fall nicht gerade positiv hervorgetan habe und er die Methoden, die letztendlich zum Geständnis geführt hätten, nicht gutheißen könne. Leó wurde wütend und beschimpfte Konráð, wie er überhaupt auf die Idee komme, ihn so etwas zu fragen.

Der Fall ging ihm immer noch sehr nahe. Er sagte, er würde sich dieses dumme Geschwätz nicht gefallen lassen, und stand auf.

»Ich habe mir nichts ausgedacht, Konni«, sagte er, griff nach Konráðs Halskette und beugte sich vor. »Weißt du, was ich getan habe? Willst du es wissen? Was mit mir und Erna war?! Ich habe sie gevögelt, Konni, und es hat ihr gefallen!«

Er stieß Konráð von sich und stürmte wütend aus dem Lokal. Konráð blickte ihm nachdenklich hinterher. Leós heftige Reaktion überraschte ihn nicht wirklich. Es war nicht mehr als die Bestätigung eines Verdachts, den er schon lange gehabt hatte. Sein alter Freund hatte im Fall Skafti kein reines Gewissen. Die Wunde war bis heute nicht verheilt.

Er merkte, dass die Frau etwas verwundert war, ihn so schnell wiederzusehen, aber sie stellte keine Fragen und strahlte wie die Sonne des Südens, als sie ihn hineinbat. Ihr Glas mit der Mischung aus dem Kühlschrank war halb leer, und diesmal nahm er das Angebot an, mit ihr zusammen einen der roten Cocktails zu trinken.

Dann hörte er der Frau eine Weile zu, während sie von fernen Sonnenstränden im Süden schwärmte und ihre geplatzten Schauspielträume beklagte, bevor sie das Glas wegstellte und aufstand, seine Hand nahm, ihn ins Schlafzimmer führte und hinter ihnen die Tür schloss.

Konráð musste eine ganze Weile auf Gústaf warten. Er hatte seinen Besuch nicht angekündigt, was vielleicht besser gewesen wäre, aber der Häftling wurde trotzdem benachrichtigt, dass er gekommen sei und wünsche, ihn zu sprechen. Es dauerte. Entweder kam die Nachricht nicht sofort an, oder der Häftling musste erst noch überlegen. Währenddessen langweilte sich Konráð im Besucherraum. Er rechnete durchaus damit, dass Gústaf nicht an einem Gespräch interessiert sein könnte.

Er stand kurz davor, wieder zu gehen, als ein Gefängniswärter die Tür öffnete und zusammen mit Gústaf eintrat. Der Wärter fragte, ob sie noch etwas bräuchten, aber Konráð verneinte und bedankte sich. Gústaf nahm wie zuvor schon Konráð gegenüber Platz. Seine Miene war schwer zu lesen.

Konráð beschloss, direkt zur Sache zu kommen. Er wollte nicht eine Sekunde länger als nötig denselben Sauerstoff wie Gústaf einatmen. Ihm war nicht klar gewesen, wie sehr er den Mann verabscheute, bis er Beta in die Sache hineingezogen hatte.

»Wo hat Anton seine Kleidung eingekauft?«, fragte Konráð.

Gústaf antwortete ihm nicht. Trotzdem wirkte es, als überrasche ihn die Frage nicht.

»Hat dein Vater sie im Kleidungsgeschäft gekauft? Hier in Island? Im Ausland? Ließ er sie maßschneidern?«

»Wie geht es Beta?«, fragte Gústaf. Konráðs Fragen schienen ihn wenig zu interessieren.

»Sie wird es überleben«, sagte Konráð. »Ich weiß nicht, ob man das von dir auch behaupten kann.«

Gústaf verzog keine Miene.

»Ich hoffe, der Blödmann war nicht zu grob zu ihr«, sagte er. »Ich verabscheue natürlich jegliche Form von Gewalt und lehne sie grundsätzlich ab, aber manchmal hat man keine andere Wahl. Du bist mir mit Gewalt begegnet. Das waren die Konsequenzen. Jetzt können wir die Sache hoffentlich hinter uns lassen und wieder miteinander reden wie zivilisierte Männer.«

»Mehr verlange ich auch nicht«, sagte Konráð.

»Liebe Grüße an Beta. Hoffentlich versteht sie, dass es nichts Persönliches war.«

»Richte ich aus«, sagte Konráð und sparte sich die Frage, wie Gústaf zu Gewalt gegenüber Kindern stand. Er hatte keine Lust, sich weitere Rechtfertigungen seiner Taten anzuhören.

»Mein Vater hat sich manchmal Kleider maßschneidern lassen«, sagte Gústaf, als habe er mit einem unangenehmen Thema abgeschlossen und jetzt sei es Zeit, zu anderen Dingen überzugehen. »Meist, wenn er in London war. Er fuhr oft nach London. Und er war immer sehr ordentlich gekleidet. Darauf hat er geachtet. Ich bin nicht so, aber mein Bruder hat sich auch für schöne Kleidung interessiert. Italienische Hemden mochte er besonders.«

»Und hier in Island? Ist Anton hier zu einem bestimmten Schneider gegangen?«

»Nein, ich glaube nicht«, sagte Gústaf.

»Was ist mit Haraldur Haraldsson?«

»Haraldur…?«

»Von der Schneiderei H. H.? Denkst du, dass er seinen Frack für die Treffen der Freimaurer gefertigt hat?«

Gústaf sah Konráð schweigend an, der diese Blicke und Gesten bereits kannte, wenn ihm die Fragen zur Vergangenheit seines Vaters unangenehm wurden und er sich spontan Halbwahrheiten und Lügen überlegen musste.

»Das kann gut sein«, sagte Gústaf. »Ich … ich weiß es ehrlich gesagt nicht.«

»Einer seiner Freunde hat dieses Erziehungsheim am Stadtrand geleitet. Er hieß Gottfreð. Sagt dir das was?«, fragte Konráð.

Gústaf antwortete nicht.

»Hast du schon mal von diesem Heim gehört?«, fragte Konráð.

Gústaf sagte nichts, aber er schüttelte den Kopf.

»Manchmal haben Jungs aus dem Heim kleinere Arbeiten für Haraldur erledigt. Rasenmähen und dergleichen. Und nicht nur für ihn. Einer der Jungen hat einen Besuch in einer Arztpraxis erwähnt und sich an den gut gekleideten Arzt erinnert. Und noch ein weiterer Name fiel in dem Zusammenhang. Der Polizist Nikulás. Ein Arzt, ein Schneider und ein Polizist. Alles Vergewaltiger. Sagt dir das was?«

Gústaf verzog keine Miene.

»Ein Junge aus dem Heim hat später Selbstmord begangen«, fuhr Konráð fort. »Mit fünfzehn Jahren. Sie haben ihn von einem zum anderen geschickt. Er hatte einen älteren Bruder im Múlahverfi. Garðar hieß er, ich habe ihn bei meinem letzten Besuch erwähnt, er wurde bei sich zu

267

Hause durch einen Kopfschuss getötet. Der Ermittler in dem Fall war Nikulás. Derselbe Mann, der sechs Jahre später den Fall eines jungen Mädchens untersucht hat, das im Tjörnin ertrunken ist, und einfach erklärt hat, dass es ein Unfall war. Ein zwölfjähriges Mädchen, das nachweislich von deinem Vater schwanger war. Kennst du diese Männer?«

Gústaf schüttelte den Kopf.

»Möglicherweise hat Luther, der Freund deines Vaters, die Jungen zu ihnen gebracht. Er wurde bei Garðar im Múlahverfi gesichtet, bevor dieser erschossen wurde. Vielleicht hat er ihm gedroht, vielleicht wollte Garðar sie auffliegen lassen. Es dreht sich alles um deinen Vater. Ich denke, du bist der Einzige, der die Vorgänge um diesen Missbrauchsring aufklären kann.«

»Ich weiß nicht, wovon du sprichst«, sagte Gústaf. »Hör auf mit diesen Hirngespinsten. Das ist doch alles nur Spinnerei.«

»Wie du meinst«, sagte Konráð. »Dann war's das wohl.«

»Und was jetzt, fährst du einfach wieder? Willst du mich nicht noch ein wenig unterhalten?«

»Ich sehe keinen Sinn darin, noch mehr von deiner Zeit in Anspruch zu nehmen.«

»Warte kurz«, sagte Gústaf. »Wie war das gemeint, als du vorhin gesagt hast, du wüsstest nicht, ob man das von mir auch behaupten könnte? Beta wird überleben, aber du weißt nicht, ob das für mich auch gilt? Was soll das heißen?«

»Dachtest du, ich würde die Sache einfach vergessen?«, fragte Konráð. »Was du Beta angetan hast? Dass so etwas in Ordnung ist?«

»Auge um Auge«, sagte Gústaf. »Ich dachte, ein Esel wie du könnte das verstehen.«

»Ich habe Reimar getroffen«, sagte Konráð. »Als er noch nicht auf einem Auge blind war.«

»Blind?«

»Ich habe ihm gesagt, dass du das schon immer tun wolltest, weil du ihn verabscheuen würdest. Und er hat mir geglaubt. Jedes Wort. Sobald er aus dem Krankenhaus entlassen wird, kommt er wieder hierher zurück, und dann kannst du ihm deine Gründe selbst erläutern. Es könnte allerdings sein, dass er es nicht versteht, denn wie du richtig gesagt hast, ist er strohdumm. Strohdumm. Ich habe ihm erzählt, dass du das gesagt hast. Und über seine unfassbare Dummheit gelacht hast. Du hättest noch nie so einen dummen Menschen wie ihn getroffen.«

Gústaf lachte laut auf.

»Du lügst«, sagte er.

Konráð sah ihn mit regungsloser Miene an.

»Das hätte ich nicht gedacht«, sagte Gústaf. »Der arme Mann. Der hat es wohl zu spüren bekommen.«

»Ich weiß, dass er sich freut, dich wiederzusehen«, sagte Konráð. »Er mag es nicht, wenn man ihn dumm nennt.«

»Ich habe ihm nichts getan!«

»Es könnte schwierig werden, ihn davon zu überzeugen.«

»Muss ich mir wegen ihm Sorgen machen?«

»Das wird sich herausstellen«, sagte Konráð.

»Freu dich nicht zu früh«, sagte Gústaf. »Du hast recht, was seine Geistesgaben betrifft. Der frisst mir aus der Hand, bevor er überhaupt Beta-Schlampe sagen kann.« Er lehnte sich über den Tisch. »Wobei mir das mit Beta ein bisschen leidtut«, flüsterte er, als schäme er sich für ein Kavaliersdelikt. »Sie kann nichts dafür, dass ihr Bruder ein Esel ist. Wird sie nicht bald aus dem Krankenhaus entlassen?« Er lächelte Konráð an. »Vielleicht sollte ich ihr Blumen schicken.«

»Versuch es mit roten Rosen.«

Gústaf lachte laut.

»Na gut, wahrscheinlich bin ich es dir und Beta schuldig«, sagte er.

»Schuldig? Was?«

»Ich erinnere mich an einen Jungen, der zu meinem Vater gekommen ist«, sagte Gústaf. »Er war bei uns und hat die Maße von meinem Vater genommen. Für einen Anzug. Ich glaube, er kam von dieser Schneiderei. Ich glaube fast, der alte Haraldur selbst hat ihn geschickt.«

»Und?«

»Ich weiß noch, dass mein Vater ihm eine Praline gegeben hat. Mein Vater hat gerne genascht und die Pralinen im Ausland gekauft.«

»Was ist mit diesem Jungen?«

»Schaust du keine Nachrichten?«

»Nein.«

»Es gibt nicht viel anderes zu tun, hier an diesem gottverlassenen Ort. Ich habe ihn neulich im Fernsehen gesehen. Mich sofort an ihn erinnert. Seinem Schwager hat die Pistole gehört, die ihr gefunden habt. Die Luger.«

»Schwager . . .?«

Konráð dachte an den Schneider, den er bereits zweimal besucht hatte, der immer ein Maßband um den Hals trug, wie um seiner alten Zunft zu huldigen.

»War Júníus bei Haraldur in Ausbildung? Der Schwager von Zófanías.«

»Laut meinem Vater war er sehr geschickt. Er meinte, er sei besser als Haraldur selbst. Wie hat er sie damals noch mal genannt? Tunten? Ich glaube, er war einer von denen. Eine dieser erbärmlichen Tunten!«

Siebenundvierzig

Konráð setzte sich wieder ins Auto, starrte auf das Gefängnisgebäude und überlegte, ob er je einen Menschen so sehr verabscheut hatte wie Gústaf.

Er war schon mehrmals bei dem Anästhesisten in Litla-Hraun gewesen, um die Wahrheit aus ihm herauszubekommen, über Seppi, den Arzt Anton, den Tod des Mädchens im Stadtteich von Reykjavík und neuerdings auch über den Mord an Garðar im Múlahverfi. Er hatte versucht, mehr über Luther Hansson und Nikulás in Erfahrung zu bringen und weitere Fälle, die mit Gústaf, seinem Vater und ihrem Umfeld zusammenhingen, weil er wusste, dass der Arzt über wichtige Informationen verfügte, die sonst niemand kannte. Bei all diesen Treffen hatte Gústaf ihm kleine Häppchen zugeworfen, was darauf hindeutete, dass er mehr wusste, als er preisgab. Aber meist hatte Gústaf ihn an der Nase herumgeführt und nicht einmal halt davor gemacht, seine Schwester anzugreifen.

Konráð bezweifelte, dass er jemals völlig ehrlich zu ihm gewesen war. Er verdrehte ständig die Wahrheit, nur zu seiner eigenen Belustigung, um seiner erbärmlichen Existenz innerhalb der Gefängnismauern ein wenig Glanz zu verleihen. Seine Lügen kannten keine Grenzen. Gústaf hatte immer behauptet, nichts über das Schicksal des Mädchens im Tjörnin zu wissen und sich nicht für den Fall zu interessieren, aber dann hatte Konráð den Sicherheitscode zu seinem Haus herausgefunden und festgestellt, dass die umgedrehte Zahlenfolge mit dem Todesdatum des Mädchens übereinstimmte. Ihr Tod war für ihn nichts weiter als ein schlechter Scherz, an den er jedes Mal erinnert wurde, wenn er den Code eintippte, sobald er von der Arbeit nach Hause kam. Als Konráð ihn damit konfrontierte, lachte Gústaf ihm ins Gesicht, nannte es einen bizarren Zufall und behauptete, noch nie von der ganzen Sache gehört zu haben.

Über den Lehrling des Schneiders fragte Konráð ihm ein Loch in den Bauch, aber bekam nichts aus ihm heraus. Gústaf meinte, er habe ihm nichts zu erzählen, und blieb dabei, dass er Konráð bereits mehr geholfen habe, als ihm zustehe.

»Du bist nichts als verdammter, dreckiger Abschaum«, sagte Konráð schließlich, als er aufgab.

Er hatte die Worte gerade ausgesprochen, als er sie bereits bereute. Nicht weil sie nicht der Wahrheit entsprachen, der Mann war Abschaum, sondern weil diese hilflosen Flüche keinem anderen Zweck dienten, als Gústaf zu belustigen. Er genoss es, wenn Konráð sich aufregte, und wendete es zu seinen Gunsten.

»Ich weiß nicht, warum du mich so sehr verurteilst«, sagte Gústaf. »Von welch hohem Ross du auf mich herabblickst. Ich habe mir so einiges zuschulden kommen lassen, das weiß ich, aber ich bin kein Vatermörder, Konráð! Ich bin kein Vatermörder!«

Konráð antwortete ihm nicht.

»Kommt sonst noch jemand infrage?«, fuhr Gústaf fort. »Vielleicht noch am ehesten deine Mutter?«

Konráð fuhr los Richtung Reykjavík und dachte an Haraldur, den Schneider, und Júníus, Haraldurs ehemaligen Lehrling, der behauptet hatte, ihn nicht zu kennen, als Konráð ihn direkt danach gefragt hatte. Und er dachte an den Mann, der Seppi einmal besucht und nach seiner Nähmaschine gefragt hatte, woraufhin Seppi sich aufgeregt und ihn einen verdammten Schneider genannt hatte. Sein Vater hatte sonst nie über den Mann gesprochen, und er wusste nicht, ob es sich um denselben Schneider handelte, um Haraldur Haraldsson. Aber wenn das der Fall war, konnte es gut sein, dass Seppi noch mehr mit ihm getauscht hatte, warum nicht auch eine deutsche Pistole aus dem Krieg? Und wenn Haraldur in Besitz von Seppis Waffe gekommen war, könnte sie gut in die Hände eines Lehrlings in seiner Schneiderei gelangt sein, der sie später in einer Garage versteckt und nie jemandem davon erzählt hatte.

In diese Gedanken war Konráð versunken, als Marta ihn anrief und sich nach Beta erkundigte. Sie erzählte ihm, dass Reimar den Angriff abgestritten habe, aber sein Kumpel, der nun ebenfalls in den Fängen der Polizei sei, habe etwas anderes gesagt. Reimar hätte ihm von einer alten Schachtel erzählt, die reich wäre und Geld unter ihrer Matratze versteckte, sie müssten es nur holen. Dann hätte er angefangen, auf sie einzuschlagen, als gäbe es kein Morgen. Seine Worte.

»Kommt Reimar sofort zurück nach Litla-Hraun?«, fragte Konráð.

»Sobald er sich von der Behandlung am Auge erholt hat. Nach dem derzeitigen Stand wird er auf dem Auge wahrscheinlich noch ein wenig sehen können, aber deutlich eingeschränkt. Er war ganz schön zugerichtet. Aber ja, er kommt wieder nach Litla-Hraun und sah fast so aus, als könnte er es kaum erwarten. Ich habe ihm ein Bild von dir gezeigt.«

»Von mir? Warum hast du das gemacht?«

»Hast du ihm das angetan?«

»Ich bin nicht in seine Nähe gekommen? Behauptet er das etwa?«

»Er wollte nicht sagen, wer es war. Angeblich zwei Männer, die er noch nie gesehen hatte, und er wusste auch nicht, warum sie es ausgerechnet auf ihn abgesehen hatten. Er war die Unschuld in Person. Natürlich.«

»Kommst du mit der Luger und dem Múlahverfi voran?«, fragte Konráð.

»Nicht wirklich. Mischst du dich da etwa ein?«

»Nicht wirklich«, antwortete Konráð. »Eine Sache noch, war an dem Tod von Zófanías etwas auffällig?«

»Warum fragst du das?«

»Hat sein Tod möglicherweise mit dem Fall zu tun?«

»Nein, das kann ich mir nur schwer vorstellen, er hat bei sich zu Hause im Wohnzimmer einen Herzinfarkt bekommen. Hat gerade Kaffee getrunken und Zeitung gelesen. Soweit ich weiß, hat er vor allem immer die Todesanzeigen mit den Nachrufen gelesen.«

Marta lachte leise auf.

»Findest du das witzig? Dass er dabei tot umgefallen ist?«

»Ein bisschen.«

»Ernsthaft?«

»Ach, sei einfach still.«

»War etwas dabei?«

»Wobei?«

»Bei den Nachrufen.«

»Das weiß ich doch nicht«, sagte Marta etwas genervt.

»Wann ist er gestorben? An welchem Tag?«

»Warte, warum fragst du … du steckst da voll drin, stimmts? Verdammt, ich wusste es …«

»Ich muss los«, sagte Konráð und legte schnell auf.

Eygló fand im Internet heraus, dass Beneventum aus dem Lateinischen war und von beneficium kam, was Gnade oder Wohltat bedeutete. Beneventum war der Name eines italienischen Orts aus der Römerzeit.

Nach der Séance mit Natans Schwester wurde sie immer noch von unheimlichen Erscheinungen verfolgt. Sie hatte schreckliche Dinge gesehen, bis sie schließlich die Kontrolle verlor und vor Ragnhildur mehrmals laut von eins bis fünf zählen musste, bevor der Horror wieder aus ihr wich und sie zurück auf den Stuhl fiel. Ragnhildur hatte ziemliche Angst um sie, hatte alles mit eigenen Augen gesehen. Schließlich erwachte Eygló langsam wie aus einem Tiefschlaf und erholte sich wieder. Sie war ein wenig müde, sowohl körperlich als auch mental, und gestand, dass sie nicht mit so etwas gerechnet hatte.

Sie hatte Ragnhildur gefragt, ob sie wisse, wo die Schwestern begraben seien, und Ragnhildur meinte, sie lägen zusammen in einer privaten Grabstätte irgendwo in Südisland, mit einem Kreuz für sie beide. Sie wusste nicht, ob sie von Viðey, wo man sie gefunden hatte, in die alte Obduktionshütte gebracht worden waren.

Eygló tat die ganze Nacht kein Auge zu und kämpfte mit den Nachwirkungen der Sitzung. Sie war immer noch erschöpft, und die Bilder aus der Obduktionshütte erschienen immer wieder vor ihrem inneren Auge, dazu gesellte sich eine große Angst vor dem Unvorhersehbaren.

Aufgrund von Vorfällen wie diesem hatte sie seinerzeit mit der Arbeit als Medium aufgehört.

Egló blickte wieder auf den Computerbildschirm. Beneventum hatte eine besondere Verbindung zur Anhöhe Öskjuhlíð.

Mitte des neunzehnten Jahrhunderts protestierten ein paar rebellische Schüler aus dem damals einzigen Gymnasium Reykjavíks gegen den Direktor und die Schulleitung, die Aktion wurde Pereat genannt. Der Aufstand begann, als man die Jungen in einen Abstinenzverein schicken und sie zwingen wollte, deren Grundsätze in Ehren zu halten. Treffpunkt ihrer Besprechungen war ein Felsen auf der Westseite der Anhöhe Öskjuhlíð. Die Schüler tauften ihn Beneventum.

Über hundert Jahre später nutzen Schüler vom Gymnasium in Hamrahlíð das Gebiet für Einführungsrituale mit neuen Schülern.

Und es gab eine Zeit, in der sich dort Liebende trafen.

Egló schaltete den Bildschirm aus.

Dort stand auch, dass das Gegenteil von beneficium im Lateinischen maleficium war. Es bezeichnete üble Gedanken oder eine Gräueltat.

Achtundvierzig

Dem Schneider fiel es schwer, seine Verwunderung zu verbergen, als Konráð vor dem Schwimmband in der Weststadt auf ihn wartete. Es dämmerte bereits und war kalt, die Dämpfe des Beckens und der Whirlpools stiegen in die Winterluft auf und hüllten die Umgebung in einen düsteren Schleier.

Er wohnte nicht weit von dem Bad entfernt, und Konráð war von ihm zu Hause dorthin spaziert, nachdem ein Nachbar ihm gesagt hatte, dass der Schneider zu dieser Tageszeit meist dort anzutreffen sei. Die Art, wie er »der Schneider« gesagt hatte, hatte beinahe spöttisch geklungen, er gehöre im Schwimmbad zu den Stammgästen und gehe schon seit Jahren regelmäßig hin.

Júníus war sichtlich genervt, Konráð vor dem Bad zu sehen, und kam mit kleinen Trippelschritten direkt auf ihn zu. In der Hand hielt er die Tasche mit den Schwimmsachen, und zum Schutz vor der Kälte trug er einen langen Wintermantel und eine schöne Fellmütze auf dem Kopf.

»Spionierst du mir jetzt nach?«, fragte er. »Hat man denn nirgendwo vor dir Ruhe?«

»Ich war bei dir zu Hause und habe erfahren, dass du abends meist hier bist«, sagte Konráð. »Ich hoffe, ich belästige dich nicht.«

»Belästigen? Nein, das wohl nicht. Ich weiß aber nicht, warum ich ständig mit dir reden sollte. Meine Angelegenheiten gehen dich überhaupt nichts an. Überhaupt nichts. Ich verstehe das einfach nicht.«

»Ja, entschuldige bitte, aber ich...«

»Was ist es diesmal?«, fragte Júníus. »Ist es so wichtig, dass du mir hier vor dem Schwimmbad auflauern musstest.«

Konráð versuchte noch einmal, sich zu entschuldigen, und meinte, es dauere nur ein paar Minuten.

»Ich komme gerade von Litla-Hraun«, sagte er und sah, dass er damit die Aufmerksamkeit des alten Schneiders weckte.

»Litla-Hraun?«, fragte Júníus verwundert. »Dem Gefängnis?«

»Ein Häftling dort, Gústaf Antonsson, hat von dir erzählt. Ich wollte so früh wie möglich mit dir sprechen. Kennst du ihn?«

»Ich kenne den Namen natürlich aus den Nachrichten, aber ansonsten nicht. Was hat er über mich gesagt? Worüber habt ihr geredet?«

»Erinnerst du dich an den Schneider, den ich neulich erwähnt habe und von dem du angeblich noch nie gehört hast? Haraldur Haraldsson? Gústaf behauptet, du seist sein Lehrling gewesen. Ich will nur wissen, wer von euch beiden mich anlügt.«

Júníus wollte etwas sagen, überlegte es sich dann aber anders. Er starrte Konráð unter seiner Fellmütze an, als überlegte er noch, wie er sich am besten aus der Affäre ziehen, wie er Konráð loswerden könnte. Er hatte jedoch nicht viele Optionen und schien das schließlich zu akzeptieren.

»Vielleicht sollten wir uns setzen«, sagte er. »Hier um die Ecke gibt es ein Café.«

Sie gingen in das Kaffeehaus und setzten sich. Júníus nahm die Fellmütze vom Kopf, zog den Mantel aus und hängte ihn auf einen Bügel, ganz vorsichtig, als sei er zerbrechlich. Er war ausgesprochen gut gekleidet, trug einen dunkelblauen Anzug, ein weißes Hemd und eine Krawatte. Man sah ihm nicht an, dass er gerade aus der Gemeinschaftsdusche des Schwimmbades kam. Konráð bewunderte ihn fast. Selbst hatte er sich höchstens an seinem Hochzeitstag so herausgeputzt.

»Hattest du noch etwas vor?«, fragte er.

»Heute findet ein Treffen der Rotarier statt«, sagte Júníus und tat so, als würde er Staub von seinem Jackett wischen. »Ich habe also nicht viel Zeit.«

Konráð vermutete, dass er das am besten gekleidete Mitglied des Rotary Clubs in Reykjavík war. Er erinnerte sich an Gústafs Worte, als er Júníus eine Tunte genannt hatte, hielt es für einen genauso guten Gesprächseinstieg wie jeden anderen.

»Du bist ledig, nicht wahr?«, fragte Konráð.

»Ja.«

»Und hast auch noch nie mit einer Frau zusammengelebt?«

»Einer Frau?«

»Wenn ich Gústaf richtig verstanden habe, gibt es einen Grund dafür.«

»Was spielt das für eine Rolle?«, fragte Júníus.

»Ich weiß es nicht«, sagte Konráð. »Spielt es eine Rolle?«

»Ich habe das nie an die große Glocke gehängt, falls du fragst, ob ich homosexuell bin«, sagte Júníus. »Und ehrlich gesagt, weiß ich nicht, was dich das angeht.«

»Du hattest es in jüngeren Jahren nicht leicht«, sagte Konráð. »Als die Stimmung anders war. Als ihr fast wie Kriminelle behandelt wurdet. Hast du das miterlebt?«

»Man hat einfach aufgepasst«, sagte Júníus, als erinnere er sich nur widerwillig an diese Zeit. »Hat darauf geachtet, keine Aufmerksamkeit zu erregen. Mir hat das aber eigentlich ganz gut gepasst. Ich mochte diesen komischen Ausdruck mit dem Schrank noch nie. Aus dem Schrank kommen. Jeder muss das so machen, wie er möchte.«

»Hattest du Beziehungen mit anderen ...?«

»Was willst du eigentlich wissen?«, fragte Júníus und wollte offensichtlich nicht weiter auf das Thema eingehen.

»Warum hast du gelogen, als ich dich nach Haraldur und der Schneiderei gefragt habe?«, sagte Konráð.

»Ich wüsste nicht, dass meine früheren Jobs dich etwas angehen«, sagte Júníus. »Ich verstehe nicht, warum ich dir das alles erzählen muss. Aber ja, ich habe mit achtzehn eine Weile in seiner Schneiderei gearbeitet, und dann habe ich aufgehört und etwas anderes gemacht. Ich habe dir nicht davon erzählt, weil ich meinen Schwager nicht weiter in die Sache mit hineinziehen wollte. Zófanías.«

»Zófanías?«

»Er hat mir die Stelle bei Haraldur besorgt. Seine Mutter und Haraldur waren Cousin und Cousine oder so etwas in der Art.«

»Ach?«

»Du hättest es natürlich früher oder später herausgefunden.«

»Warum hast du dort aufgehört?«

»Ich bin ins Ausland gegangen, um meine Ausbildung fortzusetzen.«

Konráð war müde und wollte nach Hause, also beschloss er, die Karten auf den Tisch zu legen. Er erzählte von Garðar und seinem Bruder, dem Erziehungsheim, ihrem Leiter und den drei Männern, dem Arzt, dem Polizisten und dem Schneider, Haraldur Haraldsson. Dass man sich erzähle, sie hätten die Jungen aus dem Heim missbraucht, und das habe möglicherweise zum Selbstmord von Garðars Bruder geführt, dass er außerdem gehört habe, welche Gewalt den Jungen widerfahren und dass Garðar schließlich ermordet worden sei. Möglicherweise hätten sie Garðar erschossen, um den Missbrauch zu vertuschen, weil er sich nicht mit dem Tod seines Bruders abfinden wollte, die Situation im Heim kannte und vielleicht sogar damit an die Öffentlichkeit gehen wollte. Vielleicht hätten sie sich zusammengetan, um Garðar zum Schweigen zu bringen, oder Haraldur hätte sich allein darum gekümmert oder jemanden damit beauftragt. Konráð erzählte Júníus von seinem Verdacht, dass der Schneider möglicherweise eine Luger wie die aus dem Múlahverfi besessen habe und dass er sogar zu wissen meinte, von wem er sie bekommen haben könnte, sah aber davon ab, seinen Vater zu erwähnen. Bei den Untersuchungen sei damals nicht viel herausgekommen, da der ermittelnde Polizist selbst einer der Vergewaltiger gewesen sei, Nikulás habe er geheißen. Der dritte Mann war Anton, ein Arzt, der sechs Jahre später mit dem Tod eines zwölfjährigen Mädchens, das im Reykjavíker Tjörnin ertrunken war, zu tun gehabt habe.

Sie waren allein in dem Café, Konráð sprach trotzdem leise, und Júníus hörte ihm mit ausdrucksloser Miene zu.

»Wusstest du davon?«, fragte Konráð. »Von Haraldur? Und seiner Vorliebe für Jungen?«

»Wenn du mich fragen willst, ob er mich angemacht hat, dann ist die Antwort Nein. Ich wusste nichts davon.«

»Du wusstest also auch nichts von dem Heim?«

»Ich erinnere mich noch an den Leiter. Den Freund von Haraldur. Er kam ein- oder zweimal zu uns in die Schneiderei. Hat nur mit Haraldur gesprochen. Ich habe nie mit ihm geredet und weiß nicht, was dort vorgefallen ist.«

Júníus räusperte sich. Er erzählte, dass er Haraldur eigentlich ganz gerne gemocht habe, auch wenn er nicht lange bei ihm geblieben sei. Ein Vorfall gehe ihm aber seither nicht aus dem Kopf, ein unziemlicher und taktloser Vorfall. Zu dem Zeitpunkt sei er auf dem Weg nach Kopenhagen gewesen, wo er seine Ausbildung fortsetzen wollte, Haraldur habe dort bei einem dänischen Schneidermeister ein gutes Wort für ihn eingelegt. Eines Tages habe er Júníus dann gebeten, ihm dort Pornos zu besorgen, und ihm genau erklärt, wo man sie in der Stadt kaufen könne. Júníus meinte, er habe sofort abgelehnt und seine Verwunderung zum Ausdruck gebracht, und Haraldur sei dann schnell zurückgerudert, es sei ein Freund gewesen, der ihn darum gebeten habe. Er erinnere sich auch daran, dass Anton, der Arzt, ein Kunde der Schneiderei gewesen sei, und er ihm die Maße abgenommen und ihn als unangenehm aufdringlich und unsympathisch empfunden habe. An einen Polizisten namens Nikulás erinnere er sich nicht.

»Ich habe diesen Mann danach noch ein paarmal wiedergesehen«, sagte Júníus, »aber mehr weiß ich nicht über ihn.«

»Welchen Mann?«

»Den Heimleiter. Haraldurs Freund.«

»Gottfreð? Wo hast du ihn gesehen?«

»Er muss für den Schlachtverband gearbeitet haben. Zumindest hatte er einen Mantel von ihnen. Hat irgendwie Waren transportiert, schätze ich.«

»Für den Schlachtverband?«, fragte Konráð verwundert. »Hier in Reykjavík? Den Südisländischen Schlachtverband?«

Júníus nickte.

»Der Südisländische Schlachtverband?«, fragte Konráð noch einmal, wie um sicherzugehen, dass er richtig gehört hatte. »Der Südisländische Schlachtverband an der Skúlagata?«

»Ja, was ist damit? Warum wundert dich das?«

»Wann war das?«

»Wann? Ich bin aus Kopenhagen zurückgekommen, um meine eigene Schneiderei zu gründen ... das muss 1960 gewesen sein. Ja, so um 1960 herum. Er hat die Fleischwaren in den Laden des Schlachtverbandes in der Hafnarstræti gebracht. Ein kräftig gebauter Mann mit einem hässlichen Gesicht, der die toten Tiere in den Laden getragen hat ...«

Konráð war froh, als er seinen alten Jeep fertig repariert wiederbekam. Er gab die japanische Schrottkiste zurück, bezahlte für die paar Tage ein Vermögen und dachte dabei an die armen Touristen, die einer derartigen Abzocke ausgesetzt waren. Dann nahm er ein Taxi zu seinem Kumpel, der den Jeep in seiner Garage repariert hatte. Er hatte Bargeld dabei, nur einen Bruchteil von dem, was eine normale Werkstatt verlangt hätte, und trank in der Tür zur Garage noch einen Kaffee, in dem der Löffel hätte stehen können, bevor er sich wieder in den Jeep setzte und Richtung Hafnarfjörður zum Pflegeheim Hrafnista fuhr.

Er musste noch einmal mit Deddi sprechen, der Garðar von der Arbeit am Hafen kannte und der ihm die Baracke überlassen hatte, als er selbst das Múlahverfi hinter sich ließ. Zu Garðar und seinem Bruder waren einige Fragen aufgekommen, ebenso wie zu dem Erziehungsheim, ihrem Leiter und seinem Freund Anton, dem Arzt. Nach und nach entstand aus den einzelnen Puzzleteilen ein hässliches Gesamtbild von Missbrauch und Vertuschung, das möglicherweise zum Mord an Garðar geführt hatte.

Seppi schien Verbindungen zu allen Tätern zu haben. Womöglich hatte er dem Schneider die Luger aus dem Múlahverfi verkauft oder geschenkt. Soweit Konráð wusste, war er einige Jahre später auch mit Anton in Kontakt gewesen, als er versucht hatte, den Arzt zu erpressen, da er anscheinend über sensible Informationen bezüglich des Mädchens im Tjörnin verfügte. Möglicherweise hatte er so etwas auch schon früher versucht, im Zusammenhang mit diesen Fällen, die ja ganz ähnlich gelagert waren. Fest stand jedenfalls, dass der Polizist Nikulás Seppi gekannt hatte, denn der war damals oft ins Visier der Polizei geraten.

Konráð hatte schon immer mit den Gefühlen gegenüber seinem Vater gehadert, und das hatte sich am deutlichsten gezeigt, als Seppi erstochen vor dem Gebäude des Südisländischen Schlachtverbandes in der Skúlagata aufgefunden worden war. Kaum eine Nachricht hatte ihn so sehr erschüttert, obwohl er ihn kurz davor am liebsten selbst zur Strecke gebracht hätte, nachdem er von dem Missbrauch an Beta erfahren hatte. So wie Seppi behauptete, stolz auf seinen Sohn zu sein, auch wenn er das nicht mit Taten zeigte, verspürte auch Konráð seinem Vater gegenüber eine gewisse Zuneigung. Das Gefühl trat manchmal monatelang nicht an die Oberfläche, aber an dem Abend, als er von dessen Schicksal erfuhr, brach es hervor. Es war begleitet von Trauer und Erleichterung. Mit der Trauer setzte er sich im Stillen auseinander – und mit der Erleichterung erst recht. Die dazugehörigen Schuldgefühle schlichen sich noch heute ab und zu an ihn heran.

Und jetzt hatte er endlich einen Namen in Verbindung mit dem Mord in Erfahrung gebracht. Danach hatte er die ganze Zeit gesucht. Ein Name, der Menschen und Geschehnisse miteinander in Zusammenhang brachte. In den vergangenen drei oder vier Jahren hatte er immer wieder versucht, mehr über den Mord an Seppi herauszufinden, zum Beispiel ob er irgendwelche Verbindungen zu dem Schlachthof gehabt hatte, die erklären könnten, warum er genau dort angegriffen worden war. Konráð hatte eine Liste mit allen Angestellten bekommen, die zu dieser Zeit dort tätig gewesen waren, doch das hatte ihn nicht weitergebracht. Jetzt aber hatte sich herausgestellt, dass der Heimleiter und Freund des Schneiders für den Schlachtverband Fleisch transportiert hatte. Sein Name war Gottfreð Halldórsson. Auf der Mitarbeiterliste stand er nirgendwo, aber die war auch nicht vollständig. Wenn Gottfreð um 1960 herum in der Skúlagata gearbeitet hatte, konnte es gut sein, dass er auch schon drei Jahre davor dort tätig gewesen war, als Seppi ermordet wurde. Er hatte direkte Verbindungen zu den Vergewaltigern. Seppi war manchen oder allen von ihnen im Weg gewesen. Möglicherweise hatten sie ihn sich vom Hals geschafft.

Ganz ähnlich, so meinte Konráð, waren die drei Männer auch in anderen Fällen vorgegangen. Etwa bei dem Mädchen, das man ertrunken im Stadtteich von Reykjavík gefunden hatte. Und bei dem Mord an Garðar im Múlahverfi.

Seit Konráðs letztem Treffen mit Deddi hatte sich wenig verändert. Als er nach dem Mittagessen ankam, wurde der alte Mann in dem großen blauen Hemd gerade in den Gemeinschaftsraum gerollt. Er erkannte Konráð sofort und bat ihn, ihm einen Kaffee zu bringen. Konráð holte zwei Tassen, setzte sich zu Deddi, und auf die Frage, wie es ihm gehe, meinte der alte Mann, der Tod könne ihn nicht früh genug holen.

»Ich weiß nicht, worauf er noch wartet«, stöhnte Deddi in seinem Rollstuhl. »Das hat doch alles keinen

Sinn, ich höre fast nichts mehr, sehe kaum noch etwas und hänge an diesem Apparat.«

Konráð wusste nicht, was er sagen sollte. Er erinnerte ihn an ihr letztes Treffen und erzählte dem alten Mann, dass er seitdem mehr über das Heim und ihren Leiter sowie über die drei Männer herausgefunden hatte, von denen Garðar missbraucht worden war. Er vermutete, dass Garðar vielleicht an die Öffentlichkeit hatte gehen wollen, aber aufgehalten worden sei. Sie sprachen ausführlich darüber, und Deddi interessierte sich sehr für Konráðs neueste Theorie.

»Kannst du das beweisen?«, fragte er schließlich.

»Nein«, gestand Konráð. »Das sind nur Überlegungen, die mir seit unserem letzten Gespräch durch den Kopf gehen. Der Mann, den du zu mir geschickt hast, hat mir sehr weitergeholfen.«

»Aðalsteinn?«

»Er hat mich auf einen anderen Jungen aus dem Heim verwiesen, der heute ein Restaurant betreibt. Auch der war sehr hilfsbereit. Es war schwer für sie, sich an die Vorfälle zu erinnern, und ich glaube nicht, dass sie bereit wären, öffentlich darüber zu sprechen. Dafür müsste viel passieren.«

»Ja, wahrscheinlich. Wie gesagt, Garðar ist es auch nicht leichtgefallen, darüber zu sprechen.«

Während sie sich unterhielten, schlenderten Menschen durch die Gänge und Räume des Gebäudes, ohne ihnen Beachtung zu schenken. Sie setzten sich. Tranken Kaffee. Spielten Karten. Starrten in die Luft. Konráð überlegte, ob er auch irgendwann an so einem Ort landen und mit einem Rollator langsam Richtung Tod schlurfen würde.

»Garðar scheint ein ziemlicher Einzelgänger gewesen zu sein«, sagte er nach langem Schweigen. »Deiner Beschreibung nach.«

»Das war er.«

»Wollte er nie eine Familie gründen oder dergleichen? Er hatte schließlich ein Dach über dem Kopf. Und einen festen Job.«

»Nicht, dass ich mich erinnere. Er kannte keine Frauen, und ich hatte so das Gefühl, dass er sich auch nicht aktiv um Kontakte bemüht hat.«

»Hatte er kein Interesse daran?«

»Nein, sein Interesse hielt sich in Grenzen«, sagte Deddi und zog dabei die Vokale in die Länge.

Konráð musste an Júníus denken, als er vor dem Schwimmbad mit Trippelschritten auf ihn zugekommen war.

»Und was ist mit ... Männern?«

Deddi richtete sich im Rollstuhl auf.

»Der Gedanke ist mir auch irgendwann gekommen. Er hat sich wie gesagt nicht sonderlich für Frauen interessiert, dann fängt man an zu überlegen. Ein-, zweimal bin ich zu ihm gekommen und habe einen jungen Mann bei ihm angetroffen, sie waren auf einmal ganz verlegen, und der Mann hat sich schnell davongemacht, als er mich gesehen hat.«

»Weißt du, wer das war?«

»Nein, keine Ahnung«, sagte Deddi, »und es muss auch nichts bedeuten. Das ging mir nur so durch den Kopf.«

»Trotzdem lässt es dich nicht los«, sagte Konráð.

»Ich habe in letzter Zeit viel an Garðar gedacht, und da kommt einem dieses und jenes in den Sinn, das man schon wieder vergessen hat. Wie das halt so ist.«

»Denkst du, dass zwischen Garðar und dem Mann etwas war?«

Deddi schüttelte den Kopf.

»Ich weiß es nicht«, sagte er.

»Die Zeiten waren natürlich andere«, sagte Konráð. »Solche Dinge hat man streng geheim gehalten. Fast wie einen Mord.«

»Ja, natürlich«, sagte Deddi wie jemand, der den damaligen Zeitgeist noch miterlebt hatte. »Das hat man in der Tat.«

Fünfzig

Als er gegen Abend zurück nach Hause fuhr, um einen Happen zu essen, erwartete ihn Svanhildur bereits, und sie sah alles andere als glücklich aus. Konráð war völlig entfallen, dass sie sich am Nachmittag bei ihm zu Hause verabredet hatten.

Sie hatte ihn mittags angerufen, um nach Beta zu fragen. Ihren Unmut konnte sie nur schwer verbergen, als sie fragte, wo er sich in letzter Zeit rumgetrieben habe und ob sie sich nicht mal wieder treffen sollten. Konráð stammelte eine Entschuldigung und meinte, er sei mit Dingen beschäftigt, die mit seinem Vater und Beta zu tun hätten, deshalb sei er nicht viel zu Hause gewesen und habe kaum Zeit für anderes gefunden. Ehrlich gesagt, habe die Sache ihn ziemlich eingenommen.

Am Telefon beschwerte sich Svanhildur darüber, dass er sich nie bei ihr melde, und fragte, ob sie nicht die Nacht bei ihm verbringen könne. Konráð meinte, er sei am Abend wahrscheinlich unterwegs und komme erst spät zurück, aber sie könnten sich seinetwegen am Nachmittag treffen. Sie schien etwas genervt, aber willigte ein, bei ihm vorbeizukommen.

Er hatte einen Schlüssel zu ihrem Haus und sie einen zu seinem in Árbær, wo sie auch ein paar Anziehsachen, Kosmetika und dergleichen aufbewahrte. Konráð hatte auch das eine oder andere bei ihr. Ihre Beziehung war eher wie die von engen Freunden, und das passte Konráð ganz gut. Er konnte frei seines Weges gehen, genau wie sie auch, und sie genossen die gute Gesellschaft, wenn ihnen danach war.

Mit dem Arrangement war auch Svanhildur zufrieden, dachte er, doch in letzter Zeit wirkte sie ungeduldig, und Húgós Ablehnung ihrer Beziehung und seine Antipathie gegenüber Svanhildur war da auch nicht gerade hilfreich.

Svanhildur fragte, wo er gewesen sei, und Konráð erzählte ihr von seinem Besuch im Pflegeheim und warum er dort gewesen war. Der Fall im Múlahverfi habe ihn neugierig gemacht, und Seppis Fall gehe ihm ohnehin nie aus dem Kopf. Er habe sich in letzter Zeit wieder voll hineingestürzt, sei etwas zerstreut und vergesse alles um sich herum, es sei nicht seine Absicht gewesen, sie so lange warten zu lassen.

Svanhildur reagierte kühl auf seine Entschuldigung, und ihr Gespräch wurde immer wortkarger, die Sprechpausen ausgedehnter, und irgendwann schien ihr der Geduldsfaden zu reißen, und sie fragte, ob sie es nicht gut sein lassen sollten. Ob sie sich das denn weiter antun wollten. Konráð war davon etwas überrumpelt, und nach langem Schweigen erzählte er von Erna, zögerlich und unsicher. Er war es nicht gewohnt, so über sie zu sprechen, über ihre Beziehung und ihren Tod und seine Untreue und Húgós Wut und das, was Erna einmal gesagt hatte, als Konráð gedacht hatte, sie würde ihn mit Leó betrügen: Dass Konráð ihr ja nie wehtun würde. Diese Worte waren ihm nicht aus dem Kopf gegangen, weshalb er seine eigene Untreue bis zu ihrem Tod geheim gehalten hatte.

»Ich konnte ihr nie von uns erzählen«, sagte Konráð. »Habe mich nicht getraut...«

»Ja, darüber haben wir schon so oft gesprochen.«

»... aber dann hat Leó neulich etwas zu mir gesagt, und ich weiß nicht, ob es etwas zu bedeuten hat, er kann so ein verdammter Mistkerl sein, und ich hatte ihn verärgert, aber er meinte, er habe mit Erna geschlafen.«

»Das hat er gesagt?!«

»Erna hat mir erzählt, dass er sie angemacht habe, dass aber nichts passiert sei. Das wäre für sie nie infrage gekommen. Aber er sagt etwas anderes.«

Auf seine Worte folgte eine lange Stille.

»Ich weiß, dass er lügt«, sagte Konráð schließlich. »Sie hätte das nie getan. Ich habe ihn wegen einer alten Sache verärgert und...«

»Ja, weißt du was, Konráð«, sagte Svanhildur und seufzte, »das ... das funktioniert einfach nicht. Ich denke, wir sollten eine Pause machen und dann weitersehen. Ich kann nicht ... sie ist noch nicht weg, stimmt's? Erna mag schon eine Weile tot sein, aber sie ist noch lange nicht weg ... also ... denk einfach mal darüber nach, und ich werde es auch tun, und dann sehen wir weiter. Es ist einfach...«

Svanhildur lächelte, und in ihrem Lächeln steckte Resignation. Dann verabschiedete sie sich mit einem Kuss, und Konráð sah ihr schweigend hinterher. Er kam gar nicht dazu, ihr von der braun gebrannten Witwe zu erzählen.

Nicht, dass er das je vorgehabt hätte.

In der Notunterkunft sagten sie ihm, er sei zu betrunken, und schickten ihn weg. Er kenne die Regeln, so seien sie nun mal, und er müsse sie befolgen wie alle anderen auch. Er versuchte es mit Einwänden, ohne dabei zu aufdringlich zu werden. Wusste genau, dass es nichts bringen würde. Dann verdrückte er sich wieder in die Stadt und spürte, dass es im Laufe des Tages sogar noch kälter geworden war.

Er übernachtete oft bei der Statue von dem Dichter, und dorthin ging er, setzte sich auf die Bank und grübelte vor sich hin. Die Statue stand so, dass niemand etwas von ihr hatte, außer vielleicht er. Falls jemand auf die Idee käme, den trunksüchtigen Poeten zu beehren, der über den seligen Süden gedichtet hatte, müsste man erst nach ihm suchen. Die Statue stand in einer dicht bewachsenen Ecke des Parks, man musste sich auskennen, um sie zu finden.

Er lächelte still in sich hinein. Im Sommer, wenn die Sonne schien, schlief er manchmal auf dieser Bank und blickte zur Statue hinauf. Dorthin waren sie zusammen verbannt worden, der Dichter, den man einmal das Wunschkind des Unglücks genannt hatte, und er. Er wusste genau, warum er nirgendwo anders hinkonnte, aber er hatte keine Ahnung, warum man Jónas, dem Dichter, nicht mehr Respekt entgegenbrachte.

Das ging ihm durch den Kopf, als er sich müde von der Welt auf der Bank breitmachen wollte. Wenn ihm nur nicht so kalt wäre.

Er zog eine Flasche hervor. Ein paar Tropfen waren noch drin. Wenn ihm doch nur nicht so verdammt kalt wäre.

Einundfünfzig

Konráð ging in den Vorraum und hob ein paar Briefe vom
Boden auf, die mit der Post gekommen waren, hauptsäch-
lich Werbung. Den Brieföffner von Erna, den sie ihm nach
ihrem ernsten Gespräch damals geschenkt hatte, konnte
er nicht mehr finden. Er war sehr scharf, hatte eine lange
Schneide, und auf dem Griff war ein zappelnder Lachs
zu sehen. Manchmal benutzte er ihn und dachte dabei an
Erna, aber jetzt war er nirgendwo zu finden.

Er machte Kaffee und musste an Svanhildur denken, und wie er die Sache mit ihr vorhin vermasselt
hatte. Dann setzte er sich an den Computer und scrollte
durch alte Todesanzeigen mit Nachrufen. Er wusste
nicht genau, wonach er suchte, aber er hatte das Datum
herausgefunden, an dem Zófanías zu Hause in seinem
Wohnzimmer gestorben war, bevor seine Frau Halla den
Fund einer Luger gemeldet hatte. Zófanías hatte die Nachrufe in der Zeitung immer genauestens studiert. Auch
zum Zeitpunkt des Herzinfarkts, und Konráð wollte herausfinden, was genau er damals gelesen hatte.

An dem Tag waren viele dieser Nachrufe erschienen,
sie füllten ganze elf Seiten der Zeitung, mit Fotos der Verstorbenen und kurzen Biografien, die fett gedruckt vor
den Erinnerungen von nahen Verwandten und Freunden
standen. Es war eine alte Tradition, sich auf diese Weise

am Tag des Begräbnisses von seinen verstorbenen Liebsten zu verabschieden, die es schon so lange gab, wie Konráð sich erinnern konnte, eine von vielen verschrobenen Gewohnheiten einer kleinen Inselgesellschaft. Selbst hatte er noch nie einen derartigen Nachruf verfasst, auch wenn es durchaus Anlässe gegeben hätte, und obwohl diese Texte ihn in seinen jungen Jahren kaum berührt hatten, mochte er die Tradition und interessierte sich mit zunehmendem Alter immer mehr dafür. Ein gut geschriebener Nachruf über Trauer und Verlust konnte ihn durchaus bewegen.

Er überflog gerade die Texte, als Eygló anrief und fragte, ob bei den Ermittlungen im Fall Skafti jemals Öskjuhlíð eine Rolle gespielt habe, aber Konráð meinte, das sei ihm nirgendwo untergekommen. Er wisse aber, dass Männer sich dort manchmal mit anderen Männern getroffen hätten, in den Zeiten, als Homosexualität gesellschaftlich noch nicht akzeptiert gewesen sei.

»Ja, aber das war nicht, was Skafti dorthin geführt hat«, sagte Eygló. »Er war nicht schwul.«

»Nein«, sagte Konráð. »Dafür gab es keine Hinweise.«

»Wobei man das damals auch nicht an die große Glocke gehängt hat«, sagte Eygló.

»Jemand hätte es gewusst oder geahnt und etwas gesagt, das wäre bei so umfangreichen Ermittlungen bekannt geworden. Familie, Freunde, irgendjemand«, sagte Konráð. »Etwas anderes ist völlig ausgeschlossen. Wobei er behauptet hat...«

»Was?«

»Sein Mörder hat Skaftis Verhalten in einem Tanzlokal einmal als Anmache gedeutet. Die Leute, die ihn gut kannten, hielten das für ausgeschlossen und meinten, es müsse ein großes Missverständnis sein oder der Versuch, den späteren Angriff zu rechtfertigen.«

»War er sehr homophob, der Mörder?«

»Das war in den Siebzigerjahren«, sagte Konráð wie zur Erklärung.

»Manche Schwule sind sogar ins Ausland geflohen, soweit ich mich erinnere«, sagte Eygló. »Haben das üble Gerede und die Hetzjagd hier nicht mehr ausgehalten.«

»Ja, so war das damals.«

Eygló zögerte. Seit der Sitzung mit Natans Schwester wurde sie ein unbehagliches Gefühl nicht los, über das sie gerne mit Konráð gesprochen hätte, aber sie kannte seine Meinung zu derartigen Dingen und wusste, dass es nicht viel bringen würde. Also beschloss sie, es vorerst für sich zu behalten.

»Wie geht es Beta?«, fragte sie stattdessen.

»Etwas besser«, sagte Konráð, der am Nachmittag noch zu ihr fahren wollte. »Sie kommt langsam wieder auf die Beine.«

Eygló vernahm eine Unruhe in seinen Worten und fragte, ob zwischen Beta und ihm alles in Ordnung sei. Soweit er wisse, schon, behauptete Konráð und wollte sich gerade verabschieden, doch so einfach ließ Eygló nicht locker.

»Hast du ihr was getan?«, fragte sie.

»Ihr was getan?«, wiederholte Konráð.

»Ja.«

»Ich habe ihr nichts getan.«

»Bist du sicher?«

»Ja.«

»Na gut, wie du meinst«, sagte Eygló. »Du kannst es mir auch später erzählen.«

»Es gibt nichts zu erzählen«, sagte Konráð verärgert. »Das wird es auch später nicht geben.«

»Warum bist du dann auf einmal so mürrisch und defensiv?«, fragte Eygló.

»Eygló …«

Er wollte fragen, was das heißen sollte, aber da hatte sie bereits aufgelegt, und Konráð wandte sich wieder den Nachrufen zu. Er ging sie alle nach und nach durch, was viel Zeit kostete und ihm kaum Freude bereitete. Er las über eine Hausfrau aus Siglufjörður im Norden, offenbar die beste Oma der Welt, die ihren Kindern und Enkeln zum Schreien komische Geschichten aus ihrem Leben erzählt hatte und die besten Kleinur weit und breit gebacken hatte. Dann war da noch ein Seemann, der in hohem Alter verstorben war, ein zäher Kerl der alten Schule, der jung dem heiligen Bacchus verfallen war, aber noch rechtzeitig die Kurve gekriegt und einen angenehmen Lebensabend verbracht hatte. Ein Mann um die dreißig schien sich das Leben genommen zu haben, auch wenn das nicht direkt gesagt wurde. Er sei immer zu allen nett und freundlich gewesen, stand da, aber es sei ihm schlecht gegangen und er habe an Angstzuständen und Depressionen gelitten, sein Tod habe alle, die ihn gekannt hatten, schwer getroffen …

So las Konráð Seite für Seite, konnte aber keine Hinweise entdecken, bis er auf einen kleinen Absatz mit Abschiedsworten an einen isländischen Flugzeugmechaniker stieß, der die meiste Zeit seines Lebens in den USA verbracht hatte. Ein nicht allzu altes Bild von dem Verstorbenen war auch abgedruckt, und im Text stand, er sei als junger Mann nach Amerika ausgewandert, habe sich dort nach der Ausbildung niedergelassen und sich in der trockenen Hitze in der Nähe von Flagstaff in Arizona sehr wohlgefühlt, sei ein eifriger Golfspieler gewesen und Mitglied im lokalen Isländerverband und so weiter und so fort.

Unter dem Nachruf stand der Name des Verfassers, ein Amerikaner namens Ray Richardson, und es ging daraus hervor, dass der Isländer und er Lebensgefährten gewesen waren. Außerdem war eine kurze Biografie des Verstorbenen abgedruckt, und dort entdeckte Konráð endlich eine Information, die mit Zófanías zusammenhängen könnte.

Er las den Absatz zwei, drei, dann ein viertes Mal und starrte zwischendurch immer wieder auf das Bild des Verstorbenen, lächelnd und freundlich. Er fragte sich, ob Zófanías an dem Morgen dieses Bild gesehen hatte, bevor er tot auf dem Wohnzimmerboden zusammengebrochen war.

Konráð las den Absatz noch ein weiteres Mal. Darin stand, dass der Isländer aus Arizona in jüngeren Jahren gerne Schneider geworden wäre, gearbeitet habe er in der Schneiderei von Haraldur Haraldsson in Reykjavík.

Zweiundfünfzig

Das Gelächter vom Yoga drang bis in den Flur, eine Lach-
welle nach der anderen, und Konráð fragte sich, ob es
wirklich gut für die Seele sein konnte, so künstlich zu lachen. Ob das Gelächter nicht aufrichtig sein und von etwas tatsächlich Witzigem herrühren müsste. Konnte so
ein schallendes Gelächter auf Knopfdruck der Seele genauso guttun wie inniges Lachen? Außerdem, überlegte
Konráð, während er sich auf dem Flur langweilte, dass
Gelächter ja ganz unterschiedlich ausfallen konnte und
unter allerlei verschiedenen Umständen entstehen, aus
allerlei Gründen. Was eine Person lustig fand, empfan-
den andere vielleicht als schrecklich. Selbst lachte er gerne
über unfreiwillig komische und unangenehme Dinge, die
eigentlich überhaupt nicht witzig waren.

Er hatte vorhin bei Beta vorbeigesehen, und sie wirkte
mit jedem Tag kräftiger. Sie war zwar immer noch gekränkt und wütend auf ihn, aber auch das wurde langsam
besser.

Die Tür ging auf, und fröhlich Lachende plauderten
auf dem Weg zurück in ihre Wohnungen miteinander.
Zófanías' Witwe Halla war eine der letzten, sie unter-
hielt sich beim Hinausgehen mit der Yogalehrerin. Konráð hörte nicht, worüber sie sprachen, aber er erlebte sie
munterer und zufriedener als bei ihrem letzten Treffen,

die Lach-Übungen schienen zu wirken. Eigentlich wollte er ihr keineswegs die Laune verderben, sah aber keinen anderen Weg.

Sie erkannte ihn sofort wieder, und das Lachen verschwand augenblicklich aus ihrem Gesicht. Sie war keineswegs erfreut über seinen Besuch. Das teilte sie ihm dann auch sofort mit.

»Die Frau von der Polizei meinte, ich solle nicht mit dir reden«, sagte Halla, als die Yogagruppe im Flur verschwunden war und das Stimmengewirr verklang. Sie wollte Konráð erst ignorieren, aber er erlaubte sich, nach ihrem Arm zu greifen, und bat sie, kurz zu warten. Die Yogalehrerin, eine Frau Mitte vierzig, sah Konráð misstrauisch an und fragte Halla, ob alles in Ordnung sei, ob der Mann sie irgendwie belästige. Konráð lächelte verlegen. Halla sah ihn hin- und hergerissen an, aber bedankte sich dann bei der Yogalehrerin und meinte, es sei alles in Ordnung, sie kenne den Mann. Die Yogalehrerin fragte nicht weiter nach, und Halla bat Konráð, mit ihr in den Raum zu gehen, in dem gerade noch das Gelächter erklungen war. Jetzt herrschte dort absolute Stille.

Konráð hatte eine Kopie des Nachrufs dabei und kam direkt zur Sache, fragte, ob ihr Mann kurz vor seinem Tod etwas über diesen Isländer in Amerika gelesen habe. Halla meinte, sie wisse nicht genau, was er gelesen habe, das sei nicht das Erste, woran sie gedacht habe, als sie ihn da tot auf dem Boden liegen sah. Ihre Worte klangen etwas barsch, aber sie nahm die Kopie entgegen und überflog den Artikel. Dann reichte sie Konráð den Zettel zurück und fragte, was er eigentlich von ihr wolle. Sie kenne diesen Mann nicht und bezweifle, dass Zófanías ihn gekannt habe.

Konráð erzählte ihr geduldig, dass der Isländer in Arizona zu einer ähnlichen Zeit wie ihr Bruder Június in einer Schneiderei in Reykjavík gearbeitet habe. Er zeigte ihr den Absatz, und Halla las ihn, ohne zu verstehen, worauf er hinauswollte. Konráð erklärte ihr, dass der Verfasser des Nachrufs der amerikanische Lebensgefährte eines Isländers sei, es also um ein homosexuelles Paar gehe, das schon lange zusammengelebt habe. Konráð hielt es für wichtig, das zu betonen. Der Isländer war als junger Mann in die USA gezogen, hatte sich in Arizona niedergelassen und dort diesen Mann getroffen, Ray Richardsson, und seither hatte er mit ihm zusammengelebt.

Ihm war es gelungen, Hallas Interesse zu wecken, auch wenn sie immer noch nicht so recht verstand, worum es ihm eigentlich ging. Sie studierte den Nachruf, und Konráð wiederholte, dass der Isländer in Arizona zur selben Zeit bei Haraldur Haraldsson in der Schneiderei gearbeitet habe wie ihr Bruder Június. Halla nickte. Er verschwieg, dass der Schneider ein Kinderschänder war und wahrscheinlich sogar Teil einer Art Missbrauchsring. Er erzählte ihr aber, dass Haraldur Seppi gekannt habe, seinen eigenen Vater, und von ihm möglicherweise eine deutsche Pistole aus dem Krieg bekommen habe, eine Luger, wie sie auch im Múlahverfi zum Einsatz gekommen sei, als man dort einen jungen Mann erschossen habe.

Halla brauchte einen Moment, um Konráðs Informationen zu verarbeiten, und wirkte am Ende seiner Rede ziemlich verwirrt.

»Aber ... aber ich verstehe nicht, was hat das mit meinem Zófanías zu tun?«, fragte sie und betrachtete den Nachruf. »Was ... was hat er mit diesem Mann in Arizona zu tun?«

»Ich hatte gehofft, das könntest du mir beantworten«, sagte Konráð. »Ob er noch mehr wusste, als in diesem Nachruf steht? Der Artikel von diesem Richardsson ist an dem Tag erschienen, an dem Zófanías starb. Soweit ich weiß, hat dein Mann immer die Nachrufe in der Zeitung gelesen. Jeden Tag. Ich überlege, ob er vielleicht diesen Artikel gelesen und zwei und zwei zusammengezählt hat, ob ihm etwas bewusst wurde, das ihm davor nicht klar gewesen war und ihn aufgewühlt hat.«

Halla schüttelte geistesabwesend den Kopf, als könnte sie nicht glauben, was Konráð ihr da erzählte.

»Ich weiß nicht, was das sein sollte«, sagte sie. »Ich weiß einfach nicht, was das sein sollte.«

»Etwas über deinen Bruder vielleicht?«, fragte Konráð.

»Júníus?«

»Sie haben zusammengearbeitet, der Isländer und Júníus, zwei junge Männer in dieser Schneiderei. Beide schwul. Denkst du, Zófanías wusste mehr über sie? Über ihre Beziehung?«

»Ich…?«

»Waren sie Bekannte, Freunde, war es ein enges Verhältnis? Damals mussten Männer derartige Gefühle geheim halten, wie du sicher noch weißt. Buchstäblich damit untertauchen.«

»Solltest du ihn das nicht am besten selbst fragen?«, meinte Halla.

»Das habe ich vor«, sagte Konráð, »aber ich wollte erst noch möglichst viele Informationen sammeln.«

»Warum? Denkst du, er lügt dich an?«

»Ich weiß nicht, ob ich es lügen nennen würde«, sagte Konráð. »Ich glaube, er spielt eher seit vielen Jahrzehnten ein Versteckspiel. Im Moment interessiert mich Zófanías mehr. Was er wusste. Warum die Pistole bei ihm gefunden wurde.«

»Ich hätte nie jemandem von dieser verdammten Pistole erzählen sollen«, seufzte Halla, die immer noch versuchte, die neuen Informationen zu verarbeiten, die sie nur noch mehr zu verwirren schienen. »Denkst du etwa … denkst du, mein Zófanías hat diesen Jungen im Múlahverfi umgebracht?«

»Hältst du das für möglich?«, fragte Konráð. »Kann es sein, dass er die Pistole von Haraldur in der Schneiderei bekommen hat?«

»Ach du meine Güte!«, sagte Halla und schnappte nach Luft. »Willst du ernsthaft behaupten, dass mein Zófanías so etwas getan hat?! Was fällt dir ein?«

Konráð fühlte sich veranlasst fortzufahren, auch wenn er die Frau keineswegs noch mehr aufregen wollte, als er es bereits getan hatte.

»Denkst du, er hat vielleicht etwas gemacht, das er in dem Moment bereut hat, als er von dem Isländer in Arizona gelesen hat? Dass er beim Lesen des Nachrufs eine andere Sicht auf die Dinge bekommen hat oder etwas aus der Vergangenheit mit anderen Augen gesehen hat? Dass er früher einmal etwas im Affekt getan haben könnte? Einen Fehler gemacht hat?«

»Einen Fehler? Was … was sollte das sein?«

Konráð verzog das Gesicht.

»Etwas, das mit dem Múlahverfi zusammenhängt?«

»Behauptest du ernsthaft, dass er diesen Mann erschossen hat?«

»Hältst du das für denkbar?«

Halla sah Konráð wütend an. Sie hatte genug von dem Besuch und bat ihn, sie nicht weiter zu behelligen, bevor sie aus dem Raum stürmte, in dem gerade eben noch lautes Gelächter erklungen war, das man bis auf den Flur gehört hatte.

Dreiundfünfzig

Aðalsteinn hatte Konráð seine Nummer gegeben, falls er noch etwas wissen wollte, und als Konráð wieder in Árbær war, rief er den alten Mann an. Aðalsteinn meldete sich, nachdem es ein paarmal geklingelt hatte. Als Konráð sich vorgestellt und seinen Besuch sowie den Fall Garðar erwähnt hatte, wusste er wieder, worum es ging.

»Ich dachte, ich hätte bereits alles Wichtige gesagt«, meinte Aðalsteinn.

Konráð bedankte sich bei ihm für die bereits geleistete Hilfe, erklärte dann aber, dass er noch etwas über Garðar in Erfahrung bringen wolle, etwas, worüber möglicherweise nicht so offen gesprochen worden sei. Leider erinnerten sich nur wenige an ihn, und Aðalsteinn sei ein wichtiger Zeuge, auch wenn er Garðars schreckliche Ermordung nicht mit eigenen Augen gesehen habe.

»Hat die Polizei mit dir gesprochen?«, fragte Konráð.

»Nein, mit mir hat niemand gesprochen, ich habe dich Deddi zuliebe getroffen, dachte, damit hat sich die Sache für mich erledigt.«

Konráð spürte, dass er den alten Mann störte, und erinnerte sich, wie verlegen und zögerlich er gewirkt hatte, als er vor einer Weile abends zu ihm gekommen war und von seinen Erfahrungen berichtet hatte.

»Der Mann, mit dem ich gesprochen habe, hat etwas

Ähnliches erlebt wie du, nur dass der Täter in seinem Fall kein Arzt war, sondern ein Schneider in Þingholt. Du hast mir erzählt, dass Garðars Bruder, dein Freund Tobbi, von einem Arzt wusste und von noch einem weiteren Mann. Könnte das dieser Schneider gewesen sein?«

»Ja, so etwas in der Art hat er erwähnt«, sagte Aðalsteinn, als erinnere er sich langsam. »Er hatte eine Schneiderei in der Innenstadt.«

»Der Mann, mit dem ich gesprochen habe, wurde auch von ihm missbraucht«, sagte Konráð. »Bei ihm zu Hause in Þingholt. Er wurde für kleine Aufgaben dorthin geschickt. Hat Tobbi von ähnlichen Situationen berichtet?«

»Ja, das war so ähnlich«, sagte Aðalsteinn. »Er wurde für Gartenarbeiten zu ihm geschickt und um das Auto zu polieren und dergleichen. Vorwände. Alles nur Vorwände.«

»Hat Tobbi jemals etwas von einer Pistole erzählt, die er bei dem Schneider gesehen hat?«

»Nein. Das sagt mir nichts.«

»War Tobbi irgendwann bei ihm in der Schneiderei? Weißt du das?«

»Das kann gut sein.«

»Und sein Bruder? Hat Garðar irgendetwas mit dieser Schneiderei zu tun gehabt?«

Darauf hatte Aðalsteinn keine Antwort.

»Denkst du, Garðar wusste über den Schneider Bescheid und was er Tobbi angetan hat?«, fragte Konráð.

»Das kann ich nicht sagen. Über diese Dinge hat Tobbi nicht offen gesprochen. Ich auch nicht. Es ist nicht leicht, so etwas anzusprechen. Er ist natürlich ... vielleicht hat es ihn am schlimmsten erwischt.«

»Hat er jemals Lehrlinge der Schneiderei erwähnt,

zwei junge Männer, die dort in der Ausbildung waren?«, fragte Konráð. »Einer der beiden hieß Júníus. Der andere ist als junger Mann in die USA ausgewandert.«

»Das weiß ich nicht mehr«, sagte Aðalsteinn müde, »und ich muss jetzt auch los.«

»Ja, in Ordnung«, sagte Konráð, »dann komme ich zum Schluss. Eine Frage habe ich noch, vielleicht klingt es weit hergeholt. Kannst du mir sagen, ob Garðar möglicherweise schwul war?«

Die Frage schien Aðalsteinn zu überrumpeln.

»Warum fragst du das?«, wunderte er sich.

»Wahrscheinlich mache ich die Sache unnötig kompliziert«, sagte Konráð, »aber hat sein Bruder dir gegenüber je so etwas erwähnt? Etwas in dieser Richtung? Dass Garðar homosexuell war?«

Aðalsteinn zögerte.

»War er schwul?«, fragte Konráð erneut.

»Er hat es jedenfalls nicht an die große Glocke gehängt«, sagte Aðalsteinn. »Falls es tatsächlich so war.«

»Glaubst du, dass er schwul war?«

»Nein..., ich weiß es nicht.«

»Du weißt also nicht, ob sich Garðar zum Zeitpunkt seines Todes mit anderen Männern getroffen hat oder sogar mit jemand Bestimmtem?«, fragte Konráð. »Ob er Beziehungen mit Männern hatte?«

»Nein, darüber weiß ich nichts«, sagte Aðalsteinn. »Das wäre mich ja auch gar nichts angegangen.«

Konráð hatte gerade erst aufgelegt, als sein Handy klingelte. Er blickte auf den Bildschirm, aber erkannte die Nummer nicht und überlegt, gar nicht erst ranzugehen. Doch dann war seine Neugier stärker als die Trägheit, und es stellte sich heraus, dass es Kristján war, oder Deddi, wie er genannt wurde, der aus dem Pflegeheim in Hafnarfjörður anrief. Konráð merkte sofort, dass der sonst so gelassene Mann ziemlich aufgebracht war.

»Spreche ich mit Konráð?«, fragte er mit hoher Stimme, nachdem er sich vorgestellt hatte.

Konráð bejahte.

»Ja«, sagte Deddi, »er ist gerade im Fernsehen.«

»Wer?«, fragte Konráð.

»Na, der Mann! Der Mann, den ich bei Garðar gesehen habe. Das ist ganz sicher derselbe Mann. Er ist gerade im Fernsehen.«

»Im Fernsehen?«, fragte Konráð, suchte die Fernbedienung und schaltete das Gerät ein. »Auf welchem Sender?«

Der Bildschirm im Wohnzimmer ging an, und Konráð suchte nach dem Sender, um den Mann zu sehen, der Deddi so sehr in Aufruhr versetzte.

»Keine Ahnung«, sagte Deddi. »Welcher Sender? Ich habe einfach eingeschaltet, und da war er. Das ist ganz sicher der Mann, den ich bei Garðar gesehen habe. Der so blitzschnell auf und davon ist.«

In dem Moment stieß Konráð auf den richtigen Sender. Es war eine Wiederholung des Interviews im Kleidergeschäft mit dem alten Schneider und Kleiderverkäufer Júníus.

»Siehst du ihn?«, fragte Deddi, der sich mittlerweile ein wenig beruhigt hatte. »Das ist er. Ich erinnere mich gut an ihn. Das ist ganz sicher der Junge, den ich bei Garðar gesehen habe!«

Vierundfünfzig

Spät am selben Abend fuhr Konráð ins Hlíðar-Viertel. Er parkte den Jeep und wärmte sich kurz an der lauten Standheizung, öffnete das Fenster einen Spalt und rauchte zwei Zigarillos. Sein Blick wanderte hoch zu dem beleuchteten Fenster. Er war davon ausgegangen, dass Áróra, die Tochter des Polizisten Nikulás, zu Hause war. Ein Fehlschluss, wie sich herausgestellt hatte. Jetzt saß er hier und wartete.

In Gedanken war er noch ganz bei einem Telefonat mit einem ehemaligen Polizeikollegen. Er hatte gegen Abend angerufen und die Nachricht überbracht, dass Skaftis Mörder verstorben sei, womit man aber bislang noch nicht an die Öffentlichkeit gegangen war. Natan war auf einer Bank im Hljómskála-Park beim Tjörnin gefunden worden, unweit der Statue von Jónas Hallgrímsson, und war aller Wahrscheinlichkeit nach erfroren. »Er war natürlich schon lange alkoholkrank und obdachlos, vielleicht war es nur eine Frage der Zeit«, sagte der Mann am Telefon. Konráð erzählte, dass er ihn kürzlich noch während eines Schneesturms in der Innenstadt gesehen habe, er sei in keiner guten Verfassung gewesen und habe ihn nicht erkannt. Damit schien alles gesagt, und sie verabschiedeten sich.

Konráð saß mit dem Handy in der Hand da und dachte

an Skaftis Mörder, der in Richtung Domkirche gewankt war wie ein Schatten seiner selbst. Er dachte daran, mit wie vielen Widrigkeiten er zu kämpfen hatte. All das Unglück, das ihn über die Jahre begleitet hatte. Er spielte mit dem Gedanken, Leó anzurufen, als er Áróra auf dem Gehsteig nach Hause gehen sah. Er schaltete die Zündung aus und sprang aus dem Auto, stellte sich ihr in den Weg und bat sie um ein Gespräch, es würde auch nicht lange dauern.

Áróra ignorierte ihn und ging weiter, als er nach ihrem Arm griff und fragte, ob sie in letzter Zeit die Nachrichten verfolgt und die neuesten Entwicklungen in einem Fall im Múlahverfi mitbekommen habe, einem Mordfall Mitte des vergangenen Jahrhunderts, in dem ihr Vater ermittelt habe.

Sie hielt eine Plastiktüte in der Hand, und als er nach ihr griff, hörte er Glasflaschen klirren, und er vermutete, dass sie sich Alkohol besorgt hatte.

»Ich habe dir nichts zu sagen«, rief sie und riss sich los. »Lass mich in Ruhe. Lass mich einfach in Ruhe.«

»Erinnerst du dich, ob er einen Mann namens Gottfreð kannte?«, fragte Konráð. »Er hat ein Heim geleitet…«

»Er kannte keinen Gottfreð«, sagte Áróra und öffnete die Tür zum Treppenhaus. Die Tür war schwer, also half Konráð ihr und huschte dann unauffällig hinter ihr ins Treppenhaus, fest entschlossen, nicht so leicht aufzugeben. Als die Tür wieder ins Schloss fiel, musste Áróra denken, sie wäre ihn losgeworden. Auf dem Weg nach oben murmelte sie jedenfalls etwas über diesen unausstehlichen Typen, warum könne er sie nicht einfach in Ruhe lassen und was wolle er jetzt schon wieder über Gottfreð wissen. Warum müsse er immer wieder auf diese alten

Fälle zurückkommen. Er habe doch überhaupt keine Ahnung und solle sie einfach in Ruhe lassen.

Konráð verstand nicht alles, während er ihr auf dem
Weg nach oben hinterherschlich und beobachtete, wie sie
einen Schlüssel aus der Jackentasche zog und die Tür zur
Wohnung öffnete. Als sie hinter sich zumachen wollte
und Konráð in der Tür stehen sah, erschrak sie und schrie
leise auf.

»Hatte ich nicht schon …?«

»Erinnerst du dich an einen Jungen aus Gottfreðs
Heim, der Tobbi genannt wurde und mit fünfzehn Jahren
gestorben ist?«

Sie schüttelte den Kopf und wollte ihm die Nase
vor der Tür zuschlagen, aber Konráð schubste sie in die
Wohnung. Áróra stolperte, aber er fing sie auf, half ihr
auf einen Stuhl im Vorraum und hörte wieder das Klirren in ihrer Tüte. Er warf einen Blick in den Flur, bevor
er die Tür schloss, aber als er sich wieder der Frau zu-
wenden wollte, war sie bereits in die Küche gestürmt,
hatte auf dem Tisch ein Messer gefunden und bedrohte
ihn damit. Der Angriff war kraftlos und ungeplant, und
Konráð konnte sie problemlos entwaffnen. Bei ihrem
ersten Treffen in Klambratún vor zwei Jahren war sie
noch sehr freundlich gewesen, auch wenn er das Gefühl
gehabt hatte, dass sie nicht zu viel von ihrem Vater erzählen wollte. Dass das aber gleich zu einem Messeran-
griff führen musste, hatte er nicht erwartet, vermutlich
war die Frau bereits so verwirrt, dass sie weder aus noch
ein wusste.

Er nahm das Messer an sich, legte es beiseite und
fragte, ob er ihr helfen könne, denn sie scheine ihm in
keiner guten Verfassung zu sein. Sie sagte ihm, er solle

zur Hölle fahren, griff nach ihrer Tüte und holte eine Flasche Brennivín heraus, trank einen großen Schluck und wischte sich mit dem Handrücken über den Mund. Dann wedelte sie mit der Flasche, wie um ihm einen Schluck anzubieten, aber er lehnte ab, und sie zuckte mit den Schultern und trank noch einmal davon.

»Ich denke, dein Vater kannte Gottfreð«, sagte Konráð, »und ich wollte …«

In dem Moment klopfte es an der Tür.

»Wie spät ist es?«, fragte Áróra besorgt.

Konráð sagte es ihr, und sie blickte unentschlossen zur Tür. Dann steckte sie die Flasche zurück in die Tüte und gab ihm mit einer Handbewegung zu verstehen, er solle aus dem Blickfeld verschwinden. Er versteckte sich und hörte, wie Áróra die Haustür öffnete und mit jemandem im Flur sprach. Konráð lehnte sich vor, um sie besser zu verstehen. Ein Mann, vermutlich der Vermieter, versuchte offenbar, die Miete einzutreiben, und stutzte Áróra ordentlich zurecht, fragte sie barsch, ob sie nun vorhabe zu bezahlen oder nicht. Er behauptete, keine Geduld mehr zu haben, er könne sie im Nu aus der Wohnung werfen, wenn sie das Geld nicht auftreiben würde.

»Bist du betrunken?!«, rief er, und Konráð hörte ihre Antwort nicht, wusste nicht, ob sie überhaupt etwas zu ihrer Verteidigung zu sagen hatte. »Du bist immer stockbesoffen! Weißt du was, mir reicht's …«

Danach konnte Konráð nichts mehr verstehen, aber er vermutete, dass der Mann ihr weiter drohte, und hörte ihn dann sagen, sie müsse raus, sie habe bis zum Ende des Monats Zeit, sich etwas Neues zu suchen.

Daraufhin verschwand er, und Áróra schloss die Tür,

kramte wieder die Schnapsflasche hervor und trank davon.

»Verdammter Mistkerl«, sagte sie.

»Ich gebe dir zehntausend Kronen, wenn du mir hilfst«, sagte Konráð. Áróra trank noch einen Schluck und sah ihn an.

»Zwanzigtausend.«

»Zehn. Oder gar nichts.«

»Fünfzehn.«

»In Ordnung. Fünfzehn.«

Sie streckte die Hand nach dem Geld aus und sah ihn erneut an, unsicher, ob sie ihm vertrauen sollte. Er sagte ihr, er habe das Geld nicht dabei, niemand trage mehr Bargeld mit sich herum, aber er würde mit ihr zum nächsten Automaten gehen, das Geld abheben und sie wieder nach Hause bringen. Sie war immer noch nicht überzeugt und fragte, wie viel er dabeihabe, aber er sagte die Wahrheit, er hatte nicht eine Krone bei sich. Er zeigte ihr sein leeres Portemonnaie und wedelte mit der Kreditkarte.

»Kommen wir zusammen? Wir können erst zur Bank fahren.«

Áróra sah ihn eine Weile an.

»Ich erinnere mich noch gut an unsere Unterhaltung in Klambratún vor ein paar Jahren«, sagte sie. »Über Nikulás kann ich dir nichts erzählen. Er war kein guter Mann. Aber er . . . nein, mehr kann ich dir nicht erzählen.«

»In Ordnung«, sagte Konráð. »Kannst du mir dann bei dem Heim weiterhelfen?«

»Ich kenne die Tochter von Gottfreð.«

»Weißt du, wo sie wohnt? Können wir zu ihr fahren?«

Áróra überlegte.

»Kannst du mich zu ihr bringen?«, fragte Konráð. »Und die Flasche hierlassen?«

»Ich denke, es wäre besser, wenn ich sie mitnehme«, sagte Áróra. »Wenn du sie dazu bringen willst, mit dir zu sprechen.«

Fünfundfünfzig

Kurz darauf folgte sie Konráð die Treppe wieder hinunter, und er brachte sie zu seinem Jeep, öffnete die Tür und half ihr auf den Beifahrersitz. Er fuhr direkt zum nächsten Geldautomaten, hob ein paar Fünftausendkronenscheine ab und reichte Áróra zehntausend, die sie sofort einsteckte. Den Rest bekomme sie bei Gottfreðs Tochter.

Sie fuhren Richtung Westen, und Áróra saß still auf dem Vordersitz, trank aus ihrer Flasche und ließ den Kopf hängen. Konráð versuchte, mit ihr ins Gespräch zu kommen, aber sie schwieg einfach nur. Er fragte, ob sie den Schneider kenne oder ihm mehr über Anton und seine Söhne erzählen könne, vor allem über Gústaf, aber Áróra war nicht danach, mit ihm zu sprechen.

»Und was ist mit diesem Gottfreð? Was kannst du mir über ihn erzählen?«

»Nichts«, sagte Áróra. »Die Jungs haben ihn gehasst. Sie … sie haben ihn Schrottfreð genannt.«

Sie navigierte ihn nach Þingholt, wo die Frau angeblich in einem Kellerzimmer wohnte, und meinte, er solle im Auto warten, sie wolle kurz nachschauen, ob sie zu Hause sei. Konráð ließ den Motor laufen, während Áróra nachsah und kurz darauf wiederkam und ihm sagte, er solle weiter nach Westen bis Grandi fahren, dort seien Verschläge für Obdachlose hinter den alten Hütten für die Fischarbeiter. Konráð fuhr los und fragte, ob sie ihn für dumm verkaufen wolle, aber sie antwortete nicht, sondern saß in sich zusammengesunken und still in ihrer dreckigen Jacke und mit einer großen Mütze im Jeep und ließ den Blick aus dem Fenster über die Lichter der Stadt schweifen. Sie sah traurig aus, als sei ihr alles egal. Er fand, dass sie sich seit ihrem letzten Treffen in Klambratún sehr hatte gehen lassen, die Trinkerei setzte ihr sichtlich zu.

Die Verschläge wurden von den Leuten der Stadtverwaltung, die den lieben langen Tag mit Imagepflege verbrachten, lächerlicherweise als »Häuschen« bezeichnet. Diesmal stieg Konráð zusammen mit Áróra aus und sah, dass in zwei der Hütten Licht brannte. Als sie sich der vorderen näherten, sprang die Tür auf, und eine Frau in einem abgenutzten Skianzug stolperte auf die Straße. Ein vollbärtiger Mann von schwer zu bestimmendem Alter eilte ihr hinterher und trat auf sie ein, obwohl sie bereits im Schnee lag.

Konráð lief zu ihnen, packte den Mann und hielt ihn zurück, doch der Mann war nicht erfreut über die Störung und attackierte Konráð, der nach besten Kräften versuchte, ihn zu beruhigen. In der Zwischenzeit half Áróra der Frau auf und brachte sie beim Jeep in Sicherheit. Konráð gelang es endlich, den Mann zu überwältigen, und er erklärte ihm, er wolle keinen Ärger, aber wenn er weiter so einen Aufstand mache, müsse er die Polizei rufen. Der Mann war ein wenig besänftigt, also ließ Konráð ihn los, und er stand auf. Dann klopfte er den Schnee von den Kleidern und murmelte etwas Unverständliches über Zigaretten, bevor er Konráð mit hasserfülltem Blick ansah, wieder in der Hütte verschwand und die Tür hinter sich zuknallte.

Konráð ging zum Jeep, wo Áróra mit der Frau auf dem Rücksitz saß und ihr aus der Flasche etwas zu trinken anbot. Die Frau beklagte sich erst nur, doch dann trank sie einen Schluck. Ihre Lippen waren von dem Angriff noch geschwollen und ihre Haare zerzaust. Konráð fragte, ob sie den Mann anzeigen wolle, aber daran hatte sie kein Interesse. Sie meinte, der Mann habe ihr erlaubt, in der Hütte zu übernachten, aber dann sei er ausgerastet, als er seine Zigaretten nicht gefunden und angenommen habe, sie hätte sie gestohlen. Er sei brutal auf sie losgegangen und hätte sie sicherlich umgebracht, wenn die beiden nicht gekommen wären.

Im selben Moment zog sie eine Packung Camel hervor, riss sie auf und steckte sich eine Zigarette zwischen die geschwollenen Lippen. Áróra nahm auch eine, doch Konráð lehnte ihr Angebot dankend ab. Kurz darauf füllte sich der Jeep mit Rauch. Die Frau fragte, was sie in dieses Elendsviertel führe, und Áróra erzählte ihr, dass Konráð sie gesucht habe, um über die Vergangenheit zu sprechen. Dann machte sie die beiden miteinander bekannt, und Konráð stellte fest, dass sie sich an ihre Abmachung gehalten hatte. Die Frau war tatsächlich die Tochter von Gottfreð dem Heimleiter, hieß Róberta, war eine vogelfreie Frau in Reykjavík und eine Zigarettendiebin.

Konráð hatte keine Ahnung, wohin er um diese Uhrzeit mit den Frauen gehen sollte, also brachte er sie zu sich nach Hause. Áróra war etwas verwirrt, als er vor dem Haus anhielt und erklärte, dass er dort wohne. Die Frauen sahen einander an und ließen sich schließlich darauf ein, folgten ihm hinein und nahmen nebeneinander im Wohnzimmer Platz, weigerten sich aber, Jacke und Overall auszuziehen.

Konráð fragte, ob er ihnen nicht einen guten, starken Kaffee machen solle. Sie meinten, das sei eigentlich nicht nötig, aber wenn er ohnehin einen für sich mache, würden sie vielleicht auch einen Schluck trinken. Besser wäre es aber, wenn er etwas Stärkeres hätte. Konráð holte eine halb volle Wodkaflasche hervor, die sie zwischen sich hin- und herreichten. Dann meinten sie, dass es doch sicher in Ordnung sei, wenn sie bei ihm rauchten. Schließlich saßen sie Seite an Seite da, blickten sich müde, alt und verlebt um, während sie an ihren Zigaretten zogen, als sei der glühende Stummel der einzige Hoffnungsfunke in ihren Leben. Bei dem Anblick musste Konráð an die traurigen Schwestern denken, von denen Eygló erzählt hatte, in ihren traditionellen Wollkostümen mit den langen Zöpfen und den abgearbeiteten Händen.

Als er wieder aus der Küche kam, hatte Áróra Róberta etwas über den Grund ihres Ausflugs zugeflüstert und warum sie jetzt in diesem feinen Haus in Árbær saßen, in dem Zuhause eines ehemaligen Polizisten. Róberta wollte genauso wenig über ihren Vater reden wie Áróra, und erst als Konráð Seppi erwähnte und davon erzählte, wie es gewesen sei, mit ihm im Schattenviertel aufzuwachsen, lockerte sich ihre Zunge ein wenig.

Róberta meinte, sie habe Garðars Bruder Tobbi gekannt. Die Nachricht von seinem Tod habe sie damals sehr erschüttert. Bei ihrem letzten Treffen, wenige Tage vor seinem Tod, sei er ihr sehr niedergeschlagen und wortkarg vorgekommen. Er habe versucht, ihr etwas Alkohol abzuknöpfen und gemeint, er trinke jetzt schon einige Tage hintereinander. Dann habe er ihr etwas über seinen Aufenthalt ihm Heim ihres Vaters erzählen wollen, sei aber in Tränen ausgebrochen und habe sich kurz darauf wieder verabschiedet.

»Er hat von dem Schneider erzählt, von dem hatte er auch davor schon einmal gesprochen, und von einem Arzt, zu dem mein Vater ihn geschickt hat …«

»Hieß der Arzt Anton?«

»Ja, genau der.«

»Was ist mit Luther Hansson, sagt dir der Name auch was?«

»Nein.«

Róberta meinte, sie habe nur etwa zwei Jahre in dem Heim ihres Vaters gelebt, bis zur Scheidung ihrer Eltern, doch dann sei sie mit ihrer Mutter und dem jüngeren Bruder weggezogen. Sie sei zu jung gewesen, um alles zu verstehen, was sich dort abgespielt habe, aber schon als kleines Mädchen seien ihr schlimme Geschichten zu Ohren gekommen, Geschichten über Missbrauch an Jungen. Tobbi sei einer der Ersten gewesen, der ihr von dem Verhalten ihres Vaters und dem Leben im Heim erzählt habe.

»Er war ein brutaler Mann«, sagte Róberta über ihren Vater, als sei sie schon vor langer Zeit zu diesem Schluss gekommen, dann zündete sie sich eine weitere Zigarette an. »Ich verstehe nicht, wie er so sein konnte. Tobbi wurde nicht nur von diesen Männern missbraucht, auch ältere Jungs im Heim haben ihn geschlagen und …«

Róberta verstummte.

»Und der Schneider?«, fragte Konráð. »Was weißt du über ihn?«

»Er und mein Vater waren enge Freunde«, sagte Róberta, »und ich erinnere mich gut an ihn. Er hieß Haraldur. Ich war manchmal zusammen mit Papa bei ihm in der Schneiderei. Das mochte ich, er hatte so schöne Stoffe.«

»Wusstest du also, dass…?«

»Tobbi hat mir als Erster von ihm erzählt, und später habe ich noch andere Männer getroffen, die von dem Schneider missbraucht worden sind«, sagte Róberta.

Mehr brachte Konráð nicht aus ihr heraus. Er fragte sie zu dem Arzt Anton, aber sie sagte, sie habe ihn nicht gut gekannt, wusste nur, dass er und Gottfreð Bekannte gewesen waren. Über Nikulás wollte sie auch nicht viel erzählen, und Konráð vermutete, dass es wegen Áróra war, die während der ganzen Zeit neben ihr saß. Sie erwähnte nur sehr zögerlich ein paar weitere Männer, deren Namen sie mit dem Aufenthalt in Gottfreðs Heim verband, und vermutete, dass die meisten von ihnen tot waren. Den Restaurantbetreiber, der Konráð so wichtige Informationen geliefert hatte, kannte sie nicht. Von Lehrlingen in der Schneiderei hatte sie nie gehört.

»Soweit ich weiß, hat dein Vater beim Südisländischen Schlachtverband gearbeitet, als er noch in der Skúlagata stand«, sagte Konráð.

»Ja, ein paar Jahre lang.«

»Weißt du, was er dort gemacht hat? Ob er geräuchert hat?«, fragte Konráð. »Hat er bei den Räucheröfen gearbeitet?«

»Daran erinnere ich mich nicht. Manchmal habe ich ihn besucht, und dann hat er die Schafsköpfe abgesengt oder Würste gemacht und Waren transportiert.«

»Wann war das?«

»Das muss so … hm, wann war das … so um 1960 herum?«

»War Gottfreð bei den Freimaurern?«, fragte Konráð und erinnerte sich, dass lange nach Seppis Ermordung ein Abzeichen der Freimaurerloge in einem der Öfen des Schlachtverbandes aufgetaucht war.

Áróra schlief fast auf dem Sofa ein. Róberta war etwas munterer, wenn auch nicht viel.

»Ja, war er. Eine Weile.«

»Auch während er im Schlachtverband gearbeitet hat?«

»Ja, ich denke schon. Dann hat er aufgehört«, sagte sie. »Dort habe ich ihn auch gesehen, den Sohn von diesem Arzt.«

Róberta hielt eine frische Zigarette in der Hand.

»Den Sohn des Arztes?«

»Ja, der eingebuchtet worden ist.«

»Gústaf?!«

»Hat er nicht seine Nichte umgebracht, weil sie ausplaudern wollte, was für ein Perversling er war? Hat er ihr nicht irgendwas gespritzt? Ich habe immer gewusst, wie er drauf war.«

»Gústaf Antonsson? Kanntest du ihn?! Hat er zu der Zeit beim Schlachtverband gearbeitet?«

»Ich kannte ihn überhaupt nicht«, sagte Róberta. »Ich habe ihn zweimal oder so bei Haraldur in der Werkstatt gesehen, wenn ich mit meinem Vater dort war. Er hat Bestellungen abgeholt oder so etwas in der Art. Dann habe ich ihn im Schlachtverband getroffen, und mein Vater hat erzählt, dass er bei den Räucheröfen arbeitet.«

»Bist du sicher?«, fragte Konráð und versuchte die Verbindung herzustellen zu dem, was er über Gústaf wusste und über den Mord an seinem Vater vor dem Schlachthof.

»Sicher? Natürlich bin ich sicher«, sagte Róberta, wütend, dass er ihre Aussage anzweifelte. »Weißt du, warum ich sicher bin. Willst du das wissen? Gústaf wollte mir die

Öfen zeigen, und dort unten ist er mir dann direkt an die Wäsche gegangen. Der wollte mir an die Muschi greifen, dieser verdammte Mistkerl, aber ich konnte mich zum Glück noch befreien und wegrennen.«

»Nicht schon wieder«, stöhnte der Gefängniswärter, als er Gústafs Zelle öffnete und sah, wie er sich auf dem Boden krümmte.

»Was ist hier los?«, fragte er und blieb in der Tür stehen.

»Ich habe … schlimme Bauchkrämpfe«, sagte Gústaf, der offenbar große Schmerzen hatte. »Sie haben heute angefangen und … und ich dachte … dachte, sie würden wieder weggehen, aber jetzt sind sie schlimmer geworden.«

»Hast du schon wieder Durchfall?«, fragte der Gefängniswärter. Er hielt nicht viel von dem ehemaligen Anästhesisten.

»Es ist der Blinddarm«, sagte Gústaf und schrie gequält auf.

»Der Blinddarm? Bist du sicher?«

»Natürlich bin ich sicher!«, fauchte Gústaf. »Ich bin Arzt. Ich muss ins Krankenhaus. Es wird immer schlimmer. Ich muss nach Selfoss, bevor er platzt …«

Sechsundfünfzig

In der Stadt war nicht viel Verkehr, und Konráð fand einen Parkplatz in der Nähe des Kleidungsgeschäfts, machte den Motor des Jeeps aus und zog einen Zigarillo hervor. Er sah eine Bewegung im Geschäft, vermutlich Június, der alleine die Regale aufräumte. Es war etwas ruhiger als bei seinem letzten Besuch. Während Konráð noch fertig rauchte, waren weit und breit keine Kunden zu sehen, schließlich war es auch kalt, und heftige Böen fegten über die Stadt. Er hatte keine Eile und ließ in Gedanken das Telefonat Revue passieren, das er mit einem Mann in Arizona geführt hatte, bevor er losgefahren war. Ray Richardsson hatte ihm sehr weitergeholfen.

Als Konráð am Morgen aufgewacht war, hatten sich seine Gäste bereits aus dem Staub gemacht. Er hatte sich irgendwann spätnachts schlafen gelegt und ihnen angeboten, zu übernachten. Zu dem Zeitpunkt war Áróra ohnehin bereits auf dem Sofa eingenickt, aber Róberta nahm das Angebot stellvertretend für beide an, legte sich auf den Boden und schlief sofort ein. Er deckte die beiden noch zu, bevor er selbst in sein Schlafzimmer ging.

Danach lag er lange wach, aber schlief irgendwann doch noch ein, und als er kurz nach Mittag aufstand, waren die beiden Frauen nicht mehr zu sehen, die Decken lagen sorgfältig zusammengelegt auf dem Sofa, und er lächelte still in sich hinein, als er bemerkte, dass im Schrank drei Flaschen des australischen Rotweins The Dead Arm fehlten.

Er wartete noch immer im Jeep und beobachtete den Laden, bis er fand, dass die Zeit gekommen war. Er bezahlte pflichtbewusst die Parkgebühr, aber wusste nicht, welche Dauer er einstellen sollte. Eine halbe Stunde? Eine ganze? Die Jahrzehnte, die es gedauert hatte, den Fall aufzuklären?

Júníus hatte sich bereits an seine Besuche gewöhnt und wunderte sich nicht, ihn zu sehen. Das Maßband hing wie immer um seinen Hals. Die Kleidung war adrett. Konráð hatte ihn bereits ein paarmal getroffen, aber heute kam es ihm vor, als sähe er ihn zum ersten Mal. Júníus umgab eine würdevolle Ausstrahlung, die ihre Wurzeln in einer anderen Zeit hatte, in einer anderen Welt und in dem Handwerk, das er ausübte, aber auch in der jahrelangen selbst auferlegten Einsamkeit und Verschwiegenheit, die ihn stets begleitete.

»Siehst du hier im Laden nichts, was dir gefällt?«, fragte Júníus. »Möchtest du diese Besuche nicht dazu nutzen, dir was Schönes zu kaufen?«

»Schaden würde es nicht«, sagte Konráð und lächelte. Er hatte sich seit Jahren keine neuen Sachen gekauft, abgesehen von einer Fleecejacke.

»Was brauchst du? Einen Anzug? Einen Wintermantel? Ich habe hier ein sehr feines italienisches Modell, das dir gut stehen würde«, sagte Júníus und wollte Konráð die Kleidungsstücke präsentieren. »Über den Preis können wir dann noch sprechen ...«

»Wie ist die Pistole in Zófanías' Hände gelangt?«, fragte Konráð. »War das nur ein Zufall?«

Június sah ihn an, als verstehe er die Frage nicht.

»Die Pistole?«, fragte er.

»Hat er dir nie davon erzählt? Wie er zu ihr gekommen ist? Wusstest du nicht, dass er eine Waffe besaß? Die Mordwaffe aus dem Múlahverfi?«

»Ich habe nie eine Waffe angerührt«, sagte Június. »Ich weiß nicht, woher Zófanías sie hatte. Das habe ich dir schon so oft gesagt.«

»Kanntest du einen Mann namens Vilberg, der vor ein paar Monaten in den USA verstorben ist? In Arizona. In der Nähe von Flagstaff.«

»Vilberg? Nein, von dem habe ich noch nie gehört.«

»Bist du sicher? Vilberg kannte dich. Er wollte Schneider werden und hat wie du in Haraldurs Kleiderwerkstatt gearbeitet. Sicher, dass du dich nicht an ihn erinnerst?«

Június trat instinktiv einen Schritt zurück. Konráð blieb stehen, und als die Tür aufging und ein Kunde kam, erklärte Konráð ihm, der Laden müsse heute aufgrund von Krankheit geschlossen bleiben, und verriegelte die Tür. Bei der Verkaufstheke sah er ein Schild, auf dem »Geschlossen« stand, und hängte es an die Tür. Június beobachtete ihn und hielt ihn nicht auf. Konráð hatte Mitleid. All diese Einsamkeit, geprägt von Leid und Tod.

»Wovon sprichst du?«, fragte der Schneider. »Ich weiß nicht, wovon du sprichst?«

»Und dann hat Zófanías eines Tages die Todesanzeigen gelesen«, fuhr Konráð fort, »und gesehen, dass Vilberg in den USA verstorben ist und zeitgleich mit dir in Haraldurs Schneiderei gearbeitet hat, als du dort Lehrling warst und als Garðar im Múlahverfi erschossen wurde. Und auf einmal hat er sich wieder an die Pistole erinnert und daran, wie gut du und Vilberg euch verstanden habt. Wie innig euer Verhältnis war, auch wenn ihr versucht habt, die Wahrheit geheim zu halten. Vielleicht hat Zófanías die ganze Zeit über geahnt, dass zwischen euch etwas war, auch wenn er es nicht angesprochen hat. Vielleicht hat er sich manchmal darüber Gedanken gemacht.«

Június stand mit dem Rücken zu einem Stoffballen und umklammerte mit beiden Händen sein Maßband.

»Wie hast du Garðar kennengelernt?«, fragte Konráð.

»Garðar?«

»Wann hast du dich in ihn verliebt?«

»Ich kannte Garðar nicht«, sagte Június, aber es klang nicht mehr überzeugend.

Konráð blieb geduldig. Er erzählte von seinem Telefonat mit Ray Richardsson, Június wusste sicher, wer er war, denn auch er hatte bestimmt seinen Nachruf in der Zeitung gesehen. Konráð hatte Ray nach den Dingen gefragt, die nicht im Artikel standen, und herausgefunden, dass sich Vilberg wenige Wochen vor seinem Tod von einer schweren Last befreit und erzählt hatte, was in der Schneiderei passiert war und dann eines Winterabends auf eine schreckliche Weise im Múlahverfi sein Ende gefunden hatte.

Vilberg hatte die Parallelgesellschaft beschrieben, in der Homosexuelle in den Fünfzigerjahren in Reykjavík gelebt hatten, als sich noch keiner von ihnen traute, laut auszusprechen, dass er sich zu Männern hingezogen fühlte. Wie sie untertauchten und sich heimlich trafen und keine Zuflucht hatten außer beieinander, mit der Scham lebten, und in ständiger Angst, ertappt zu werden, wie Kriminelle.

Und dann hatte Vilberg davon erzählt, wie Garðar eines Tages in die Schneiderei gekommen sei und wohl noch eine Rechnung mit Haraldur offen gehabt habe. Der Schneider sei nicht in der Stadt gewesen, aber Garðar habe Júníus angetroffen und ihm erzählt, weshalb er Haraldur beschuldige, am Tod seines Bruders Tobbi schuld zu sein. Júníus habe ihm zugehört, und es sei ihm gelungen, ihn ein wenig zu beruhigen. Danach hätten sie sich ein paarmal getroffen und kennengelernt, und aus der Bekanntschaft sei schnell etwas Ernsteres geworden.

Die Anschuldigungen gegenüber dem Schneider hatten Júníus überrascht. Also habe er in der Schneiderei aufgehört und Vilberg ermutigt, es ihm gleichzutun. Zu dem Zeitpunkt seien er und Vilberg bereits über ein Jahr ein Paar gewesen und hätten die Beziehung mit allen Mitteln geheim gehalten. Vilberg war sehr wachsam und neurotisch, wenn es darum ging, das Geheimnis zu bewahren, und wurde nie müde, Júníus gegenüber zu betonen, dass sie aufpassen müssten. Júníus war nicht so besorgt wie er und wollte sich auch nicht fest an einen einzigen Mann binden, was Vilbergs beinahe krankhafte Eifersucht nur befeuerte. Er hatte Júníus beim Flirten mit einem gemeinsamen Freund beobachtet und ihn zur Rede gestellt, ihm klargemacht, welche Folgen es haben würde, wenn er nicht damit aufhörte. Als er das Gefühl hatte, dass Júníus das Interesse an ihrer Beziehung verloren hatte, kam bei ihm ein Verdacht auf, und eines Abends ging er so weit, seinem Geliebten vor dessen Wohnung nachzuspionieren. Es endete damit, dass Vilberg Júníus bis ins Múlahverfi verfolgte, wo er beobachtete, wie er in einer der Baracken verschwand.

»War es so in der Art?«, fragte Konráð, als er seinen Bericht beendet hatte. »Ist es nicht genau so passiert?«

Júníus seufzte.

»Der arme Garðar«, flüsterte er. »Er war so naiv, so ein wundervoller Junge, so eine gute Seele. Ich glaube, es war diese Unschuld in ihm, zu der ich mich hingezogen fühlte, diese kindliche Unschuld. Ich war derjenige, der auf ihn zugegangen ist. Nach unserem ersten Treffen war uns beiden klar, dass wir einander näher kennenlernen wollten ... da war etwas zwischen uns. Es hat direkt gefunkt. Dann ging alles sehr schnell, und ich habe ihn gefragt, ob wir uns sehen könnten. Er hat gleich verstanden, worauf ich hinauswollte, und dann haben wir uns ein paarmal auf Öskjuhlíð und im Múlahverfi getroffen, und wir ... ja, wir waren zusammen. Ich habe gespürt, dass ihn etwas bedrückt hat, und habe ihn dazu gebracht, über seinen Bruder zu sprechen und mir davon zu erzählen, was ihnen beiden widerfahren ist. Danach hatte ich das Gefühl, ihn besser zu verstehen. All die Geschichten über Haraldur und irgendeinen Arzt, den Garðar erwähnt hat, der einen Mann zu ihm ins Múlahverfi geschickt hat, um ihm zu drohen, ja keinen Aufstand zu machen.«

»Weißt du noch, wie dieser Mann hieß?«

»Nein, das habe ich vergessen.«

Júníus holte tief Luft.

»Und dann ist das mit Vilberg passiert ... ich dachte, mich trifft der Schlag, als Vilberg zu mir kam und mir erzählte, was er getan hat ...«

Konráð merkte, wie schwer es dem alten Mann fiel, sich an diese schrecklichen Vorfälle zu erinnern.

»Ich habe gesehen, was dieser Mann über Vilberg geschrieben hat«, sagte Júníus resigniert. »Ich fand es schön, dass Vilberg mit ihm glücklich geworden ist, das hatte er wahrhaftig verdient. Ich weiß nicht, ob der Mann dir die ganze Geschichte erzählt hat.«

»Ich wollte sie von dir hören. Ray meinte, er wisse nicht, was er mit all diesen Informationen anfangen sollte.«

»Vilberg war kein Mörder«, seufzte Júníus. »Er kannte sich nur nicht mit Pistolen aus.«

Siebenundfünfzig

Júníus erzählte, dass Haraldur zu der Zeit oft betrunken gewesen sei und sich manchmal tagelang nicht in der Schneiderei habe blicken lassen oder in einem so schlechten Zustand, dass er nicht mehr wusste, wo vorne und hinten war. Vilberg kam besser damit zurecht als Júníus und rief ihm an solchen Tagen ein Taxi und schickte ihn nach Hause, damit sie in Ruhe arbeiten konnten.

Eines Tages hatte Haraldur wieder getrunken, und Vilberg versuchte, ihn dazu zu bewegen, nach Hause zu fahren, als der Schneider eine Pistole aus einer der Schubladen zog, damit herumfuchtelte und Vilberg befahl, ihn in Frieden zu lassen. Vilberg erschrak, aber schaffte es durch geschicktes Zureden, ihm die Pistole abzunehmen und sie in der Werkstatt zu verstecken, denn wenn er das betrunkene Geschwafel richtig verstand, handelte es sich um ein kaputtes Ding, das Haraldur beim Spielen gewonnen hatte, von einem Taugenichts im Schattenviertel.

Vilberg hatte damals größere Sorgen als einen besoffenen Schneider. Er hatte von Júníus' Untreue Wind bekommen und wollte das nicht auf sich sitzen lassen. Er war Júníus zu Garðar ins Múlahverfi gefolgt, hatte ihre Zärtlichkeiten gesehen, doch statt die beiden sofort zu überführen, ließ er den Ärger in sich heranwachsen, bis er die Kontrolle über sich verlor und eines Abends zu Garðar fuhr, mit einem Zwischenstopp in der Schneiderei.

Kurz darauf fuhr er zu Júníus, doch er war nicht mehr wütend, sondern außer sich vor Angst. Er erzählte, dass er zu Garðar gefahren sei und ihm gedroht habe, was er nicht alles tun würde, wenn er nicht die Finger von Júníus lasse.

Er hatte mit der Pistole aus der Schneiderei vor ihm herumgefuchtelt, bis sich ein Schuss gelöst hatte und Garðar zu Boden gefallen war. Er zeigte Júníus die Waffe. »Ich wusste nicht, dass sie geladen war«, sagte er immer und immer wieder. »Ich wusste nicht, dass sie geladen war.«

»Ich wollte das nicht tun«, sagte Vilberg mehrmals. »Ich wollte das nicht tun … Du hast mich betrogen!«, rief er. »Du hast mich betrogen! Du hast mich betrogen!«

Júníus versuchte mit allen Mitteln, ihn zu beruhigen, aber Vilberg war völlig aufgelöst, weinte und fluchte abwechselnd, schmetterte die Waffe auf den Boden und überschüttete Júníus mit immer mehr Vorwürfen. All das sei nur passiert, weil er untreu gewesen sei, ihn verraten habe, belogen.

»Warum hast du das getan?«, rief Vilberg. »Warum hast du mir das angetan?! Uns!? Warum?!!«

»Hast du ihn erschossen?!«, flüsterte Júníus.

»Ich habe gesehen, wie du zu ihm gegangen bist. Habe euch zusammen gesehen. Ich dachte, ich könnte dir vertrauen. Du hast gesagt, es gäbe keinen anderen. Dass da sonst niemand wäre und dann … dann betrügst du mich. Du betrügst mich!!«

Júníus stand im Kleiderladen und schüttelte den Kopf, während er sich an den Abend erinnerte, als Vilberg mit der Luger zu ihm gekommen war.

»Haraldur wusste es«, sagte Júníus. »Wie wir waren. Dass er in seiner Schneiderei zwei Schwule angestellt hatte. Zófanías hatte mir die Stelle bei ihm beschafft. Er hat bei seinem Onkel ein gutes Wort für mich eingelegt. Mit der Zeit habe ich gemerkt, welch unangenehmer Zeitgenosse Haraldur war. Nachdem ich etwa ein halbes Jahr bei ihm gearbeitet hatte, kam Vilberg dazu, und wir verstanden uns auf Anhieb. Vor anderen haben wir so getan, als wäre nichts, aber wir haben uns jeden Tag nach der Arbeit getroffen. Er stammte aus Westisland, aus Borgarnes, und hatte zwei Zimmer bei einem älteren Paar angemietet, die sich nicht für ihn interessierten, also verbrachten wir die Abende und Nächte immer dort. Es war viel Leidenschaft im Spiel, als wären wir endlich frei ... aus einem Gefängnis ausgebrochen.«

»Bis Garðar in euer Leben getreten ist?«

»Garðar war einfach ein wundervoller Mann. Wie gesagt, er hat in seinem Leben viel durchgemacht, aber sich nicht davon unterkriegen lassen, und er war einfühlsam und liebevoll und mit sich selbst im Reinen. So sind nicht alle, das kann ich dir sagen. Es war ein schlimmer Fehler, das weiß ich, so ein doppeltes Spiel mit den beiden zu spielen. Ich habe Garðar nie von Vilberg erzählt. Der arme Junge war völlig verwirrt, als Vilberg zu ihm in die Baracke gestürmt ist ...«

»Was meinst du, wenn du sagst, dass Vilberg sich nicht mit Pistolen auskannte?«

»Bei diesen Pistolen ist es so«, sagte Júníus nach kurzem Schweigen, »selbst wenn das Magazin leer ist und sie ungeladen zu sein scheint, steckt noch eine Patrone im Lauf, und die hat sich gelöst, als Vilberg mit der Waffe und der Hand am Abzug vor Garðar herumgefuchtelt hat wie ein Idiot. Ich glaube nicht, dass Vilberg zu Garðar gefahren ist, um ihn zu töten. Ich denke, in der Hinsicht hat er die Wahrheit gesagt. Er ist zu ihm gefahren, um ihm zu drohen. Um mir eine Lektion zu erteilen. Mir klarzumachen, dass er sauer war. Seine Wut hatte sich so sehr hochgeschaukelt, dass er sich nicht mehr unter Kontrolle hatte und fuchsteufelswild ins Múlahverfi gefahren ist. Ich weiß nicht, warum er nicht auf mich losgegangen ist. Ich war doch derjenige, der ...«

»Ray meinte, dass er dich geliebt hat. Mehr als alles andere in der Welt.«

»Der arme Vilberg.«

»Danach hat er es hier in Island nicht mehr ausgehalten«, sagte Konráð.

»Wir haben uns nicht mehr wiedergesehen. Hatten nie mehr Kontakt. Ich habe in der Schneiderei aufgehört und dann erfahren, dass er in die USA gezogen ist. Wir haben nie über die Vorfälle gesprochen, wir waren wie zwei völlig Fremde.«

»Und die Pistole?«

»Vilberg hat mich angefleht, nicht zur Polizei zu gehen, es sei ein Unfall gewesen, aber niemand würde ihm das glauben, es würde auffliegen, dass wir Hinterlader sind, wie man damals gesagt hat. Das konnten wir beide nicht zulassen. Vilberg meinte, er würde die Pistole wieder dorthin zurückbringen, wo er sie herhatte, in Haraldurs Schneiderei, und ich habe sie danach nie wiedergesehen. Wir haben beide bei ihm aufgehört, und Zófanías muss nach Haraldurs Tod etwas aus dem Nachlass seines Onkels bekommen haben, darunter die Pistole. Vermutlich wusste er nicht, was er damit anfangen sollte, und hat sie einfach in der Garage verstaut.«

»Und du oder Vilberg wurdet nie verdächtigt?«

»Ich habe immer darauf gewartet, aber die Tage vergingen und dann die Wochen und Monate, und nichts ist passiert.«

»Zófanías wusste also von deiner Homosexualität.«

»Ja.«

»Das hat ihn also nicht gestört?«

»Nein. Er war ... er war einfach ein sehr guter Freund, ein enger Vertrauter, und meinte, es ändere nichts an unserer Freundschaft.«

»Wusste er von der Beziehung zwischen dir und Vilberg?«

»Ja, ich habe ihm davon erzählt. Er kannte Vilberg. Und er wusste auch, dass ich angefangen hatte, mich mit Garðar zu treffen. Als Garðar erschossen wurde, hat er mich gefragt, ob ich wisse, was passiert sei, aber ich habe ihm gesagt, ich hätte keine Ahnung und mit dem Mord nichts zu tun. Ich habe ihn angelogen, und er hat mir geglaubt. Er hat nie die ganze Wahrheit erfahren.«

»Bis er Jahre später in der Zeitung gelesen hat, dass Vilberg in die USA gezogen ist. Dann hat er sich plötzlich an damals erinnert und musste an euch Lehrlinge denken und an die Luger, die er in Haraldurs Schneiderei gefunden hatte, und an den Mord in der Baracke ...«

Júníus zuckte mit den Schultern, als könnte man in der Sache nur Vermutungen anstellen.

»Und du behauptest, nie wieder mit Vilberg gesprochen zu haben, nachdem er das Land verlassen hat?«

»Ich war nur froh, dass er sein Glück gefunden hat.«

»Nicht ein Brief? Kein einziges Telefonat?«

»Nein«, sagte Júníus. »Nichts. Kein Kontakt. Die Scham, mit der Männer wie wir leben mussten ... das war völlig verrückt. Du weißt nicht, wie es damals war, mit diesen Gefühlen zu leben und niemandem davon erzählen zu können, sie geheim zu halten wie ein Schwerstverbrechen. Was aber nicht heißt, dass diese Gefühle nicht trotzdem existiert haben. Leidenschaftliche Gefühle, die mit aller Kraft unterdrückt wurden und dann hervorbrachen ..., wir haben nicht einmal ..., wir haben nicht einmal daran gedacht, zusammenzuziehen oder irgendein gemeinsames Leben aufzubauen. Das war zu der Zeit unvorstellbar. Völlig ausgeschlossen.«

Júníus schüttelte den Kopf.

»Das wurde alles unterdrückt«, flüsterte er, »und hat sich seitdem nicht geregt.«

Achtundfünfzig

Konráð hatte kaum geschlafen und war müde, als er wieder nach Hause kam. Er hatte Marta noch vom Geschäft aus angerufen und war bei Júníus geblieben, bis sie aufgetaucht war und er ihr erklären konnte, was es mit dem Mord an Garðar in Wahrheit auf sich hatte. Marta war ganz schön angefressen, schließlich hatte sie Konráð verboten, sich in irgendeiner Weise in die Ermittlungen einzumischen, aber sie beherrschte sich. Wenn sie froh war, dass der Fall endlich gelöst war, bemühte sie sich sehr, es nicht offen zu zeigen.

Konráð holte sich in der Küche etwas zu essen und rief Húgó an, aber sein Sohn ging nicht ans Telefon. Er wollte ein kurzes Schläfchen auf dem Sofa machen und nahm sich vor, danach sofort nach Litla-Hraun zu fahren, ein Ausflug, der ihm keine große Freude bereitete. Róbertas Worte hatten ihn noch lange wach gehalten. Sie hatte erzählt, Gústaf habe im Sommer im Schlachtverband ausgeholfen. Sie meinte, sich daran zu erinnern, ihn im Sommer oder gegen Herbst dort gesehen zu haben, aber Genaueres konnte sie nicht sagen. Sie wusste aber noch, wie alt sie damals gewesen war, und konnte zurückrechnen, dass es 1962 gewesen sein musste. Das war zwar ein Jahr bevor Seppi erstochen wurde, aber Gústafs Schuld war deshalb trotzdem nicht auszuschließen. Womöglich hatte er auch im Sommer darauf wieder ausgeholfen.

Mit diesen Gedanken schlief Konráð auf dem Sofa ein und schlug erst einige Stunden später wieder die Augen auf. Er brauchte eine Weile, um richtig wach zu werden, und hatte das Gefühl, den ganzen Tag verschlafen zu haben. Draußen war es stockdunkel. Es fühlte sich an wie spätabends, und er wollte einen Blick auf seine Armbanduhr werfen, trug sie aber nicht und erinnerte sich plötzlich, dass er sie am Morgen auf seinem Nachttisch abgelegt hatte. Vermutlich war es schon zu spät, um noch zu Gústaf zu fahren. Das müsste dann also bis zum nächsten Morgen warten.

Konráð stand wankend auf, ausgekühlt und steif vom Schlafen, alle Gelenke taten ihm weh. Er hatte Kopfschmerzen und ging in die Küche, machte sich Kaffee und nahm eine Schmerztablette. Dann starrte er gedankenverloren aus dem Küchenfenster in den finsteren Garten. Sein Handy lag auf dem Tisch. Nach dem Besuch bei Júníus und dem Gespräch mit Marta hatte er es auf lautlos gestellt. Jetzt sah er, dass Eygló zweimal angerufen hatte. Er legte das Handy weg, holte ein paar übriggebliebene Bissen Hähnchen aus dem Kühlschrank und goss frischen Kaffee in eine Tasse. Er war glühend heiß und weckte ihn ein wenig auf.

Dann nahm er sein Handy und wollte den Ton wieder laut stellen und Eygló zurückrufen, als er sah, dass Marta ihn gerade anrief. Er blickte auf den Bildschirm und hatte eigentlich keine Lust, mit ihr zu sprechen. Vermutlich wollte sie noch einmal über Júníus reden. Oder ihm einfach nur auf den Keks gehen. Er beschloss, es herauszufinden, doch diesmal hatte sie tatsächlich nichts an ihm auszusetzen. Sie war zwar sehr wütend, und das aus gutem Grund, aber die Wut richtete sich nicht gegen ihn.

»Gústaf Antonsson ist heute Nachmittag entkommen«, sagte sie ohne Einleitung, als er ranging. »Er ist einfach aus dem Krankenhaus in Selfoss hinausspaziert wie ein feiner Herr. Es ist bereits in den Nachrichten, und wir haben alle Hebel in Bewegung gesetzt.«

»Aus dem Krankenhaus? Wie konnte ...?«

»Soweit ich weiß, hat er über starke Bauchschmerzen geklagt und gemeint, sein Leben stünde auf dem Spiel. So etwas in der Art ist schon einmal passiert, damals haben sie ihn ins Krankenhaus nach Selfoss gebracht. Jetzt haben sie es genauso gemacht. Diesmal ist er jedoch aus dem Krankenhaus abgehauen. Sie gehen davon aus, dass er sich davor am Medikamentenschrank bedient hat, aber das ist noch nicht bestätigt.«

»Hat ihn denn niemand bewacht?«

»Man hatte ihn anscheinend an einer sehr langen Leine«, sagte Marta. »Das hätte nicht passieren dürfen und wird sicher Konsequenzen haben, aber das spielt jetzt keine Rolle. Ich dachte, du willst es vielleicht wissen und könntest mir womöglich sogar sagen, was zur Hölle mit ihm oder besser gesagt mit euch los ist. Nach seiner Verhaftung hat ihn keine einzige Menschenseele besucht, aber jetzt erfahre ich, dass du in letzter Zeit bei ihm warst.«

»Ich habe ihn getroffen, ja.«

»Warum hast du das getan? Was schert dich Gústaf?«

»Das habe ich dir doch bereits erzählt. Es geht vor allem um meinen Vater«, sagte Konráð und wusste nicht, wie sehr er ins Detail gehen sollte. Er hielt es für sicherer, ihr nicht zu erzählen, dass es auch mit seinem Interesse an den Vorfällen im Múlahverfi zu tun hatte. »Um Seppi«, fügte er hinzu. »Mein alter Herr hatte irgendwie mit seinem Vater Anton zu tun und möglicherweise auch mit dessen Freunden, und ich wollte herausfinden, ob Gústaf mir mehr darüber erzählen konnte.«

»Konnte er das?«

»Ehrlich gesagt, war er sehr schwierig«, erwiderte Konráð. »Ich weiß nicht, ob man ihm glauben kann. Er ist ... er ist unberechenbar.«

»Haben diese Eigenermittlungen etwas mit deiner Schwester Beta zu tun?«

»Es kann sein, dass ich ihm die Laune vermiest habe«, sagte Konráð und wählte seine Worte sorgfältig.

»Die Laune vermiest? Ich kenne niemanden, dem du nicht die Laune vermiest«, sagte Marta. »Das ist wirklich nichts Neues.«

»Seiner Ansicht nach habe ich ihn gekränkt«, sagte Konráð und hoffte, vorerst nicht weiter ins Detail gehen zu müssen. »Er hat sich im Gefängnis mit diesem Mistkerl Reimar angefreundet und ihn auf Beta gehetzt. Hat ihn sogar dafür bezahlt. Um sich an mir zu rächen. Ich weiß nicht, was er sich dabei gedacht hat. Der Mann ist verrückt. Komplett verrückt.«

»Warum erfahre ich das erst jetzt?«, sagte Marta, die langsam sauer wurde. »Ich habe dich so oft danach gefragt! Ich wusste es, verdammt! Ich wusste, dass du verdammt noch mal was mit der Sache zu tun hattest!«

»Ich wollte es selbst klären«, sagte Konráð.

»Hast du Reimar so zugerichtet? Warst das du?«

Die Frage blieb in der Luft hängen.

»Konráð? Hast du Reimar so zugerichtet?«, fragte sie noch einmal.

»Was, wenn ich Ja sage?«, fragte Konráð.

Marta antwortete nicht, und er sah sie vor sich, mit der Dampfzigarette in der Hand, im Begriff, ins Telefon zu brüllen.

»Er ist einfach aus dem Krankenhaus hinausspaziert?«, fragte Konráð, um das Schweigen zu unterbrechen. »Was läuft da schief bei euch?«

»Wie gesagt, das hätte nicht passieren dürfen«, fauchte Marta. »Wo bist du?«

»Zu Hause.«

»Soll ich jemanden zu dir schicken? Denkst du, er hat noch weitere Rechnungen mit dir offen?«

»Er hat hier nichts verloren«, sagte Konráð. »Ich weiß aber nicht, was mit Beta ist. Ich bleibe sicherheitshalber heute Nacht bei ihr. Vielleicht rufe ich dich aus dem Krankenhaus an.«

»Mit dir stimmt was nicht«, sagte Marta und konnte nicht verbergen, wie enttäuscht sie von ihm war. »Du bist so ein verdammter Idiot, Konráð! Himmel Herrgott! Mit dir stimmt was nicht!«

Sie legte auf, und Konráð hörte die Mailbox ab, auf der Eygló eine Nachricht hinterlassen hatte.

»Konráð, ich wollte kurz mit dir sprechen. Ich weiß, dass es dich nicht interessiert, aber ich habe mit Natans Schwester eine Séance abgehalten, und seitdem sehe ich Dinge, die auch mit dir zu tun haben, sie lassen mir keine Ruhe ... die beiden Schwestern sind auferstanden ... und du warst auch da ... Ich wusste nicht, was es war, aber jetzt glaube ich, dass dieser Horror mit der Sache zu tun hat, mit der du dich gerade beschäftigst. Bist du in dem Skafti-Fall weitergekommen? Ich glaube nämlich ... darfst nicht aufhören ...«

Eyglós Worte wurden von Verkehrsgeräuschen über-
deckt.

»Ich weiß nicht, was es ist«, fuhr sie fort. »Das ist alles
sehr schwammig, aber es war … es war schrecklich, sie zu
sehen … absolut schrecklich …«

Die Aufnahme war zu Ende, und Konráð blickte auf
die Uhr, er verstand nicht, was es mit der Nachricht auf
sich hatte. Gerade wollte er Eygló zurückrufen, als er hinter sich ein leises Geräusch hörte und das Gefühl hatte, in
den Nacken gezwickt zu werden.

Er hatte niemanden kommen hören.

»Svanhildur …?«, fragte er und griff sich an den Nacken.

Eygló legte das Handy auf den Beifahrersitz und hielt an
einer roten Ampel an. Sie wusste, dass sie beim Autofah-
ren nicht telefonieren sollte, aber in dem Moment war ihr
das egal. Sie hatte versucht, Konráð zu erreichen. Meist
ging er nach dem zweiten oder dritten Klingeln ran. Jetzt
meldete er sich nicht.

Im Radio wurde berichtet, dass man einen Häftling
aus Litla-Hraun zur Behandlung ins Krankenhaus nach
Selfoss gebracht habe, von wo aus er entwischt sei. Es
handle sich um einen älteren Mann, nach dem nun in der
Umgebung von Selfoss und Ölfusá gesucht werde, auch
in den Sommerhäusern. Sein Name sei Gústaf Antonsson,
ein Arzt, der für den Mord an seiner kleinen Nichte verurteilt worden sei. Es werde auch nicht ausgeschlossen,
dass er sich in Reykjavík oder Umgebung aufhalte. Wer
verdächtige Personen bemerke, solle sich bei der Polizei
melden.

Irgendjemand hupte Eygló an. Sie wurde aus ihren Gedanken gerissen und brauste über die grüne Ampel. Sie wusste, dass Konráð manchmal zu Gústaf fuhr, um mit ihm über seinen Vater zu sprechen, und fragte sich, ob die Flucht des Mannes etwas mit diesen Besuchen zu tun hatte.

Der Schrecken aus der Obduktionshütte saß ihr nach der Séance noch immer in den Knochen. Die entsetzlichen Erscheinungen und der Schauder, der von den Schwestern ausging, vereinnahmte sie völlig. Der Tod, der über allem lag. Die wütenden Schreie, die sie verfolgten und in ihrem Kopf wie ein Echo widerhallten.

Eygló verstand nicht, warum sie ihr erschienen, hatte aber zunehmend das Gefühl, dass es mit Konráð zusammenhing, und verspürte immer mehr den Drang, mit ihm über die Frauen zu sprechen. Bis sie es nicht mehr aushielt. Sie sprach ihm auf die Mailbox, ohne genau zu wissen, was sie eigentlich sagen wollte.

Sie hielt wieder vor einer roten Ampel, wählte noch einmal Konráðs Nummer und erinnerte sich an ein Gespräch, das sie vor Kurzem geführt hatten.

Sie hatten wie schon so oft über das Sterben gesprochen. Eygló war überzeugt davon, dass auf den Tod eine andere Daseinsstufe folgte und es für alle ein Leben danach gab. Konráð nannte das ein Hirngespinst. Er glaubte an dieses eine Leben im Hier und Jetzt. Alles andere hielt er für dummes Gerede.

Neunundfünfzig

Konráð wollte sich umdrehen, doch seine Beine gaben nach, und jemand fing ihn auf, bevor er zu Boden fiel. Er konnte nicht erkennen, wer es war, und hatte nicht nur die Kontrolle über seine Beine verloren, auch die Arme und den Oberkörper spürte er nicht mehr, sein Kopf sank langsam auf die Brust.

Jemand zerrte ihn mit viel Mühe auf den Wohnzimmersessel vor dem Fernseher. Sein Kopf wurde hochgehoben und so weit aufgerichtet, dass er um sich blicken konnte und jetzt auch den Mann sah, der in sein Haus eingebrochen war.

»Ich hatte nicht viel Zeit, den Medikamentenschrank zu durchsuchen«, sagte Gústaf, »also mal sehen, ob das reicht.«

»Er zog zwei Glasampullen aus seiner Tasche und stellte sie auf den Wohnzimmertisch. Er trug eine dicke Winterjacke und darunter einen weißen Arztkittel, den er wohl aus dem Krankenhaus in Selfoss geklaut hatte. Er legte beides ab, denn bei Konráð zu Hause war es warm. An den Füßen trug er dicke Stiefel, die Konráðs Vermutung nach ebenfalls aus dem Krankenhaus stammten. Nichts an seinem Aussehen ließ erahnen, dass es sich um einen flüchtigen Häftling handelte. War er per Anhalter aus Selfoss gekommen? Hatte er ein Auto gestohlen?

Konráð versuchte, ihn zu packen, aber sein Körper wollte ihm nicht gehorchen, er saß wie gelähmt im Sessel und konnte sich nicht bewegen. Gústaf suchte nach der Fernbedienung, machte den Fernseher an und drehte ihn leiser. Die Nachrichten begannen gerade, seine Flucht war in aller Munde. Ein Bild von Gústaf Antonsson leuchtete auf dem Bildschirm, dann ein Bild von Litla-Hraun, vom Krankenhaus, und es wurde von der Flucht des Häftlings berichtet, der dort behandelt worden war. Die Suche war in vollem Gange, und es wurde betont, dass der Häftling nicht als gefährlich gelte.

»Was hast du mit mir vor?«, fragte Konráð, als er Gústafs weiße Latexhandschuhe bemerkte.

»Zweierlei«, sagte Gústaf wie nebenbei und ohne den Blick vom Fernseher abzuwenden. »Das eine habe ich bereits erledigt. Ich habe dir etwas gespritzt, das dich größtenteils lähmt. Das andere Mittel muss ich dir noch verabreichen. Es führt zum Herzstillstand. Beides hinterlässt keinerlei Spuren im Blut und kann nach kurzer Zeit im Körper nicht mehr nachgewiesen werden. Ich gehe nicht davon aus, dass dich in nächster Zeit hier jemand besuchen wird, vielleicht bemerkt der Briefträger in einer Woche oder in zehn Tagen irgendwann den Gestank und sagt jemandem Bescheid. Dann finden sie das, was noch von dir übrig ist, und sie werden deine ekelhaften verwesten Überreste wegkratzen und in eine Kiste packen.«

»Und was ist mit dir?«

»Ich muss schnell wieder nach Selfoss. Ich weiß gar nicht, was da im Krankenhaus in mich gefahren ist, aber ich hatte in letzter Zeit öfter Selbstmordgedanken und war völlig durcheinander, als ich runter zum Ufer der Ölfusá gegangen bin. Ich war kurz davor, mich in den Fluss zu stürzen, mein Dasein ist schließlich kein Zuckerschlecken, aber zum Glück habe ich es dann doch nicht getan und beschlossen, mich der Polizei zu stellen. Wie klingt das? Kaufen sie mir das ab?«

Gústaf legte die Fernbedienung neben Konráð, breitete eine Decke über seine Beine aus und richtete ihn im Sessel ein wenig auf, damit es so aussah, als habe er an dem Abend nichts anderes vorgehabt, als in Ruhe fernzusehen.

»Denkst du wirklich, dass man sich diesen Mist von dir anhört?«

»Am Ende spielt es keine Rolle«, sagte Gústaf. »Ich habe nichts zu verlieren, mein Freund. Nichts.«

»Du hast im Schlachtverband gearbeitet«, sagte Konráð. »Zusammen mit Gottfreð.«

Gústaf nahm eine zweite Glasampulle und betrachtete das Etikett. Er benutzte dieselbe Spritze. Schob die Nadel ins Glas und zog die Flüssigkeit auf. Dann steckte er die beiden Gläser wieder in die Tasche und spritzte in die Luft. Ein kleiner Strahl sprühte aus der Nadel, und Gústaf schnippte zwei- oder dreimal mit dem Finger auf die Spritze. Jeder Handgriff saß, wie es sich für einen Arzt gehörte.

»Ach, Gottfreð, der arme Hund«, sagte er. »Hast du vielleicht seine Tochter getroffen? Eine Herumtreiberin? Wie heißt sie noch mal?«

»An den Namen solltest du dich erinnern«, sagte Konráð. »Du hast sie bei den Räucheröfen begrapscht. Du hast dort gearbeitet. Von dort aus konnte man raus zur Skúlagata, wo Seppi auf dich gewartet hat.«

»Nicht auf mich, nein«, sagte Gústaf.

»Auf wen dann?«

»Er hat auf Gottfreð gewartet.«

»Gottfreð?! War er es? Hat er Seppi erstochen?«

Gústaf sah Konráð mitleidig an.

»Was ist mit dir?«, fragte er und strich ihm über die Wange.

»Fass mich nicht an …«

»Denkst du gar nicht an dich selbst?«, fragte Gústaf. »Spielt das keine Rolle? Du weißt, was gerade passiert? Dir ist klar, dass du nicht mehr lange zu leben hast.«

»Warum wollten sie Seppi aus dem Weg schaffen?«, fragte Konráð. »Ging es um Geld? Hatte er Bilder von Anton und dem Mädchen im Tjörnin?«

Gústaf belächelte seine Beharrlichkeit.

Langsam verstand Konráð, was er vorhatte, wusste, dass er so etwas schon einmal getan hatte, als er seine kleine Nichte zum Schweigen brachte.

»Mein Vater hat deinen Vater gehasst«, sagte Gústaf. »Gehasst. Seppi hatte ihn schon lange genervt, mit diesen Fotos, die bei uns zu Hause gestohlen wurden. Seppi hat sie natürlich den Dieben abgekauft, und mein Vater musste ihn mit Geld zustopfen. Er war unersättlich. Einfach unersättlich.«

»Und dann hat er Gottfreð zur Skúlagata geschickt?«

»Mein Vater wollte Seppi dazu bringen, die Bilder zurückzugeben, im Tausch für eine letzte Zahlung, eine sehr hohe Zahlung. Der Vorschlag, das beim Schlachtverband zu machen, kam aber von Gottfreð. Mein Vater hat ihm Geld für Seppi und die Bilder gegeben, und damit sollte die Sache erledigt sein. Danach wollten sie nie wieder mit dem Mistkerl zu tun haben.«

»War es Gottfreð …?«

»Mein Vater dachte, Seppi hätte es irgendwie geschafft, seinen Freund Luther umzubringen. Luther war verschwunden. Sie standen sich sehr nahe, und mein Vater war sicher, dass Seppi etwa mit seinem Verschwinden zu tun hatte. Dass er für den Einbruch bei uns zu Hause verantwortlich war und es geschafft hatte, Luther zu beseitigen. Mein Vater ging nämlich davon aus, dass Luther zu den Dieben gefahren war, um an diese Fotos zu kommen. Danach hat er ihn nicht wiedergesehen, ist aber nie damit an die Öffentlichkeit gegangen, denn das hätte möglicherweise die Aufmerksamkeit auf den Fall des Mädchens im Tjörnin gelenkt. Die Einbrecher wurden nie gefunden, und wir haben in Wahrheit nie herausgefunden, wer sie waren. Mein Vater wusste nur von Seppi, der immer seinen Anteil verlangt hat.«

»War es Gottfreð?«, stöhnte Konráð erleichtert, als wäre es eine logische Erklärung, die er nachvollziehen und akzeptieren könnte. Es fühlte sich trotz der miserablen Umstände so an, als falle eine schwere Last von ihm ab, endlich wusste er Bescheid, und seine größte Befürchtung hatte sich nicht bewahrheitet.

»Meinen Vater hat das natürlich sehr beschäftigt. Das muss ich zugeben«, sagte Gústaf. »Wie ist er nur auf die Idee gekommen, alles auf Bildern festzuhalten und sie in der Praxis zu entwickeln ... das war natürlich ...«

»Wusstest du die ganze Zeit von dem Mädchen im Tjörnin?«

»Ich habe Fotos gesehen ...«, sagte Gústaf. »Das Ergebnis eurer DNA-Untersuchung hat dann alle Zweifel beseitigt.«

»Wusstest du von dem Verhalten deines Vaters? Von den Jungen? Dem Missbrauch?«

»Ich wusste das alles. Ich habe es am eigenen Leib erfahren.«

Gústaf sagte das, ohne eine Miene zu verziehen, als handle es sich um etwas Selbstverständliches. Er hob die Spritze und ging auf Konráð zu.

»Du?«

»Seit ich denken kann.«

»Tu es nicht, Gústaf«, sagte Konráð und starrte auf die Spritze. »Du musst diesen Teufelskreis nicht fortführen. Das hast du nicht nötig.«

»Du hättest mir die richtigen Medikamente bringen sollen, als ich dich darum gebeten habe«, sagte Gústaf.

»Das war ... ich konnte es nicht, das verstehst du doch sicher.«

»Es spielt keine Rolle. Die Sache ist erledigt.«

»Gústaf ...«

Konráð konnte sich nicht bewegen, als der Arzt seinen Arm anhob und die Nadel tief in seine Achselhöhle stach.

»Tu es nicht«, bat Konráð. »Nicht ...«

Gústaf verabreichte ihm die Spritze und ließ den Arm wieder los.

»So, dann wird es nicht mehr lange dauern«, sagte er und zog die Decke zurecht, die er über Konráð ausgebreitet hatte, legte die Fernbedienung an ihren Platz und strich über seinen Kopf. Ein zweites Mal sah er Konráð mitleidig an.

»Fass mich verdammt noch mal nicht an!«, fauchte Konráð.

Gústaf packte die Spritze ein, zog den Plastikschutz über die Nadel und steckte sie in seine Jackentasche. Er blickte zum Fernseher. Es wurde immer noch von seiner Flucht berichtet.

Konráð wartete auf die Wirkung der Spritze. Er hatte jedes Zeitgefühl verloren. Er warf einen Blick in die Küche und sah, dass der Bildschirm des Handys auf dem Küchentisch aufleuchtete. Er hatte den Ton noch nicht wieder angemacht, aber gerade versuchte jemand, ihn zu erreichen.

»Es war aber nicht Gottfreð, der deinen Vater erstochen hat«, sagte Gústaf.

»Was meinst du?«, stöhnte Konráð. »Du hast gesagt, dass er es war. Dass Gottfreð zur Skúlagata gegangen ist ... du hast gesagt, dass er ... du hast gesagt ...«

»Ja, Gottfreð hat ihn dorthin bestellt und wollte ihn für die Fotos bezahlen, aber dann hat sich herausgestellt, dass er nicht der Einzige war, der mit Seppi noch eine offene Rechnung hatte.«

»Was meinst du ... wer noch ...?«

»Ich denke, keiner weiß das besser als du, Konráð. Auch wenn du es nie wahrhaben wolltest.«

Sechzig

Sie stand vor ihrem ehemaligen Zuhause, der Kellerwohnung, wo Konráð und Seppi lebten, und machte sich
Sorgen um ihren Sohn. Nach ihrem Treffen vorhin im
Hressingarskáli, bei dem sie ihm von seinem Vater und
Beta erzählt hatte, war er so aufgebracht gewesen, dass sie
sich Sorgen machte, er könnte etwas Dummes tun. Seppi
und er könnten aneinandergeraten und sie wäre schuld.
Irgendwann hatte sie es nicht mehr ausgehalten und war
spätabends losgezogen, um nach ihrem Sohn zu sehen.
Sie wusste nicht genau, warum sie erst noch in die Küche
ihrer Schwester gegangen war, um ein Messer einzustecken, bevor sie sich auf den Weg gemacht hatte, aber sie
wusste, dass sie sich um Konráð sorgte, und falls Seppi
ihm etwas antun würde, könnte sie vielleicht noch ein-
greifen. Dann würde er es endlich zu spüren bekommen.

Sie war gerade erst beim Haus im Schattenviertel angekommen, als Seppi aus der Kellertür trat, sie sorgfältig
hinter sich schloss, die Treppe hochging und die Straße
hinunterlief. Als Sigurlaug davon ausging, dass die Luft
rein war, ging sie zur Wohnung, klopfte an die Tür und
flüsterte Konráðs Namen, klopfte wieder und wieder,
aber niemand machte auf, also lief sie zurück zur Straße.
Sie sah Seppi um die Ecke verschwinden und beschloss,
ihm zu folgen.

Also eilte sie ihm hinterher und umklammerte mit einer Hand das Messer in der Jackentasche. Als sie um die Ecke bog, war er bereits bei der Skúlagata und ging Richtung Osten weiter. Sie folgte ihm mit einigem Abstand. Um diese Uhrzeit war auf den Straßen kein Verkehr, und Sigurlaug klammerte sich die ganze Zeit an das Messer, während sie ihm hinterherhuschte, vorbei an der großen Tischlerei Völundur und der Lagerhalle der Rederei Kveldúlfur.

Sie sah, dass Seppi vor dem Schlachtverband im Schatten der Häuser anhielt.

Es war bitterkalt, und eine seltsame Stille lag über den Gebäuden des Südisländischen Schlachtverbandes an der Skúlagata. Seppi stampfte mit den Füßen, wie um sich warm zu halten. Der Räuchergeruch drang auf die Straße. Er versuchte, sich unauffällig zu verhalten, was gar nicht nötig gewesen wäre. Weit und breit war niemand zu sehen. Die Tankstelle unten bei Klöpp hatte geschlossen. Westlich davon ragten trostlose Öltanks von BP in den Himmel. Sein Blick schweifte über das Meer. Das steinige Ufer lag nicht weit entfernt auf der anderen Straßenseite, und er konnte die Wellen hören, die sich unter dem kalten Nebelschleier hoben und senkten.

Er hatte schon eine Weile in der Kälte gewartet und wollte sich gerade wieder verdrücken, als er hörte, dass sich in der Dunkelheit jemand näherte.

Seppi drehte sich um.

»Du?«, fragte er.

Sigurlaug spürte die Kälte nicht. Ganz im Gegenteil, in ihr flammte eine eigenartige Hitze auf, und sie ging schnurstracks auf Seppi zu, als er sich plötzlich umdrehte, die Verwunderung war ihm ins Gesicht geschrieben. Und sie war echt. Für einen Moment war er aus dem Konzept gebracht, und das nutzte sie aus.

»Nimm das!«, flüsterte Sigurlaug in sein Ohr, und die Messerklinge funkelte. Sie zögerte keinen Augenblick.

»Was…?«

»Für mich«, sagte Sigurlaug und stach Seppi ins Herz, sodass das Blut aus der Wunde spritzte.

Seppi sah sie an, und in seinem Blick spiegelte sich Verwunderung und Unverständnis. Er verzog das Gesicht vor Schmerzen und packte sie, bevor er blutverschmiert langsam zu Boden sank.

»Für Konráð«, sagte sie und stach ein zweites Mal zu. »Und für Beta.« Sie holte ein drittes Mal aus, aber Seppi lag bereits fast leblos auf der Straße. Er versuchte, die Hand Hilfe suchend nach ihr auszustrecken. Um ihn herum hatte sich eine Blutlache gebildet.

Sigurlaug blickte sich hastig um. Dann rannte sie zur nächsten Querstraße und verschwand in der Dunkelheit.

Einundsechzig

Konráð lag reglos im Sessel. Gústaf beugte sich über ihn, legte die Finger auf die Halsschlagader und fühlte den Puls. Konráðs Hand war zwischen das Sitzpolster und die Sessellehne gerutscht und berührte einen vertrauten Gegenstand, den er in den vergangenen Wochen bereits gesucht hatte.

»Du lügst…«, flüsterte er.

»Du musst das doch geahnt haben«, sagte Gústaf ernst und richtete sich auf. »Du hast doch sicher deine Mutter einmal gefragt, wo sie war, als dein Vater erstochen wurde. Was sie an dem Abend gemacht hat. Man kann gewiss Mitleid mit ihr haben. Er hat sie geschlagen und aus der Stadt gejagt, sich an Beta vergriffen, dich zum Krüppel gemacht…«

»Du lügst«, stöhnte Konráð und blinzelte, denn er konnte nur noch unscharf sehen. Er hatte Gústaf schon früher so reden hören. »Dir kann man nichts glauben. Nichts!«

»Hast du sie nie danach gefragt? Hast du sie wirklich nie gefragt, ob sie deinen Vater umgebracht hat?«

»Sei still…«

»Gottfreð hat das aus einiger Ferne beobachtet. Ihm war klar, dass sie Seppis Frau war. Er hat meinem Vater von dem Mord erzählt, und sie haben es für sich behalten.

Anton hat nicht wieder darüber gesprochen, bis kurz vor seinem Tod. Er wäre nie auf die Idee gekommen, sie zu verpfeifen oder jemandem davon zu erzählen, konnte das auch gar nicht, damit hätte er schließlich die Aufmerksamkeit auf sich gezogen. Gottfreð hat schnell reagiert und die Fotos aus der Jackentasche deines Vaters geholt, seitdem werden sie in einem sicheren Schrank aufbewahrt...«

»Lügner...«

»Wie du meinst«, sagte Gústaf und beugte sich ein letztes Mal über ihn. Konráð spürte seine Finger auf dem Hals und griff nach dem Brieföffner, den Erna ihm einmal geschenkt und den er dort im Sitz bemerkt hatte. Mit aller Kraft versuchte er, die Finger um den zappelnden Lachs zu legen, Hass, Wut und Schmerz schlossen sich zusammen, er hob den Arm aus dem Sessel, rammte das Messer in Gústafs Seite und spürte sofort das warme Blut auf seinem Handrücken.

»Was...?«

Gústaf starrte Konráð verwundert an, bevor er zusammensackte.

Konráðs Arm sank kraftlos wieder in den Sessel, und der Brieföffner fiel zu Boden. Er blickte zum Fernseher. Die Nachrichten waren bald zu Ende. In dem Moment schloss Konráð die Augen und spürte ein schweres Gewicht auf seiner Brust, ihm war klar, dass er nicht mehr lang zu leben hatte. Mit seinen letzten Gedanken war er bei Húgó. Er hätte ihm gerne noch gesagt...

Er hörte Gelächter. Kinder spielten am Strand, und die Sonne glitzerte auf dem Meer. Er lag mit Erna im weichen Sand, und von irgendwoher erklang ihr Lied. Erna lächelte ihm in ihrem Sommerkleid zu, und sie küssten sich, er hatte ihren Geruch vermisst, den Duft von tausend Blüten, doch plötzlich verstummte das Gelächter, und stattdessen hörte er aus der Ferne immer wieder dieselben unverständlichen Worte.

»Eins, zwei, drei, vier, fünf…«

Er sah Erna an, die ihm zulächelte, über seine Wange strich und stumm die Lippen zu den Worten bewegte.

»Eins, zwei, drei, vier, fünf…«

Weit entfernt am Horizont sah er seine Mutter und ihn durchströmte eine Erleichterung und eine Freude über das Wiedersehen. Er wollte zu ihr laufen, konnte sich aber nicht bewegen. Sie näherte sich, wandte ihm aber den Rücken zu, und ihn überkam eine unerklärliche Angst, eine Ahnung, dass etwas nicht stimmte. Dass ihr etwas nicht passte. Dass sie nichts mit ihm zu tun haben wollte.

Wie aus dem Nichts erschien wieder Erna, legte den Arm um seine Mutter, und zusammen streiften sie über den weichen Sand.

»Eins, zwei, drei, vier, fünf…«

Konráð hörte immer noch, wie jemand zählte, und ein schweres Gewicht drückte auf seine Brust.

»Eins, zwei, drei, vier, fünf … wach auf!«, hörte er jemanden rufen. »Bitte … Konráð, wach auf … wach auf…«

Er wollte nicht aufwachen. Er wollte den beiden hinterherlaufen und mit ihnen im Licht verschwinden. Er wollte sie nicht verpassen, rief ihre Namen und bat sie, auf ihn zu warten.

Seine Mutter hörte die Rufe und drehte sich um, dann senkte sie den Kopf, als könnte sie ihm nicht in die Augen sehen. Zu seinen Füßen öffnete sich ein tiefer Abgrund,

und eine eigenartige Leere breitete sich in seinem Herzen aus, es wurde dunkel, und alles, was er je gekannt hatte, war lange tot.

»Eins, zwei, drei, vier, fünf ...«

Konráð verspürte eine tiefe Trauer und wurde in den Abgrund gezogen. Jede Gegenwehr war vergeblich, und er verschwand in der Finsternis.

»Wach auf, Konráð!«, hörte er Eygló rufen. »Wach auf!!«

Er sah sein Wohnzimmer, Eygló kniete über ihm und zählte bis fünf, während sie die Handflächen mit aller Kraft auf seinen Oberkörper drückte.

Gústaf lag reglos neben ihm auf dem Boden.

Und Eygló massierte weiter Konráðs Herz.

»Eins, zwei, drei, vier, fünf ...«

Zweiundsechzig

Im Westen der Anhöhe Öskjuhlíð, unter dem Felsen Beneventum, hatten Bauarbeiten begonnen. Der Schnee war geschmolzen, und ein Bagger grub den Boden auf. Rundherum waren Schuppen aufgestellt. Man hörte Polnisch und Isländisch, wenn die Arbeiter miteinander sprachen. Ein paar Laster standen in einer Reihe bereit, um die Erde aufzunehmen und wegzubringen. Ingenieure und Architekten spazierten herum. Langsam hielt der Frühling Einzug, und es schüttete wie aus Kübeln.

Der Bagger grub sich durch Unterholz, Büsche und Erde. Die Arbeit musste sorgfältig ausgeführt werden, denn Öskjuhlíð war ein geschütztes Freizeitgebiet, und darauf musste Rücksicht genommen werden. Dort an der Westseite der Anhöhe standen bereits einige Gebäude, das Klobigste von ihnen war die große Privatuniversität, die manchen älteren Bewohnern der Stadt an diesem schönen Ort ein ziemlicher Dorn im Auge war.

Mit einem lauten Dröhnen grub sich der Bagger in die nasse Erde und schüttete eine Fuhre nach der anderen auf die Ladefläche. Die Schaufel hob sich in die Luft und sank wieder zu Boden, bis der Laster voll beladen losfuhr. Ein neuer Lkw kam, und das Spiel begann von vorne.

So war es eine Weile gegangen, als plötzlich ein Teil der Erde absank und die Baggerschaufel ins Leere grub.

Der Fahrer hob sie vorsichtig wieder, stellte den Motor ab und sprang aus dem Fahrzeug. Mit vorsichtigen Schritten ging er zu dem Hohlraum, der sich gebildet hatte. Der Mann leuchtete mit einer Taschenlampe in das Loch, in dem sich etwas befand, das wie eine Betonplatte aussah.

Er ging zurück zum Bagger und grub weiter, kurz darauf stieß er auf etwas, es war ein altes Fundament aus den Kriegsjahren, wie sich später herausstellen würde. Ein Fundament, auf dem seinerzeit ein unterirdischer Wassertank der britischen Armee hätte stehen sollen, der aber nie in Betrieb genommen worden war.

Der Baggerfahrer bat um eine lange Leiter, die ihm zwei polnische Arbeiter brachten. Langsam und vorsichtig stieg er hinab. Er leuchtete die Grube mit einer Taschenlampe aus und sah nicht weit entfernt etwas auf dem Boden liegen.

Der Baggerfahrer trat näher heran und hielt es für einen Kleiderhaufen, doch dann fiel der Lichtstrahl auf einen Schädel, der in der Nähe des Scheitels gebrochen war. Ihm war klar, dass das Skelett schon länger dort gelegen hatte.

Dreiundsechzig

Noch nie hatte Konráð sich körperlich so erschöpft gefühlt wie in den letzten Wochen. Die Ärzte sagten ihm,
es dauere eine Weile, bis er wieder ganz bei Kräften sein
würde, und er solle sich am Anfang nicht überanstrengen.
Spaziergänge wären aber ratsam. Natürlich sollte er weder
Alkohol trinken noch rauchen. Vor allem nicht rauchen.

Den täglichen Spaziergang hatte er schon gemacht,
und es dämmerte bereits, als er nicht weit von Svanhil-
durs Zuhause im Auto saß, doch dann rief Eygló an und
erkundete sich nach seinem Befinden. Konráð hatte sich
bereits bei seiner Lebensretterin bedankt. Sie hatte ihn
bewusstlos auf dem Boden vorgefunden und sofort einen
Krankenwagen gerufen und mit den Wiederbelebungs-
maßnahmen begonnen. Die Ärzte meinten, er sei ein
paar Minuten tot gewesen, und das hatte Eygló neugierig gemacht. Konráð hätte ihr gerne mehr erzählt, aber er
sagte nur, dass er sich nicht an den Tod erinnerte, keine
Lichter, kein Tunnel. Sie fragte immer und immer wieder,
genau wie Beta, wenn auch etwas bodenständiger, aber er
konnte sich nicht erinnern, dass er gestorben und wieder
zum Leben erwacht war.

»Wo warst du?«, fragte Eygló am Telefon. »Als ich dich
gefunden habe? Was hast du gesehen?«

»Fängst du schon wieder damit an?«

»Nicht wenn es dich aufregt.«

Konráð lächelte still in sich hinein.

»Du musst mir einfach glauben. Ich erinnere mich nicht an eine Todeserfahrung, so wie die Leute sie beschreiben«, sagte Konráð. »Ich weiß nur, dass ich bewusstlos geworden und irgendwann wieder aufgewacht bin. Ich hatte das Gefühl, mein Wohnzimmer von oben zu sehen, dich zu sehen, bei dem Versuch, mich wiederzubeleben. So in etwa kam es mir vor, aber sonst erinnere ich mich an nichts.«

Er hatte Eygló erzählt, dass er sich beim Aufwachen sehr niedergeschlagen und bedrückt gefühlt hatte, ohne genau zu wissen, warum. Es hatte seine Zeit gedauert, bis er wieder Lebenslust verspürt hatte, und manchmal überkam ihn das komische Gefühl, dass er nicht vollständig zum Leben erwacht war, der ganze Abend fühlte sich an wie ein Traum, den er am liebsten vergessen würde.

Sie hatten über Seppis Tod gesprochen. Irgendwann hatte Konráð sie einmal sehr erzürnt, als er die Frage in den Raum gestellt hatte, ob ihr Vater Engilbert Seppi erstochen haben könnte. Jetzt gab es eine Antwort. Eygló hatte ihm von den beiden Frauen in der Obduktionshütte erzählt und ihrer Theorie, was sie mit ihm und seiner Rolle im Fall Skafti zu tun haben könnten. Sie war nicht unbedingt überrascht, als er sich wenig interessiert zeigte.

»Es gibt also in dem Fall nichts Neues?«, fragte sie.

»Ich glaube nicht«, sagte Konráð.

»Aber du willst noch genauer nachforschen?«

»Weiß nicht. Ich bin nicht mehr bei der Polizei.«

»Na gut«, sagte Eygló und hatte keine Lust, weiter darüber zu sprechen. »Lass uns vielleicht später noch einmal reden.«

»Ja, ist gut«, sagte Konráð, und sie verabschiedeten sich.

Gústafs Begräbnis hatte stattgefunden. Außer dem Pfarrer und den Angestellten des Bestattungsunternehmens war niemand dort gewesen. So hatte es Gústaf nach seiner Festnahme damals gewünscht, als er darum gebeten hatte, eingeäschert und im Friedhof von Fossvogur beigesetzt zu werden.

Konráð hatte lange Gespräche mit seiner Schwester geführt, über das, was Gústaf über Seppis Tod behauptet hatte, und sie waren sich einig, dass sie damit zur Polizei gehen wollten. Sie konnten nicht wissen, ob er hinsichtlich ihrer Mutter gelogen hatte. Das konnte nur eine polizeiliche Ermittlung klären, mit deren Ergebnissen sie sich dann abfinden mussten.

»Bist du sicher, dass Mama das nie erwähnt hat?«, fragte Konráð, als Beta ihn angerufen hatte.

»Nicht mit einem Wort«, sagte Beta. »Es war, als hätte sie Seppi aus ihrem Leben gelöscht. Sie hat sich Sorgen gemacht, dass man dich dafür verantwortlich machen könnte, und das war das Einzige, was ich in der Sache aus ihr herausbekommen habe.«

»Das war natürlich immer eine Möglichkeit«, sagte Konráð. »Die, die man am wenigsten in Betracht ziehen wollte.«

»Ich weiß«, sagte Beta. »Es war schwer vorstellbar. Dass sie zu so etwas fähig gewesen wäre.«

Konráð wollte aus dem Auto steigen, als er sah, dass ein Mann die Treppe zu Svanhildur hochging und bei ihr klopfte. Er trug einen edlen Wintermantel und blickte sich beinahe verstohlen um, bevor Svanhildur ihm öffnete. Der Mann schlüpfte an ihr vorbei, und die Tür ging wieder zu.

Konráð kannte ihn vom Sehen. Er war Arzt, genau wie Svanhildur. Verheiratet. Soweit er wusste.

Konráð startete den Motor und fuhr los. Er machte das Radio an und hörte die Nachrichten. Er horchte sofort auf, als er hörte, worüber berichtet wurde, und ein flaues Gefühl breitete sich in seinem Magen aus. Er drehte die Lautstärke hoch. Der Jeep wurde immer langsamer, bis er irgendwann am Rand einer wenig befahrenen Straße zum Stehen kam, während sich die Dunkelheit über die Stadt legte.

Vierundsechzig

Kurz nach dem Skelettfund war die Kriminaltechnische Abteilung der Reykjavíker Polizei mit ihren Apparaten und Geräten zum Fundament der kleinen Grube hinabgestiegen, die bei den Bauarbeiten zutage getreten war. Grelle Scheinwerfer beleuchteten die gesamte Umgebung, und ein düsteres Licht fiel auf die umliegenden Steinwände. Sie beschienen auch das Skelett und die Kleider daran. Allem Anschein nach war der Mann aus einigen Metern Höhe in ein Loch gefallen und ungünstig mit dem Kopf auf der Betonplatte aufgeschlagen, ein tragischer Unfall.

Der Kriminaltechniker fand in dem Kleiderhaufen ein halb verrottetes Portemonnaie und öffnete es vorsichtig. Es löste sich beinahe in seinen Händen auf, und er wollte es bereits wieder zusammenlegen, als eine laminierte Karte herausfiel.

Er nahm sie vorsichtig vom Boden auf und steckte sie in eine Tüte. Es war ein Personalausweis, wie man sie früher einmal ausgegeben hatte. Er war ziemlich zerfallen, die Jahreszahlen waren nicht mehr zu erkennen und auch sonst keine der Informationen, abgesehen vom Namen des Besitzers. Auch wenn das nicht viel war, hatte der Kriminaltechniker sofort das Gefühl, auf etwas Wichtiges gestoßen zu sein.

Er arbeitete schon lange bei der Polizei und erkannte deshalb den Namen, starrte verdutzt abwechselnd auf das Skelett und den Ausweis.

Der Name lautete Skafti.

Kommissar Konráð ermittelt in einem heiklen Fall

Arnaldur Indriðason
WAND DES SCHWEIGENS
Island Krimi
Aus dem Isländischen
von Kristof Magnusson
400 Seiten
ISBN 978-3-7857-2824-6

Mitten in Reykjavík: Dieser Fund ist ein Schock für die Bewohner. Hinter der Kellerwand ihres Wohnhauses entdecken sie ein menschliches Skelett. Offenbar wurde hier vor Jahrzehnten ein Mordopfer eingemauert und vor der Welt verborgen. Die Kripo Reykjavík nimmt die Ermittlungen auf, einen passende Vermisstenmeldung finden sie jedoch nicht. Welches Verbrechen wurde hier begangen? Als der pensionierte Kommissar Konráð sich einschaltet, blocken die ehemaligen Kollegen ab. Konráð forscht auf eigene Faust weiter. Hat das lange zurückliegende Verbrechen tatsächlich etwas mit seiner eigenen Familiengeschichte zu tun – mit dem Mord an seinem Vater?

Lübbe